KB269239

기억의 집

기억의 집

임동헌 장편소설

문이당

작가의 말

뷰 파인더를 통해 세상을 보면, 거기에는 두 가지 빛이 존재한다. 어둠과 밝음의 빛이다. 그것이 세상의 모든 빛이다. 뷰 파인더에 의지하지 않고 맨눈으로 세상을 보아도 두 가지 빛이 존재한다. 그 빛이란 추억과 기억이면서 분노와 희망의 대리 역이다. 누구에게나 그 빛의 하나는 가까이 있고, 하나는 멀리 있다. 그 빛은 세상의 모든 빛과 같아서 세상에는 빛과 그늘 외에 아무것도 존재하지 않는 것 같다.

이 글은 그 빛이 만들어 낸 다면경을 비춰 보이려 한 미욱한 나의 안간힘의 산물이다. 빛을 조명하려 한 탓인지 이 《기억의 집》은 몇 년 동안 다른 글을 못 쓰도록 가로막았던 장애물로 다가왔고, 왜 뛰어넘어야 하는지를 알아내 보라고 강요했던 관념의 덩어리로 다가왔고, 내 삶의 뷰 파인더로 작용하기도 했다. 그런 때문일까. 몇 년이란 말이 무색하도록 깔끔하지 않으니, 몇 년이란 시간에 얼마간 고통스럽게 복무했다는 것으로 자족한다.

마무리되지 않는 소설을 3년 넘게 끌어안고 있으면서 1년 가까이 아주 낯선 곳에서 살아 보기도 했다. 가을과 겨울, 봄과 여름, 사계를 맞고 보내는 동안 넋 나간 사람처럼 한자리에 서서 해가 지는 모습을 물끄러미 바라보는 일은 슬펐다. 가을에는 자유로 쪽으로 난 만우리 언덕 너머로 해가 졌고, 여름에는 무성한 숲을 이룬 오금리 야산 너머로 해가 졌다. 매일매일 똑같은 해가 똑같은 방식으로 떴다 지곤 하는데도 눈에 보이는 실상은 그렇게 다르다는 것을 확인하면서 나는 빛과 그늘에 대해 곱씹곤 했다. 빛과 그늘뿐만이 아니다. 계절에 따라 새벽의 새 울음소리가 다르고, 사람들의 걸음걸이가 다르고, 흙빛이 다르다는 것을 되새겼다. 그러니 모든 것이 시간의 흐름에 따라, 혹은 심상에 따라 달리 보일 수 있다는 것을 확인한 것이 낯선 곳에서 지낸 삶의 소득이라면 소득일 터였다. 이 소설에 얼마간의 미덕이 있다면 그런 시간의 가르침 덕분일 것이다. 이제 다시 도심의 불빛 속으로 돌아와 있지만 순환하는 시간 속에서 시간의 아름나움과 고동을 되새겼던 닐들을 잊을 수 없을 깃 같다. 너는 왜 여기 서 있는가, 물었던 날들을.

  ‘어둠의 마을’로 들어갈 때와 나올 때 몇몇 지인에게 대책 없이 많은 신세를 졌다. 그들에게 이 소설이 따뜻한 밥과 하루 저녁의 질펀한 술상을 대신해 다가갈 수 있기를 바란다. 특히 밥과 빵과 잠잘 곳을 하루도 빠짐없이 챙겨 준 문우 박기현 형의 우정에 경의를 표한다. 소망하는 것이 많다. 그러나 이 시간 이후의 다른 희망은 다른 작품으로 이루려 한다.

2002년 10월

임　동　헌

프롤로그

언젠가는 형의 삶을 써야 할지도 모른다, 생각하곤 했었는데 결국 그렇게 되고 말았다. 이런 일을 잘된 일이라고 할 수는 없을 것이다. 삶이란, 골방에 등을 기댄 채로든, 정원의 흔들의자에 앉아서든 자신의 입으로 얘기하는 것이 정상일 터이므로 말이다.

아무튼, 내 예감대로 다가온 현실 앞에서 나는 절망했다.

예감의 진원지는 형의 독특한 눈과 형만이 안고 있는 기억이었다.

형은 언제나 두 가지 눈으로 세상을 보는 사람이다. 형은 한 번은 맨눈으로 세상을 보고, 또 한 번은 파인더를 통해 세상을 보는 사람이다. 사진작가인 것이다. 그리고 형은 고집스럽게 기억의 집에서만 산다. 아니다. 형은 기억의 집에서 나오지 못하고 있다고 말해야 옳을 것 같다. 그러니까 형은 세상을 두 가지 눈으로 보면서 오직 기억의 집에 머물러 있는 사람이라는 얘기가 되는 셈이다.

내가 형의 삶을 쓰게 될지도 모른다는 느낌을 가장 강하게 받은 것은 형으로부터 이베타 게라심추쿠의 얘기를 듣고 나서였다.

‘인류가 해결하지 못한 중요한 문제 중의 하나는 숙명이다.’

형은 이베타 게라심추쿠가 이렇게 정의했다고 알려 주었다. 정의했다고 말했지만, 형의 진지한 표정은 설파했다고 말하고 싶어하는 것으로 보였다. 이베타 게라심추쿠는 스무 살에 불과한 러시아 여자였다. 형은 그녀가 내로라하는 철학자, 시인, 교수 등과 경합한 에세이 콘테스트에서 〈바람의 사전〉이란 글로 대상을 받아 세계를 놀라게 한 사람이라고 그녀의 매니저인 양 설명해 주기까지 했다.

「글도 스포츠화되어 가는 모양이지?」

축구 선수나 야구 선수도 아니면서 스무 살 나이에 세계를 놀라게 한 것은 정말이지 놀라운 일이었다.

형은 ‘인류가 해결하지 못한 중요한 문제 중의 하나는 숙명’이라는 말을 〈바람의 사전〉에서 보았다고 말했다. 형은 스무 살밖에 안 된 사람이 어떻게 숙명에 대해 정의할 생각을 했는지 모르겠다고 말했지만, 나는 세계를 놀라게 한 에세이스트의 얘기를 글을 쓰는 내가 왜 모르고 있었을까 생각했고, 엉뚱하게도 형의 숙명 같은 삶을 떠올렸다. 사진작가인 형에게 에세이 콘테스트 대상 수상작이냐 아니냐가 읽을거리냐 아니냐를 판단하는 단서로 작용했을 리는 없었다. 형은 그 글 속에서 숙명이란 글자를 발견한 순간 눈을 크게 떴을 것이고, 숙명을 ‘인류가 해결하지 못한 문제’로 규정한 이방인의 인식과 만나는 순간 가슴이 뛰었을 것이다. 형이 이베타 게라심추쿠의 한 가지 정의와 만나는 순간 감명에 가까운 느낌을 받은 것은 자신의 숙명적인 삶에 대해 마침내 우군을 만났다는 동질감 때문일 터였다.

그랬다. 이베타 게라심추쿠가 인간의 숙명에 대해 얘기할 나이가 됐든 안 됐든, 세계를 놀라게 한 사람을 내가 알고 있었든 모르고 있었든, 그것은 내가 상관할 문제가 아니었다. 나는 두 가지 눈으로 세상을 보아 온 형의 삶을 떠올렸고, 형이 살고 있는 기억의 집을 떠올렸다. 그게 바로 형의 숙명이었고, 형의 숙명 역시 누구도 해결하지 못할 문제 가운데 하나였다.

누구에게나 자신만의 숙명이 있다고, 나는 형을 떠올리며 생각했다. 형의 삶을 대신 전하는 역할을 떠맡을 수밖에 없는 것도 숙명적인 내 삶의 일부분일 터였다. 형의 두 가지 눈과 형을 붙들고 놓아주지 않는 기억의 집에 대해 내가 나서서 설명해야 하는 일이 생기리라는 예감이 들 때만 해도 설마설마했는데 결국은 그렇게 되지 않았는가.

형의 애기를 시작하려니 형이 늘상 들여다보았던 파인더의 형체가 떠오른다. 카메라의 파인더는 견고한 사각의 틀이었다. 형은 늘 그 안에 시선을 붙들어 두고 있었다. 기억도 그렇다. 견고한 점에서 보자면 기억 역시 하나의 파인더와 다를 게 없지 않을까.

그렇다. 형을 애기할 때 두 가지 눈과 기억의 집 외에 어떤 수사도 동원할 필요가 없다고 단언할 수 있다. 그게 형의 전부인 탓이다.

1

형의 사진이 세상 밖으로 나온다.

인쇄소에서 보낸 퀵 서비스 배달원이 사진전 리플릿과 포스터 뭉치를 탁자 위에 내려놓으며 요금 주셔야죠, 했을 때 나는 두 가지 사실을 받아들였다. 하나는 퀵 서비스 배달원이 또 다른 행선지를 향해 빨리 가봐야 한다는 것이었다. 그들은 다음 행선지가 정해지지 않았을 때는 요금을 독촉하는 대신 다른 데 갈 것 없냐고 일거리를 찾거나 또 불러 달라고 스티커를 건네곤 했었다. 또 한 가지는 형이 드디어 사진전을 연다는 점이었다.

비로소 형의 사진전이 세상 밖으로 나온다!

큐레이터가 방탄복 조끼 차림의 배달원에게 돈을 주면서 이 사진들 느낌이 어떠세요라고 묻는 소리를 듣고 나는 리플릿과 포스터 뭉치를 들여다보았다.

「느낌요? 글쎄, 멋있긴 한데 좀 복고풍 아닙니까.」

배달원이 현관을 향해 몸을 돌려 걷기 시작했을 때 보니 그는 워커를 신고 있었다. 방탄복 같은 조끼와 워커. 그의 차림새도 복고풍이라면 복고풍이었다.

「들으셨죠? 저 사람들 얘기도 무시 못해요. 인쇄 골목에서 일하니까 포스터 한 장 보고도 대강 알아채는 사람이 있더라구요. 어떠세요?」

큐레이터의 목소리가 인쇄 뭉치 위로 떨어져 내렸다. 인쇄 뭉치 위에는 리플릿과 포스터 한 부씩이 견본으로 붙어 있었고, 그 리플릿 표지에는 낯익은 형의 카메라가 찍혀 있었다.

형의 카메라 몸체는 초점이 맞지 않아 흐릿했지만 카메라 끈은 선명했다. 나일론 줄에 잇대어진 새미 조각에서는 반들반들 윤이 났다. 오랫동안 형의 어깨와 밀착돼 시간을 함께해 온 탓이었는데, 형은 언젠가 너덜거리는 새미 조각을 손으로 꿰매 단단히 붙들어 맨 적도 있었다. 카메라는 둘째치고, 카메라 끈조차 바꾸지 않고 스무 해 넘도록 버텨 온 형이었다. 형이 카메라 몸체 대신 낡은 어깨끈을 선명하게 내보이고 싶어한 이유를 알 만했다.

「그럴 수도 있겠네요. 잘 팔릴 소설책은 인쇄소 직원들이 먼저 알아본다는 얘기도 있거든요.」

그러나 그게 다가 아니라는 얘기를 나는 하지 않았다.

사진작가인 형이 자신의 사진전을 소개하는 리플릿과 포스터에 작품 대신 카메라 몸체를 넣자고 한 것은 의외였다. 카메라 몸체에 초점을 맞추지 않고 어깨끈에 초점을 맞춘 것 또한 의외였다. 의외였지만 분명 의도적이었을 거라고 나는 생각했다. 그것이 형의 화법이었다. 형은, 카메라 몸체도 중요하지만 카메라를 매달고 있는 줄도 몸체 못지않은 역할을 했다고 말하고 싶은 것일 터였다. 포스터와 리플릿 표지에 어떤 사진을 넣느냐에 대해 내게 어떤 권한이 있는 것은 아니었지만, 나는 두 가지 눈으로 세상을 보는 사람과 맨눈 하나로 세상을 보는 사람의 생각이 같을 수는 없다는 생각이 들어 형의 의견을 수용했었다. 형의 사진전이었으므로 형의 뜻이 가장 중요했다. 그다음에 중요한 것은 화랑의 뜻이었고, 그다음이 내 뜻이었다.

리플릿 표지에 실린 카메라 사진을 오랫동안 들여다보고 나서야 나는 포장 끈을 풀고 그중의 한 장을 꺼내 들어 첫 페이지를 넘겼다. 형의 액자가 화랑에 제대로 걸리도록 간섭하는 것도 내 일이었지만 리플릿에 형의 사진들이 제대로 인쇄되어 나왔는지를 살피는 것도 내 일이었다. 아니다. 리플릿에 형의 사진이 제대로 인쇄되었는지 궁금하기도 했지만, 더 큰 호기심은 형이 리플릿에 넣기를 원한 시에 있었다. 형은 시집 한 권을 건네주면서, 리플릿에 꼭 넣고 싶은 시가 있다고, 그 시가 있는 쪽을 접어 놓았다고 말했고, 나는 형이 말한 대로 따랐었다. 시를 넣어야겠다는 아이디어도 형이 두 가지 눈으로 세상을 보는 사람이어서 떠올린 생각인지는 모르겠지만, 형이 자신의 사진전에 적극적인 의견을 내놓았다는 것도 이상한 일이었다. 화랑에서도 형의 뜻을 저어하지 않고 리플릿에 시를 넣는 데 동의했다. 관례대로라면 사진 평론가의 해설 같은 걸 넣어야 하는데 작가의 뜻이 그렇다면 할 수 없는 일 아니냐고 화랑의 디렉터를 맡고 있는 유 관장은 아쉬운 듯한 목소리로 말했다. 그러면서 유 관장은 형을 두고, 굉장히 내성적인 사람인 줄 알았는데 오늘 보니 그렇지 않다고 의아해하기도 했다.

「내성적인 사람이 어떤 일에서는 적극적일 수도 있겠죠. 내성적이라고 해서 자기 의견이 없는 것은 아닐 테니까요.」

나는 에둘러 형을 옹호했다. 형은 자신을 위해 특별히 무엇인가를 주장하는 사람이 아니었지만 이번 전시회는 형의 이름을 걸고 처음

으로 여는 것이었다. 형으로서는 당연히 이런저런 희망 사항을 말할
수 있는 일이었다. 그러므로 크게 이상할 게 없었고, 화랑에서 형의
의견을 많이 수용하는 것 역시 당연했다. 형의 전시회였던 것이다.
형은 자신의 첫 전시회를 알리는 리플릿에 왜 시를 넣고 싶어했을
까. 어쩌면 거기에 형이 사진전을 여는 심상이 담겨 있을 수도 있었
다. 형은 오랜 기간 파인더를 통해 자신의 말을 전해 온, 간접 화법에
익숙한 사람 아닌가.
　슬쩍 큐레이터 쪽을 곁눈질해 보니 그녀 역시 리플릿 한 장을 넘
겨 시를 들여다보고 있었다.

　　돌아본다
　　세월의 넝쿨 속에서
　　소용돌이치는 산
　　여전히 검다

　　산은 구겨진 땅에 욕된 얼굴들을
　　쏟아 내고 흐린 빛을 깨문다
　　폐 속에서 이끼를 뜯어내고
　　나는, 초록 말을 꺼내 탄다

　　하늘은 멀고 갈 길이 아득할수록
　　지상은 역한 환희로 가득 차 보인다
　　자주 늘어나는 목에선
　　우울의 가래가 튀어나온다

사람마다 지르는, 길고 축축한
비명에 뜨거워지는 철로변에서
얼마나 격렬히 끌어안아야 하나
이 죽음의 민둥산을.　　　　　── 신현림, 〈초록 말을 타고, 문득〉

　시를 읽는 시간은 짧았지만 느낌은 오래갈 것 같은 기분이었다. 형은 곁에 없지만 형으로부터 무슨 말인가를 들은 기분이었다. 형은 검은빛으로 소용돌이치는 산을 되돌아보고 있으며, 죽음의 민둥산을 얼마나 더 끌어안아야 하느냐고 묻고 있었다. 착잡했다. 형은 여전히 어둠의 집에 살고 있다는 것을 리플릿 속의 시가 말해 주었다. 형에게 있어 어둠의 집이란 사북이고, 사북은 형에게 그림자 같은 곳이었다. 실제보다 크게 드리워지든 작게 드리워지든 자신의 복제품이라는 것을 도리 없이 인정해야 하는, 그게 바로 그림자였다. 형은 자신의 몸뚱이만이 아니라 사북까지 그림자처럼 달고 다녔던 것이다. 그런데 〈초록 말을 타고, 문득〉에 사북의 느낌이 고스란히 담겨 있었고, 그 시를 형이 읊고 있는 듯한 느낌이 쏟아져 나왔다.

　형이 이런 방식으로 자신의 사진을 내보이려 한 데는 속내가 있을 것이다. 그렇게 생각하자 갑자기 형의 심상이 궁금해졌다. 형이 사진전을 열겠다는 얘기를 꺼냈을 때만 해도 나는 기쁘게 받아들였다. 형이 자신을 드러내는 데 동의한 것만으로도 축하할 만한 일이었던 것이다. 사진전을 열자는 곳이 없어 형이 사진전을 하지 않은 것은 아니었다. 형은 자신의 사진을 혼자 들여다보길 즐겼고, 사진을 사고 파는 자리에 서고 나면 셔터를 누를 때마다 피사체가 돈으로 보일까 봐 겁이 난다는 그럴듯한 핑계를 대곤 했었다.

　나는 다시 한 번 시를 읽었다. 처음에는 천천히 읽었지만 두 번째

14

는 휙휙 지나치며 읽을 수 있을 거라고 생각했는데 그게 아니었다. 또 한 번 곁눈질해 보니 큐레이터의 눈 역시 여전히 시에 붙들려 있었다. 나보다 더 천천히 들여다보느라 다 읽지 못한 것인지, 나처럼 한 번 더 읽고 있는 것인지는 모를 일이었다.

두 번째로 시를 읽고 난 후 나는 형의 사진전에 찾아오는 사람들이 리플릿을 받아 들자마자 죽음의 민둥산에 대한 시를 읽고 갈등에 빠질 거라고 짐작했다. 사진 둘러보는 것을 생략한 채 곧장 문을 열고 나가지는 않을까. 서늘했다. 형은 자신의 사진을 내보이려는 것이 아니라 자신의 어둠을 내보이려 한 것은 아닐까.

그랬다. 형은 자신을 길고 축축한, 비명에 뜨거워지는 철로변에서 죽음의 민둥산을 끌어안고 있다고 생각하는 사람이었다. 형의 가슴 속에는 여전히 검고 어두운 산이 들어차 있으며, 하늘은 멀고 갈 길은 아득하다고 여기는 사람이었다. 사북에 대해 말할 때 형은 늘 그런 표현을 했었다. 저 산을 봐라, 얼마나 아득하고 얼마나 검으냐. 저 산을 봐라. 저 하늘을 봐라…… 봐라…….

그러므로 형은 조금도 변하지 않았다. 나이만 먹었을 뿐이다.

「어때, 리플릿이 걱정했던 것보단 괜찮게 나왔지? 이거 말야, 우리나라 인쇄술 많이 좋아졌다고. 몇 년 전만 해도 이 정도 찍어 낼 인쇄소 찾아내려면 참 힘들었거든. 구성도 괜찮네 뭐. 실험적인 느낌이 들기는 하지만 이것도 괜찮다고. 시가 최 작가의 사진과 잘 어울리는데, 이 친구 이 시를 어디서 구해 왔나. 음, 음울한 게 마음에 걸리는데, 하긴, 사랑 타령이나 하면서 일류 시인 행세하는 작자들 시보다는 훨씬 낫다.」

그 말끝에 유 관장은 평생 전시회 같은 건 열지 않을 것 같던 사람이 웬일로 전시회를 열기로 했는지 지금도 믿어지지 않는다고 덧붙였다. 형에게 사진전을 열자고 청을 넣었지만 그때마다 생각 없다는 소리만 들어 온 유 관장으로서는 그럴 만도 했다.

「형도 이제 나이를 먹어 가는 모양이지요. 나이를 먹을수록 명예가 그리워진다고 하잖습니까. 아니면 이게 내 사진이라고 외칠 용기가 생겼을 수도 있고요. 누가 듣든 말든 산꼭대기 올라가서 소리치고 싶을 때가 있잖습니까. 저도 좀 의아스럽긴 한데, 형이 원래 말이 없는 사람이라서 시시콜콜 캐묻자니 나만 손해일 것 같고 말입니다.」

「명예욕이 그리울 수도 있고 자신감의 표출일 수도 있다? 내 생각엔 둘 다 아닌 것 같은데. 글쎄, 이제 컬러 작업을 하고 싶은 것 아닐까. 흑백 사진과는 이제 결별이다, 뭐 이런 수순을 밟는 것 아닌가 말이야. 헤어지기로 작정한 사람들이 마지막으로 격렬한 섹스를 나누는 것처럼 말이지. 그런데 그런 수순을 밟으려면 그럴 동기 같은 게 있어야 한단 말이야. 요즘 무슨 일이 있었나?」

「헤어지기로 작정한 사람들은 가장 격렬한 섹스를 벌이나요? 관장님도 참, 화랑 디렉터가 아니라 시인 같은걸요? 형이 왜 갑자기 전시회를 하고 싶어했을까. 정말 모르겠어요.」

「우리 관장님, 연애 박사신가 봐요.」

유 관장의 말에 큐레이터는 깔깔 웃었고, 나는 길게 대답하지 못했다. 내 추측보다는 유 관장의 짐작이 훨씬 진실에 가까이 다가서 있는 것 같아서였다. 쑥스러운 일이었다. 명색이 소설가인 내가, 명색이 형의 동생인 내가 전혀 들여다보지 못했던 형의 속내를 유 관장이 들여다보고 있다는 느낌이었다. 헤어짐을 앞둔 연인들이 가장 격렬한 섹스를 할 수도 있다는 말에서는 화랑 매니저다운 혜안이 느껴질 정도였다. 만일, 형이 정말로 그런 상태에 있다면 유 관장의 눈

썰미는 참으로 놀라운 것이었다. 하긴 그럴 만도 했다. 유 관장은 한때 조각계를 흥분시켰던 유망한 조각가였다. 화랑 매니저로 변신하면서 조각칼을 놓기는 했지만 그가 조각칼을 놓았다는 것 역시 화제가 될 정도로 예술성을 인정받아 온 사람이었다. 그는 형에 대해 아주 잘 아는 사람이기도 했다. 그런 그가 형의 사진전에 대해 색다른 의미를 부여하다니. 아무래도 형을 좀 더 유심히 관찰해 봐야 할 것 같았다.

「뭘 그렇게 골똘히 생각하고 있어? 액자도 걸고 사진 소품도 진열해야지. 일하자고. 최 형, 우리 큐레이터들이 아무래도 사진에는 좀 낯서니까 좀 도와주라고. 작품을 어떤 순서로 거느냐, 이것도 갤러리들을 불러들이는 데 아주 중요하거든.」

「아, 예. 관장님 말씀을 듣고 보니 형이 정말 흑백 작업을 접으려는 게 아닌가 싶어서 말이죠. 그리고 리플릿에 실린 시에서 사북 냄새가 하도 많이 나서 말이죠. 너무 무겁지 않습니까?」

「사북! 그래, 무슨 냄샌가 했는데 사북 냄새군. 맞아. 그렇다고 너무 신경 쓰지 말라고. 최 작가 캐릭터, 사북과는 뗄래야 뗄 수 없는 거 아냐? 최 작가가 사진 배경으로 쓰고 싶었던 모양이야. 나는 시를 잘 모르지만 좋구먼. 좀 어두운 게 마음에 걸리는데, 시라는 게 대부분 어둡잖아. 최 작가가 사진 장비까지 진열하자고 해서 사진전이 좀 입체적이 됐으니까 어두운 분위기를 걷어 낼 수도 있을 거고. 이번에 보니까 최 작가, 아이디어가 아주 많은 사람이야. 화랑 매니저보다 앞서 가잖아. 내 밥줄이 걱정돼.」

유 관장 역시 내 생각과 절반은 닮아 있었다. 그는 형의 사진전을 유치한 것을 기뻐하면서도 한편으로는 형이 사진전을 열겠다고 자청해 온 까닭을 궁금해하고 있었다.

「전에 저에게 사진전을 열자고 하셨잖습니까. 그게 지금도 유효한지 모르겠습니다. 제 사진을 한번 정리해 보고 싶어서 말이죠.」

형은 머뭇거리면서 유 관장에게 그렇게 청을 넣었고, 물론 유효하다는 유 관장의 얘기가 떨어지자마자 한 가지 단서를 달았다.

「사진만 거는 게 아니라 제 카메라와 렌즈, 뭐 이런 사진 장비들을 함께 전시했으면 하는데, 관장님 생각은 어떠신지. 필름통이랑 필름이랑, 렌즈 뚜껑이니 삼각대니 하는 것들도 보여 주자 이거지요. 사진만 걸면 평면적인 전시가 되지만 장비들을 함께 걸면 사진 찍는 현장 느낌도 줄 수 있고, 사진에 대한 이해도 곁들일 수 있고 말이죠.」

「사진 장비도 같이 전시한다? 최 작가, 굿 아이디어요. 그런데 어디서 화랑 이벤트 공부를 하고 온 것 아냐. 그렇지. 이제 작품만 전시하는 것에 만족해서는 안 되지. 모든 전시회를 이벤트화해야 돼. 갤러리와 작가가 호흡을 함께할 수 있는 동기를 주는 거지. 그립시다. 사진전을 낯설어하는 사람들에게도 좋고, 작가 최병후의 인상을 강렬하게 알릴 수 있는 계기도 되고. 해봅시다.」

유 관장은 망설이지 않고 대답했다.

미술계에서는 유 관장이 초대전을 한 전시회치고 실패한 경우가 없다는 것이 정설이었다. 유 관장은 화가의 캐릭터에 맞춰 치밀하게 홍보를 전개하고, 화가의 캐릭터에 맞는 그림을 걸어 화가들의 명예와 그림값을 높여 주는 화랑계의 귀재로 불렸다. 그런 유 관장이 망설임 없이 사진과 사진 장비를 함께 전시하는 데 동의했다는 것은 짧은 순간이나마 형이 말한 사진전의 가치를 이미 저울질해 보았다는 것을 뜻했다. 다만, 형이 왜 그런 전시를 원하는지를 나도 유 관장도 모를 뿐이었다.

형은 크고 작은 상자에 자신이 쓰던 사진 장비들을 꼼꼼히 챙겨 화랑으로 실어 왔다. 나는 그 상자의 뚜껑을 열고 사진 장비들을 꺼내기 시작했다. 장비를 꺼내는 일은 쉽지 않았다. 카메라 몸체며 렌즈, 필름통과 루페, 모터 드라이버와 라이트박스 들은 한결같이 물방울 무늬가 돋은 비닐에 두 겹 세 겹으로 싸여 있었다. 배달부가 떨어뜨리기라도 할까 봐 친친 감고, 그것으로도 모자라 테이프로 싸고 또 싼 탓이었다. 그게 바로 형의 성격이었다. 소풍을 갈 때는 김밥 도시락조차 집에 놓고 갈 만큼 도무지 제대로 챙기는 게 없는 성격이지만 사진에 관한 한 조금도 소홀함이 없는 사람이 형이었다. 나는 글을 쓰면서 좀체 모니터를 닦아 내지 않고, 키보드에 낀 먼지 역시 닦아 내지 않지만 형은 촬영을 떠나기 전날 밤에는 어김없이 렌즈 닦는 헝겊을 털어 내 렌즈들을 감싸고, 배터리며 필름 등을 꼭 두 배씩 챙기는 사람이었다. 형과 나는 서로 닮았지만 닮은 부분이 다르고, 비슷한 버릇을 가지고 있지만 버릇이 나타날 때가 서로 다른 형제였다. 그래서 간혹 나는 형을 타인처럼 느끼곤 했다.

나는 상자에서 꺼낸 카메라 장비들을 진열대 위에 하나씩 올려놓기 시작했다. 카메라 장비는 가로세로를 45센티미터로 짜맞춘 검은빛의 상자 위에 올려놓기로 큐레이터와 약속되어 있었다. 벽에는 형의 사진이 걸리고, 그 밑에는 형의 사진 장비가 한 점씩 놓이는 거였다. 형의 사진을 보러 오는 사람들은 고개를 들어 사진을 보고, 고개를 숙여 사진 장비를 보게 될 터였다. 갤러리들은 발밑을 조심해야 하리라. 더러는 사진 장비를 올려놓은 상자에 발이 채어 넘어지는 갤러리가 나올 수도 있겠다는 생각을 하자 슬그머니 웃음이 나왔다.

「사진 장비 올려놓은 상자들은 액자와 액자 사이에 자리 잡아 주는 게 어떨까요?」

「그게 좋겠어요. 사진 한 점을 보고 다른 사진으로 건너갈 때 장비를 볼 수 있는 기회도 되고 말예요.」

큐레이터도 그게 좋겠다고 말했다. 형이 사진 장비를 어느 위치에 놓아야 한다고 주장하지는 않았으므로 큐레이터와 나는 사진 장비가 놓인 상자들을 옆으로 끌어당기기 시작했다.

상자 위에 놓인 장비들이 형의 사진들 옆으로 비켜서기 시작했다. 암실에서 쓰는 약품통들이 움직였고, 5촉짜리 붉은 암실등과 둘둘 말린 검은빛의 필름들이 옮겨졌다. 삼각대는 예각을 유지한 채 장비들 중 가장 높은 키를 자랑하며 옮겨졌고, 카메라의 몸체는 검은빛과 흰빛을 내며 액자 옆으로 자리를 잡았다. 옮기면서 보니 사진전의 주인공은 아무래도 카메라의 몸체 같다는 느낌이 들었다.

이제 액자를 걸면 형의 첫번째 사진전 준비는 끝나는 셈이었다. 하지만 그 순간에도 나는 기분이 개운치 않았다. 리플릿에 실려 있던 시구들이 자꾸만 다가들었고, 형이 그 시를 읽고 있는 듯한 환청까지 들려오는 것 같았다.

형은 아무래도 첫 사진전을 통해 사진작가 최병후의 모든 것을 보여 주고 싶어한다는 느낌이 들었다. 모든 것을 한꺼번에 보여 주는 일이 어떻게 가능할까. 그건 쉽지 않은 일이었다. 게다가 형과 나는 불과 두 살 터울, 형은 서른아홉이고 나는 서른일곱이었다. 글을 쓰는 나도, 사진을 찍는 형도 조바심을 낼 나이가 아니었다. 그런데도 형은 조바심을 내고 있다는 느낌이 들었고, 나는 반복해서 형이 들려주는 듯한 시구들이 무엇을 말하는지 듣고 있었다. 사북이었다. 초록 말을 타고 문득, 형이 낯선 시인의 안내를 받아 다시 사북에 발을 딛고 서서 셔터를 누르는 모습이 보이는 듯했다. 형이 사북에 발을 딛고 있는 것은 낯익은 모습인 동시에 아슬아슬한 모습이었다.

불안했다. 사북은 바로 형이 사는 기억의 집이었던 것이다. 형이 기억의 집에서 살아왔다는 것은 진작에 알고 있는 터, 나는 형이 자신의 몸뚱이거나 정신이거나, 아니면 둘 다이거나, 아무튼 아예 집을 새로 짓거나 부숴 버리거나 하려는 것은 아닌가 짐작해 보았다. 불안했다.

2

　아버지가 형과 나를 사북으로 처음 데려갔을 때 형은 중학교 3학년, 나는 중학교 1학년이었다. 겨울이었다. 이제 봄 방학을 넘기고 나면 형은 고 1이 되고, 나는 중 2가 될 터였다. 그때 아버지는 실패자였고, 다른 실패자들과 마찬가지로 식솔들을 이끌고 산과 고개를 넘어 사북 탄광촌의 사택 어귀에서 이삿짐 트럭의 밧줄을 풀었다. 사북에 이를 때까지 수없이 커브를 돌고, 많고 많은 고개를 넘었는데, 사북의 집은 까마득한 층계 위에 있었다.
「일단 여기다 짐을 풀자. 저어기 보이잖니. 저기가 우리 집이다.」
　아버지는 형과 나, 그리고 어머니를 향해 우리가 살 집이 아주 높다란 언덕 위 풍광 좋은 곳에 있다고 자랑스럽게 얘기하는 것 같았다. 하지만 그 집은 아주 초라하고 작아 보였다. 거기에 이르기까지 층계를 올라갈 일 또한 굉장히 힘들 것 같았다. 층계는 가팔랐고, 끝이 잘 보이지 않을 만큼 많은 계단들은 집을 향하고 있는 게 아니라 하늘을 향해 뻗은 것처럼 보였다. 게다가 아버지가 가리킨, 지붕과

담이 다닥다닥 붙은 그 집들은 모두 우중충하고 검게 보였다. 사북에 도착하기 전부터 내리기 시작한 진눈깨비가 이제 함박눈으로 변해 펑펑 쏟아지고 있는데도 우리가 살아야 할 지붕은 검은빛이었다. 이상한 일이었다. 눈이 내리는데도 지붕은 검은빛인 동네로 형과 나는 이사를 한 것이었다.

그랬다. 사북에서의 첫 기억은 흰빛을 잃어버린 눈이었다. 눈이 내리는데도 슬레이트 지붕에 쌓인 눈에서는 흰빛이 느껴지지 않던 것이다.

「뭐 하냐. 짐들 내리지 않고. 어휴, 이 눈 좀 봐라. 오늘 밤까지 오면 꽤 쌓이겠구나. 그래, 구질구질한 거야 할 수 없지만 그래도 비보난 눈 내리는 게 훨씬 낫지.」

아버지와 트럭 운전 기사가 짐칸의 커버를 벗겨 내자 비닐 커버에 덮여 있던 눈이 땅으로 쏟아져 내렸다. 그때, 나는 보았다. 하얗게 쌓여 있던 눈이 땅에 닿자마자 천천히 잿빛으로 변해 가다가 나중에는 검은빛으로 변하는 것을. 형도 그걸 놓치지 않았다.

「아버지, 탄광이 여기서 가깝나요? 탄가루가 여기까지 날아오는 걸 보니.」

사북에 첫발을 내디뎠을 때의 아름답지 못한 기억을 형은 그렇게 표현했다. 그러고 나서 형은 발로 눈을 툭툭 차올렸다. 형의 발끝에선 눈과 함께 검은 흙물이 튕겨 오르곤 했다.

「탄광은 저 언덕 너머에 있더라. 그런데 탄가루가 여기까지 날아온다? 출퇴근 하나는 편하겠구나 했는데…… 넌 참 눈도 밝다. 탄가루 날아오는 걸 다 보고.」

「그게 아니라 눈이 녹으면서 까맣게 되길래 말예요.」

그때 형과 나, 그리고 아버지는 눈이 땅에 닿자마자 검은빛으로 변하는 것을 받아들여야 했다. 아버지는 말을 잇지 않았고, 형은 계속 눈을 차올렸다.

형과 나는 짐 꾸러미를 들고, 눈을 맞으며, 사택촌으로 이어진 가파른 계단을 오르내렸다. 계단은 눈으로 보는 것보다 훨씬 가파르고 많았다. 집으로 짐을 옮기는 게 아니라 산으로 옮기는 기분이었다. 짐을 들고 뒤뚱거리다 넘어지고, 간신히 일어나 보면 옷에는 먹물이 흘렀다. 사북에서의 삶은 먹물과 함께 시작된 느낌이었다.

눈이 그쳤을 때 보니 가파른 계단 위의 동네에는 좋은 점도 있었다. 이웃이 모두 다닥다닥 붙어 있어 동네를 돌며 누구누구인데 새로 이사 왔노라 인사하느라 힘을 빼지 않아도 되었다. 또 하나 높다란 곳에 집이 있어 산을 좀 더 가까이에서 볼 수 있고, 사북 읍내를 내려다볼 수 있는 것도 좋은 점이었다. 하지만 좋은 점이란 단지 그 정도뿐이었다. 어머니는 밤새 이삿짐을 정리한 후 잠깐 눈을 붙이고 나서 일어나 빨래를 해 널었고, 한나절이 되어 해가 반짝했을 때 사북의 정체를 알고 소스라쳐 놀랐다.

「원 세상에. 이게 다 뭐람.」

어머니는 아버지와 나, 그리고 형의 러닝셔츠와 팬티 따위를 걷어들고 마루턱에 올라서서 자세히 들여다보고서야 당신이 검은빛의 동네로 이사 왔다는 것을 깨달았다. 러닝셔츠와 팬티 따위에는 탄가루가 잔뜩 묻어 있었다. 어머니가 마루턱에서 옷을 탁탁 털자 탄가루들이 잔뜩 날렸다. 탄가루들은 모래 구덩이에서 씨름을 하고 돌아와 옷에서 모래를 털어 낼 때보다 훨씬 많아 보였다. 이제 사북은 온통 탄가루가 뒤덮고 있는 곳이라고 정의할 수밖에 없었다. 사북은 모든 것을 검게 만드는 동네였고, 어머니는 한동안 빨래 타령을 할 것 같았다. 세 남자의 빨래 치다꺼리를 하는 것보다 세 남자의 빨래를 어디에 널어야 할까를 놓고 고심하는 시간이 더 많을 것 같았다.
어머니는 천성적으로 붙임성이 없는 편이었다. 낯선 곳으로 이사를 가면 꽤 오랜 기간 동안 이웃을 사귀지 못한 채 방과 부엌만을 오가곤 했다. 이제 어머니는 부엌과 방을 오가면서 빨래 널 곳을 찾아 두리번거릴 게 뻔했다. 그러면서 어머니는 언제 이 사북을 벗어날 수 있을까 막연한 희망을 키워 나갈 것 같았다.

「산골이라고 해서 공기 하나는 좋을 줄 알았더니…….」

그날, 어머니는 빨래를 들고 마루턱에 서서 아주 멀리, 오랫동안 눈길을 던지고 있다가 꺼지게 한숨을 내쉬며 방을 향해 돌아서더니 한마디 더 안 할 수 없다는 듯이 탄식했다.

「사람 못 살 동네 아니니까 사람들이 살겠지만 웬 놈의 산이 저렇게 까만지 모르겠다. 시커먼 게 무섭다야. 너희들, 친구할 만한 애들이나 있으려는지 모르겠다. 쯧쯧, 식솔들을 어째 이런 데로 다 끌고 왔는지 모르겠다. 아무튼 함부로 쏘다니지 말거라.」

옳은 말이었다. 형과 나는 침묵으로 어머니의 말에 동의했다. 아니다. 형과 나는 서로 다른 방식으로 어머니의 말에 반기를 들었다. 나는 골방에 더욱더 처박혀 있을 것이므로 어머니는 나중에 그러지 말고 바깥바람도 쐬라고 야단할 터였다. 형은 나와 반대였다. 형은 마구잡이로 나돌아다니지는 않지만 낯선 곳을 크게 두려워하지도 않는 성격이었다. 그러므로 형은 사북으로 이사했다고 해서 어머니의 말대로 바깥출입을 삼가지는 않을 터였다. 어쩌면 어머니에겐 형이 집에 돌아오기 전까지 가슴 졸이며 형의 귀가를 기다리곤 해야 하는 일이 닥쳐올지도 모를 일이었다.

내 짐작은 오래가지 않아 들어맞았다. 봄 방학이 끝나 형이 고등학교 1학년이 되고, 내가 중학교 2학년이 되어 열흘쯤 지났을 때였다. 형은 내게 사진 한 장을 던져 주었다.

「이거 좀 봐라. 어떠냐. 이거 되게 멋있지 않냐?」

형의 목소리에서는 전에 없이 윤기가 흘렀다. 그 사진을 본 내 감상과는 관계없이 이미 멋있는 사진을 보여 주었으니 멋있다고 말하라는 투였다.

「뭐, 별론데.」

형이 던져 준 사진을 자세히 본 것은 아니었다. 그것은 단지 검고 흰 한 장의 사진일 뿐 좀 어지럽다는 느낌이 절반, 뭔가 그럴듯해 보인다는 느낌이 절반이었다.

「별로라고? 네가 뭘 볼 줄 모르는 모양인데, 이거 내가 처음으로 찍은 사진이다.」

형이 사진을 찍다니. 나는 사진 대신 형을 올려다보았다. 나는 골방 바닥에 엎드려 있었고, 형은 교복을 벗어 마루턱에서 탁탁 털어 낸 다음 옷걸이에 걸고 있었다. 낮이었지만 벌써 해가 기웃했는지 창문을 등지고 선 형의 얼굴은 검은 실루엣으로 보였다. 이상한 일이었다. 형과 나는 카메라를 손에 쥐어 본 적도 없는 처지인데 형은 자신이 사진을 찍었다고 자랑하고 있는 것이었다.

「형, 고등학교에는 사진반도 있어? 특별 활동반에 들었냐고?」

형은 고개를 저은 다음, 내가 뭘 궁금해하는지 알았다는 듯이 말을 이었다.

「너, 시장통 삼거리에 문화사진관 있는 거 못 봤냐?」

형은 문화사진관 얘기 대신 희수 얘기를 꺼냈다. 희수는 형과 같은 반의 여학생으로, 문화사진관 주인의 동생이라고 말했다.

「난 그 사진관에도 가봤지.」

나는 형이 전에 없이 무엇인가를 자꾸만 말하고 싶어한다는 것을 알았다. 형은 과묵한 사람이었다. 내가 골방에 엎드려 무슨 책인가를 읽으며 책 속의 인물들과 교류하고 있을 때 형은 밖으로 돌기를 좋아했다. 그렇다고 형이 친구들과 어울려 다니는 것은 아니었다. 형은 그저 혼자 여기저기를 기웃거리곤 했고, 집에 돌아와서는 옷을 훌훌 벗어 버린 다음 이불을 덮어쓰곤 했다. 사북은 산도 검고 개울 물도 검고 다 검더라, 탄광에는 광부가 8백 명이나 되는데 대통령도 왔다 간 적이 있다더라, 이런 식으로 몇 마디를 내뱉긴 했지만 결코 길지는 않았다. 그런 형이 자꾸만 무슨 말인가를 하고 싶어한다는 것은 의외였다. 고등학교에 들어가더니 형도 변한 모양이었다.

「사진관에는 왜? 아, 학생증 사진 찍으려고?」

「학생증 사진이야 중학교 때 사진 떼서 붙이면 되는 건데 뭘. 그게 아니라…… 이 사진 말이다, 소사 아저씨가 눈 치우는 걸 찍은 거다.」

「소사 아저씨? 소사 아저씨가 어딨어? 안 보이는데.」

내가 형의 얘기에 물꼬를 틔워 주자 형은 이불 밖으로 고개만 내민 채 띄엄띄엄 얘기를 이어 갔다. 처음에 형은 '이 사진은 소사 아저씨가 눈 치우는 걸 찍은 건데 아저씨는 빼고 빗자루와 눈만 찍은 거다'라고 말했다. 그러고는 곧장 희수 얘기로 건너뛰는 것이었다. 형의 관심사 중 사진이 먼저인지 희수가 먼저인지 알 수 없었다.

학교 운동장엔 눈이 아직 잔뜩 쌓여 있었고, 몇몇 아이들이 점심 시간을 이용해 사진을 찍기로 한 모양이었다. 한 여학생이 카메라를 들고 아이들과 함께 운동장으로 몰려 나가고 있었다. 형은 운동장으로 나갈 생각이 없었다. 이사 오던 날 트럭 휘장에서 떨어진 눈이 금세 검은빛으로 변한 기억이 형의 낭만을 방해했기 때문이다.

「병후야, 너도 나가지 그러니? 나가자. 내가 독사진 한 장 찍어 줄

게.」

　그러나 형은 밖으로 나가지 않고 교실 창가에 서서 운동장 쪽을 내다보았다. 친구들이 카메라를 든 희수 앞에서 포즈를 취했다가 사라지고, 또 포즈를 취했다가 사라지곤 하는 모습이 보였다. 희수는 눈 내린 운동장과 눈을 다 털어 내지 못한 나무들을 배경으로 아이들의 얼굴을 담아내고 있었다. 형은 희수 앞에 서서 어설픈 포즈를 취하는 것보다 그런 모습을 지켜보는 게 오히려 좋았다.

　점심시간이 끝나 갈 무렵 아이들은 운동장에서 잔뜩 묻힌 눈을 털어 내며 교실로 들어섰다. 희수의 손에는 여전히 카메라가 들려 있었다.

　「병후야 잠깐만 나와 볼래? 필름 남았으니까 너도 한 장 찍어 줄게.」

　형은 쭈뼛거리며 자리에서 일어났다. 평소 같았으면 고개를 젓고 말 형이었지만 웬일인지 희수의 말에는 고개를 저을 수 없었다. 희수 때문일 수도 있었고, 희수가 들고 있는 카메라 때문일 수도 있었다. 아니면 그 둘 때문일 수도 있었다.

　「교실에선 안 되겠다. 실내에서는 플래시가 있어야 되는데 안 가져왔거든.」

　희수가 앞장서 복도를 걸어 나갔고, 형은 엉거주춤 뒤따랐다. 형은 교실 밖으로 나가기 위해 희수의 뒤를 따라가다가 사북으로 이사한 후 처음으로 흰빛을 보았다. 희수의 목이었다. 단발머리가 출렁일 때마다 살짝 드러났다 감춰지곤 하는 희수의 목, 희디흰 살결을 형은 숨죽인 채 훔쳐보았다.

　「저기에 서봐라. 내가 멋있게 찍어 줄게.」

　운동장 한가운데까지 따라간 형은 희수가 가리키는 지점에 멍하니 서서 포즈를 취했다. 그러나 희수가 그 순간 셔터를 누른 것은 아니었다. 아주 잠깐 포즈를 취했던 형이 금세 마음을 바꾼 탓이었다. 희수가 병후야, 김치 해봐라, 했지만 형은 김치, 해가며 웃는 대신 얼른 걸음을 옮겨 희수가 들여다보는 파인더 밖으로 달아났다.

「희수야, 카메라 좀 줘볼래. 내가 한 번 찍어 볼게. 여기 이걸 누르면 되는 거냐?」

그랬다. 형은 그날, 세상에 태어난 후 처음으로 카메라를 손에 쥐어 보았고, 희수의 도움을 받아 사진을 찍었다.

카메라는 무겁고 차가웠다. 그것이 카메라를 쥐었을 때의 첫 느낌이었다. 형은 카메라를 건네받은 후 한동안 멍하니 서 있었다. 무겁고 차가운 느낌을 가누기 위해서였다. 무겁고 차가운 느낌에 좀 익숙해졌을 때 형은 파인더에 눈을 대었다. 그러자 조금 전까지 맨눈으로 보았던 것과는 다른 사각형의 세상이 나타났다. 지금까지 보지 못했던 새로운 세상이 파인더 안에 있었다.

「그냥 보는 것하고 카메라로 보는 것하고는 딴판이더라.」

형은 아직도 손에 카메라를 들고, 파인더를 들여다보고 있기라도 한 것처럼 들떠 있었다.

형은 고개를 조금씩 틀어 방향을 바꾸었다. 그럴 때마다 새로운 모습들이 계속 작은 창으로 다가섰다가 비켜서곤 했다. 그것은 경이에 가까웠다. 이제까지 보지 못했던 또 하나의 세상이 자꾸만 만들어지고 있었다. 그런 어느 순간 교문 쪽에서부터 눈을 쓸어 오던 소사 아저씨의 모습이 파인더 안으로 들어왔다. 소사 아저씨는 교문에서부터 교무실 쪽으로 길을 내고 있었다. 싸리비가 좌우로 움직일 때마다 눈덩이들이 좌우로 흩어져 나갔다. 형은 파인더에서 눈을 떼지 않은 채 소사 아저씨 쪽으로 천천히 다가갔다. 점점 다가가자 소

사 아저씨는 파인더 밖으로 밀려나고 싸리비와 눈의 움직임만이 남
았다. 아주 빠른 움직임이었다. 싸리비가 닿을 때마다 싸리비 위로
눈발이 춤사위처럼 솟아올랐다가 옆으로 내려앉곤 했다. 그 어느 순
간 형은 희수가 알려 준 대로 셔터에 올려놓았던 손가락을 눌렀다.
마침내, 형은 사진을 찍은 거였다.
　희수가 형을 다시 불러 세운 것은 며칠 후였다.
　「병후야.」
　희수가 형에게 다시 말을 건 것은 독사진 찍어 줄 테니 운동장으
로 나가자고 한 그날 이후 처음이었다.
　「우리 오빠가 널 데려오라는데.」
　「나를, 왜?」
　「글쎄. 그건 나도 모르지. 하여튼 오래.」
　형은 희수를 따라 문화사진관으로 가면서 그날 카메라가 고장 났
던 것인지도 모른다고 생각했다.
　「희수야, 카메라 비싸지?」
　「그럼, 비싸고말고.」
　문화사진관까지 가는 동안 형은 더 이상 희수에게 말을 건네지 않
았다. 희수도 입을 열지 않았다. 등 뒤에서 다가오는 희수의 발소리
만이 들려왔다. 카메라가 고장 났다면, 그래서 희수 오빠가 카메라
값을 물어내라고 하면 뭐라고 한단 말인가. 정말 큰일이었다. 형은
카메라 값을 걱정하면서도 파인더를 들여다보던 느낌을 되살렸다.
　「네가 병후구나. 난 민희창이다. 희수 오빠지. 앞으론 형이라고 불
　러라.」
　사진관 문을 열고 들어섰을 때 희수 오빠가 형을 데려간 곳은 어
둡고도 붉은 방이었다. 처음에는 캄캄해서 아무것도 보이지 않았다.

동굴 같은 곳이라는 느낌뿐이었다. 처음 보는 사람이 자신을 동굴 같은 어둠 속으로 떠밀었을 때 형은 왈칵 두려움까지 느꼈다. 그렇다고 되돌아 나갈 엄두를 낼 수도 없었다. 다행히 점차 붉은빛이 드러났고, 붉은빛 아래 놓여 있는 집기들이 천천히 모습을 드러냈다. 그곳은 마치 병원의 수술실 같았다. 약병통 같은 것이 여러 개 놓여 있고, 소독약 같은 냄새가 났다. 하지만 수술실은 아니었다. 가위와 인화지 따위가 여기저기 놓여 있었고, 선반 앞으로는 철사가 길게 빨랫줄처럼 늘어져 있었는데, 그곳에는 집게에 물린 필름들이 걸려 있었다. 그곳은 사진관 옆에 딸린 작은 방, 암실이었다.

「봐라, 이게 네가 찍은 사진이다.」

그는 핀셋으로 개수통 같은 곳에서 사진 한 장을 꺼내 형 앞에 들이밀었다. 형은 까맣게 잊고 있었던, 자신이 사진을 찍었던 기억을 되살리는 한편, 사진이 이렇게 캄캄한 곳에서 만들어진다는 사실에 더 큰 호기심을 가졌다. 암실이란 곳이 어쩐지 친근하게 느껴졌다. 붉은색 꼬마전구를 켜놓은 검은 방, 혹은 붉은 방의 약 냄새 풀풀 나는 물속에서 사진이 만들어지는구나. 스폰지와 가위, 실린더와 온도계 같은 것들이 사진을 만들어 내는구나. 형은 검은 방에 들어섰을 때의 두려움 대신 눈앞의 암실 집기들이 자꾸만 시선을 잡아당기는 것을 느꼈다.

「이상하게 생각하지 마라. 집에 카메라 있냐?」

희창 형이 사진을 거둬 가며 물었다. 카메라가 있을 정도라면 아버지가 식솔을 이끌고 사북까지 올 리 없을 터였다. 형은 고개를 가로저었다.

「아뇨.」

「그래? 그럼 사진 찍어 본 적은?」

형은 또 고개를 가로저었다.

「그래? 이건 네가 찍은 사진이니까 말려서 주마. 좀 있다 가져가라.」

그제서야 형은 눈앞에 잠깐 등장했다가 사라진 사진 속의 풍경에 대해 생각했다. 기억을 되살릴 것도 없이, 소사 아저씨가 비질을 할 때마다 눈덩이들이 밀려나며 작은 눈보라를 일으키던 모습이 눈에 선했다. 그러니까 희창 형이 보여 준 사진에는 싸리비와 눈보라가 뒤엉킨 모습이 인화되어 있었다. 그렇지만 싸리비가 분명하게 드러나지는 않았다. 그때 싸리비는 소사 아저씨의 손길에 따라 좌우로 흔들리고 있었다. 눈보라 또한 그랬다. 그래서인지 어둠 속에서 들여다본 사진 속의 피사체들 중 유일하게 또렷이 보인 것은 희미한 길이었다. 싸리비가 있었고, 싸리비가 만들어 낸 눈보라가 있었고, 싸리비와 눈보라 사이로 맨땅이 드러나 있었다. 그게 바로 길이었다.

「무슨 생각으로 찍었는지 모르지만 내가 볼 땐 근사하다. 그럴듯하다고. 그런데 한 가지만 물어보자. 눈 치우는 사람을 안 찍고 왜 빗자루와 눈을 찍었냐?」

형은 대답하지 못했다. 그것은 형 자신도 모르는 일이었기 때문이다. 형은 파인더를 들여다보면서 소사 아저씨 곁으로 다가가며 파인더가 좁혀 가는 시야에 사로잡혀 있었고, 그런 어느 순간 희수가 가르쳐 준 대로 셔터를 눌렀을 뿐이었다.

희창 형은 물에 담갔던 사진을 꺼내 스펀지로 물기를 조심스럽게 닦아 내더니 도마 크기만 한 작두 위에 올려놓고 좌우를 잘라 낸 다음 형에게 사진을 주었다.

「가져가라. 이게 네 첫 작품 사진이다, 이렇게 생각하라고. 그리고 가끔 놀러 와라. 넌 어쩌면 사진에 재능이 있는지도 모르겠다. 사진 찍고 싶다면 카메라도 빌려 주마.」

형이 내게 사진을 들고 온 것은 그런 과정을 거친 다음이었다.

나는 다시 한 번 형의 사진을 꼼꼼히 들여다보았다. 사진관 주인
이 높게 평가한 사진이란 얘기를 듣고 보니 내가 미처 못 본 것이 있
을 것 같아서였다. 형의 사진을 자세히 보고 있는데, 형의 목소리가
들려왔다.

「희수가 그러는데 그 형은 아무도 암실에 못 들어오게 한다더라.
나한테는 특별 대우를 해줬다 이거지. 그런데 기분이 묘하더라.
처음에는 아무것도 안 보였는데 나중에는 그 형이 웃는 것까지 자
세히 보이더라고. 거기가 바로 암실이라는 데야. 거기서 사진을
만드는 거지.」

형은 신비스러운 여행을 다녀온 사람 같았다. 나는 형의 들뜬 목
소리를 낳은 사진을 오랫동안 들여다보았다. 형의 사진 속에는 눈이
있었고, 싸리비가 흔들린 흔적이 있었다. 그리고 그 사이로 길이 있
었다. 그게 형의 사진이었다. 그런데, 형은 정말이지 왜 소사 아저씨
의 몸뚱이는 쏙 뺀 채 셔터를 누른 것일까. 나는 짐짓 희창 형의 눈
이 정확할지도 모르겠다고 생각했다. 그러자 형이 구경했다는 암실
이 궁금해졌다. 좀 있자 형의 숨소리가 고르게 들려왔다. 형은 잠들
었고, 나는 깨어 있었다.

낯선 곳, 사북에 온 후 형이 낯선 사람이 되어 가고 있다는 느낌이
들었다.

3

　전시장에 걸 사진 액자는 용달차에 실려 왔다. 형은 애써 눈길을 돌리는 눈치였다. 화랑이 고궁 건너편에 자리하고 있어서 형이 눈길을 줄 만한 곳은 얼마든지 있었다. 화랑 유리문을 통해 고궁 쪽을 건너다보는 형의 눈길에는 쑥스러움만이 담겨 있는 것 같지 않았다. 피곤함과 난감함, 그리고 회한까지 겹친 듯이 몹시 창백해 보였다. 사진을 본 순간 사북의 기억들이 형을 짓누른 모양이라고 나는 넘겨짚었다.

　형은 손을 뻗어 목덜미를 꾹꾹 누르기도 했고, 고개를 뒤로 젖힌 후 빙빙 돌리기도 했다. 고질적인 두통에 시달리는 사람 같았다. 그 모습 역시 낯설었다. 형은 피곤할 때 어깨를 꾹꾹 누르는 게 버릇이었다. 형이 가장 피곤할 때란 어딘가로 촬영을 다녀온 후였는데, 이틀이든 사나흘이든 카메라 가방을 줄곧 메고 다녔을 테니 어깨가 아플 게 뻔했다. 형 스스로도 어깨가 떨어져 나가는 줄 알았다고 과장된 몸짓을 해가며 어떤 때는 내게 어깨를 내맡기기도 했었다. 그러

면 나는 가방 하나 멨다고 어깨가 떨어져 나가겠냐고 너스레를 떨어
가면서도 형의 어깨를 주물러 주기도 했었다. 그러다 보면 형으로부
터 사진 찍으러 갔던 곳의 얘기를 귀동냥하는 즐거움을 누릴 수 있
어서였다.

그러나 형의 엄살은 터무니없는 게 아니었다. 카메라 가방은 아무
리 작게 꾸려도 10킬로그램을 훨씬 웃돌았고, 손에 들거나 등에 메
는 삼각대와 우비, 장갑, 모자 등속까지 치면 20킬로그램을 감당해야
할 때도 많았다. 그 무게들에 대해서는 형 스스로가 설명해 주었다.
형은 자신이 가지고 있는 카메라 본체와 렌즈, 가방, 삼각대, 필름,
모터 드라이버의 무게에 대해 정확히 알고 있었다.

「언젠가 야외 촬영을 갔다 오는데 니무 배가 고프지 뭐냐. 어머니
가 고기를 좀 구워 주면 얼마나 좋을까 싶더라. 마침 정육점 옆을
지나고 있었거든. 그놈의 고깃빛이 얼마나 식욕을 돋우던지. 그런
데 정육점 앞을 지나다 거울을 보는 순간 내 몸뚱이에 걸린 짐들
이 도대체 몇 킬로나 나가는지 달아 보고 싶더라고. 얼마나 무거
웠으면 그런 생각이 들었겠냐. 염치 불고하고 정육점 아저씨에게
담배 한 갑을 사주고 저울을 잠시 빌렸지 뭐냐. 달아 보지 않고는
못 배기겠기에 말야.」

형은 카메라 가방에서 카메라 몸체를 꺼내 무게를 달고, 표준 렌
즈를 달고, 105밀리 렌즈를 달고, 나중에는 필름의 무게까지 달아
보았다고 했다. 그때 형은 135밀리 망원 렌즈는 620그램으로 쇠고
기 한 근 무게를 넘고, 36컷짜리 필름은 45그램쯤 되며, 마이크로 렌
즈는 320그램, 소형 삼각대는 1천3백 그램, 대형 삼각대는 3천5백
그램, 모터 드라이버는 9백 그램, 20밀리 광각 렌즈는 3백 그램이란
것을 알았다. 그러는 동안 담배까지 사 바친 정육점 주인으로부터

정육점의 저울은 고기를 달라는 것이지 카메라 무게를 달라고 세워 놓은 게 아니라는 지청구까지 들었다. 형은 그렇게 엉뚱하면서도 호기심을 참지 못하는 사람이었다.

나는 형이 잠을 잘못 잔 것은 아닌가 싶었다. 잠을 잘못 자서 목 주위가 뻐근하여 온종일 괴로워한 경험이 나에게도 여러 차례 있었기 때문이다. 그도 저도 아니라면 형은 고궁의 담 위로 뻗어 오른 고목의 푸른 잎들을 보면서 목 언저리를 눌러 댈 사람이 아니었다. 형은 어느 곳에서나 오른손 엄지와 검지를 교차시켜 맞댄 다음 그것이 파인더인 양 눈을 갖다 대고 사진 찍는 시늉 하는 것을 즐기는 사람이었다.

「이렇게 해서 보면 카메라 파인더를 들여다보는 것과 똑같은 느낌이 들거든. 그림이 될지 안 될지 미리 판단하는 거지. 같은 눈이라고 같은 느낌을 주는 게 아냐. 이런 작업을 거치지 않고 셔터를 퍽퍽 누르면 제대로 된 사진 건지기도 힘들고 필름만 허비하게 되지. 그건 사진이 뭔지도 모르는 부잣집 애들이나 하는 짓이라고.」

가난한 광부의 아들로 자란 사람다운 소리였다. 그게 다가 아니었다. 형은 꼭 희창 형 얘기를 한두 마디 보태곤 했다.

「이 노하우 말야, 사실은 희창 형이 알려 준 거다. 그 형, 대학 다닐 때 워낙 필름을 많이 쓰는 바람에 대학 등록금까지 다 털어 넣은 적도 있다고 하더라. 나중엔 필름 살 돈이 없으니 자연스럽게 손으로 파인더 만들어서 미리 피사체를 들여다보는 꾀가 생기더라지 뭐냐.」

형은 사진에 관한 한 희창 형이 우스갯소리 삼아 하는 얘기도 진지한 표정으로 들었다가 꼭 자신의 것으로 만들곤 했다. 형에게 있어 희창 형은 사진의 전도사이거나 스승이었고, 그러므로 형은 희창 형의 얘기를 자신의 입에 떠올려 재삼 확인해야 시원한 모양이었다.

나는 형이 화랑 문을 열고 나가 고궁의 담 밑을 거닐면서 사진전이 열리기 전날의 기쁨에 젖기를 바랐다. 유 관장도 그렇고, 큐레이터도 마찬가지 심정인 듯했다. 어차피 형의 사진은 리플릿에 나와 있는 순서와 크게 다르지 않게 진열될 터였다. 액자 크기와 조명의 위치가 잘 어울리지 않는다면 몰라도 가능하다면 리플릿에 실린 순서대로 사진을 거는 게 좋겠다고 큐레이터는 말했었다. 리플릿에 실릴 사진 순서를 매길 때도 그런 점은 어느 정도 생각했던 터였다.

나는 형의 널찍한 등판을 보면서 화랑 직원에게 첫번째로 걸 사진 액자를 지정해 주었다.

「이 액자를 맨 앞에 걸어 주세요.」

내가 사닥다리에 올라서는 직원에게 그렇게 말하자, 큐레이터는 가만히 사진을 들여다보다가 짧게 감탄사를 올렸다.

「어떨까 모르겠어요. 그로테스크하면서도 강렬한데 좀 낯설어서요. 평범한 갤러리들은 예쁘거나 장엄하거나 낭만적인, 뭐 그런 느낌들을 선호하거든요. 그런데 최 선생님 사진은 그런 느낌과는 거리가 좀 있죠? 뭐랄까, 어둡고도 어두운 느낌이 너무 강해요. 비극미인데, 비극미가 빛을 발하는 데는 시간이 좀 걸리죠. 평론가도 나서고 신문 잡지도 나서고, 그래야 뒤늦게 감탄하는 사람들이 생겨나거든요. 사북에 사셨다고 했죠?」

나는 고개를 끄덕였다. 큐레이터의 말이 형에게도 들렸을 것 같았지만 형은 여전히 고궁 쪽으로 시선을 던진 채였다. 오른손 왼손을 번갈아 들어 올려 목 언저리를 꾹꾹 누르는 것도 여전했다. 고개를 왼쪽으로 돌리면 과거를 회상하는 것이고, 오른쪽으로 돌리면 미래를 생각하는 것이라는 얘기를 들은 적이 있지만 고개를 앞으로 숙였

다 뒤로 젖혔다 하는 것에도 상징적 의미가 있던가. 턱없는 상상인
지 몰라도 그게 마음에 걸렸다. 어쩌면 형은, 하룻밤만 자고 나면 자
신의 첫번째 사진전이 열린다는 것에 대해 꽤 부담을 가지고 있는지
도 모를 일이었다.

　나는 큐레이터가 얘기한 대로 어둡고도 어두운 느낌을 주는 첫번
째 사진이 벽에 걸리는 것을 지켜보았다. 첫번째 액자 속에는 석탄
이 가득 실린 광차, 그리고 광차 위로 솟아오른 탄더미에 삽이 꽂혀
있는 사진이 들어 있었다.

　삽은 15도쯤 기운 채였고, 삽날의 절반쯤은 탄더미에 묻혀 있고
나머지는 햇볕을 받고 있었는데, 밖으로 드러난 삽날은 은빛으로 빛
나고 있었다. 그리고 사람이 늘 잡았던 삽자루의 아래위에서도 역시
반들반들 윤이 나고 있었다. 형이 그 사진으로 무엇을 말하고 싶어
했는지 금세 알 것 같았다. 삽 한 자루에 배어 있는 광부들의 노동이
었다. 땀이었다.

　저탄장 사이를 오가는 광차의 폭은 좁았다. 그래야 갱도 입구를
자유자재로 오갈 수 있기 때문이었다. 광차에는 석탄이 가득 실려
있을 때도 있고, 텅 비어 있을 때도 있었는데, 형이 찍은 광차 사진에
는 탄이 가득 실려 있었다. 갱도에서 빠져나온 광차라는 걸 의미하
는 거였다. 광차에 탄을 가득 싣고 나오는 것은 분명 힘겨운 일이지
만 한편으로는 넉넉한 기분을 주는 법이었다. 그것은 광부들이 계속
일할 수 있다는 암시였다. 채탄 작업이 수월치 않거나 갱구를 다른
곳으로 옮겨야 하는 상황이 되어 빈 수레 같은 광차를 밀고 나온다
는 것은 허무한 일이었다. 그렇게 복합적인 의미를 담고 있는 탄더
미는 완벽하게 검은빛으로 찍혀 있었다. 그러나 검지 않은 부분이
또 있었다. 광차의 두 바퀴였다. 바퀴와 레일이 맞닿은 지점에 햇살

이 반사되어 삽자루의 윤기와는 또 다른 빛이 뻗어 나오고 있었다. 묘한 느낌이었다. 형은 그렇게 힘겨운 노동과 가난을 상징하는 사진에 '삶과 꿈'이라는 제목을 붙여 놓았던 것이다.

「사진 제목이 평범한 듯하면서도 의미심장해요.」

큐레이터가 물끄러미 사진을 올려다보다가 혼잣소리하듯 말했다.

「그게 형 사진의 의미라고 할 수 있죠. 사북에서 살았다기보단 잠시 거쳐 왔다고 해야 옳은데도 형은 사북에서 수십 년 산 사람들보다 그 사람들의 고통을 더 잘 들여다볼 때가 많거든요. 형 사진을 보다 보면 작가들은 눈에 보이는 대로 셔터를 누르는 게 아니구나, 그런 생각이 들어요. 삶과 꿈, 형은 아마 광부들에게도 꿈이 있느냐, 혹은 광부들의 삶에도 꿈은 있다, 뭐 이런 메시지를 전달하고 싶었을 겁니다. 꿈처럼 절박한 것도 없잖습니까. 꿈이 없으면 어떤 노동도 버텨 낼 수 없을지 모르니 말입니다.」

내가 보기에는 그랬다. 물론 형이 '삶과 꿈'이란 제목을 붙인 까닭을 설명해 준 것은 아니었다. 하지만 광차 바퀴와 레일이 맞닿은 지점에서 햇살이 반사되고 있는 것을 보면 형은 어둠과 빛으로 삶과 꿈을 얘기하고 싶어했을 거라는 확신이 들었다.

「맞아요. 저도 매번 느끼는 건데, 작가의 눈은 언제 봐도 다르거든요. 아무튼 이번 전시회는 대성공 아니면 완전한 실패, 둘 중의 하나일 것 같아요.」

「대성공 아니면 완전한 실패, 그럴까요?」

「왠지 아세요? 흑백은 낡은 개념이라고 생각하는 사람들이 있는가 하면 고전적이면서 귀한 빛이라고 생각하는 사람들도 있거든요. 좋은 쪽에서 보면 그리움을 대변하는 빛이 되었단 얘기죠. 적어도 어중간한 사진은 아니니까요. 이런 전시회의 성공 여부는 언론의 스포트라이트를 받느냐 못 받느냐에 달려 있다는 게 관장님 지론이에요. 홍보 효과가 어떻게 나타날지 모르지만 이런 전시회 는 어중간하게 끝나지는 않아요.」

고전적이면서 귀한 빛을 내며 벽에 걸리기 시작하는 형의 흑백 사 진들. 큐레이터의 말에 나는 아무 대꾸도 하지 못했다. 형의 사진을 그보다 더 분명하게 규정할 말은 없는 것 같았고, 그 말을 형도 아니 고 나도 아닌 큐레이터가 했다는 것이 놀라웠다.

사진을 거는 순서가 거의 정해져 있긴 했지만 첫번째 사진을 거는 데는 꽤 시간이 걸렸다. 당연한 일이었다. 입구 왼편은 갤러리가 제 일 처음 눈길을 던지게 되는 곳이어서 큐레이터와 나는 첫번째 사진 을 걸고 꽤 오래 그 앞에 서서 사진의 의미를 곱씹어 보았던 것이다. 첫번째 사진을 광차와 삽이 찍힌 작품으로 택한 것은 형의 사진이 사북에서 출발했기 때문이고, 사북의 출발은 탄광이기 때문이며, 사 람과 사람들 사이로 탄을 실어 나르는 것은 광차이기 때문이었다. 형이 볼 때 광차는 그런 소통의 경로였고, 큐레이터와 나는 사진과 함께 그런 의미를 자꾸만 되새겨 보고 있었던 것이다.

두 번째 세 번째의 사진을 거는 데는 그리 오랜 시간이 걸리지 않 았다. 형은 무심한 듯하면서도 가끔 고개를 돌려 자신의 사진들이 화랑 벽에 걸리는 것을 바라보는 눈치였는데 첫번째 사진이 걸리고, 액자 중심에 맞춰 조명등의 각도를 조절하는 것을 살핀 후 슬그머니 현관문을 열고 나가 버렸다.

첫번째 사진이 걸리는 것을 지켜본 나는 두 번째 사진은 첫번째 사진이 걸린 맞은편, 그러니까 갤러리들이 마지막으로 볼 자리에 걸 자고 말했다. 사실, 나는 형으로부터 갤러리들에게 제일 보여 주고 싶은 작품은 이것과 저것이란 얘기를 들은 처지였다. 그러므로 나는

형이 갤러리들에게 가장 보여 주고 싶은 작품의 하나는 갤러리들이
제일 먼저 보게 하고 나머지는 화랑을 나가기 전 마지막으로 보게
하고 싶었다. 그 둘 중의 한 작품이 형의 데뷔작이었다. 나는 오른쪽
벽면 걸쇠를 향해 형의 액자가 서서히 올라가는 것을 지켜보았다.
어쩌면 형은 이 두 사진이 걸리는 것을 보지 않으려고 화랑 밖으로
나선 것인지도 모를 일이었다.

두 번째로 걸리는 액자 속에는 새벽 안개가 자욱이 깔려 있고, 그
안개 속에는 낮은 지붕들이 희끄무레하게 들어차 있었다. 그리고 좀
자세히 보면, 사진의 오른쪽 아랫부분에 할머니 한 분이 머리에 수건
을 쓰고, 손에 연탄집게를 들고 있는 게 보였다. 연탄집게 아래, 그러
니까 땅에는 연탄이 떨어져 있고 그 위로 안개와는 또 다른 연기가
피어오르는 모습도 보였다. 새벽녘, 연탄을 갈고 나온 할머니가 다
타버린 연탄을 밖에 버리고 돌아서는 것을 찍은 사진이었다. 형은
이 사진에 '사랑의 방식'이란 제목을 붙였다. 국제 사진전에 응모했
을 때의 제목 역시 '사랑의 방식'이었다.

두 번째 액자가 벽의 한 부분을 차지했을 때 나는 한숨을 내쉬었
다. 콧등이 시큰해졌다. 그 사진을 찍었을 때 형이 어떤 처지였던가
가 떠올랐고, 그 사진을 응모한 후 어떤 일이 벌어졌던가가 떠올라
서였다.

「집에 오려고 서울 가까이 오는 버스를 탔다가 잠이 들었는데 깨
어 보니 종점이더구나. 얼마나 황당하던지. 시계를 삼십 년쯤 되
돌려 놓은 기분이더라고. 시골 읍내에서도 한참 빠져나간 변두리
차고였는데 황무지에 던져진 느낌이었지. 읍내로 나와 보니 사릉
쌀집, 사릉연탄, 이런 간판들이 보이더라. 사릉이란 동네까지 온
모양이구나 생각했지. 사릉이란 지명이 있는지 없는지 모르지만

아무튼 그랬다. 막막하고, 어떻게 되돌아 나가야 할지 두렵기까지
하고.」

형은 사릉쌀집과 연탄집과 구멍가게들을 흘낏흘낏 곁눈질하면서
낯선 읍내를 걷기 시작했다. 얼마쯤 걷자 자동차 불빛이 나타났는데,
그 한밤중에도 버스가 있었다. 조금 전 형을 태우고 들어갔던 버스
였는데, 형이 올라탔을 때 버스 기사는 별사람 다 봤다는 듯이 형을
아래위로 훑어보았다.

버스가 어둠을 헤치며 10분 가까이 달렸을 때, 형은 차창 밖으로
흘러가는 마을을 발견하고 자신도 모르게 외쳤다.

「좀 내려 주세요!」

「그 양반 참, 이게 막찹니다, 막차.」

형은 막차에서 내려야 하는 것을 두고 고민하지는 않았다. 버스에
서 내리고 나면 새벽까지 조금 전 스쳐 온 마을 근처를 어슬렁거리
게 될 것 같은 예감 때문이었다. 사진을 찍다 보면 그런 예감이 들
때가 있었다. 쉽사리 피사체 곁을 떠날 수 없을 것 같은, 혹은 셔터를
누르게 될 때까지 피사체 주위를 계속 맴돌 것 같은 느낌이 온몸을
지배하는 것이다.

형은 버스에서 내린 다음 버스가 달려온 길을 거슬러 올라갔다.
차창을 통해 본 마을은 짙은 안개 속에 가려져 있었다. 아무것도 보
이지 않는 듯했지만 그 안개 속에서도 낮은 지붕들이 보였다. 안개
속의 지붕들은 하나의 섬이었다. 그 섬들이 형을 막차에서 끌어내린
거였다.

형이 한순간 시선을 빼앗겨 버린 지점에 도착했을 때, 형은 잠시
마을을 둘러본 다음 높은 곳으로 올라가기로 결정했다. 버스에서 내
려다볼 때와는 느낌이 달라서였다. 형은 좀 높은 위치에서 마을을

본 것이었는데, 버스에서 내리고 보니 마을의 지붕과 형의 눈높이가 비슷해져 있었던 것이다. 형은 밭고랑을 가로질러 마을이 내려다보이는 야산 위로 올라갔다. 모든 사물은 눈높이에 따라 서로 다른 모습을 보이기 마련이었다. 그래야 사물의 본모습을 제대로 볼 수 있고, 그제야 셔터를 누를 수 있다는 것을 형은 알고 있었다. 그게 오랫동안 피사체와 교감해 온 형의 지론이었다.

형은 야산에 올라 천천히, 오랫동안 마을을 내려다보았다. 그 마을은 일부분 사북과 닮아 있었고, 일부분 사북과 달랐다. 어둠 속의 해무에 잠겨 있는 섬처럼 다가왔다는 것이 사북과 닮은 점이었다. 사북은 어둠 속의 해무에 잠긴 것 같지는 않았지만 세상과 격리돼 있다는 점에서는 분명 섬이었다. 하지만 형 앞에 보이는 어둠은 사북과 달리 투명했다. 마을은 단 한 개의 보안등 불빛에 의지하고 있었다. 형은 그 어둠과 빛 속에서 잠들어 있는 사람들을 생각했다. 그 잠은 형이 소망해 온 잠이기도 했다. 언제부터인지 모르지만, 아마도 사북으로 이사한 후부터 형은 섬에 올라 젖은 몸을 말리고 싶다는 꿈을 꾸곤 했었다.

한편으론 낯설고 한편으론 낯익은 마을의 모습을 유심히 관찰하던 형은 삼각대를 받친 다음 카메라를 설치했다. 그리고 이번에는 파인더에 눈을 대고 오랫동안 마을을 들여다보았다. 맨눈으로 세상을 보는 것과 파인더를 통해 들여다보는 것은 늘 다른 느낌을 주기 마련이었다. 그것은 평면적인 느낌과 입체적인 느낌의 차이 같은 것이었다.

어렴풋이 누군가가 움직이고 있는 모습이 보였다. 파인더에 줄곧 눈을 붙이고 있은 지 10여 분쯤 되었을 때였다. 파인더 앞으로 나타난 움직임은 흐릿하면서도 또렷했다. 머리에 수건을 둘러쓰고, 한 손에는 연탄집게를, 다른 한 손에는 연탄 바구니를 든 할머니였다. 할머니는 겨울 새벽, 집 밖으로 나와 다 타버린 연탄을 버리려 하고 있었다. 연탄이 집게에서 툭 떨어졌고, 연탄이 떨어진 자리에서 푸시식 흰 연기가 피어올랐다. 형은 자신도 모르게 셔터를 눌렀다. 셔터 막이 열렸다 닫히는 소리가 안개를 걷어 낼 정도로 크게 들렸다. 형은 셔터 레버를 돌리고, 계속해서 셔터를 눌렀다. 안개 속의 섬들은 계속해서 형의 카메라 안으로 들어왔고, 가족의 따뜻한 잠을 위해 연탄을 갈러 나왔던 할머니는 섬에서 사라졌다. 할머니는 사라졌지만 형은 그 후로도 오랫동안 마을이 보이는 야산에 남아 있었다. 그곳은 사북과 닮은 곳이었고, 닮지 않은 곳이었다. 그런 느낌이 선뜻 떠나지 못하게 했다고 형은 말했다. 낯설고도 따뜻했다고 형은 말했다.

「너무 어둡지 않을까요. 첫 작품과 마지막 작품 중 하나는 밝은 게 좋을 것 같은데…… 아뇨, 큐레이터의 시각에서 말씀드리는 거예요. 그런 원칙이 있어요. 마케팅적이라고 할 수도 있고. 갤러리들의 심경을 밝게 했다 어둡게 했다 하는 거, 작품의 이미지를 강하게 인식시키는 데 좀 유리하죠. 그런 흐름을 유지하는 것도 갤러리들에겐 중요해요. 미술도 이젠 산업의 영역으로 들어왔거든요.」
「산업의 영역이라……. 미술만이 아니라 소설도 음악도 다 그렇죠. 다들 아닌 척하지만 거기에 기대어 먹고 살기도 하고 말이죠. 이거, 우리가 별 얘기 다 하네요. 그런데 보셨다시피 형 사진은 다 어둡잖습니까. 어쩔 수 없기도 하고, 형이 끔찍이 아끼는 작품이 이 두 작품이기도 하고. 그래서 처음과 마지막에 이 두 작품을 보여 주자, 이런 생각을 한 거죠. 갤러리들을 모으는 것도 중요하지만 형의 어떤 사진을 메인으로 삼느냐도 중요할 거예요. 사진이 형의 말이나 마찬가지니까 말이죠.」

그랬다. 형은 말이 많지 않은 사람이었다. 형의 말은 형이 찍은 사진이었다. 그리고 형의 사진이 하는 말은 어둠과 빛이 어떻게 서로 의지하며, 기대고 살아가는가였다. 형은 늘 어둠 속 풍경과 사람을 찍지만 거기엔 언제나 빛이 있었다. 그 빛은 아무리 작은 면적을 차지하고 있어도 어둠을 뒤덮고도 남을 만큼 넓고 크고 강했다. 반대의 경우도 마찬가지였다. 흰빛이 아무리 크고 강해도 어둠이 존재할 수밖에 없는 게 세상이라고, 세상을 통해 당신은 무엇을 보는가라고 형은 늘 묻고 있었다. 그게 바로 형의 말이었다. 그래서 형의 사진은 늘 어둡다는 말을 들었고, 형 또한 그걸 인정했다. 밝은 빛을 보여 주기 위해서는 그보다 훨씬 많은 어둠이 있어야 했고 세상 또한 그러했다. 밝은 빛보다는 어둠의 빛이 이 세상을 지배하고 있었고, 그게 질서였다. 그것을 인정하는 것은 서글픈 일이지만 그것을 부정할 방법 또한 없었다. 부정한다고 해서 달라지는 것은 없기 때문이었다. 그것 역시 형의 말이었다. 그 말이 형의 사진에 담겨 있었다.

세 번째 사진은 두 번째 사진보다, 네 번째 사진은 다섯 번째 사진보다 훨씬 쉽게 벽면을 차지했다. 처음과 끝을 결정하니 나머지 액자들의 순서를 정하는 것은 의외로 쉬웠다. 세 번째 사진은 〈즐거운 점심시간〉이었다.

사진 속에는 광부 일곱 명이 도시락을 펼쳐 놓고 빙 둘러앉아 있었다. 몇 명은 젓가락을 들고, 몇 명은 숟가락을 들고 있었다. 밥이 얹혀진 숟가락도 있었고, 빈 숟가락도 있었다. 무말랭이를 집어 올린 젓가락도 있었고, 빈 젓가락도 있었다. 숟가락에 얹힌 밥알은 흰빛이었고, 광부들의 얼굴은 검은빛이었다. 찌그러진 도시락은 잿빛이었고, 젓가락과 숟가락은 흰빛에 가까웠다. 도시락 뚜껑이 사람들의 무릎 근처 여기저기에 흩어져 있는 게 보였다. 사진 속의 사람들은 밥을 먹으면서도 한결같이 안전모를 쓰고 있었다. 안전모는 모두 검은빛이었고, 안전모 앞에 붙은 안전등 유리는 완연한 흰빛이었다. 어떤 사람의 안전등은 햇살에 부딪혀 사금파리처럼 빛나는 듯도 했다. 사람들의 손에는 검은빛과 흰빛이 섞여 있었다. 어떤 사람은 밥을 입 안에 넣기 위해 입을 쩍 벌리고 있었는데, 입 안쪽의 어금니까지 내보인 사람도 있었다. 어금니는 사진 속에서 가장 밝은 흰빛이었다.

젓가락과 숟가락을 든 사람들 중에는 아버지도 끼여 있었다. 아버지는 젓가락으로 김치를 집어 올리려는 중이었다. 아들이 사진을 찍고 있는 게 신경 쓰였는지 카메라를 향해 약간 고개를 쳐든 모습이었다. 그렇다고 형을 보고 있는 것 같지도 않았다. 아버지는 아무렇지도 않은 듯이 밥 먹는 시늉을 하기 위해 애쓰고 있었다고 말하는 게 가장 정확할 것 같았다. 형의 사진을 통해 아버지를 보는 내 느낌은 서글픔이었다. 아버지의 눈빛이 그랬다. 맛있는 식사를 하는 눈빛도 아니었고, 아주 피곤해하는 눈빛도 아니었다. 광부가 되어 동료들과 도시락을 먹고 있는 자리에서 아들의 카메라에 의해 사진을 찍히고 있는 것에 대한 생경함 같은 게 그런 눈빛을 만들었다고 나는 판단했다. 그리고 그 눈빛은 아주 오래전의 아버지 눈빛이었고, 이 세상에 없는 눈빛이었다. 이 세상에 없는 아버지의 눈빛이라는 것을 깨닫는 순간, 나는 눈앞에 있는 사진이 꽹장히 오래된 것이라는 사실을 알았다. 아버지가 광부였을 때의 사진이라면 형이 사진을 배운 지 얼마 안 됐을 때 찍었다는 얘기였다. 형이 학생이었을 때 찍은 사진인데 형은 작가의 이름을 내걸고 그 사진을 전시하기로 결정한 거였다.

네 번째 사진은 문화사진관 현관 앞으로 길게 뻗어 있던 골목을 찍은 것이었다. 사진 속의 골목 양옆에는 술집 간판들이 여러 개 있었다. 황지옥, 사북정, 중앙정 같은 간판 글씨들이 보였다. 간판 밑에는 평상 위에 다리를 꼬고 앉아 한복 차림으로 담배를 피우고 있는 술집 여자도 있었다. 사진에서 술 냄새가 풀풀 풍겨 나오는 듯했다.

「이 작품은 참 생동감 있죠?」

큐레이터는 정적인 사진보다 동적인 사진에 관심이 더 많거나 사북이란 곳에 대해 전혀 모르거나, 둘 중의 하나일 것 같았다.

「사북은 술집이 참 많은 동네였죠. 탄광 봉급날이 되면 사진관 앞 골목이 미어터질 정도였으니까요. 학교 갈 때 술집 누나들이 벌건 일굴로 토하는 걸 본 적도 있고, 이빨 닦고 머리 삼고 하는 걸 자주 봤죠. 처음엔 얼마나 놀랐는지. 알고 보니 그땐 전국의 미인들이 사북으로 다 모여들었다더군요. 봉급 다음날에는 술값을 받으러 탄광까지 찾아가는 여자들도 많았죠. 그 술집 골목이 우리 형제들에게 뭐였는지 아세요?」

「뭐였을까요?」

「우아하게 말해야겠죠? 세상을 보는 창이었지요.」

나는 형을 대신해 말했다. 그 골목은 형과 내가 세상을 내다보는 또 다른 창이었다. 그 창 앞으로 형을 데려간 사람은 희창 형이었다. 희창 형은 형을 사진작가의 길로 들어서게 다리를 놓은 사람이기도 했지만 형이 온전하게 직립할 수 없도록 만든 사람이기도 했다. 그는 사북에서는 단지 문화사진관의 주인이었지만 형에게는 자신의 인생을 건 사진의 주인이었다.

다섯 번째, 여섯 번째…… 나는 그렇게 벽면을 장식해 가는 사진들을 더 이상 볼 수 없었다. 사진에서 본 아버지가, 술집 골목 사진에서 떠오른 희창 형이 형의 사진을 보지 못하도록 가로막아서였다.

「세상을 보는 창, 그랬겠네요. 술과 여자, 광부들, 그리고 어린 학생들. 그림이 참 묘한걸요? 그런데 사북을 떠난 후에도 사북 사진을 그렇게 많이 찍으셨다던데, 최 선생님은 사진으로 할 말이 참 많으셨던가 봐요. 액자 다 걸고 나면 좀 봐주셔야 할 텐데, 어딜 가셨는지 모르겠네.」

아버지와 민희창에 대한 상념 속으로 큐레이터가 다시 끼어들었다. 그랬다. 전시 준비는 화랑에서 맡아 하는 것이지만 액자 배열과 사진 장비 진열이 형의 속내와 같게 되었는지 형이 한 번은 봐줘야 할 터였다. 그런데 형은 나타나지 않고 있었다.

「글 쓰는 사람이나 사진 찍는 사람이나 할 말이 없었으면 아예 시작을 안 했겠죠. 화가들도 그렇잖습니까. 형도 그런 작가들 중 한 사람이죠. 다른 사진작가들과 같은 길을 걸어온 건 아니지만…….」

「저도 그런 길을 얘기한 거예요. 최 선생님은 자기 세계만 고집하기에도 뭣한 나이고, 그렇다고 대중적인 사진도 아니고요. 이제 사북을 기억하는 사람이 얼마나 되고, 흑백 사진의 아름다움을 받드는 사람이 얼마나 되겠어요. 사진 장비까지 전시하는 이벤트성 아이디어를 내신 걸 보면 세상 흐름을 모르시는 분도 아닌 것 같은데. 참 지독한 사람이야, 이러시더군요. 관장님이 말이죠.」

참 지독한 사람이야. 유 관장은 그렇게 말할 자격이 있는 사람이었다. 그는 형에 대해, 형의 사진에 대해 잘 알았다. 형과 형의 사진에 대해서만이 아니라 희수에 대해서도 유 관장은 말할 수 있는 사람이었다. 그런데…… 그런데, 형은 이벤트를 하는 심사로 사진 장비도 전시하자는 아이디어를 낸 것이었을까. 형은 유 관장이 지독한 사람이라고 했을 정도로 자신의 사진 뒤에 몸을 감추어 온 사람이었다.

　형이 슬그머니 화랑 문을 밀치고 들어선 것은, 형이 사진 장비들도 전시하자는 얘기를 왜 꺼냈을까 궁금해하고 있을 때였다. 그 장비들 하나하나는 눈에 익었다. 그것들은 형이 어디론가 떠나지 않을 때는 항상 형과 내가 공동 작업실로 쓰는 오피스텔의 작은 방을 차지하고 있었다.

「그럭저럭 모양이 나는구나. 고생이 많았겠다.」

「난 구경만 했는데 뭐. 형이 전체적으로 한 번 봐야 할 것 같아서 기다리고 있었는데…… 어디 약속이라도 있었던 건가.」

「약속은 무슨. 기분이 좀 그래서…… 머리도 좀 띵하고.」

　형은 화랑 중앙에 놓인 소파 쪽을 흘깃 살피더니 첫번째 사진을 향해 눈길을 던졌고, 두 번째 사진과 세 번째, 네 번째 사진들을 전전히 둘러보았다. 형의 눈길은 액자가 담긴 사진과 그 아래 놓인 사진 장비들 사이를 오르내렸다. 형은 별다른 말을 하지 않았지만 형의 눈은 많은 말을 하고 있다는 것을 나는 알아차렸다.

「이렇게 걸리니 내 사진 같지가 않구먼. 그런데 말야…….」

「그런데 말야, 뭘.」

「아니, 그냥 희창 형 생각이 나서 말야. 그 형이 내 사진전을 보면 뭐라고 할까. 희창 형이 살아 있다면 말야.」

「뭐라고 하긴. 내 생각엔 그냥 씩 웃고 말 것 같은데. 그 형도 좋다 싫다 말을 하는 사람은 아니잖아. 좋아했겠지.」

「그래, 그랬겠지. 그 형, 씩 웃는 게 다였지. 그거 가지고 모자란다 싶으면 어깨 툭 치고 지나가고. 그런 희창 형이 이런 말을 한 적이 있었지. 사진은 빛을 이용해 찍는 것인데 어떤 때는 빛을 소멸시킨다는 생각도 든다고. 그 형이 사진전을 열기 전날이었어. 그 말이 참 의미심장하게 들리더구나. 사진은 빛을 이용해 무엇인가를 드러내는 것인데 형은 그 이면의 생각까지 한 거잖니. 그런데 나도 그런 생각이 든다. 사람들에게 사진을 내보이려니 사진을 내보이는 것으로 사북의 삶을 다 떠나보내려는 욕심이 내 속에 숨어 있는 것은 아닌가 싶기도 하고. 그래서…….」
「그래서 형?」
「전시회 오픈하기 전에 사북을 갔다 왔어야 하는 게 아닌가 싶어. 사북 말야. 죽고 없는 사람이라고 해도 내가 사진전 한다는 얘기도 하고, 사북도 한바퀴 둘러보고 그랬어야 하는 건데 미처 그 생각을 못하고 있었지 뭐냐. 그런 게 바로 사람 노릇인데.」
형은 내가 멈칫하고 있는 사이, 사북을 가봤어야 했다고 불쑥 말했다. 형은 성큼 사각의 진열대를 향해 가더니 20년 넘게 지녀 왔던 카메라 몸체를 들어 올렸다. 여차하면 화랑 바닥에 내려칠 듯 자괴감에 사로잡힌 모습이었다.

눈을 뜨면서 나는 날씨가 좋기를 바랐다. 형의 사진전이 열리는 날이어서가 아니었다. 형의 사진전에 많은 사람들이 오는 데 날씨가 방해하지 않기를 바라서도 아니었다. 하늘이 낮게 내려앉아 있으면 형이 희창 형의 사진전이 열리던 날을 떠올리며 우울해할 것 같아서였다. 그런데도 문을 열고 밖으로 나서자 눈앞으로 희창 형의 사진전이 열렸던 날이 자연스레 떠올랐다. 형이 그날을 떠올리지 않기를 바랐는데 내 눈앞에 그날이 떠오르니 형이라고 해서 그날을 떠올리지 않을 리 없었다.

나는 고개를 저어 사북의 하늘 밑, 검은 땅에서 열렸던 희창 형의 사진전 모습을 밀쳐 냈다. 나는 자꾸만, 희창 형의 사진전과 형의 사진전은 달라도 많이 다르다고 고개를 저었다. 하늘빛이 다르고, 사진전이 열리는 공간이 다르고, 무엇보다 사진이 달랐다. 형이 내건 사진은 형의 눈으로, 형의 손길로 찍은 사진이었다. 그러므로 희창 형의 사진전 기억에 붙들릴 이유는 없었다. 형도 그랬고, 나도 그랬다.

　화랑에 도착했을 때 나는 그 사실을 확인했다. 형의 사진전이 열리는 화랑 문 앞에는 아침 햇살이 현관의 아래쪽 3분의 1쯤 높이에 다다라 있었다. 햇살의 바로 위 유리문에는 형의 사진전 리플릿 표지와 포스터가 나란히 붙어 있었다. '사진작가 최병후의 카메라가 있는 흑백 사진전 〈시간의 집〉'. 형의 사진전 제목은 형이 원한 대로 '시간의 집'이었다.

　'시간의 집' 안으로 들어서며 나는 화랑 안을 둘러보았지만 형은 아직 나와 있지 않았다.

「전 두 분이 함께 나오실 줄 알았는데, 최 선생님은 첫날이니까 좀 천천히 나오실 모양이죠? 하긴 첫 사진전이니 밤잠을 설치셨을 거예요. 어떠세요. 조명을 다 켜니까 어제와는 또 다르죠? 작가분 앞에서 문자 쓰는 거 아닌지 모르겠는데, 시간이 역류하는 모습을 보는 것 같은 게 꼭 타임머신을 탄 기분이에요. '시간의 집'이란 제목에서도 그런 느낌이 나고요. 느낌이 좋은데요.」

　큐레이터의 말 그대로였다. 안으로 들어서기 전에는 전시 풍경과 화랑 건물이 어울리지 않으면 어떡하나 싶었는데, 막상 안으로 들어서니 그 느낌은 아주 신선했다. 타임캡슐 속으로 들어선 느낌이었다. 갤러리들이 들어서면 어떤 '시간의 집'으로 들어섰는지 그들 스스로 금세 알 것 같았다. '시간의 집'이란 바로 모든 사람의 추억 속에 있는 집이었다. 그때 비로소 사람들은 검은빛과 흰빛이 과거의 기억들을 불러내 어떻게 하나의 집을 이루어 내는지 확인할 수 있을 터였다.

「그게 그거지만, 나는 타임캡슐에 들어선 것 같은걸요. 강 큐레이터, 표현력이 아주 뛰어납니다. 이러다 내가 절필해야 하는 거 아닌지 모르겠어요.」

「선생님도 참, 별말씀을요.」

화랑에는 커피 향이 번져 가고 있었다. 나는 소파에 앉아 눈을 감고 커피 향을 음미했다. 형 또한 그럴 것 같았다. 한차례 화랑 안을 둘러본 뒤 소파에 슬쩍 궁둥이를 걸친 다음 눈을 감고 커피 향을 음미할 터였다. 형의 눈꺼풀 위로는 자신이 걸어온 시간의 물결이 일렁일 터였다. 형은 그런 물결이 일렁이는 집을 지어 왔고, 아직도 그 집에 머물러 있었다. 형이 사진전 제목을 '시간의 집'으로 정한 것도 그러한 까닭에서일 거라는 확신이 들었다.

그랬다. 자연광 아래서 사진을 한 장 한 장 들여다보는 것과 화랑에 진열된 사진을 보는 느낌은 많이 달랐다. 평면 위에 펼쳐졌던 피사체들이 꿈틀거리며 다시 살아나는 듯했고, 그렇게 살아난 사진들이 뭐라고 말을 걸어오는 것 같았다. 그건 환각이 아니었다. 오히려 낯익은 느낌이었다. 어디서 이런 느낌에 젖어 들었던 것일까. 아, 나는 희창 형의 사진전에서 벗어날 수 없다는 것을 알았다. 그 느낌은 희창 형의 사진전에서 경험한 거였다. 형 또한 그때 말했었다. 사진 속의 인물들이 걸어 나오는 느낌이라고. 그러면서 형은 한 장 한 장의 사진 앞에 오래 서 있곤 했었다.

희창 형의 사진전은 탄광에서 열렸다.

탄광 진입로의 가로수 밑에는 자전거 페달을 밟으며 출근하는 광부들을 찍은 사진이 놓였고, 탄광 광장에는 저탄더미 너머로 기울어 가는 석양을 찍은 사진이 놓여 있었다. 석양 앞 저탄더미에 한 광부가 털퍼덕 주저앉아 두툼한 지폐 뭉치의 돈을 세고 있었다. 봉급날 찍은 사진인 모양이었다. 탄광에서 유일하게 넥타이를 맨 직원들이 근무하는 사무실 출입문 옆에도 액자가 놓여 있었다. 액자 속에는 출근 도장을 찍는 광부들의 모습이 담겨 있었다. 광부들의 얼굴은 작게 보였고 도장을 찍는 손은 크고 검게 보였다. 사진은 또 갱도로 들어가는 광차와 레일 옆에도 놓여 있었다. 광차에 비스듬히 기대어 푸석푸석한 식빵을 먹고 있는 광부의 모습이 보였다. 광차 위에는 보온병이 아슬아슬하게 세워져 있었다. 광부의 얼굴은 탄가루가 묻어 검고도 희었다. 식빵을 입 안으로 가져가는 손도 마찬가지였다. 그의 손마디는 굵고 짧았으며 손톱에 낀 까만 때도 선명하게 드러났다.

희창 형의 사진전이 열린 첫날 탄광에 갔다 온 형은 몹시 흥분해 있었다.

「넌, 유명한 소설만 사람을 감동시킬 수 있다고 생각하겠지? 그게 아냐. 어떤 사람은 사진을 멍하니 바라보다가 눈물이 글썽글썽해져서 갱도로 들어가더라. 광부들도 눈물을 글썽이고, 구경 온 사람들도 눈자위가 뻘게지고…… 그런 게 바로 사진의 힘이란 애길 희창 형한테 듣긴 했지만 그런 사람을 보고 나니까 가슴이 뭉클해지더라. 너도 한번 가봐라. 희창 형은 언제 그렇게 근사한 사진을 찍었는지 몰라.」

다음날 나는 형을 따라 사진전이 열리고 있는 탄광으로 갔다. 형이 말한 대로 희창 형의 사진들이 과연 광부들의 눈시울을 젖게 하는지, 나도 뭉클한 느낌에 젖어 들어 호기심과 기대감을 안은 채였다.

탄광 진입로 언덕을 오르는 일은 쉽지 않았다. 바람이 세차게 불어왔고 숨을 쉴 때마다 탄가루가 입 안으로 날아들어 서걱거리는 듯했다. 사람들은 도시락을 매단 자전거를 타고 숨을 몰아쉬며 언덕을 올라가기도 하고, 자전거 페달 위에 가만히 발을 얹은 채 피곤한 모습으로 내리막길을 달려가기도 했다. 교대 근무자들이었다. 밤새 탄을 캔 사람들은 늦은 오후에 집으로 가고, 지난밤 내내 탄을 캔 사람들이 하루를 쉬고 다시 탄을 캐기 위해 막장을 향해 가는 것이었다.

언덕 중턱을 지나자 형이 말해 주지 않은 사진들도 나타나기 시작했다. 포플러 나무 밑동에 기대어 있는 것은 도시락과 젓가락만을 클로즈업해 찍은 사진이었다. 도시락 뚜껑이 3분의 1쯤 열려 있었는데, 보리와 쌀이 뒤섞인 밥이 검푸른 빛을 띠고 있었다. 햇살이 닿았는지 젓가락의 허리쯤이 유난히 흰빛을 내고 있었다. 나는 그 사진을 오래도록 내려다보았다. 그 도시락은 아버지가 들고 나가던 것과 닮은꼴이었다. 누런 양은 도시락과 쌀과 보리가 반반으로 섞인 듯한 밥은 아버지와 나를 포함한 우리 모두의 도시락과 다름없었다. 밥 옆에는 반찬통이 들어 있었는데, 성냥갑만 한 반찬통에는 배추김치가 절반쯤, 그리고 계란말이가 몇 개 담겨 있었다. 사진 속에서 시큼한 김치 냄새가 흘러나오는 것 같았다.

언덕을 올랐을 때도 바람은 여전히 매캐한 탄가루를 흩뿌려 댔다. 탄을 실은 광차들이 갱도 밖으로 나왔다가 들어가고, 눈 빼고는 온통 검은빛투성이인 광부들이 탄더미 위에서 분주하게 삽질을 하고 있었다. 사람들은 잠깐씩의 틈을 타 어깨를 툭툭 치고 지나가기도 했고, 마주 서서 무슨 애긴가를 주고받기도 했다. 형의 말대로 호기심 가득한 눈으로 희창 형의 사진 액자 앞에 한참씩 서 있는 사람도 있었다. 그러나 눈시울을 붉히며 돌아서는 사람은 보이지 않았다.

난데없는 고함 소리가 왁자하게 들려온 것은 갱도 입구에 놓인 사진을 보고 있을 때였다. 갱도 입구에는 안전모를 쓴 채 광부가 담배를 피우고 있는 사진이 놓여 있었다. 담배 연기를 뿜어낼 때 찍었는지 담배 연기가 머리 위쪽으로 피어 올라가는 것이 선명하게 보였다. 담배와 담배 연기, 광부의 콧등과 눈, 그리고 광대뼈를 뺀 나머지는 온통 시커먼 사진이었다. 갱도 입구에 들어앉아 찍은 사진인 모양이라고 나는 짐작했다. 그런 생각을 하고 있는데, 사람들이 갱도 안에서 우르르 몰려나왔다. 광장 여기저기에 흩어졌던 사람들이 탄더미가 쌓여 있는 광장 중앙으로 달려오는 것도 보였다. 그들은 금세 거대한 무리를 이루었다. 사무실 문이 열리고 넥타이를 맨 사람들 몇이 다급하게 뛰쳐나오면서 '지금 뭣들 하는 짓이야' 하고 외쳤지만 그 소리는 다른 소리에 묻혀 버렸다.

「어용 노조 물러가라!」

한 광부가 저탄더미 위에 올라서서 다급하게 외쳤다. 세 번이었다. 첫번째는 좀 작은 목소리였고, 두 번째는 첫번째보다 큰 소리였으며, 세 번째는 아주 큰 소리였다.

「어용 노조 물러가라. 어용 노조 물러가라!」

그의 외침이 끝나자 저탄더미 아래 모여 있던 사람들의 외침이 뒤따랐다.

「어용 노조 물러가고 근로 조건 개선하라!」

「봉급을 인상하고 위험 갱도 폐쇄하라!」

선창과 복창 소리가 연이어 터져 나왔다. 구호를 외칠 때마다 광부들의 팔이 하늘 높이 치솟았다가 내려오곤 했다. 우우 소리가 광장을 뒤덮었다가 읍내 쪽으로 내려갔다.

데모였다. 데모대가 된 광부들의 외침이 탄광을 뒤덮는 것 같았지만 사무실에서 나온 사람들은 다급하게 뛰쳐나올 때와는 달리 발을 동동 구르기만 할 뿐이었다. 더러는 시큰둥한 표정으로 웃기고들 있네, 하고 비아냥거리기도 했다. 저것들이 드디어 죽으려고 환장했구먼, 하는 소리도 흘러나왔다. 광부들이 들고 있는 곡괭이와 삽자루도 넥타이를 맨 사람들에게는 위협이 되지 않는 모양이었다. 곡괭이와 삽자루 등속은 언제든지 뺏을 수 있다고 생각하는 모양이었다. 하지만 그리 만만한 도구들이 아니었다. 광부들이 구호를 외칠 때마다 그들의 곡괭이와 삽자루와 몽둥이가 검은 하늘 위로 솟구쳤다가 내려왔다. 그들은 발을 굴렀고, 광차를 뒤집어 엎었다. 누군가 돌을 던져 사무실 유리창을 깨자, 또 한 사람은 삽을 쳐들었다가 사무실 옆에 세워 놓은 자동차 앞유리를 부숴 버렸다. 끔찍했다. 온몸이 부들부들 떨렸다.

「이거 또 왜들 이래. 서울에서 데모한다고 여기서까지 이러면 무사할 것 같아? 말로 하면 될 것 가지고. 여긴 국가기간산업장이란 걸 모르나? 국가기간산업장에서 데모하는 사람들은 간첩이나 다름없다는 거 당신들이 더 잘 알잖아. 자, 이만하면 됐으니까 다들 작업장으로 가라고. 그리고 대표만 나와요. 요구 조건이 뭔지 자세히 들어 보고 들어줄 건 들어주고…….」

이윽고 사무실에서 확성기를 들고 나온 사람이 저탄장을 향해 외쳤다. 저탄장 주위의 광부들은 미동도 하지 않았다. 단단히 각오하고 나선 모양이었다.

「개 같은 사탕발림하지 말고 사장을 불러오라고. 우리가 한두 번 속은 줄 알아, 개새끼들. 여러분 사탕발림에 속지 맙시다. 봉급을 인상하고 위험 갱도 폐쇄하라!」

이편과 저편의 대치는 쉽사리 끝날 것 같지 않았다. 불안했다. 하필이면 희창 형의 사진전을 보러 온 날 이런 일이 터지다니.

「옳소, 옳소.」

「경고한다. 지금 옳소 옳소 할 때가 아니라는 것을 명심해라. 지금 곧 해산하지 않으면 데모에 참여한 사람은 당장 해고할 것이다. 경찰을 부르겠다.」

확성기를 든 사람이 경찰을 부르겠다고 엄포를 놓았을 때였다. 탄광 언덕 아래에서부터 이미 사이렌 소리가 들려오기 시작했다. 가로수 사이의 언덕길을 오르는 트럭과 백차들이 보였다. 트럭 짐칸을 가득 채운 경찰을 보자 광부들은 잠시 술렁였다.

「개새끼들, 벌써 경찰을 불러 놓고 무슨 개수작이야. 여러분 동요하지 마십시오. 흔들리면 안 됩니다. 우리는 여기서 해산해도 경찰에 잡혀가고, 해산하지 않아도 잡혀갑니다. 기왕 시작한 거 여기서 같이 살고 여기서 같이 죽읍시다. 안 그렇습니까, 여러분.」

맞는 말이었다. 광부들은 돌연 확성기를 든 사람에게 돌을 던지기 시작했고 원을 점점 크게 만들더니 광부들 몇이 재빨리 원 밖으로 빠져나가 구경꾼처럼 서 있던 한 여자의 손목을 낚아채 끌고 갔다. 그녀는 마침 사진전도 볼 겸 탄광에 견학 나와 있던 주부들 중 한 사람이었다. 알고 보니 그녀는 노조 위원장의 부인이었다. 노조 위원장 부인을 끌고 간 광부들은 다시 되돌아 나와 탄광 출입구 쪽으로 몰려가더니 순식간에 바리케이드를 만들어 세웠다. 광차와 탄이 가득 실린 트럭을 갖다 대니 그것으로 훌륭한 바리케이드가 되었다.

「살려 주세요. 이 손 못 놓겠어? 싸가지 없는 놈들. 어디다 손을 대.」

하지만 이미 늦은 뒤였다. 몇몇 장정이 대열에서 이탈하더니 노조 위원장 부인을 번쩍 들어 올렸고, 그중의 두 사람이 동료들의 무등을 타고 노조 위원장 부인을 전신주에 매달았다. 잠시 엄포를 놓는 것은 아닐까, 하는 느낌이 들었지만 엄포가 아니었다. 흉측한 일이었다.

전신주에 매달린 노조 위원장 부인은 자신이 전신주에 매달린 현실이 믿기지 않는지 악다구니를 퍼붓기 시작했다. 전신주 아래의 노조원들은 명절 때나 남편의 생일 때 선물을 사 들고 밤늦게 찾아오곤 했던 사람들이었다. 그들이 어떻게 자신을 전신주에 매달 수 있는지 도무지 이해되지 않았던 것이다.

「이런 호래자식들 같으니라고. 너희들은 에미도 없냐 이것들아. 내가 여기서 내려가는 날엔 너희들 당장 모가지가 날아갈 줄 알아라. 이것들이 지금이 어느 시대인 줄도 모르고 이 난리야.」

노조 위원장 부인의 악다구니는 효험이 없었다. 효험은커녕 악다구니에 맞서 돌멩이가 전신주에 매달린 위원장 부인을 향해 날아가기 시작했다. 부인은 처음 몇 개의 돌멩이는 이리저리 고개를 돌려 피했지만 나중에는 그럴 여유도 정신도 없었다. 그렇게 피하기에는 날아오는 돌멩이들이 너무 많았다. 그녀의 얼굴에서 피가 흐르기 시작했다. 그게 또 문제였다. 피는 사람들을 더욱 자극했고, 이판사판이란 심정으로 몰아갔다.

탄광 광장이 투석과 악다구니로 뒤덮였을 때 사이렌 소리가 한층 크게 들려왔다. 경광등을 돌리며 탄광 입구에 들이닥친 경찰들은 재빨리 탄광 둘레를 에워싸기 시작했다. 선무 방송도 들려왔다. 예전 같으면 사이렌 소리, 혹은 경찰 백차의 경광등만 보아도 사태는 잠잠해졌을 수도 있었다. 하지만 웬일인지 사람들은 전혀 위축되지 않았다. 이판사판이란 심정은 더욱 견고하게 굳어지는 것 같았다. 지금까지와는 다른 방향의 폭력이 필요하다고 생각했는지 한 광부가 전신주 가까이 다가가더니 대롱대롱 매달린 위원장 부인의 치마를 끌어당겼다. 누가 말릴 사이도 없이 순간적으로 일어난 일이었다. 그는 치마 끝을 끌어당긴 것이지만 결과적으로는 옷을 벗긴 거였다. 노조 위원장 부인의 맨살이 드러났다. 삼각형 모양의 분홍 팬티가 보였다. 사람들은 함성을 질러 댔다. 노조 위원장 부인은 더 이상 악다구니를 퍼붓지 못했다. 그녀는 스스로 숨을 거둔 듯 조금도 움직이지 않았다. 우우, 노조 위원장과 사장은 무릎 꿇고 빌어라, 사람들의 함성이 더욱 거세졌다. 불붙인 장작을 사무실과 자동차를 향해 던지는 사람들이 점점 늘어났다.

그때 카메라를 든 희창 형이 나타났다. 희창 형은 무표정했다. 희창 형은 망설임 없이 사진을 찍기 시작했다. 그가 사진을 찍는 모습은 광부들에게 아주 낯익은 모습이었다. 희창 형이 사진을 찍는다고 해서 달라질 것은 없었다. 그래서 누구도 희창 형에게 운명을 달리할 일이 벌어지리라고는 생각하지 못했다.

하지만 예상은 빗나갔다.

「프락치다, 저놈 잡아라. 카메라 뺏어.」

「프락치다. 잡아라.」

군중 대열 한구석에서 외마디 비명 같은 소리가 들리는가 싶더니 희창 형은 쿵 하고 넘어졌다. 희창 형의 몸뚱이가 먼저였는지 카메라가 내동댕이쳐지는 게 먼저였는지는 알 수 없었다. 아무튼 쿵 소리가 났고, 그 이후 형과 나는 더 이상 희창 형의 얼굴을 보지 못했다. 희창 형을 둘러싼 사람들이 발길질을 하기 시작했다. 희창 형을 둘러싼 자리에서 검은 먼지가 쉴 새 없이 일었다.

그때 나는 사람들이 흥분하면 파도와 같고 폭풍과 같으며, 마침내는 짐승 같을 수도 있다는 것을 알았다. 이윽고 사람들 사이에 빈틈이 생겨 형과 내가 비집고 들어갔을 때 희창 형의 몸뚱이는 옴짝달싹하지 않았다.

「문화사진관 형이란 말예요.」

「뭐라고? 이런, 이게 누구야. 민희창이 아냐? 그만들 해, 그만들 하라고. 빨리 앰뷸런스 불러. 빨리.」

고함 소리에 놀라 발길질을 멈춘 광부들 중 민희창을 모르는 사람은 단 한 명도 없었다. 그런데도 조금 전까지의 그들은 희창 형이 옴짝달싹하지 못할 정도로 뭇매에 지쳐 갈 때까지 그가 민희창이라는 사실을 모르고 있었다. 사람들은, 카메라에 찍히면 경찰에 잡혀갔을 때 완벽한 증거가 된다는 점에만 온 신경을 곤두세우고 있었던 것이다.

「늦었습니다.」

앰뷸런스가 도착했을 때 가운을 입고, 목에 청진기를 걸고 있던 사람이 눈꺼풀을 뒤집어 보고, 맥을 짚어 보고 나서는 나지막이 말했다. 그것은 선고였다. 늦었다는 것은 이미 숨을 거뒀다는 뜻이었다. 그는 희창 형의 가슴에 청진기조차 대보지 않고 말했다. 늦었습니다, 이렇게 말이다. 그게 형과 내가 본 희창 형의 마지막 모습이었다. 희창 형은 자신의 사진전이 열리던 그 자리에서 아주 조용히, 순식간에, 자신이 하고 싶었던 말은 단 한마디도 하지 못한 채 눈을 감았다. 그가 등진 세상의 하늘빛은 그날 아주 어두웠고, 낮게 내려앉아 있었으며, 사람들의 얼굴빛 또한 납덩이처럼 무겁고 검은빛이었다.

그날, 광부들과 경찰들은 팽팽한 긴장 속에서 밤새 대치했다. 형은 긴장의 도가니 같은 탄광 곳곳을 돌며 희창 형의 사진 액자를 거둬들였다. 형이 할 수 있는 일이란 그게 다였다.

형은 여전히 나타나지 않고 있었다.

「전화를 한번 해볼까요? 혹시 늦잠이라도 주무시는 건 아닌지. 뭐, 더 늦어도 상관없지만 관장님이 인터뷰를 하나 잡아 놓으셨거든요. 이런 전시회는 언론의 도움을 받지 못하면 그냥 해프닝으로 끝나기 십상이니까요. 기자와 점심 약속까지 곁들이신 것 같던데.」

「그런 스케줄이 있었나요? 그래 보죠 뭐. 형이 아침잠을 참 달게 자는 사람이거든요. 저도 그런데, 집안 내력입니다.」

나는 별일 아닌 듯이 얘기했지만 머릿속으로는 두어 가지 걱정이 엉키고 있었다. 형은 예고 없이 어디론가 떠나는 버릇을 지닌 사람이었다. 사북을 갔다 왔어야 하는 거 아닌가 싶어. 형은 사북에 다녀왔어야 하는 건 아니냐고 반문했었다. 그게 마음에 걸렸는데, 역시 형은 전화를 받지 않았다.

「오고 있는 모양입니다. 안 받네요.」

「아, 예.」

「사진전을 여는 형 마음이 꽤 착잡할 겁니다. 사진이란 건 참 동적인 작업인데, 형은 직업과 달리 꽤 정적인 사람이거든요. 여러 가지 생각이 오갔을 거예요. 형에게 카메라를 잡게 해준 시골 사진관 주인이 있었는데 팔십년 봄에, 그 유명했던 사북 사태 때 말이죠, 그때 사진전을 하던 자리에서 죽었거든요. 형에겐 엄청난 충격이었죠. 그런데 어제 그러더군요. 사북에 갔다 왔어야 하는 게 아니었는지 모른다고. 사부에게 사진전 연다는 얘길 하고 싶었던 모양입니다. 사북이 어떻게 변했는지 보고 싶기도 했을 테고.」

형은 나타나지 않을지도 모른다고 나는 이미 짐작하고 있었다. 정말 그럴 것이라는 확신은 들지 않았지만 그럴 가능성도 꽤 높다는 예감이 자꾸만 고개를 쳐들었다.

「그랬군요. 시골 사진관 주인에게서 사진을 배우셨다니…… 그런데 어떻게 사진전 여는 자리에서 죽어요 글쎄.」

「사진전을 탄광에서 했었지요. 탄광 여기저기에 액자 하나씩을 놓았는데 그게 사진에게 피사체가 되어 주었던 사람들에 대한 예의라고 생각했을 수도 있고, 사북에서 여는 사진전의 의미를 높이는 장치도 될 수 있고. 어린 내 눈에도 참 신선한 사진전이었죠. 사진전을 하고 있는데 데모가 시작됐고, 그걸 찍느라 왔다 갔다 하는 걸 본 사람들이 그 형을 경찰 프락치라고 오해했던 거지요. 그 와중에 사진 찍는 사람이 동네 사진관 주인인지 누구인지 살필 겨를이 없었던 거죠. 뭇매를 맞아 죽었는데, 형은 그 죽음을 참 못 견뎌했어요. 이 사진전을 그 형에게 사전 보고하지 못한 게 마음에 걸리는 모양이더군요. 어쩌면…….」

「어쩌면 사북에 가셨을지도 모른다고요? 설마 사진전 오픈하는 날 사북에 가셨을라고요. 가시더라도 얘길 하고 가셨겠죠.」

「그렇겠죠? 곧 오겠죠 뭐. 워낙 훌쩍 떠나기를 잘하는 사람이라서 사북엘 갔나 했는데, 설마 그럴 리야 없을 거고. 그나저나 갤러리가 한 명도 오질 않네요.」

「뭐, 첫날이잖아요. 그리고 떠들썩하게 초청장을 보낸 깃도 아니고. 화랑에서 일해 보니까 그런 걸 알겠더라고요. 일희일비할 필요 없다, 관장님이 늘 하시는 말씀예요. 일희일비하지 말아라. 우리나라 갤러리들 구두는 양철 조각으로 만들었대요. 무슨 계기만 되면 와 하고 몰려들고, 그렇지 않으면 차디차게 굳어서 꼼짝도 않는다고요. 그래도 의미 있는 사진전으로 비중을 많이 두시는 눈치셨어요. 우리 관장님, 화랑계에서는 알아주는 매니저시잖아요. 갤러리가 열 명이 안 돼도 좋다, 이러면서 우리 화랑에서 초대전 한번 하는 게 소원인 화가들이 얼마나 많은지 몰라요. 그래도 사진전은 모험인데, 최 선생님 사진전은 꽤 하고 싶어하시더라고요.」

형은 큐레이터와 내가 그렇게 얘기를 늘여 가고 있는데도 나타나지 않았다. 큐레이터와 나는 자꾸만 말자락을 늘여 가야 했다. 시작부터 쓸쓸하기 짝이 없는 사진전이 되어 가고 있었다. 나는 쓴웃음을 지으며 갤러리가 한 명도 들지 않는 형의 사진전을 상상해 보았다.

「사진전이란 게 이렇게 쓸쓸한 거라는 걸 알고 일부러 안 나타나는 건 아닐까요.」

「에이, 그럴 리가요.」

큐레이터는 '그럴 리가요' 소리를 아주 잘하는 사람이었다. 나는 화제를 계속 이어 붙이는 게 쑥스러워서 다시 전화를 걸어 보았다. 형은 여전히 전화를 받지 않았다.

「그래도 사진 장비들이 같이 전시돼 있으니까 화랑이 텅 빈 것 같 지는 않네요. 전시회를 하다 보면 작품만 달랑 걸려 있고 갤러리 가 한 명도 없으면 아주 적막하거든요. 그럴 땐 화랑이 죄짓는 기 분이 들곤 해요.」

이번에는 큐레이터가 화제를 만들어 내려고 애쓰고 있었다. 나는 큐레이터의 얘기를 듣고 화랑 안을 둘러보았다. 그랬다. 화랑에는 형의 사진 말고도 사진 장비들이 사각의 틀 위에 놓여 있었다. 렌즈 며, 가방이며, 필름통이며, 그것들은 모두 형의 분신들이었다. 그것 들은 형이 어떻게 살아왔는지를 그 자체로써 웅변하는 대체물이었 다. 그리고 그 물건들은 형이 아이디어를 내어 진열대를 차지하고 있는 참이었다. 그 장비들을 보고 있자니 형이 나타나지 않고 있는 게 더욱 이해되지 않았다. 장비를 진열하고 액자를 걸고 있을 때도 슬그머니 사라졌다가 한참 만에 나타나지 않았던가. 그렇다고, 있을 수 없는 일이라고 단정할 수도 없는 일이었다. 형은 어디론가 떠나 는 삶을 오랫동안 살아온 처지였다. 불쑥 어디론가 떠난다는 것은 자신이 있어야 할 어느 자리인가를 비운다는 의미이기도 했다. 형은 이 자리를 비워 놓은 채 어느 자리에 서 있단 말인가. 나는 형의 사 진 장비들에서 눈길을 거둬 사진 쪽으로 옮겨 가면서 물었다. 형, 형 은 지금 어디에 있는 거야라고.

사진전 첫날, 형은 끝내 나타나지 않았다. 몇 사람의 갤러리가 다녀갔을 뿐이었다. 주인 없는 사진전이 된 셈이었다. 형을 대신해 화랑을 지키고 있던 나는 화랑 문을 닫은 후 형과 내가 함께 쓰는 오피스텔 앞까지 갔지만 엘리베이터에 몸을 싣지는 않았다. 내 집필실이 있는 오피스텔은 나의 공간이자 형의 공간이기도 했다. 만일 형이 내 집필실 옆의 작은 방에 있다면 형은 사진전이 열린 날 얼굴을 내밀지 않은 겸연쩍음에 쑥스러운 표정을 지을 것이고, 나는 쑥스러운 얼굴을 향해 무슨 까닭인지 말해야 한다고 무언의 압력을 넣는 셈이 될 터였다. 형과 나는 그런 사이였다. 내가 새로 펴낸 책에 서명을 해서 건네주면 일주일이 지나도 작품이 이렇더라 저렇더라 말 한마디 안 할 때도 있었다. 늘 손이 닿는 곳에 내 책을 꽂아 두느냐 멀리 꽂아 두느냐가 형이 내게 보내는 독후감과 같았다. 내 책을 가까운 데 꽂는 것은 다시 보기 위해서라고 형은 말한 적이 있었다. 그렇게 과묵한 형에게 무슨 말인가를 해봐야 형이 선뜻 입을 열지는 않을 터였다.

　나는 집필실이 자리한 오피스텔을 올려다보며 층수를 세어 보았다. 불이 켜져 있는지, 혹은 커튼이 열려 있는지 정도만으로도 형이 부재중인지 아닌지를 어림할 수 있어서였다. 물론 형이 있든 없든 나는 엘리베이터를 타지 않을 생각이었다. 내 집필실이 있는 9층의 창문으로는 빛이 새어 나오지 않았다. 역시 형은 어딘가로 간 것인가. 당혹스럽긴 했지만 낯설지는 않았다.

　형이 누구에게도 알리지 않고 처음으로 행방을 감춘 것은 사북에서의 생활에 어느 정도 익숙해졌을 때였다. 아버지 역시 탄광의 막장 생활에 그럭저럭 적응해 가고 있을 무렵이었다. 어머니 역시 탄광으로 이사한 가족들의 빨래를 해대는 것이 얼마나 바쁘고 힘든 일인가를 깨달아 가고 있던 무렵이었다. 그 모든 익숙함은 안간힘을 다해 눈물을 삼켜 가며 어쩔 수 없이 얻은 것이었다. 그러므로 유리병처럼 언제든 깨질 수 있는 익숙함이기도 했다.

　그런 어느 날인가 형이 밤늦도록 돌아오지 않았다. 어머니와 아버지는 소리쳐 형을 찾으러 다니지는 않았지만 형이 돌아오지 않고 있는 것에 몹시 신경을 쓰고 있는 게 분명했다.

「내 뱃속에서 나왔는데도 어찌 그리 다른가 몰라.」

　어머니는 그런 식으로 형을 걱정했다. 작은아들은 밖으로 나가라고 성화를 해도 안 나가는데 큰아들은 왜 엉뚱하게 밖으로만 도냐는 푸념이었다. 어머니는 형이 사진 찍는 것을 안 이후 행여나 사진기를 사달라고 조르지 않을까 싶어 형과 눈길 마주치는 것도 피하고 있던 처지였다.

「한 놈은 당신이나 나나 어디 가서 주워 온 모양이지 뭐. 어딜 간다는 얘기도 없이 나갔단 말이지?」

「이 양반이 지금 농할 때예요. 큰애가 죽었는지 살았는지 모르는 판에 그런 시답잖은 농담이나 하고. 어딜 간다고 했으면 왜 걱정을 하겠우. 병주야, 네가 나가서 좀 알아봐라. 넌 형이 어딜 잘 가는지 웬만큼 알 것 아니냐.」

나는 어머니의 손에 떠밀려 밖으로 나왔지만 형을 찾으러 가볼 곳이라곤 사진관밖에 없었다. 하지만 형은 사진관에도 없었다.

「병후가? 여기 안 왔는데. 어딜 간다는 얘기도 없었어?」

희창 형보다 희수가 더 놀란 듯했다.

「오빠, 병후한테 카메라 빌려 줬잖아. 개 어디로 사진 찍으러 간 거 아닐까. 그린데 병훈 아직 사북 시리도 잘 모르샤. 혹시 십에 가다가 누구한테 카메라 뺏기고 두들겨 맞은 거 아냐.」

「방정맞기는. 그걸 내가 어떻게 아냐.」

형이 사라진 날은 토요일이었다. 나는 희수와 희창 형의 얘기를 듣고 형이 카메라를 들고 사라졌다는 것을 알았다. 희수는 형이 카메라를 뺏긴 건 아닐까 하는 데까지 상상했지만 나는 오히려 좀 안심이 되었다. 내가 책을 끌어안고 있으면 밥을 먹었는지 안 먹었는지 모르듯이 형 역시 어느 구석진 곳에서 카메라를 매만지며 셔터를 누를 대상을 찾고 있을 것만 같았다. 어머니의 말과는 달리 형과 나는 그런 점에서 쏙 빼닮은 형제였다. 장소와 대상이 다를 뿐 형과 나는 어느 한 가지에 몰두하는 성격이었던 것이다.

나는 형이 희창 형에게 카메라를 빌려 들고 나갔다는 사실만 챙겨 집으로 돌아왔다. 내 입장에서는 소득이 없는 것이 아니었지만 어머니 아버지 쪽에서 보면 헛걸음친 것과 다름없었다.

「사진관에도 없어요. 아무 데도 없던데요.」

나는 형이 카메라를 들고 나갔다는 얘기는 아예 꺼내지도 않았다.

「넌 어떻게 형이 어디 가는 줄도 모르고 날이면 날마다 방구석에만 틀어박혀 있냐그래.」

나는 어머니의 지청구를 들으면서 오랜만에 골방에서 혼자 잠을 잤고, 어머니와 아버지는 내 잠결 속으로 긴 한숨을 건너 보내곤 했다. 나는 형이 신세계를 찾아 나선 것인지도 모른다고 추측했다. 나는 그날 밤, 어머니가 멀쩡한 연탄 화덕을 몇 차례나 점검하는 소리를 들었다. 연탄불을 갈기 위해 부엌 출입을 하는 듯이 행동했지만 사실은 형 걱정에 잠을 이룰 수 없었던 것이다.

「잠 좀 자자고. 죄 없는 연탄 화덕만 덜거덕거린다고 애가 돌아오나? 당신은 애가 가방 놓고 나갈 때 뭘 한 거야. 한심한 사람 같으니라고.」

「한심한 건 이 바닥으로 마누라와 자식새끼들 끌고 온 당신예요. 누가 할 소린지 모르겠네.」

나는 잠결에 아버지와 어머니가 가시 돋친 설전을 벌이는 것을 들었다. 설전의 끝은 한심한 건 이 바닥으로 마누라와 자식새끼들 끌고 온 당신이란 소리가 나온 직후였다. 아버지는 더 이상 어머니를 타박하지 않았고, 조금 있자 아버지의 코 고는 소리가 골방까지 들려왔다.

형은 다음날 해 질 무렵에야 축 늘어진 모습으로 돌아왔다. 늘어진 어깨 한쪽에는 카메라가 걸려 있었다. 내가 예상했던 것보다는 빠른 귀환이었다. 탄광촌의 형들이 툭하면 집을 나가 한 달이고 두 달이고 지내다가 돌아오는 일이 있다는 얘기는 흔했다. 패싸움을 하는 바람에 경찰서에서 부모를 기다리는 형들도 있었다. 형의 사라짐, 그건 단지 우리 집에서만 처음 일어난 일이었을 뿐이었다.

이틀 만이었지만 집으로 돌아온 형의 얼굴은 헬쑥했다. 눈이 퀭하게 들어가 있었고, 옷에는 흙먼지가 잔뜩 앉아 얼핏 보면 산역꾼이라고 해도 무리는 아니었다. 금광이라도 캐다 온 사람 같기도 했다.

「추워서 혼났다. 다음에는 옷을 좀 많이 가져가야지.」

가출과 귀환에 대한 형의 해명은 아주 싱거웠다. 싱거울뿐더러, 그 말은 형이 또 아무 말 없이 집을 나갈 것이라는 예고와 다를 게 없었다. 그런 형의 얼굴에는 몸뚱이가 피곤한 것과는 달리 정신적인 희열 같은 게 머물고 있는 듯했다.

「어딜 갔었는데.」

「태백산에. 정상까지 갔었다. 기가 막히더라.」

기껏 등산을 하느라고 아무에게도 말하지 않고 십 밖에서 잠을 잤단 말인가. 나는 하도 엉뚱한 대답에 형의 몰골만 다시 훑어보았다. 그 말을 듣고 보니 산에 갔다 온 사람 차림 그대로였다.

「태백산에? 혼자?」

「그래 태백산. 희창 형이 카메라를 빌려 줬거든. 태백산 운해가 그렇게 멋있다더라. 일출은 일출대로, 일몰은 일몰대로. 그래서 꼭 한 번 가보고 싶었지. 백두 대간의 줄기 아니냐 거기가. 정말 멋있더라. 여기서 죽어도 좋다는 생각까지 들더라고.」

「거긴 해가 떴어? 여긴 오늘 흐렸는데.」

「해 말고 구름 말야. 구름이 잔뜩 끼니까 그게 바다 같더라. 산은 섬 같고. 그런데, 사진이 잘 나올지 모르겠다.」

그날 이후로 형은 사북에 사는 답답함에 대해서 입을 여는 일이 훨씬 줄어들었다. 그날 이후로 어머니도 아버지도 형이 가끔 사라지는 것을 크게 야단치지 않았다. 그것은 내게 왜 방에만 틀어박혀 있느냐고 묻지 않는 것과 같은 선상에 있었다. 형과 나는 공평한 사랑을 받은 셈이었다.

　나는 오래도록 오피스텔 건물을 올려다보다가 끝내 집으로 갔고, 다음날 형이 화랑 문을 열고 들어서는 것을 보았다. 어디서 많이 본 듯한 표정이었다. 그랬다. 형의 얼굴은 카메라를 들고 밤에 산을 타고 돌아왔을 때, 산에서 구름의 바다를 보았다던 그날의 모습과 비슷했다. 눈은 쑥 들어갔고, 머리칼은 삐죽삐죽 곤두서 있었다. 나는 형이 잠을 제대로 못 잤다는 것을 알았다.
　「형, 어젠 어떻게 된 거야. 하필이면 오픈하는 날…… 연락이라도 해주든가. 하여튼 형은…….」
　「미안하다. 일이 좀 있었고, 기분이 좀 그래서, 그냥 방에 있었지 뭐. 별일 없었지?」
　「별일이야 사진전 주인공이 자리를 비운 게 별일이지. 방에 있었다고? 전활 몇 번이나 했는데 안 받던데? 저녁에 가봤더니 불도 꺼져 있고.」
　「와봤었냐. 올라오지 않고. 온몸이 쑤시고 몽롱한 게 꼼짝도 하기 싫어서 그냥 누워 있었다. 나가지 말라는 신호구나, 그렇게 생각될 때가 있거든.」
　형과의 대화는 더 이상 진행되지 않았다. 손님이 기다리고 있었다. 어제 인터뷰를 하기로 했던 기자가 찾아와 유 관장과 차 한잔을 마신 후 사진을 둘러보고 있었던 것이다. 그는 한차례 사진을 둘러본 후 내게 '형님 사진을 어떻게 생각하십니까'라고 뜬금없는 질문까지 던졌다.
　「어떻게 생각하느냐? 어려운 질문이군요. 형 사진을 보면 일기를 들춰 보는 것 같아서 가슴 아플 때가 많죠. 좋은 사진들인데 거기

에 형의 삶이 들어 있으니까 마냥 즐겁지만은 않다 이런 얘깁니
다.」

「그러시군요. 하하, 제가 우문을 드린 것 같군요. 제가 보기에도 참
좋은데. 할 말이 참 많은 작가구나, 이런 느낌이 드는군요.」

기자는 고개를 주억거리더니 사진을 둘러보기 시작했다. 두 번째
보는 셈이었다. 처음에 그는 왼쪽에서부터 둘러보았는데 두 번째는
오른쪽에서부터 둘러보고 있었다. 그러고 나서 그는 형 앞으로 다가
와 수인사를 건넸다.

「송승민이라고 합니다.」

형은 기자의 인사와 함께 명함을 건네받으며 자리에 털썩 주저앉
나시피 소파에 궁둥이를 내렸다.

「아 예. 이거 어쩌죠, 저는 명함 같은 게 없습니다. 사진하는 최병
후입니다.」

「괜찮습니다. 최 선생님은 사진이 명함 아닙니까. 작품 잘 봤습니
다. 제가 제대로 봤는지 모르지만 아주 이색적인 시간 여행을 한
기분입니다. 그런데 몇 점은 아주 실험적이라는 느낌이 들더군요.
사진 작업 하시다 보면 꽤 외로우셨을 것 같은데…… 화단이나 문
단이나 사단이나, 예술하는 동네가 다 그렇잖습니까. 몰려다니지
않으면 고립되는 것 말이죠. 독립군처럼 활동하신다는 얘기 유 관
장님한테 들었는데, 사진에서도 그런 느낌이 들었습니다. 동생분
하고도 말씀 나눴습니다만 하실 말씀이 많은 분 같다는 생각도 들
고 말이죠. 처녀 전시회를 여신 소감이 어떠십니까?」

「그저 얼떨떨하지요. 어제는 미안했습니다. 도무지 몸이 움직여지
지 않아서 못 나왔습니다. 쑥스럽기도 하고……. 시간 여행하는
기분이었다니 다행입니다.」

　형은 좀 낯선 사람을 만난 듯한 표정을 지었지만, 나는 송 기자가 왜 그런 식으로 운을 떼는지 알 수 있었다. 책 몇 권을 내는 동안 인터뷰를 해보니 기자들이란 경찰이나 검찰처럼 상대를 긴장시키기도 하고, 느슨하게 풀어 주기도 하는 습관을 가지고 있는 직업인이었다. 정도의 차이는 있어도, 인터뷰를 하는 둥 마는 둥 하는 기자가 돌아가고 나면 기사가 안 나오거나 단 몇 줄만 인사치레로 나오기 십상이었다. 인터뷰가 색다르게 진행되는 경우는 좀 달랐다. 기사가 안 나올 수도 있지만 인사치레하듯이 몇 줄만으로 끝나는 경우는 거의 없었다. 그러므로 형에게 단도직입적으로 외로웠겠습니다, 독립군처럼 활동하신다고요, 소리가 나왔다는 것은 형의 사진이 기자에게 어떤 식으로든 울림을 주었다는 뜻이었다. 형이 긴장하고 있는 것은 기자의 그런 생리를 몰라서였다. 형은 제대로 된 인터뷰 자리에 처음 앉아 있는 사람이었다.

「안내 리플릿을 보니 최 선생님께선 흑백 사진만을 고집하고, 플래시를 사용하지 않는다고 돼 있는데 특별한 까닭이 있는지 궁금합니다. 모든 것이 다양화되는 시대 아닙니까. 좀 더 또렷하게, 좀 더 현실과 다름없이, 이런 세상인데 좀 보수적인 사진 기법 아닌가 하는 생각이 들었습니다. 과거 지향적인 것 말이죠. 그게 통할까요. 다들 앞으로만 가는데…….」

「내가 흑백과 컬러 작업을 다 해봤다면 대답하기가 쉬울 텐데, 아직 컬러 사진을 찍어 보지 않았습니다. 흑백 사진이 내 사진의 전부라는 것 외에는 뭐라고 말해야 할지. 사실, 흑백이기 때문에 뭘 표현하지 못한다는 생각을 해본 적도 없고 말이죠. 과거 지향적이고 보수적이지 않느냐? 글쎄요. 모든 예술은 과거 지향적이지 않은가요. 소설 쓰는 제 아우가 여기 있지만, 이 친구도 늘 과거 얘기

만 붙들고 살더군요. 자기 상처를 파먹고 사는 거죠. 저도 그런 연
장선상에 있는 건데, 의도하지 않아도 자연스레 그렇게 되더군요.
플래시를 쓰지 않는 건, 제가 시골 무지렁이라서 그런지 인공광을
빌리는 걸 싫어합니다. 무슨 빛이든 자연 그대로 받아들여 보자,
이런 생각이죠. 자연 그대로 받아들이는 것도 숨이 차서 다 못 찍
는데 플래시까지 동원할 필요가 있겠느냐는 거지요. 그리고 사진
은 여유로운 장르예요. 플래시를 써서라도 다급하게 찍어야 할 피
사체가 있는 것 같지만 천천히 시간을 두고, 그러니까 피사체와
충분히 교감을 한 후에 자연의 빛에서 찍어야 할 경우도 많다는
겁니다. 그래서 플래시를 쓰지 않지요. 내 사진이 거칠다고 얘기
하는 걸 들은 적이 있는데 플래시로 부드러운 선을 연출한다고 해
서 본질이 달라질 것도 없잖습니까. 상처는 상처대로 내보여야지
요. 통하든 말든 생각해 본 적도 없고…….」

형은 두 팔을 목 뒤로 돌린 다음 고개를 쳐들었다. 그건 형이 암담
하거나 굉장히 피곤할 때 취하는 자세였다. 그럴 때 형은 천장을 향
한 채 눈을 감곤 했었다.

「상처는 상처대로 내보인다고요? 그렇겠군요. 죄송하지만 상처의
성격이란 것이…….」

이제 기자 본연의 질문이 쏟아지기 시작한다는 것을 나는 알아차
렸다. 형은 입술을 꾹 깨문 채로 잠깐 기자의 얼굴을 마주 보더니 다
시 천장을 향해 고개를 꺾고 우물우물 기자의 질문에 대답하기 시작
했다.

「상처란 거…… 그건 개인의 것일 수도 있지만 우리 모두의 것일
수도 있고 그런 거죠. 어떤 상처냐에 따라서. 내 상처의 출발은 아
무래도 사북인데…… 사북은 내 상처만을 생각나게 하는 곳이 아

닙니다. 사북에서 나는 사람이 죽고, 죽지 않더라도 늘 죽음을 곁에 두고 사는 사람들을 보면서 학창 시절을 보냈죠. 그때 사진을 배우기 시작했는데 그들의 고통을 내 눈에, 내 카메라에 담고 싶었어요. 그게 내 일이라는 확신이 들었고, 사진을 찍으면 내가 살아 있다는 걸 느낄 수 있었단 말입니다. 그렇게 되기까지 나를 응원해 준 사람이 있었죠. 민희창이라고, 거기서 무명 사진작가로 활동했던 사람이 내 나름의 방식으로 타인의 상처를 껴안는 방법을 가르쳐 줬어요. 그렇게 시작한 게 오늘 여기까지 온 겁니다. 내 사진에 미덕이 있다면 그건 민희창 형과 사북의 그때 그 사람들이 만들어 준 겁니다. 나는 다만 그때 거기에 있었을 뿐이죠. 여기 이 사진들, 사북의 그때 그 사람들에게 바치는 겁니다.」

형의 목소리가 천장을 향해 솟았다가 아주 천천히 떨어지는 것처럼 무겁게 들려왔다. 형의 가슴을 짓누르고 있던 상처들이 한꺼번에 쏟아져 나와 화랑 여기저기에 걸려 있는 것을 보는 기분이었다.

「그 기분 이해합니다. 사북과 인연을 맺고 있는 분들이 많이 보셨으면 좋겠군요. 사북을 중심으로 찍은 사진들이지만 황량하기보단 정겹더군요. 상처를 준 곳이지만 사랑이 없으면 그런 느낌이 안 들겠죠. 개인적으론 여기 걸린 사진이 리얼리티가 더 강했으면 하는 느낌도 들긴 했습니다만. 그런 시각에 대해서는 어떻게 생각하시는지요. 결례되는 질문인지 모르겠습니다.」

「결례라뇨. 사진을 건 이상 그다음부터는 보는 사람의 몫이지요. 하지만 개인적으로는 내 사진의 리얼리티에 만족하는 편입니다. 어느 때든 셔터를 누르는 순간은 만족스러울 때거든요. 내 마음과 일치되지 않으면 셔터가 눌러지지 않으니까. 글쎄요, 난 거친 현장이라고 해서 반드시 거칠게 드러나야 한다고 생각하지 않아요.

사진도 말을 하거든요. 사람의 말에도 여운이 있는 것처럼 피사체
도 피사체의 여운을 가지고 있더라고요. 내 카메라에 들어올 수
있는 최대치의 모습을 보여 주는 순간이 있다는 얘기지요. 난 그
순간을 기다려 사진을 찍었던 거고. 피사체의 그런 여운을 느끼는
게 중요한데…… 물론 인화할 때는 이보다 더 좋은 순간이 있지
않았을까 미련도 남지만, 그땐 이미 피사체로 다시 돌아갈 수 없을
땝니다. 그게 바로 사진이지요. 그런데 송 기자, 혹시 킴 푹이란 사
람을 아시나 모르겠습니다.」

이번에는 형이 기자를 향해 질문을 던졌다. 하지만 형이 킴 푹이
란 사람을 들이댄 것은 의외였다. 아주 낯선 이름이었다.

「킴 푹, 글쎄요. 들어 본 섯 같기는 한데…… 모르겠습니다.」

「퓰리처상이라고 있잖습니까. 보도 사진 중에서 엄선해 주는 상이
란 거야 신문 기자니까 잘 아실 테고. 우린 흔히 보도 사진이니까
작품성과는 좀 거리가 있다고 생각하기 쉬운데, 그게 그렇지 않아
요. 킴 푹이라는 여자가 있고 닉 우트라는 사진작가가 있습니다.
닉 우트는 칠십삼년에 퓰리처상을 받은 사진작가죠. 킴 푹은 바로
그 사진 속의 피사체가 된 사람입니다. 사람들이 닉 우트는 많이
알아도 킴 푹을 모르는 건 그래서지요. 닉 우트의 수많은 피사체
중 한 사람이니까.」

「아, 닉 우트요. 저희 신문에도 퓰리처상 사진전 기사가 나간 적이
있었거든요. 그렇다면 퓰리처상 사진전에 킴 푹을 찍은 사진이 전
시됐던가요?」

「물론이죠. 그 사진, 아주 유명합니다. 끔찍하면서도 아름다운 사
진으로 정평이 나 있는데…… 벌써 수십 년 전 얘긴데, 닉 우트가
베트남전 종군 기자였거든요. 그때 우연히 화상을 입고 알몸으로

도망치는 아이들과 마주쳤죠. 거기에 킴 푹이 있었어요. 불구덩이에서 도망치는 아이들 가운데 한 여자 아이였는데, 얼마나 끔찍한 일입니까. 화상을 입고 알몸으로 도망치는 아이들도 그렇고, 그 아이들을 도와주지는 못할망정 거기에 대고 셔터를 눌러야 하는 사진작가도 그렇고. 하지만 닉 우트는 사진을 찍었고, 이 사진은 전쟁의 참혹함이 어떤 것인가를 전 세계에 알리는 단서가 되었어요. 기회가 되면 그 사진을 찾아 꼼꼼히 보시죠. 얼마나 사실적인지 사진 속에서 비명 소리가 들리는 듯합니다. 그런데 한편으로는 킴 푹의 알몸뚱이가 완벽하다고 할 만큼 안정된 구도를 이루고 있어서 도저히 화상을 입고 도망치는 아이 같지 않아요. 가슴과 양쪽으로 벌린 팔, 하다못해 킴 푹의 국부까지도 사진에서는 완벽한 중심을 이루고 있죠. 그게 비극미라는 겁니다. 피사체로서의 킴 푹은 절망의 구렁텅이에 놓여 있지만 사진은 나무랄 데 없는 미학을 획득하고 있는 셈이죠. 한 인간의 운명은 가엾고 불쌍하지만, 사진의 구도와 느낌은 사진이 이렇게 아름다울 수도 있다는 것을 깨닫게 한다 이 말입니다. 그런 구도가 아니었다면 닉 우트는 비극 앞에 놓인 아이를 찍었다는 이유만으로 퓰리처상을 받지 못했을 겁니다. 상이 중요하다는 얘기가 아녜요. 닉 우트가 퓰리처상을 받음으로써 그 아홉 살 소녀의 비극적 운명이 세계적인 관심사가 됐다는 사실이 중요하죠. 그 사진, 리얼리티가 살아 있다고 해서 상을 받은 게 아닙니다. 리얼리티와 아름다움이 결합돼 있기 때문에 상을 받은 거죠. 이게 송 기자의 질문에 대한 내 답변입니다. 나 역시 그런 사진이 되기를 꿈꾸면서 찍었지만 판단은 내 몫이 아니라는 거죠.」
「무슨 말씀인지 알겠습니다. 이건 여담입니다만, 예술하는 분들

참 지독하죠. 킴 푹만 해도 그 사진 한 장 때문에 상처를 받았을 것 아닙니까. 전쟁의 참혹함을 알리는 전도사 역할을 했지만 개인의 수치감에 대한 권리를 찾아 줄 수는 없잖습니까. 그런 점에서 보면 최 선생님 작품도 닮은 데가 있더군요.」

「천만에요.」

이렇게 얘기할 때까지도 형은 두 팔을 목 뒤로 돌린 채 기자를 바라보다 천장을 올려다보다를 반복하고 있었다. 그러나 형은 천만에요 소리와 함께 손깍지를 풀었다. 천만에요, 형의 그 소리에는 알 수 없는 격정이 담겨 있는 듯했는데, 자세히 보니 형의 얼굴에는 진땀이 잔뜩 배어 있었다. 인터뷰 자리가 곤혹스러운 것인지, 기자를 향해 뭔가 강하게 반론을 제기하고 싶은 것인지 모를 일이었다.

「그 소녀는 커가면서 무려 열일곱 번의 피부 이식 수술을 받았죠. 그러면서 한 여인으로 성장해 갔는데 그때의 킴 푹이 지금 몇 살인 줄 압니까? 마흔 살이 넘었어요. 그 사람 지금 뭐 하고 사는지 아세요? 킴 푹 모금 재단을 만들어 지뢰밭에서 다친 사람들을 돕고 있죠. 송 기자 얘기대로라면 어린 시절의 알몸뚱이가 공개된 것 때문에 평생 동안 닉 우트를 원망했을 수도 있고, 골방에 틀어박혀 세상을 원망하고 저주하며 살 수도 있었겠죠. 그런데 킴 푹은 당당하게 세상 밖으로 나왔어요. 어떻게 이런 일이 일어날 수 있는가. 그게 바로 사진이 한 일입니다. 사진이 사람의 운명을 바꿀 수도 있는 것이죠. 그래서 난 믿습니다. 연출된 리얼리티나 연출된 아름다움에는 한계가 있다고 말이죠. 나 역시 그래요. 내게 사진을 가르쳐 준 사람이 사람들의 돌팔매와 발길질에 죽었을 때, 그 사람 사진을 내 손으로 정리하면서 사진을 떠나야겠다는 생각은 들지 않고 내가 그 길을 가고 말 것 같은 예감이 들더군요. 결국 그렇게 되었죠. 사진은 피사체를 위해 있는 게 아닙니다. 사람과 사람이 마주 보게 하는 것과 비슷하죠. 닉 우트가 서울에서 열린 퓰리처상 사진전에 왔었는데 그때 킴 푹이 왔었다는 것만 해도 알 수 있는 일이죠.」

형이 웅변가와 비슷한 모습을 보인 건 처음이었다. 형은 아주 딴 사람으로 변해 있는 듯했다.

「아, 사북에서 만난 무명 작가가 그렇게 어처구니없이 돌아가셨군요. 몰랐습니다, 그 정도였는 줄은.」

송 기자가 안타까움을 토로하고 나자, 형은 잠시 사북의 그 봄을 송 기자에게 말해 주었다. 1980년 봄 사북에 얼마나 격렬한 시위가 있었고, 광부들이 얼마나 극렬하게 광부들의 권리를 주장했으며, 그 주장이 받아들여지길 원하면서 노조 위원장 부인을 전신주에 매달았던 이유까지. 그 얘기들 끝에 형은 민희창 형의 삶과 죽음을 얘기했다.

형에게는 희창 형의 얘기를 할 자격이 충분했다. 형은 희창 형이 죽었을 때 탄광 여기저기에 깨어지고 밟힌 채 뒹굴던 액자를 하나하나 챙겨 들고 나온 사람이었고, 그 사진들의 산실인 암실에서 몇 날 며칠을 보냈었다. 희창 형의 아버지가 사진관 문을 닫지 않았더라면 형은 지금도 그 암실을 들락거리고 있을지 모를 일이었다. 형이 사진을 배운 이후 암실은 형을 가장 따뜻하게 안아 준 유일한 공간이었다.

「끔찍한 일이었죠. 사북은 그렇게 검은 동넵니다. 땅도 하늘도, 심지어는 사람의 운명도 다 검지요. 오직 살아 본 사람만이 아는 그런 끔찍함이 사북에서는 매일 계속됐으니까요. 산 사람도 없고, 죽은 사람도 없는 듯이 오직 탄가루만 가득 날리는 동네, 거기가 사북이었죠.」

형은 오래 앉아 있는 것이 불편했는지 자리에서 일어나더니 두 다리를 번갈아 가며 들어 올렸다 내렸다 하면서 목을 휘휘 돌렸다.

「그런데 사진 장비까지 진열하신 데는 무슨 특별한 이유가 있었는지. 그리고 카메라는 뭘 쓰십니까. 여기 진열하신 거는 니콘이던데요.」

형이 자주 받는 질문이었다. 형은 좀 뜨악한 눈길로 송 기자를 한동안 바라보았다.

「저기 진열된 저놈 씁니다. 니콘 에프엠투라고, 좀 오래된 수동 카메라죠. 저걸 한 대 가지고 있습니다. 그런데 제가 어떤 카메라를 쓰느냐가 기사 쓰는 데 무슨 영향이 있습니까.」

좀 빈정거리는 투였다. 형은 언제나 그랬다. 니콘 에프엠투를 쓴다고 대답할 때는 당당하고, 그 후에는 꼭 카메라 기종이 무슨 문제냐는 식으로 어깃장을 놓곤 했다. 사실, 형은 카메라 한 대를 더 장만하려고 몇 차례나 애를 썼었다. 그러다 형은 늘 포기하곤 했다. 신통하게도 지금 가지고 있는 카메라가 고장 나는 일이 드물었고, 카메라가 손에 익어 새 카메라를 장만하고 나면 거기에 익숙해지기까지 꽤 낯설어할 것 같다는 게 형의 변명이었다. 물론 거기에는 카메라를 장만하는 데 만만찮은 돈이 들어가는 까닭도 있었지만, 단순히 경제적인 이유가 다는 아니었다. 돈을 주고 사지 않아도 카메라 한 대를 더 장만할 기회는 있었던 것이다. 형이 출품했던 사진전의 심사 위원이 송 기자와 똑같은 질문을 던졌다가 똑같은 얘기를 들었고, 그 심사 위원은 형에게 자신도 에프엠투를 가지고 있다면서 꽤 놀랐었다. 그가 바로 코넬 씨였는데, 그는 자신에게 카메라가 여러 대 있다면서 그중의 한 대를 형에게 주고 싶다고 했었다. 하지만 형은 정중히 거부했다. 받을 이유가 없다는 얘기였다. 형이 손을 내저으며 코넬 씨의 얘기를 자르자 그는 껄껄 웃으면서 이렇게 말했었다.

「최 선생, 사진작가가 되겠다면서 아직도 니콘 에프엠투를 애지중지하는 사람은 아마도 당신밖에 없을 거요. 카메라 회사도 고개를 갸웃거릴 거란 말이오. 하지만 어쩌겠소. 당신 손때가 묻은 카메라를 버리고 더 좋은 카메라를 사라는 말은 당신에게 어울리지 않을 것 같고, 내 카메라 중의 한 대를 준댔더니 화를 벌컥 내고. 나도 한때 그걸 많이 썼고, 지금도 그걸 가지고 있소. 좋은 놈이지요. 지금 안 받겠다면 나중에 기회를 봐서 주리다. 사진작가 생활을 하려면 카메라 한 대 가지고는 곤란하다는 걸 알게 될 거요.」

송 기자는 가만히 듣고 있다가 고개를 끄덕이더니 다시 입을 떼었다.

「기사 쓰는 데 카메라 기종이 문제 될 건 없지요. 수동 카메라가 좋다는 얘길 듣긴 했지만 저기 진열된 카메라는 옛날에 쓰던 것을 꺼내 온 것인 줄 알았죠. 이것 참, 결례를 여러 번 하는 것 같습니다.」

「아닙니다. 다들 의아해하는 대목이죠. 하지만 나는 저놈을 쥐었을 때의 촉감만으로도 기분이 달라지곤 하거든요. 추우면 추운 대로, 더우면 더운 대로 녀석이 무슨 신호를 보내는 느낌에 빠질 때도 있고요. 어떤 소신 때문이라기보다 특별히 바꿀 필요성을 못 느껴서 저놈으로만 찍어 왔다고 봐야죠. 신경 쓰지 마세요.」

「제가 처음에 몇 작품에서는 실험적인 느낌도 든다고 말씀드렸잖습니까. 제대로 본 것인지 모르겠는데, 다른 사람 같으면 화면의 중심에 놓았을 이미지를 일부러 귀퉁이에 배치했다는 생각이 들더군요. 그런 작법도 그렇고…… 사진작가 최병후에게 있어서 사진이란 뭐라고 생각하십니까.」

「최병후에게 사진이란 뭐냐? 글쎄요, 난 이렇게 생각해요. 내가 드러내고 싶어하는 것을 중앙에 놓고, 크게 찍고, 거기에만 초점을 맞추고…… 그것만이 좋은 사진을 만드는 지름길은 아니라는 거죠. 몇 작품의 주된 이미지가 구석에 쏠려 있는 건 그런 느낌을 옮겨 본 거지요. 그 피사체들에게 더 많은 공간을 만들어 주는 거예요. 그러면 작은 이미지가 큰 공간을 거느리게 되는데, 마치 마당을 하나 만들어 준 느낌이 들죠. 사진을 보는 사람들에게 그런 넉넉함을 주고 싶었던 겁니다. 실험이랄 것까지는 없죠. 마음을 당기는 피사체를 만날 때마다 어떤 공간을 줄 것인가를 생각하고, 그러면서 찍다 보니 그런 사진이 나온 거죠. 사진작가 최병후에게 있어서 사진이란 뭐냐, 이렇게 물었던가요?」

「아, 예. 너무 추상적인 질문을 드렸나 봅니다만 사진하는 외로움이나 고통 같은 것, 그러면서도 사진을 찍어야 하는 것, 뭐 이런 얘길 좀 듣고 싶다는 뜻이죠.」

「외로움이나 고통요? 굉장하죠. 굉장한데, 그래도 찍는 건 사람이기 때문 아닐까요. 사람은 두 부류가 있다잖습니까. 한 부류는 꿈을 이루기 위해 살고, 한 부류는 상처를 꿰매면서 살고. 그중에서 나는 후자 쪽인 것 같습니다. 나는 내 사진이 상처를 꿰매며 사는 사람들에게 위안이 되기를 바라거든요. 그러면서 한편으론 내 상처도 꿰매고 말이죠. 그래서 나는 내 사진을 시간의 향기를 되살리는 일이라고 규정하길 좋아해요. 사진을 찍은 다음 암실에 들어가면 마음이 푸근해지는데, 제가 원래 암실 체질이거든요. 암실에서 참 많은 일을 겪었죠. 그런데 왜 암실에 들어서면 푸근해질까, 나도 처음에는 왜 그런지 몰랐죠. 나중에 생각해 보니 어둠 속에서 시간의 향기를 살리는 설렘에 늘 취해 있었던 거예요. 우리가 지나온 시간들을 위해 집을 지어 주는 기분이랄까. 우린 자주 지

나온 시간들을 떠올리지만, 잠깐 떠올린 다음에는 잊어버립니다. 길에 버리기도 하고, 호수에 버리기도 하고. 난 그 시간의 흔적들에게 집을 한 채씩 지어 주고 싶었죠. 그래야 나중에 그 시간들을 떠올리면 좀 덜 미안해지더라고요.」

「시간의 향기라, 그리고 시간의 집이라. 이거, 시인을 만난 기분이에요. 오늘 귀한 말씀 참 많이 듣고 갑니다. 시간의 집을 짓는 사진작가 최병후, 근사하죠? 이건 사담입니다만, 가족 관계는 어떻게 되십니까.」

송 기자는 몇 차례나 시간의 향기와 시간의 집을 읊조리더니 불쑥 가족 관계를 묻고 나섰다. 진작 물었어야 할 것을 지나칠 뻔했다는 식이었다.

「가족 관계요? 남들하고 다 같지요 뭐. 아버지는 돌아가셨죠. 탄광에서 갱도가 무너졌을 때 말입니다. 어머니는 생존해 계시고, 어머니는 옆에 있는 아우가 모시고 살고, 조카들이 있고. 뭐 그렇습니다. 남들하고 똑같지요. 결혼 같은 건 안 했단 얘깁니다. 사진작가에게 시집오려는 여자, 별로 없지요. 있으면 사진을 잘 모르는 사람이죠. 하하.」

「웃으시니까 저도 우스갯소리를 한마디 하고 일어서겠습니다. 결혼 같은 건 안 하셨다니 드리는 말씀인데, 첫사랑에 되게 혼나신 적이 있으신 모양입니다. 하하하.」

이번에는 형과 송 기자 모두 껄껄껄, 웃어 젖혔다. 송 기자는 사진을 한차례 더 둘러보고 가겠다며 액자 쪽으로 걸음을 돌렸다. 그때까지도 형은 입가에 웃음기를 물고 있었다. 그러나 그 웃음은 쾌활함이 아니었다. 형은 자조하고 있었던 것이다.

「이 노릇도 못해 먹겠구나. 내가 무슨 얘길 했는지 모르겠어. 피곤하다.」

「형도 참. 형 작품을 걸었으니 인터뷰도 당연히 치러 내야지. 그래도 처음 하는 인터뷰치고는 잘했어. 인터뷰를 많이 당해 본 사람 같던데 뭘.」

「잘하고 못하고가 어딨겠어. 그런데 기자들은 다 저런가. 질문을 참 요란하게 하는 것 같지 않냐. 여길 찔렀다가 저길 찔렀다가 말이야. 모르겠다. 사진만 걸고 조용히 앉아 있으면 될 줄 알았는데, 누드모델이 된 기분이야.」

형이 그렇게 말했을 때는 송 기자가 다시 목례를 하고 현관 밖으로 사라졌을 무렵이었는데, 기다렸다는 듯이 다른 사람들이 나타났다.

치음에 들이선 사람은 꽃 배달원이었다. 그는 난 화분 하나를 가슴팍에 받쳐 들고 기우뚱한 자세로 서서 '여기가 최병후 씨 사진전 하는 미술관 맞죠?'라고 물었고, 테이블 위에 난을 내려놓은 다음 '여기에 사인해 주시죠'라고 말했다. 형도 나도 꽃 배달원 뒤에 누가 들어왔는지 몰랐던 것은 그래서였다. 큐레이터는 꽃 배달원에게 사인을 해주었고, 형과 나는 난을 들여다보고 있었다.

축 발전, 민희수.

난에 매달린 리본에는 그렇게 씌어 있었다. '축 발전, 민희수.' 형은 순간 굳어 버린 듯했다. 나 역시 그랬다. 축 발전, 민희수. 다시는 볼 수 없을 것 같았던 세 글자, 민희수라는 이름이 형 앞에 놓여 있었다.

형과 내가 멀뚱히 난을 바라보고 있자 큐레이터는 '향기가 좋네요, 선생님. 어디에 놓아 드릴까요' 하고 물었다. 나는 난을 놓아두기 좋은 자리를 둘러보는 척 고개를 들었는데, 꽃 배달원이 현관문을 밀고 나가자마자 두 사람이 들어서고 있는 게 보였다. 한 사람은 여자였다. 민희수였다. 형도 보았을까. 나는 얼른 고개를 틀어 형을 보았다.

「어허? 우린 구면이죠?」

말을 먼저 건넨 쪽은 형도 희수도 아니었다. 희수와 나란히 들어온 사람이었다. 형은 가볍게 목례를 건넸다.

「여긴 웬일이십니까. 여기서 뵐 줄은…….」

희수가 눈을 둥그렇게 뜨며 물었다.

「병후 씨, 우리 몇 년 만이죠? 전시회, 축하해요. 그런데 조 박사님이 병후 씰 어떻게 아세요?」

희수는 한동안 걸음을 떼지 못하고 형을 바라보다가 팔을 뻗어 악수를 청하던 손을 이내 거둬들였다. 악수를 청하는 것을 몰랐는지, 아니면 외면한 것인지 형이 짐짓 딴청을 부린 때문이었다.

「허허 민 선생도 참. 현관 들어설 때부터 이미 아는 사이가 된 것 아닙니까. 민 선생과 최 선생이 고향 친구라면서요. 내가 민 선생과 오랜 지기이니 이제 최 선생과도 지기인 거고. 너무 많은 걸 알려고 하지 마세요. 자, 차 한잔 얼어 마시고 사진 좀 봅시다.」

어색한 침묵을 너스레로 깬 사람은 조 박사라고 불린 사람이었다.

「하여튼 조 박사님 유머 감각은 알아줘야 한다니까요.」

희수는 조 박사를 올려다보며 싱긋 웃었지만 형은 웃지 않았다. 웃을 수 없을 터였다. 형 앞에는 지금 희수가 다가와 있었다. 지금 눈앞에 있는 희수는 형에게 한 사람의 자연인이 아니었다. 이런저런 인연이 닿아 인사치레로 찾아온 갤러리도 아니었다. 희수는 형에게, 어느 시절, 하나의 상징이자 분신이었다. 어느 시절, 형에게, 희수는 섬이자 풍랑이었다. 그래서 마침내 희수는 형에게 상처로 남아 있는 사람이었다. 그 희수가 지금 형 앞에 다가와 있었다.

6

　나는 늘 형을 지켜봐 왔지만 특별한 일이 아니면 형에게 구구한 애기를 하지 않는 편이었다. 형도 그랬다. 내가 형의 사진에 대해 이러니저러니 안 하는 것처럼 형도 내 소설을 두고 이렇더라 저렇더라 하지 않았다. 그게 형과 나 사이에 형성된 무언의 약속이었다. 형과 나는, 형이 바라보는 세상과 내가 바라보는 세상이 조금씩 다를 수밖에 없다는 것을 인정하고 있는 셈이었다. 바라보는 세상이 다르므로 사는 방식이 다른 것 또한 자연스러운 일이었다. 그렇다고 해서 그것이 그리 좋은 것은 아니었다. 서로의 삶이 관찰 가능한 지점에 있다는 것부터가 썩 즐거운 일은 아니었다. 말을 안 하고 있을 뿐이지 형은 나를, 나는 형을 줄곧 지켜볼 수 있기 때문이었다. 그럼에도 불구하고 형과 나는 간섭하지 않는 가운데 평형을 유지하는 삶을 택했다고 하는 편이 옳을 터였다.

　그 불간섭 역시 좋은 일만은 아니었는데, 조 박사가 전시회에 다녀간 일이 그랬다. 형으로부터 들어야 할 애기를 조 박사로부터 듣는 일이 생겼던 것이다. 이해하지 못할 형의 침묵 때문이었다.

「소설 쓰는 동생이 있는 줄 몰랐습니다. 형제분이 사진과 소설을 한다? 그거 참 드문 일 아닙니까. 행복한 일이지요. 사진이나 소설은 누가 시킨다고 해서 될 일도 아니고. 그나저나 내일모레 사이에 차나 한잔 하십시다. 형님에 관해 할 얘기가 좀 있어서 말이죠.」

「형에 관해 할 얘기가 있으시다고요? 그러시죠, 뭐.」

조 박사가 형의 눈길을 피해 슬그머니 말을 건네 왔을 때만 해도 나는 조 박사가 의사라는 것을 무심하게 생각하고 있었다. 조 박사가 나와 차를 마시고 싶어한다는 사실에만 붙들려 있었던 것이다.

희수는 유 관장과 사진을 둘러보는 중이었고, 형은 큐레이터와 마주 앉아 있었지만 아무 말도 건네지 않고 있었다. 큐레이터는 형의 사진전 리플릿과 안내석에서 가져온 방명록을 살피는 척하고 있었지만 그게 건성이란 걸 나는 알고 있었다. 방명록에 사인을 한 사람은 열 손가락을 꼽을 정도였으니 오래 들여다볼 대상이 아니었고, 리플릿 또한 눈을 감고도 그려 낼 수 있을 만큼 자주 보았던 터였다. 게다가 그녀의 눈길은 리플릿과 방명록 위로 자주 떠올라 형을 훔쳐보곤 했다. 희수도 그랬다. 그녀는 사진을 보다가 진열대 위의 사진 장비를 보는 척하면서 형 쪽으로 시선을 돌리곤 했다. 그러는 바람에 유 관장은 희수에게 무슨 말인가를 건네다 얘기를 들어줘야 할 사람이 등을 보이고 있는 것을 알고는 멋쩍게 말을 삼키곤 했다. 화랑 안에는 여섯 사람이 있었지만 모두 각자였다.

화랑의 정적을 깬 사람은 희수였다. 그녀는 사진을 유심히 살펴본 후 소파 쪽으로 걸어와 형의 등 뒤에 멈춰 섰다.

「작품 잘 봤어요. 축하해, 정말. 암실 작업 요즘도 많이 해요?」

「흑백 작업 하는 사람에겐 암실이 안방 같은 거니까.」

형은 뒤도 돌아보지 않은 채 심드렁하게 희수의 말을 받았다. 희수는 더 이상 말을 잇지 않았다. 또 침묵이 흐르고 있었다.

「형, 오랜만에 희수 누나 만났는데 차라도 한잔 하고 오지그래.」

나는 형과 희수 사이에 흐르는 침묵의 의미를 알고 있었다. 유 관장도 그 의미를 알 터였다. 하지만 그 침묵은 이제 무너져야 할 대상이기도 했다. 두 사람 사이에 많은 세월이 지나갔고, 그 세월이 지나 두 사람은 각자의 길을 가고 있었다. 침묵하든, 침묵을 무너뜨리든 달라질 것은 없었다.

「아냐, 됐어. 병후 씨 봤으면 됐지 뭐. 병후 씨, 사진 보니까 오빠 생각이 나네. 오빠도 병후 씨 사진 봤으면 좋았을 것을. 오빠가 병후 씨 사진 끔찍이도 좋아했는데…… 병후 씨 사진, 오빠 사진과 닮기도 했어.」

「글쎄. 죽은 사람 얘긴 해서 뭘 하려고.」

형의 대꾸는 건조했다. 건조했고, 짧았다. 희수는 조심스레 얘기가 이어지기를 원하고 있었지만 더 이상의 대화는 불가능해 보였다. 형은 여전히 고개를 돌리지 않았고, 희수 역시 몇 걸음 옮겨 형의 얼굴을 마주 보는 것을 꺼리고 있었다.

「어제 오고 싶었는데…… 관장님이 병후 씨 안 나왔다고 하길래. 아, 암실에서 쓰는 꼬마전구 말야. 여기에 진열해 놓으니까 참 예쁘네. 필름통들도 새롭게 보이고. 낯이 익으면서도 한편으로는 이상해.」

희수는 우울한 표정을 지었다. 유 관장은 멀찌감치 떨어져 있었지만 희수의 얘기를 충분히 들을 수 있는 위치였다. 조 박사는 진열대에 놓인 카메라를 들어 파인더에 눈을 갖다 대고 화랑 이쪽저쪽을 들여다보고 있었다. 큐레이터는 화랑 입구의 안내석에 앉아 뭔가를 들여다보고 있었지만 신경은 이쪽으로 곤두세우고 있는 듯했다.

「꼬마전구가 예쁘다? 난 저 꼬마전구를 볼 때마다 기분이 엉망이 되곤 하는데, 민 선생 눈엔 예쁘게 보이는 모양이네. 희수야, 아니 민 선생, 나 좀 피곤하다. 들어가 봐야 될 것 같은데 손님들이 있으니 그럴 수도 없고. 민 선생…….」

「이제 그만 가달라는 얘기야? 그런 거야?」

형은 부정도 긍정도 하지 않았다. 유 관장도, 조 박사도, 큐레이터도 형과 희수 쪽을 바라보았다. 형은 지금 위험 수위를 넘고 있다는 눈길들이었다. 희수 또한 그랬다. 어쩌면 둘 중의 한 사람이 휙 돌아서 현관문을 열고 나갈지도 모른다는 느낌이 들었다.

나는 생각했다. 형은 화랑을 또 비워야 할 만큼 피곤한 상태란 말인가. 그렇다고 해도 가달라는 말이냐고 묻는 희수를 향해 아무 대답도 하지 않는 것은 예의가 아니었다. 형은 안으로 삭이는 데 이력이 붙은 사람이었다. 그런 형이 안으로 삭이지 않고 노골적으로 시위를 하고 있었다. 그것은 형의 심리 상태가 정상이 아니라는 얘기와 같았다.

「형도 참.」

「참이라니, 뭐가?」

형의 말이 떨어지기 무섭게 희수는 현관을 향해 걸음을 옮겼고, 희수의 뒤를 조 박사가 따랐다. 현관을 나서기 전 조 박사가 먼저 형을 돌아보았고, 현관을 나선 희수가 조 박사보다 조금 늦게 형을 뒤돌아보았다. 햇볕을 등지고 있어서 그런지 몰라도 희수의 눈에는 그늘이 가득 들어 있었다.

「민 선생도 참. 최 작가가 그러잖아도 죽은 오빠 일 때문에 착잡할 텐데 그때 얘기는 뭐 하러 꺼내 가지고…….」

곁에서 지켜보기만 하던 유 관장이 거들고 나섰다. 하지만 유 관장의 얘기는 정확하지 못했다. 내 느낌으로는, 형은 지금 희창 형의 죽음에 붙들려 있는 게 아니라 민희수에게 붙들려 있는 게 분명했다. 눈앞에 있는 희수가 아니었다. 형의 가슴속에는 희수와 함께 암실에서 보낸 시간들이 회오리쳐 다가오고 있었다.

유 관장은 모를 수도 있겠지만, 나는 알고 있었다. 그 무렵 형은 내가 잠들기를 기다려 일기를 썼었다. 형이 일기를 쓸 때 나는 잠든 적도 있었지만 설핏 잠에 빠졌다가 부스럭거리는 소리에 깨어 형이 한숨과 함께 일기를 써 내려가는 모습을 훔쳐본 적도 있었다. 그리고 나는 염치없게도 형의 일기를 훔쳐보았었다. 물론 형은 내가 자신의 일기를 훔쳐보았다는 사실을 모를 것이나. 아니나. 분명 훔쳐보았을 거라고 짐작하고 있을 수도 있었다. 형과 내가 함께 썼던 방은 세 사람이 누우면 빈 공간이 없을 만큼 좁았다. 그곳에서 형은 한밤중에 일기를 썼고, 내가 뒤척이기라도 할라치면 방문을 열고 고개를 빼어 낭떠러지처럼 가파르고 길게 뻗어 내린 계단을 내려다보곤 했다. 그 계단을 내려가면 사북 읍내로 갈 수 있었고, 문화사진관에 갈 수 있었다. 문화사진관에는 이제 희창 형이 없지만 거기엔 희수가 있었다. 형에게 있어 희창 형은 사진에 눈을 뜨게 해준 스승이었지만 희수는 열병을 앓게 한 주인공이었다. 형은 어느덧 사랑을 시작한 거였다.

희창 형의 아버지는 아들의 장례를 치른 후 제일 먼저 사진관 간판을 끌어 내렸다. 희창 형의 어머니는 안방에 누워 식음을 전폐했다. 희수는 사진관 간판을 끌어 내리는 아버지와 식음을 전폐하고 누워 있는 어머니 곁에서 절망 속으로 빠져 들었다. 오빠가 그렇듯

홀연히 사라졌다는 것을 믿을 수 없었다. 오빠의 죽음은 버팀목 하나가 부러져 나간 것과 같았다. 희수는 간판이 내려진 사진관 안을 맴돌다가 암실에 들어가 늦은 밤까지 울다 지쳐 나오곤 했다. 어떤 날은 울다 지쳐 잠드는 바람에 암실에서 새벽을 맞은 적도 있었다.

희창 형이 죽은 후 닷새가 흘렀을 때, 형은 사택촌 계단을 내려가 희창 형의 암실로 들어갔다. 형은 희창 형이 죽은 바로 그날 탄광에서 하나하나 거둬 온 액자를 사진관 암실에 던져 넣었었다. 그런데 학교에서 돌아올 때 보니 사진관 간판이 없어진 거였다. 가슴이 철렁했다. 희창 형의 모든 자취가 사진관 간판과 함께 지상에서 완전히 사라진 느낌이었다. 그래서는 안 된다고 형은 자신을 다그쳤다. 좀 더 시간이 흐르면 희창 형의 사진 액자들을 정리하려 해도 할 방법이 없을 것 같았다. 희창 형의 사진들은 사진이 아니라 희창 형의 말이고, 어떤 점에서는 희창 형의 숨결과 같은 것 아닌가라고 형은 자신을 향해 반문했다. 그 사진들이 깨어지고 부숴진 액자들 속에 있을 수는 없는 일이다, 형은 마침내 희창 형의 사진을 정리할 사람은 자신밖에 없다고 생각했다. 희수가 있지 않느냐는 생각도 해보았지만 희수는 오빠의 죽음도 감당하지 못하는 처지라는 데 생각이 미쳤고, 그러자 희수를 보호하고 위무할 사람 역시 자신밖에 없을 것 같았다.

형은 책가방을 던져 놓다시피 하고 가파른 층계를 뛰어내려 사진관으로 달려갔다. 그리고 암실로 들어가 붉은 꼬마전구를 켜고 빛에 익숙해질 때까지 바람벽에 등을 기대고 앉아 있자니 탄광에서의 엄청난 소요가 떠올랐다. 희창 형이 맞아 죽어 가는 순간에도 발만 동동 구르고 있던 자신을 생각하니 화가 나서 견딜 수 없었다. 형은 바람벽에 뒤통수를 짓찧었다. 쿵쿵, 암실 전체가 흔들리는 느낌이었다. 쿵쿵, 사진관 건물 전체가 흔들리는 느낌이었다.

형이 어둠 속에서 머리를 짓찧으며 슬픔을 달래고 있을 때 희수가
들어왔다.

「병후야, 너까지 왜 이래.」

희수는 형의 머리를 감싸 안은 채 울먹였다. 희수의 목소리도 울
음에 잠겨 있었다.

형은 머리를 짓찧을 수 없게 되자 사람들의 발길에 차이고, 빗물
이 스며들고, 유리가 깨어진 액자 속의 사진들이 꼬마전구의 빛을
받아 조금씩 드러나는 것을 지켜보았다. 슬픔이 차 올랐다. 희수의
한숨 소리가 암실을 가득 메워 나가는 듯했다. 숨이 막혀 왔다.

「어떡하니. 나보다 네가 더 슬퍼하는 것 같아. 병후야, 어떡해.」

희수의 목소리는 슬픔의 덩어리가 빠져나와 바닥에 뒹구는 소리
처럼 들렸다. 어떡하니라고 물었지만 어떡해야 한다는 방법은 전혀
떠오르지 않았다.

「어떡하긴. 견뎌야지. 그런데 어떻게 견뎌야 하는 건지 모르겠다.」

「그래, 어떻게 견뎌야 할지 나도 모르겠어. 오빠도 없고, 사진관
문도 닫고. 부탁이 있어 병후야, 나는 오빠처럼 살지 않을 거야. 그
러니까 너도 우리 오빠 같은 사람 이제 잊어버려.」

형이 액자 하나를 잡아당겨 조심스레 유리 한 조각을 떼어 냈을
때 희수가 여전히 울먹이는 목소리로 말했다.

「오빠를 잊어버리라고? 무슨 소릴 그렇게 해? 희창 형 죽은 지 얼
마나 됐다고 벌써 잊을 생각부터 하냐. 난 안 잊을 거다. 잊으려 한
다고 잊혀지겠니. 사진 못 찍어도 할 수 없지만, 난 희창 형 안 잊
겠어.」

형은 희수를 사납게 쏘아보다가 들고 있던 액자를 툭 떨어뜨리고
말았다. 손에서 액자가 떨어지자 형은 난데없이 주먹으로 쿵, 벽을

쳤다. 선반 위에 쌓여 있던 액자더미에서 몇 개가 와르르 무너져 내렸다. 사진을 현상할 때 쓰는 약품 따위를 올려놓던 선반이었는데 액자 무게를 견디지 못한 탓이었다. 형의 머리와 어깨를 치고 떨어진 액자의 유리가 깨어지면서 파편이 튀었다.

「왜 그래, 병후야. 난…… 그저…….」

「그저 뭐? 뭐가 어떻게 됐는데. 됐어, 네 말 무슨 뜻인지 알았으니까 그만 해.」

형은 또 쿵, 하고 암실 벽을 쳤다. 액자 하나를 발로 걸어찼다. 꼬마전구가 흔들렸다. 약품통 몇 개가 쓰러지는 소리가 들렸다. 암실의 여러 집기들이 정해진 순서라도 있었던 것처럼 차례로 쓰러지고 있었다.

「난 오빠처럼 안 살 거라고. 그런데 뭐가 잘못됐어? 너도 오빠처럼 살지 말라는데 뭐가 잘못됐냐고? 오빠 같은 사람 잊어버리지 않으면 어떡할 건데. 오빠가 무슨 영웅이라도 되니? 영웅이면 또 뭘 해.」

희수는 자리에서 벌떡 일어나더니 액자 하나를 발로 걸어찼다. 액자가 벽에 부딪쳐 나뒹구는 소리가 들려왔다. 또 암실이 흔들거렸다.

「영웅이든 아니든 난 안 잊는다니까. 내가 희창 형을 잊건 말건 그건 네가 상관할 바가 아냐.」

형은 희수를 이해할 수 없었다. 희창 형이 잘못한 것은 없었다. 그저 예기치 못한 운명이 희창 형에게 다가와 목숨을 앗아 갔을 뿐이었다. 그런데도 잊을 생각부터 한다는 건, 그리고 희창 형처럼 살지 말아야 한다고 주장하는 건 웃기는 일이었다. 비록 죽고 없지만 희창 형에게 면목이 없는 일이었고, 무엇보다 인간의 도리가 아니었다.

「왜냐하면, 넌 우리 오빠와 너무 닮았기 때문이야. 그래서 겁나고 싫어. 너도 오빠처럼 되지 말란 법이 없잖아. 그래서 싫다고. 무서워.」

희수는 어깨를 떨며 거칠게 울기 시작했다. 형은 이번에는 주먹으로 벽을 치지 못했다. 너도 오빠처럼 되지 말란 법이 없잖아. 희수의 목소리가 명치를 후벼 파고 지나갔다.

형은 발에 밟히는 액자를 지나 희수 앞으로 조금 더 다가갔다. 피한다고는 했지만 희수 앞으로 갈 때 액자 하나가 발에 밟혀 또 부서졌다.

「무섭다니. 내가 죽기라도 한다는 거야? 희수야…….」

입은 열었지만 더 이상 말을 이어 나갈 수 없었다. 희수야…… 그리고 무슨 말을 한단 말인가. 벽에 등을 기대고 있는 희수는 누군가 손만 대면 쓰러질 것처럼 위태로워 보였다. 누군가 울음을 거두게 도와주지 않으면 밤새 울다 지쳐 병원으로 실려 갈 것 같았다.

어둠 속에서 형은 희수의 어깨에 손을 얹었다.

「희수야, 희창 형 일은 말야, 날 원망해도 좋아. 그렇지만 순식간의 일이었어. 사람들이 금방 희창 형을 알아볼 줄 알았는데…… 내가 어떻게 해서든 달려들어 말렸어야 했는데, 그럴 방법이 없었어. 사람들은 다 미친 것 같았고. 희수야, 그게 형의 운명이었나 봐.」

형은 갑자기 어른이 된 기분이었다. 희수야, 누구나 그 사람의 삶이 있다. 형은 또, 희수의 오빠가 된 기분이기도 했다.

어느 순간 희수의 얼굴이 형의 어깨에 닿는 느낌이 들었다. 얼굴이 닿는 느낌보다 비누 냄새 같은 게 먼저 닿았다. 서로 슬픔을 가누는데도 비누 냄새는 비누 냄새 고유의 색깔로 날아들고 있었다. 내가 널 지켜 줄게. 형은 속으로만 그렇게 말했다. 형은 말을 삼키면서 팔을 뻗어 희수의 등을 토닥여 주었다.

「너한테 책임을 묻는 게 아냐. 난 그저…… 예감이란 속일 수 없
다고 그러잖아. 네가 오빠와 똑같은 길을 갈 것 같은 불길한 예감
이 든단 말야. 그런 느낌이 드는 걸 어떡하니.」

형은 또 멈칫했다. 형은 한 번도 그런 생각을 해본 적이 없었다. 앞
으로 무엇을 하면서 살아갈 것인가, 깊이 생각해 본 적이 없었다. 무
엇보다 희창 형처럼 살아갈 자신은 없었다. 그러나 옆에서 지켜보는
사람의 눈에는 그 사람이 갈 길이 보일 수도 있을 것 같다는 생각이
비로소 들었다. 어쩌면 강한 사람만이 민희창처럼 살아갈 수 있는
게 아닌지도 모른다고 형은 생각했다.

「희수야…….」

형은 희수의 얼굴을 들어 올렸다. 어둠 속이었지만 희수의 얼굴
가득 번져 있는 눈물은 또렷이 보였다. 미안했다. 형은 그때까지 희
수가 오빠의 죽음에 대한 슬픔만 가누고 있는 줄 알았다. 그런데 거
기에는 예감으로 다가온 형의 삶도 들어 있었던 것이다.

「희수야…….」

형은 손을 뻗어 희수의 눈물을 닦아 주었다. 손등으로 물기가 느
껴졌고, 눈물은 계속 흐르고 있었다. 형은 또 생각했다. 눈물은, 기쁨
의 눈물이건 슬픔의 눈물이건, 그 사람의 마지막 말과 같은 것이라
고. 희수의 마지막 말은, 너는 오빠와 너무 닮았다는 것이었다.

희수의 마지막 말을 생각하며 형은 희수 앞으로 다가갔고, 희수의
얼굴 역시 형 앞으로 조금씩 다가왔다. 아주 가까운 거리였다. 눈을
감고 있는 희수의 얼굴엔 눈물이 넘쳐 나고 있었고, 형은 희수의 눈
물에 담긴 마지막 말을 자꾸만 되새겼다. 네가 오빠와 똑같은 길을
갈 것 같은 예감이 든단 말야.

「병후야, 부탁이 있어.」

희수가 눈을 감은 채 입을 열었다. 희수의 한쪽 어깨가 형의 어깨와 닿아 있었다. 형은 팔을 둘러 희수의 반대쪽 어깨를 토닥였다.

「말해 봐.」

「사진 찍는 거 그만두라고 할 수는 없고. 그냥 취미로만 해. 제발 오빠와 같은 길 가지 말란 말이야.」

「네가 가지 말라면.」

형은 망설이지 않고 대답했다. 적어도, 형에게 있어서의 사진은 희수나 희창 형보다 중요한 대상은 아니었다. 그리고 희수가 카메라를 내다 버리라고 얘기한 것은 아니었다. 카메라 옆에는 얼씬도 하지 말라고 하더라도 그렇게는 못하겠다고 손을 내저을 수 있을지 장담할 수 없는 일이었다. 눈물은 모든 사람의 마지막 말과 같은 것이라는 생각이 형을 붙잡고 놓아주지 않았다.

「그렇게 해줄 수 있겠니, 병후야.」

희수가 눈을 떴던가. 아니면 형이 자신도 모르게 눈을 감았던가. 형은 희수의 체온이 점점 다가오는 느낌을 받았다. 어떤 상태일 때 그런 느낌이 오는지는 알 수 없었다. 하지만 분명했다. 희수의 체온은 강하고도 부드러웠다. 그걸 느낀 것은 형의 몸이었다. 그리고 잠시 후, 정말로 희수의 한 부분이 형의 한 부분에 닿는 것을 형은 느꼈다. 희수의 입술이 형의 입술에 닿고 있었다. 형의 입술이 희수의 입술에 닿고 있었다. 형의 입술이 희수의 입술에 닿는 순간, 희수의 몸이 꿈틀 진저리쳤다. 희수의 입술이 형의 입술에 닿는 순간 형의 몸뚱이 역시 휘청 휘었다가 제자리로 돌아왔다. 아득했다. 첫 키스였다.

「약속한 거야.」

「그래, 약속할게.」

형이 아득함을 물리치고 정신을 차렸을 때 희수가 나지막한 목소리로, 아무 수식어도 달지 않고 끊어 내듯 말했다. 약속한 거야. 희수는 또 말했다.

「오빠처럼 사는 건 너무 힘든 일이야. 보는 것도 힘든데 그렇게 사는 사람은 얼마나 힘들겠어.」

희수는 형을 떼어 놓더니 그 자리에 주저앉았다. 어둠 속이었지만 희수와 형은 어둠에 이미 익숙해져 있었다. 희수의 몸뚱이는 작은 공처럼 보였다. 형은 그녀의 동그란 몸에서 또 비누 냄새 같은 향기를 느꼈다.

「오빠가 대학 다닐 때 학생 운동을 했었나 봐. 난 몰랐는데, 데모대를 쫓아다니면서 경찰과 학생들이 투석전 하는 것을 찍고 경찰이 학생을 잡아가는 것을 찍고 그랬대. 그러다가 어느 날 스스로 대학을 그만 다니겠다며 집으로 내려왔어. 잘렸던 거지.」

희수는 희창 형의 삶을 들려주기 시작했다. 희수의 동그란 몸에서 희창 형의 삶이 풀려 나오고 있었다. 희수는 희창 형의 삶을 풀어내기 위한 한 뭉치의 실타래 같았다.

학교에서 제적당하고 난 뒤에도 희창 형의 집에는 수시로 경찰이 들이닥쳤다고 했다. 시위대와 관련이 있을 법한 사진은 모두 압수당했으며 필름이 들어 있는 카메라 뚜껑을 열어젖히고 필름을 압수해 간 적도 많았다고, 그래서 아버지가 당신이 운영하던 사진관을 물려준 것이라고 희수는 울먹이며 말했다. 아버지는 정신적인 가치를 생산하는 사진을 버리라고, 생활을 보장해 주는 사진을 찍으라고 주문한 셈이었다. 희창 형의 아버지로서는 어떻게든 아들을 보호하는 게 최선이었고, 그 최선이란 카메라를 빼앗지 않으면서 사진과 멀어지게 하는 것이었다. 희수가 형에게 부탁한 것처럼.

희창 형은 울며 겨자 먹기 식이었지만 아버지의 권유를 물리치지 않았다. 얼핏 보기에 희창 형은 사진관 아들에서 사진관 주인으로 무리없이 변신해 갔고, 희수와 그의 아버지는 희창 형이 평범한 사진관 주인이 되어 가는 데 만족했다. 그러나 그가 암실에 들어가서 무슨 일을 하는지는 알 수 없었다. 희창 형은 암실에 들어가는 것을 즐겼고, 암실에 들어갔다 나온 그의 얼굴에는 늘 생동감이 넘쳤다. 희수는 형에게서 그런 오빠의 모습을 발견했다고 말했다.

「오빠가 동네 여기저기를 돌아다니며 사진 찍는 것까지 말릴 수는 없었어. 아버지는 오빠가 카메라를 들고 밖에 나가는 것도 막아 보려 했지만 나중엔 포기했지. 오빠가 그랬거든. 아버지, 숨은 쉬고 살아야잖습니까. 그래, 오빤 사진을 못 찍으면 숨막혀한 사람이야. 오빤 사진을 못 찍으면 정신이 어떻게 돼버리나 봐. 하긴, 잠깐 동안이지만 정신 병원에 입원한 적도 있으니까.」

벽에 등을 기대고 나지막한 소리로 오빠의 삶을 전해 주는 희수의 얘기에는 형이 몰랐던 청년 민희창의 삶이 들어 있었다. 서글픈 삶이었다. 운명적인 삶이라고 하기에는 민희창의 삶이 너무 짧았다는 생각이 들었다.

「오빤 아마 너를 오빠처럼 만들고 싶어했던 것 같아. 후계자 같은 거 말야. 이 다음에 성인이 되면 너에게 사진관을 맡겼을지도 모르지. 아니면 오빠가 사진관을 맡고 너에게 밖을 맡겼을지도 모르고. 오빤 그런 사람을 두고 싶어했거든. 오빤 네 얘기를 할 때마다 기분이 좋은 것 같더라. 넌 오빠를 만나고 나면 기분이 좋아지고. 그러니 두 사람이 닮았다고 할 수밖에. 정말이야, 넌 오빠를 너무 닮았어.」

「나는 희창 형처럼 되고 싶어도 될 수 없을 거야.」

형은 말했다. 솔직한 고백이었다. 형은 희수의 어깨에 두른 손에 조금 힘을 주었다. 그러니까 희수야……. 형은 말하고 싶었다. 네가 걱정하는 일은 일어나지 않을 거야. 그러나 형의 그 말속에는, 엄밀히 얘기하면, 네 오빠의 삶을 좇고 싶다는 의지도 포함돼 있는 거였다.

「될 수 없을 거라는 말과 되지 않겠다는 말은 달라. 왜 내 생각은 안 하니. 내가 원한다면 가지 않겠다고 약속했잖아. 오빠도 그랬어. 겉으로는 사진관을 하는 척했지만 사진관을 비우는 때가 더 많았어. 살금살금 자기 사진을 찍으러 다녔다고. 그러다가 결국은 맞아 죽은 거고. 한 번만 더 물을게. 오빠처럼 될 수 있다면 그 길을 가겠다는 거야? 말해 봐.」

「네가 허락한다면.」

「안 된다고 했잖아.」

희수는 어깨를 두르고 있던 형의 팔을 휙 걷어 내더니 어둠 속에서 벌떡 일어섰다. 형은 여전히 앉아 있었고, 그래서 희수는 아주 커 보였다. 희수는 희미한 어둠 속에서 액자 하나를 들어 올리더니 바닥에 힘껏 팽개쳤다. 유리가 깨져 흩어지는 소리가 들렸다. 또 다른 액자가 팽개쳐지는 소리가 들렸다. 희수는 까치발을 하더니 선반에 남아 있던 액자를 두 팔로 안듯이 끌어 내렸다. 몇 개의 액자가 바닥에 나뒹굴었다.

「병신같이. 그래 봐야 아무도 알아주지 않아. 사진학과는 부잣집 애들이나 가는 건데, 너네 아버지가 사진학과에 보내 줄 수 있을 것 같아? 어림도 없지.」

희수의 비명 같은 소리와 함께 형은 자리에서 일어났다. 더 이상 그곳에 앉아 있을 이유가 없었다. 그런 정황에도 깨진 액자와 유리가 뒹구는 것을 암실에 내버려 두고 몸을 빼내는 것이 마음에 걸렸지만 그렇더라도 어쩔 수 없는 일이었다.

암실 밖으로 나왔을 때 다시 희수의 울음소리가 들렸지만 형은 뒤돌아보지 않았다. 뒤돌아보면 형 자신도 모르게 무슨 말인가를 하고야 말 것 같았다. 병후야, 내 말 좀 들어 보라니까. 울음 섞인 희수의 외침이 암실 밖으로 흘러나왔지만 형은 조용히 사진관의 현관문을 밀었다. 봄날의 짧은 햇살은 어느덧 사라지고 어둠이 내려와 있었다. 사북의 봄날, 이상한 밤이었다. 그 어둠 속으로 걸음을 떼면서 형은 침을 뱉었다. 봄이었지만 가슴속엔 찬바람만 쌓여 있는 듯했다.

형은 그 후로 희수를 학교 밖에서 한 번도 만나지 못했다. 형은 학교에 갈 때나 집으로 돌아올 때 늘 사진관을 피해 뒷골목을 택했다. 간판이 내려진 사진관을 보는 것도 끔찍한 일이었고, 우연히 희수와 마주치는 것도 끔찍한 일이었다.

형이 희수를 다시 만난 것은 고등학교 3학년 여름 방학 때였다.

형은 희수를 만나기 위해 서울행 버스를 탔다. 희수는 미술 대학에 가기 위해 서울의 유명한 미술 학원에 다니고 있었지만, 형은 대학에 갈 수 있을지 없을지 모르는 상태에서 사북에 눌러앉아 마지막 방학을 보내고 있는 중이었다. 그러므로 형이 희수 친구들에게 얻은 주소와 학원 이름만을 들고 무작정 서울행 버스를 탄 것은 무리가 아니었다. 희수를 만난 지 꽤 많은 시간이 흘렀지만, 사북에 희수가 없다고 생각하니 견딜 수 없어졌던 것이다.

서울에 간 첫날, 형은 미술 학원을 찾기는 했지만 희수를 만나지 못했다. 먼발치에서 희수가 밖으로 나와 학원 버스에 올라타는 것을 본 것만으로도 충분하다 싶었다. 희수 앞에 불쑥 다가설 엄두가 나지 않았다. 희수를 보는 순간 암실에서 맡았던 비누 향기가 날아오는 듯했고, 희수 앞으로 가는 순간 휘청 무릎이 꺾일 듯해서였다.

서울에 간 둘째 날, 형은 미술 학원이 보이는 모퉁이에 서 있었지
만 역시 희수 앞에 얼굴을 드러내지 못했다. 그날, 희수는 학원 버스
를 타지 않았다. 희수는 학원생들이 미술 학원 버스를 타고 떠난 뒤
학원에서 뒤늦게 나온 남자와 무슨 애긴가를 나누더니 버스 정류장
까지 함께 걸어가 시내버스를 탔던 것이다. 희수가 그를 향해 선생
님 선생님 했던 것으로 보아 학원 강사인 모양이었다. 형은 희수와
학원 강사의 집이 같은 방향인 모양이라고 짐작했다.

형이 희수를 만난 날은 셋째 날이었다. 셋째 날, 형은 미술 학원이
보이는 모퉁이에서 희수를 기다리고 있었다. 학원이 끝나고 아이들
이 하나 둘 빠져나와 버스에 오를 때에야 형은 용기를 내어 희수를
불렀다.

「희수야.」

희수가 고개를 돌려 형을 바라보았다. 희수는 멍한 표정이었다.

「병후구나.」

형은 쑥스러움을 감추고 희수를 향해 악수를 청했다.

「오랜만이야. 그림은 잘돼?」

「그냥 그렇지 뭐. 근데 학원 선생님이, 나는 동양화보다 서양화가
적성에 맞을 거라는데 고민이야. 그 오빠, 대학생이지만 청년 조각
가로 꽤 유명하대. 사실은 정식 학원 선생님이 아니고…… 군대
가려고 휴학했는데 입대할 때까지 우리 가르쳐 주는 거지. 나, 저
선생님 학교에 시험 칠 거야. 그래서 가끔 과외도 해. 그런데 서울
엔 언제 왔어?」

「그저께.」

형은 어제도, 그제도 학원 앞에 왔었지만 학원 버스를 타는 것만

100

보고 돌아갔다고 솔직히 말했다. 희수는 좀 놀라는 표정이었다.

「그래, 사북엔 언제 갈 건데?」

「응, 내일은 가봐야 돼.」

그때 학원 버스 기사가 클랙슨을 울려 댔다. 희수는 버스를 힐끗 돌아보더니 이내 돌아섰다.

「병후야, 나 가봐야 되는데. 저녁은 먹었니? 그래, 그럼 잘 가고, 나중에 또 보자.」

아주 짧은 만남이었다. 아주 삭막한 만남이었다. 어, 하는 사이 희수는 버스에 올랐고, 버스는 이내 학원 앞에서 사라져 버렸다. 그때 어제 학원에서 보았던 남자가 내려와 형을 불렀다.

「어이, 학생. 너 누구 만나러 왔냐? 어제노, 그제노 여기 있었잖아.」

형이 쭈뼛거리자 그 남자는 형에게 이름을 묻고, 나이를 묻고, 어디 사는지를 물었다. 그리고 형에게서 차례로 대답을 듣고는 또 말했다.

「아, 최병후. 네가 바로 희수 오빠한테 사진을 배웠다는 녀석이구나. 희수가 얘기해서 알았지. 자식, 희수 만나러 와서 왜 말 한마디 못하고 그렇게 숨어 있었냐. 반갑다. 나, 유호선이다.」

형은 희수에게 내밀었던 손으로 학원 강사 유호선이 내미는 손을 잡았다.

「그래, 사진 공부는 잘되고? 희수는 네가 사진과 갔으면 좋겠다고 하더라. 열심히 찍어라.」

「아뇨. 전, 철학과 가고 싶습니다. 사람을 이해해야 하니까요.」

형은 등을 보이며 돌아서 가는 학원 강사를 향해 불쑥 말했다. 그 말은 형도 전혀 생각지 않았던 것이었다. 그런데도 오래전부터 철학과를 가고 싶어했다는 느낌이 들었고, 오래전부터 사람을 이해하는 방법을 찾아 방황하고 고뇌한 사람이라는 느낌이 들었다. 그래서 형은 '사람을 이해하는 철학과'라고 혼자 되뇌었다. 학원 앞 작은 공터에는 형 혼자 남아 있었고, 형은 그 공터에서 오랫동안 사람을 이해하는 철학과, 철학과에 가고 싶다는 생각을 되씹었다.

형은 다음날 사북에 가려고 버스 터미널까지 갔지만 버스에 오르지 않았다. 발을 뗄 수 없어서였다. 희수를 만나 보지 않고는 돌아갈 수 없을 것 같았다. 형은 다시 희수가 다니는 학원 앞으로 가기 위해 시내버스를 탔다. 학원 앞에 도착해 희수를 기다렸지만 희수는 좀처럼 학원 밖으로 나오지 않았다. 다른 학원생들이 버스를 타고 떠난 지 30분쯤 됐을 때 형은 더 이상 희수를 기다리지 않기로 결정했다. 어쩌면 희수가 학원에 결석했을 수도 있는 일이기 때문이었다. 그런 생각을 했던 것은 잠시 한눈을 판 사이 학원의 불이 꺼져 버렸기 때문이기도 했다. 그렇다고 무턱대고 발길을 돌릴 수도 없어서 형은 학원 층계를 밟아 올라가기 시작했다. 주변의 빌딩 불빛이 학원 건물에 스며들 터이므로 학원 현관 가까이에서 들여다보면 미술 학원이라는 게 어떤 모습인지 알 수 있을 것이고, 희수가 정말 학원에 결석한 것인지도 확인할 수 있을 것 같아서였다.

형은 층계를 오르며 어제 학원 강사가 했던 말을 떠올렸다. 유호선이라고 통성명을 했던, 희수가 '유망한 청년 조각가'라고 자랑했던 사람의 말을. 희수는 왜 학원 강사에게 내 얘기를 했던 것일까. 아니, 희수가 한 말을 학원 강사는 어떻게 그리 정확하게 기억하고 있을까. 또 있었다. 희수는 학원생에 불과한데, 어떻게 학원 선생님에게 사북의 친구 얘기를 스스럼없이 했을까.

층계를 다 올랐을 때도 학원에서는 아무 인기척이 없었다. 학원생들은 다 빠져나온 게 분명했다. 학원 안은 정적만 깃들어 있는 듯했다. 맞은편 빌딩의 빛이 스며들어 학원은 새벽 미명 속에 잠겨 있는 듯한 느낌을 줄 뿐이었다. 형은 학원 현관을 지나쳐 창문 쪽으로 조금 더 다가갔다. 미술 학원이 어떤 모양인지 알려면 현관보다는 창문 너머로 보는 것이 훨씬 나을 것 같아서였다.

형은 창문에서 몇 발짝 떨어져 걸음을 옮기며 학원 모습을 훔쳐보았다. 학원에는 이젤들과 석고 조각상이 군데군데 놓여 있었다. 어떤 책상에는 물감 팔레트와 붓 따위가 어지럽게 놓여 있었고, 바닥에는 세숫대야와 페인트통이 놓여 있었다. 그 이젤과 석고상과 세숫대야, 페인트통은 어둠과 뒤엉켜 꽤 그로테스크했다. 그런 분위기 때문이었을까. 형은 좀 더 가까이에서 학원 안의 모습을 보고 싶어졌고, 그러기 위해 창문 옆에 바짝 붙어 섰다. 형이 인기척을 느낀 것은 그때였다.

놀랍게도 학원 안에는 사람이 남아 있었다. 두 사람이었다. 한 사람은, 분명치 않았지만 잠시 인사를 나눴던 학원 강사인 듯했고, 또 한 사람은 더 멀리에서도 단번에 알아볼 수 있는 사람, 희수였다. 희수는 이젤 앞에 앉아 있었다. 희수는 연필을 쥐고 있었지만 손을 움직이고 있지는 않았다. 형은 두 사람이 서 있는 것을 보고 위험한 구도라고 생각했다. 두 사람은 너무 가까이 있었다. 희수는 앉아 있고, 학원 강사의 손은 희수의 어깨를 짚고 있었다. 학원 강사의 가슴 높이쯤에 희수의 얼굴이 닿아 있었다. 형은 희수와 함께 암실에서 보냈던 날을 떠올렸다. 어둠 속에 잠긴 학원은 그날의 암실과 많이 닮아 있었다. 형은 학원 강사가 희수의 비누 향기를 맡을지도 모른다고 생각했다.

학원 강사와 희수는 이젤 앞에 오래 있지 않았다. 학원 강사가 희수의 겨드랑이에 손을 넣어 희수를 일으켰고, 희수는 천천히 일어났다. 학원 강사는 희수의 뒤에서 양쪽 어깨에 손을 얹고 느릿느릿 걸었다. 그들이 걸음을 멈춘 곳은 출입구 가까이에 놓인 야전 침대 쪽이었다.

희수의 몸뚱이가 휘청 꺾이는 듯했다. 형은 암실에서 둥글게 휘어지던 희수를 떠올렸다. 이번에는 희수의 단발머리가 출렁였다. 학원 강사는 성격이 급한 사람인 듯했다. 그러나 희수는 학원 강사에게 성격을 고치라고 말할 생각은 없는 것처럼 보였다. 야전 침대는 위태롭게 뒤뚱거렸다. 네 다리 중 한 개의 길이가 짧거나 화실 바닥이 고르지 않은 게 분명했다. 뒤뚱거리던 야전 침대에서는 시멘트 바닥을 긁는 소리도 들려왔다. 그 소리는 호수의 얼음이 갈라지는 소리와 비슷했다. 호수의 얼음판에서 빠져나가지 않으면 발을 적시거나 심하면 목숨을 빼앗길 듯했다. 형은 더 이상 그곳에 남아 있어서는 안 된다고 생각했다. 야전 침대가 뒤뚱거리고, 시멘트 바닥을 긁는 소리가 날 때 돌아서는 것이 좋을 것 같았다. 그래야 들키지 않을 수도 있고, 야전 침대가 더욱 요란하게 시멘트 긁는 소리를 듣지 않을 수도 있었다.

다시는 희수를 찾아 서울에 오지 않으리라. 형은 생각했다. 방학이 끝나고 희수가 내려오면 여전히 사진관을 피해 학교를 오갈 것이다. 우연히 희수를 만나더라도 그림 공부는 잘되냐는 인사 따위 역시 하지 않을 것이다. 형은 자꾸만 희수와 멀어지는 방법을 떠올렸다.

형은 까치발을 들고 미술 학원 층계를 밟아 내려오면서 또 생각했다. 희수는 학원 강사가 군대 가려고 휴학했는데 입대할 때까지 아이들을 가르치는 것이고, 희수 자신은 학원 강사가 다니는 대학을 지망할 거라고 말했었다. 거기까지 떠올리자 희수가 몇 마디 인사말

만 나눈 채 황급히 학원 버스에 오르던 게 한꺼번에 이해됐다. 희수
로서는 형을 오래 만나고 있을 필요가 없었던 것이다.

　형은 학원이 보이지 않는 곳까지 뒷걸음쳐 오면서 희수가 했던 말
들 몇 가지를 떠올렸다. 희수도 학원도 보이지 않았지만 눈앞에는
자꾸만 희수와 학원 강사가 함께 있는 모습이 떠올랐고, 야전 침대
의 삐걱이는 소리가 들려왔다.

　내가 그즈음의 형 일기를 훔쳐보고 놀랐던 것은 사실, 학원 강사와
희수의 관계가 아니었다. 나를 놀라게 했던 것은 형이 품고 있는 분
노가 얼마나 지독한가였다. 그때 서울에 갔다 왔을 때의 일기 마지
막에 형은 섬뜩한 심경을 적어 놓았던 것이다. 그것은 살의였다.

　'죽여 버릴 테다. 먼저 나를 죽여 없애야겠다. 그다음에 희수도 죽
여 없애겠다. 그러면 희수도 나도 이 세상에 남지 않는다. 죽고 죽이
면 다 끝이다. 추악한 기억 속에서 살고 싶지 않다.'

　그날 이후로 형의 일기장에선 더 이상 희수라는 이름이 나오지 않
았다. 희수가 미대생이 되어 서울로 올라갔을 때도 형은 희수 이름
이 적힌 일기를 쓰지 않았다. 형은 처음에는 철학과 시험을 쳤고, 두
번째는 사진학과 시험을 쳤지만 두 군데 모두 떨어졌다.

　「사진관 집 딸애는 서울의 학원 선생이 다니던 대학에 붙었다더구
　나. 그 학원 선생이 열심히 가르치기도 했지만 그 선생의 친구가
　많이 도와줬다지 뭐냐. 그 사람이 대학 이사장 아들이라던가. 희수
　는 인복도 많지. 화가 딸 나올 거라고 사북 읍내가 떠들썩하더라.」
　어머니의 반푸념이 골방에 처박힌 형을 향해 날아갔지만 형은 아
무 반응도 보이지 않았다. 희수가 아는 형은 이미 죽고 없었고, 형이
아는 희수 또한 죽고 없었다.

형의 일기를 훔쳐보았을 때를 떠올리고 보니 참 묘한 인연이라는 느낌만 남았다. 어쩌다가 형은 그때의 학원 선생이었던 유 관장이 매니저로 일하는 화랑에서 전시회를 열게 됐는가. 어쩌다 바로 그 자리에서 희수와 재회한 것인가. 나는 형을 찾아보았지만 형은 화랑 밖으로 사라진 후였다. 희수도 보이지 않았다. 형과 희수는 잠시 자리를 옮긴 것인가.

유 관장이 슬며시 다가와 말을 붙였다.

「우리 조 박사가 할 얘기가 있다는데 말이야. 내일이라도 시간 좀 내지그래.」

「전 아무 때든 좋습니다.」

나는 형과 희수가 함께 나갔는지, 아니면 각자 자리를 비운 것인지를 궁금해하면서 유 관장과 조 박사를 번갈아 바라보았다. 형에게 조 박사를 만날 계획이라는 얘기를 해야 할지 말아야 할지 선뜻 결론이 나지 않았다.

형의 사진전 이틀째 날이 저물어 가고 있었다.

7

　나는 형에게 조 박사를 만나기로 했다는 얘기를 하지 않았다. 나는 또한 형에게 오랜만에 해후한 희수와 어떻게 헤어졌는가도 묻지 않았다. 내가 조 박사를 만나는 것은 내 영역의 일이었고, 형이 희수와 만난 것은 형 영역의 일이었다. 그리고 형은 지금 생애 처음으로 사진전을 열고 있는 중이었다. 사진전은 정중동(靜中動)인지 동중정(動中靜)인지 모를 정도로 애매하게 이틀을 흘려보냈고, 이제 또 하루를 맞을 터였다. 화랑은 온종일 적막함에 빠져 있는 듯했다가 몇 사람의 갤러리가 오면 잠에서 깨어난 듯 가벼운 수선거림에 빠지곤 했다. 그게 형의 사진이 걸린 화랑 분위기였다.

　조 박사는 바로 전날 나를 만나고도 아주 오랜만에 지인을 만나는 것처럼 손을 뻗어 악수를 청한 다음 오늘이 사진전 사흘째지요라고 물었다. 내가 사진작가가 된 기분이었다.

　「형님 사진 잘 봤습니다. 유 관장 말만 듣고 꽤 궁금해했었는데 참 색다릅디다. 사진들 구도가 말예요. 구도도 좋지만 한 장 한 장 사진 대상이 된, 뭐라고 합니까, 피사체라는 거 말이죠. 최 작가가 찍은 피사체들은 특별한 눈을 가진 사람이라야 잡을 수 있다는 생각이 들더군요. 최 작가의 눈이라야 볼 수 있는 모습을 잡았다는 느낌 말입니다. 좀 아쉬운 건 낭만적인 구석도 있었으면 하는 건데, 그건 최 작가의 성정이니 어쩔 수 없는 일이고. 아, 사실, 우리 의사들도 흑백 사진에 익숙합니다. 한편으론 민감하고, 한편으론 친숙하다는 뜻이지요. 엑스레이 필름도 사실 사진 아닙니까.」

조 박사는 의사였다. 나는 그가 형의 사진전 얘기와 자신의 직업 얘기를 자연스럽게 연결해 가는 것을 보고 한편으론 놀랍고 한편으론 의아스러웠다. 그것은 내가 소설을 쓸 때 서로 다른 이야기를 연결해 가는 방법과 비슷했다.

「말씀을 듣고 보니 그렇겠군요. 전 몰랐습니다. 엑스레이도 사실은 흑백 사진이라는 생각은 못해 봤거든요. 환자 진료도 바쁘실 텐데 전시회까지 와주셔서 고마웠습니다.」

「아닙니다. 오히려 좋은 사진들 보게 돼서 내 눈이 아주 즐거웠는 걸요. 유 관장과 화랑 운영 얘기를 하느라 자주 가기도 하는데, 거기 가는 게 나에겐 유일한 낙입니다. 삶과 죽음의 갈림길에 선 사람들 곁에 있다 보니 즐거운 추억을 간직하는 건 전시회밖에 없어요. 유 관장이 허튼 전시회는 안 하는 사람 아닙니까. 그래서 저희 누님도 미술관에 관한 한 전적으로 유 관장에게 맡겨 두고 있는 거고……. 누님은 대학 이사장 일만으로도 바빠 죽겠다고 난리지요.」

「누님이 그럼? 조 박사님께서 유 관장님과 화랑 운영도 의논하신단 말씀은…….」

「뭐, 의논이라기보단 내가 주로 듣는 편이지요. 그쪽에는 유 관장이 전문가 아닙니까. 전에는 화랑이 대학 부속이었는데, 유 관장이 맡으면서 학교 법인과는 완전히 분리됐죠. 누님은 학교 이사장 일만으로도 바쁘니까 유 관장이 알아서 하면 되는데, 유 관장이 내 체면 세워 주려고 가끔 불러서 의논하는 일이 있다, 그런 얘깁니다. 유 관장한테 최 작가 얘기를 가끔 들으면서 어떤 사람인지 꽤 궁금했었는데, 이런 인연으로 만나게 될 줄은 몰랐습니다.」

조 박사가 화랑 이사장의 동생이었단 말인가. 나는 그저 유 관장과 절친한 사이로 알았는데 그런 관계였다니, 묘한 느낌이었다.

「인연이라는 게 그렇지 않습니까. 그런데, 유 관장님과 친하시면 민희수 교수님도 잘 아시겠군요. 어제 오셨던…….」

내가 묻고 싶은 것은 그 정도가 아니었다. 어쩌면 조 박사 역시 유 관장과 희수 간의 얘기를 알고 있을 것 같았고, 나는 실례를 무릅쓰고라도 그들의 만남에 대해 물으려 한 거였다.

「하하, 민희수 선생 얘기까지 나오는군요. 이것 참 난감한데. 민 선생, 참 대단했지요. 남자끼리니까 오프 더 레코드로 하고 얘기합시다. 유 관장과 내가 한때는 연적이었죠. 다 지난 얘기지만 내가 상처를 많이 받았죠. 결국 떠나가더군요. 우리 무슨 얘기 하다 여기로 왔던가요. 아, 사진 얘기 했었죠? 내가 하려던 사진 얘긴 말이죠. 의사로서 보는 필름에는 보통 세 종류가 있어요. 엑스레이, 시티, 엠아르아이. 놀라지 말고 내 얘기 잘 들으세요.」

조 박사는 희수 얘기를 얼른 집어넣더니 조금 전까지와는 전혀 다른 표정으로 나를 건너다보았다. 무슨 얘기를 하려는 것인지 전혀 짐작할 수 없었다. 한 가지 분명한 것은 희수 얘기는 아닐 거라는 점이었다.

잠시 침묵이 흐르고 있었다. 조 박사는 내 애길 잘 들으라고 했지

만 책상 앞을 오가며 천장과 바닥을 번갈아 볼 뿐 이내 입을 떼지 않
았다. 조 박사가 나를 보자고 한 것은 짐작대로, 단순히 차나 마시자
는 게 아니었다.

「무슨 말씀이신지.」

「그래요. 어차피 얘기하기로 한 거니까 말하죠, 뭐. 최근에 형에게
서 무슨 변화를 느끼지 못했습니까?」

나는 선뜻 대답하지 못했다.

「형과 저는, 어떻게 설명해야 할지 모르겠습니다만, 서로 너무 잘
알면서도 한편으론 무심한 편입니다. 하는 일이 달라서 그런지 생
각도 다르고, 사는 방식도 다르고 그런 편이죠. 성격도 그렇지만
형이나 저나 이제 뭘 간섭받고 간섭할 나이도 지났고 말이죠. 게
다가 형은 혼자 있는 데 익숙한 사람입니다. 너무 가까이 가면 형
이 불편해해서 말이죠. 적당한 간격을 유지하는 게 저희 형제의
룰입니다.」

조 박사는 고개를 끄덕여 보인 후 진료실 문을 열고 간호사를 불
렀다. 간호사가 필름이 들어 있는 봉투를 들고 와 벽면의 라이트박
스에 걸자 조 박사는 다시 말을 이었다.

「최 작가 지금 많이 아픈데, 그걸 알고 있냐는 얘기예요. 최 작가,
지금 수술 받은 몸이라는 거 모르고 있단 말이죠? 수술을 받기는
했지만 조심해야 하는데 무리하게 전시회를 열고 있어서 걱정입
니다.」

조 박사는 형이 수술을 받았다고 말했다. 형이 수술을 받다니. 처
음 듣는 소리였다. 게다가, 수술을 받았는데도 조심해야 할 정도라
니. 역시 모를 소리였다.

「처음 듣는 소립니다. 형도 아무 말 없었고, 최근엔 사진전 준비하

느라 몸과 마음이 좀 피곤하겠구나 싶었는데…… 무슨 수술을 받
았는데 그러십니까.」

「자, 보세요.」

조 박사는 벽에 걸린 라이트박스의 스위치를 올리더니 팔뚝 길이
만 한 지휘봉으로 필름들을 가리켰다. 라이트박스에는 무려 여섯 장
의 사진이 걸려 있었다.

「이게 최 작가의 머리를 찍은 사진입니다. 여기 두 장은 엑스레이
사진이고, 두 장은 시티 사진, 나머지 두 장은 엠아르아이 사진이
죠. 이렇게 세 종류를 다 보면 좀 더 확실하게 알 수 있는데…….」

조 박사는 머리 뒤쪽, 귀에서 10센티미터쯤 되는 자리라고 가르쳐
주면서 '여기에 사람의 시각을 담당하는 뇌신경이 집중적으로 몰려
있다'고 말했다.

「시신경을 담당하는 뇌가 꽤 멀리 떨어져 있죠? 바로 이 옆에 종
양이 붙어 있었습니다. 일단은 떼어 냈죠. 그게 불과 한 달 전 일이
에요. 심적으로도 괴로울 거고, 방사선 치료 받으랴 사진전 신경
쓰랴 거의 초인적인 힘으로 버티고 있을 겁니다. 난 사진전 하는
거 취소하라고 극구 말렸는데 안 되더군요. 물론 형에게 시신경
얘기까지는 안 한 상탭니다.」

믿을 수 없는 말이었다. 형이 뇌종양에 걸려 있었고, 한 달 전에
수술까지 받았다니. 형에게서는 어떤 변화도 느껴지지 않았었다.

「형이 뇌종양이라뇨. 그럴 리가요.」

「우리는 악성 그리오마라고 부릅니다. 수술은 잘됐지만 재발이 잦
은 놈이라서…… 문제는 형의 시력이 점점 약해질 거라는 거예요.
반맹 같은 게 올지도 모릅니다. 그것 참, 사진작가에게 이런 일이
생기다니. 나도 믿기지 않지만 사실이에요. 엑스레이, 시티, 엠아

르아이 다 해봤는데 결과가 같았죠. 수술은 내가 권했어요. 형이
사진전을 열겠다고 한 것도 병세와 무관하지 않아요. 뭔가 정리를
하기 시작했다는 건데, 난 그게 제일 걱정이에요. 그게 체념으로
나타나면 곤란하잖습니까. 사진전 끝나고 나면 급격히 무너질 수
도 있으니까. 그래서 보자고 했습니다. 더 지켜봐야 하지만 예후
는 좋은 편이거든요.」
조 박사는 라이트박스의 스위치를 끈 다음 내게 커피를 권했다.
「아직 뭐가 뭔지 모르겠습니다. 뇌종양이라니요.」
「그나마 다행이었던 게, 내가 최 작가를 만난 건 민 선생 때문이었
습니다. 최 작가와 민 선생 얘기를 잠시 한 적이 있는데 최 작가 안
색이 참 안 좋더라고요. 그래서 억지로 검사를 받게 했던 거예요.
유 관장한테서는 사진작가로서의 최병후 얘기만 들었는데, 동병상
련이라고, 술 한잔 하고 돌아가는 차 안에서 희수 얘길 얼핏 하더
군요. 나중에 유 관장 빼고 술 한잔 더 하자, 이렇게 얘기가 돼서
한 번 더 만났는데 입원시켜야 할 정도로 피곤해하더군요. 예감이
안 좋아서 우리 병원으로 데려왔던 거죠. 민 교수, 그 사람 역시 상
처가 큰 사람이죠.」
「그럴까요. 전 민 교수님이 사북에 살 때부터 보았는데, 민 교수님
은 한때 형을 사랑했고, 형도 희수 누나를 사랑했죠. 하지만 특별
한 이유도 없이 형과 헤어졌죠. 특별한 이유라는 게 있었다면 형이
카메라를 놓지 않는다는 거였는데, 그건 말이 안 됩니다. 형이 카메
라를 잡게 된 건 희수 누나 때문이거든요. 전 아직도 희수 누나가
왜 형을 버렸는지 모릅니다. 그나저나 어쩌죠? 미치겠습니다.」
정말 미칠 지경이었다. 무엇보다 형이 중환자라는 것이 그랬다.
형은 수술을 받았다는 것을 감쪽같이 속인 채 전시회를 열고 있는

셈이었다. 형의 몸이 정상이 아니라는 것이 마음 아픈 게 아니었다. 형이 엉망이 된 몸뚱이 상태를 감춘 채 전시회에 임하고 있는 것을 생각하자 부아가 치밀었다. 거기까지는 어떻게든 참을 수 있었다. 화가든 사진작가든 생애 최초의 전시회를 열게 된다면 좀 무리할 수도 있을 터였다. 하지만 이것은 약간 무리하는 수준이 아니었다. 내가 화가 난 것은 그 대목이었다. 세상을 살아가는 형의 방식이 전혀 바뀌지 않고 있다는 것. 그랬다. 형은 언제나 울분을 모르는 듯이, 상처가 없는 듯이 살아왔지만 울분과 상처만을 끌어안고 살아온 사람이었다. 다른 사람은 속일 수 있어도 나는 형의 그런 흉중을 다 알고 있었다. 형의 일기장을 훔쳐보았기 때문이었다. 도대체 그렇게 살아서 무엇을 하겠냐는 것인지 알 수 없는 노릇이었다. 어쩌면 그것이 형이 살아갈 수 있도록 하는 자양분이 되는지도 모른다는 생각마저 들 정도였다.

「미칠 것 같다는 말, 이해합니다. 사진작가 최병후, 나는 잘 모르지만, 참 특이한 사람입니다. 의사 생활 이십 년 만에 처음 보는 사람이에요.」

조 박사는 혀를 끌끌 찼지만 나는 화를 가라앉힐 수 없었다.

「죄송합니다. 제가 흥분했나 봅니다. 그런데 박사님 말씀대로라면 형은 결국 죽는다, 이런 얘기 아닙니까?」

「허허. 우리 너무 앞서 나가지 맙시다. 누구나 언젠가는 죽잖아요.」

조 박사는 담배를 꺼내 물었고, 담배 연기 속으로 깊은 한숨을 쏟아 냈다. 거기에 대고 무슨 말을 한단 말인가. 다만, 형이 뇌종양으로 쓰러질 날이 곧 다가올지도 모른다는 현실을 받아들이는 수밖에 없었다.

나는 후들거리는 걸음으로 조 박사의 방에서 나왔고, 병원 앞 광장의 공중전화에 매달려 화랑으로 전화를 걸었다. 화랑은 여전히 썰렁하지만 형은 벌써 나와 있다고 큐레이터는 말했다.

「그런데 저요, 최 선생님한테 사진 배우고 있어요. 손으로 파인더 만드는 건데, 재밌네요. 언제 오실 건데요? 점심이라도 같이하시죠.」

「그럴까요. 십 분쯤 걸릴 것 같은데, 아무튼 곧 가죠.」

나는 형의 안색이 어떠냐, 형이 지금 무엇을 하고 있느냐고 묻지 않았다. 그런 질문을 던지면 큐레이터가 하는 말만으로도 형은 자신의 건강에 대한 얘기가 나오고 있다는 것을 알아챌 것 같았다.

'최 선생님한테 사진을 배우고 있어요. 손으로 파인더 만드는 건데…….'

전화를 끊고 나는 큐레이터의 들뜬 목소리를 떠올렸다.

그랬다. 사진을 찍는 사람에게는 두 가지 눈이 있는 법이었다. 사북에 살 때 형이 말해 준 거였다. 그 말에 기대어 보면, 형은 분명 두 가지 눈으로 세상을 보는 사람이었다. 세상을 볼 때 두 가지 인식의 눈을 작동시킨다는 뜻이 아니었다. 그저 온전하게 맨눈으로 세상을 볼 때가 있고, 양손의 엄지와 검지를 교차시켜 사각의 틀을 만들어 세상을 볼 때가 있다는 뜻이었다. 그 엄지와 검지가 만들어 내는 사각의 틀이 형에게는 마음속의 파인더였다. 그러므로 형이 엄지와 검지로 사각의 틀을 만든다는 것은 필름에 담고 싶을 만큼 의미 있는 대상을 만났다는 뜻이었다. 재단사가 양복을 맞춘 사람의 몸에 맞춰 천을 자르듯이 형은 자신이 원하는 피사체를 얻기 위해 카메라 가방을 열기 전 두 손으로 세상을 보곤 했던 것이다. 형은 지금 그렇게 세상을 보는 눈을 화랑의 큐레이터에게 가르쳐 주고 있는 모양이었

다. 나도 형에게 파인더 만드는 법을 배운 적이 있었다. 그때 형은
이렇게 말하곤 했다.

「사람의 눈은 앞만 보는 것 같지? 사실은 아냐. 각도로 치면 이백
삼십 도쯤 볼 수 있다지 아마. 과학자들의 말이라서 사람마다 개
인차가 있기야 하겠지만 말이야. 눈은 앞에 달려 있지만 어느 정
도는 자신의 뒤쪽에 있는 것도 볼 수 있다는 얘기지. 그런데 카메
라 파인더로 세상을 보는 것은 달라. 백팔십 도 앞의 모습밖에 볼
수 없거든. 게다가 저만큼이든 이만큼이든 어느 정도 떨어진 거리
밖에는 못 본다고. 광각 렌즈를 사용하면 발밑까지 볼 수 있긴 하
지만.」

「그런가? 그렇다고 해도 그게 뭐 그리 중요한네? 그세 그거잖아.」

「그게 그거라고? 아냐. 백팔십 도와 이백삼십 도의 차이는 아주
커. 두 가지 눈으로 세상을 보는 거니까. 눈앞의 것만 보면 시야가
좁아진다고 생각하기 쉬운데, 실제로는 이백삼십 도로 볼 때보다
더 자세히, 더 깊게 볼 수 있거든. 눈으로는 보이지 않았던 것들이
비로소 사진에서 나타날 때가 있는 건 바로 그 때문이지. 사진이
란 그래서 찍을수록 매료되는 거야. 너도 사진을 배워 봐라. 하루
이틀만 배워도 새로운 세상의 모습에 가슴이 들뜰 거다. 게다가
넌 소설가 아냐.」

형은 사진 찍는 사람들이 양쪽 손의 엄지와 검지를 비틀어 사각형
을 만든 다음 사진 찍는 시늉을 하는 것은 또 하나의 눈을 가동하는
것이라고 덧붙였다. 그러고는 내가 따라할 수 있도록 아주 천천히
손으로 파인더를 만들어 보였다.

「한번 해봐. 왼쪽 엄지를 오른쪽 검지 끝에 갖다 붙이고, 오른쪽
엄지를 왼쪽 검지에 갖다 붙여 보라고. 그런 다음 손목을 틀면 카

메라 파인더와 똑같은 사각형이 생기거든. 자, 이렇게. 그게 뭔지 알겠어? 글장이들은 머릿속으로 새로운 세상을 만들지만 사진장이들은 이런 식으로 또 하나의 세상을 만든다는 것을 알게 돼. 재밌지 않냐? 그렇다고 사진장이들이 세상 유람하면서 즐겁게 산다고 생각하지는 마라. 이래저래 사진장이들은 눈을 많이 쓰기 때문에 눈이 보배라고.」

형의 목소리를 떠올리며 화랑으로 가는 발걸음은 무거웠다. 두 가지 눈으로 세상을 본다는 형의 말이 자꾸만 맴돌았다. 그 말 위로 조 박사의 말이 겹쳐졌다. 조 박사의 진료실 문을 열고 나왔을 때 나는 안간힘을 다해 물었다. 사람은 언젠가 죽는다고 하셨는데, 형이 최대한 살 수 있는 기간이 얼마나 될까요라고.

「허허, 너무 앞서 가지 말자고 했는데…… 수술을 한두 번 더 받을 수도 있겠죠. 재발할 수도 있고, 다른 쪽에서 종양이 발견될 수도 있고. 의사, 못 박아 얘기할 수 없게 돼 있어요. 직업윤리죠. 일 년도 가능하고, 오 년도 가능해요. 얼마가 됐든 환자의 의지가 중요하긴 하지만. 물론 그 안에 획기적인 치료제가 나온다면 더 연장될 수도 있고 말이죠. 얼마가 됐든, 길지도 않고 짧지도 않아요. 그 안에 무슨 일이 벌어질지, 신만이 안다고 말해 둘 수밖에 없습니다.」

화랑 앞에 다다랐을 때 나는, 형은 뇌종양에 걸려 있다라고 읊조렸다. 문을 밀자 햇빛이 거리와 마주 보고 있는 벽면의 사진을 재빨리 비춘 다음 사라졌다. 그러자 사진이 흔들리는 것 같았다. '바람의 말'이라고 이름 붙인 사진이었다. 형이 찍은 것은 들꽃이었다. 저탄장 너머 산자락 쪽에서 저탄장 쪽을 향해 찍은 사진이었다. 꽃의 배경이 그걸 설명해 주고 있었다. 하지만 꽃은 단 한 잎도 또렷이 보이지 않았다. 오히려 꽃 뒤편의 저탄장은 선명했다. 사진전을 준비할 때

형은 그 필름을 건네주며 이것도 한 장 넣자고 했고, 뒤이어 바람이
참 굉장한 날이었지라고 독백하듯 말했다. 사진에서도 그 바람이 느
껴졌다. 꽃대들은 여러 갈래로 흩어져 구름처럼 보였고, 꽃들은 물
감을 풀어놓은 수채화의 일부처럼 보였다. 그 사진 앞 소파에 큐레
이터와 형이 앉아 있었다.

「여전히 조용하군요. 그래, 사진 찍는 법은 다 배웠습니까?」

나는 너스레를 떨어 보였다. 조 박사의 병원에 다녀왔다는 것을
감추기 위해서였다.

「어휴, 다 배우다뇨? 선생님, 잠깐요. 제가 파인더로 한번 볼게요.
선생님 참 피곤해 보이네요. 어제 잠을 잘 못 주무신 모양이네요.」

큐레이터는 양쪽 손의 임지와 김지를 교자시켜 작은 사각형을 만
든 다음, 그 안에 눈을 갖다 대고 나를 바라보며 말했다.

「두 가지 눈을 가진 사람이 또 한 명 늘었군요. 기왕이면 잘 배워
두세요. 저희 형은 사진 찍는 법 아무한테나 알려 주지 않거든요.
이제 세상이 두 개로 보이겠군요. 축하합니다.」

큐레이터도 웃었고, 나도 웃었다. 그러나 형은 웃지 않았다.

「두 가지 세상요? 아, 정말 그러네요. 그럼요, 보이고말고요. 세상
이 두 개로 보여요. 역시 소설가 선생님은 다르네요. 멋져요.」

「제 얘기가 아니라 형이 해준 얘깁니다. 형이 손으로 파인더 만드
는 법을 가르쳐 주면서 알려 준 거죠.」

나는 형의 표정을 곁눈질해 보았다. 모자를 쓴 눈 밑으로 짙은 그
늘이 지나가고 있었지만 걱정했던 것보다 피곤해 보이지는 않았다.
견딜 만한가 형은.

「저기요, 파인더 만드는 법 배우는 건 끝났고요. 지금 시를 읊던
중이었어요. 처음엔 몰랐는데 오늘 다시 보니까 선생님이 왜 이

시를 리플릿에 넣었는지 알 것 같아요. 선생님도 한번 들어 보실
래요?」

큐레이터는 화랑 분위기가 정적에 싸여 있는 것이 마음에 걸렸는
지 리플릿을 들고 흠흠 목을 고르는 시늉까지 했지만 형은 슬쩍 나
를 곁눈질해 보았다. 형과 나의 눈길이 마주쳤다. 형은 뭐라고 얘기
하고 싶은 눈치였다. 하지만 큐레이터의 목소리가 형의 말을 가로막
았다.

　돌아본다
　세월의 넝쿨 속에서
　소용돌이치는 산
　여전히 검다

　산은 구겨진 땅에 욕된 얼굴들을
　쏟아 내고 흐린 빛을 깨문다
　폐 속에서 이끼를 뜯어내고
　나는, 초록 말을 꺼내 탄다

　하늘은 멀고 갈 길이 아득할수록
　지상은 역한 환희로 가득 차 보인다
　자주 늘어나는 목에선
　우울의 가래가 튀어나온다

　사람마다 지르는, 길고 축축한
　비명에 뜨거워지는 철로변에서

얼마나 격렬히 끌어안아야 하나
이 죽음의 민둥산을.

큐레이터가 시를 읊는 동안 형은 고개를 쳐들어 천장을 보고 있었다. 신문 기자와 인터뷰할 때의 그 모습이었다. 나는 큐레이터가 리플릿을 다탁에 내려놓을 때 슬그머니 자리에서 돌아섰다. 이 죽음의 민둥산을 얼마나 격렬히 끌어안아야 하느냐는 소리가 형의 외침처럼 들려서 더 이상 화랑에 있을 수 없었다. 두 가지의 눈으로 세상을 보아 왔던 형의 눈빛은 천장을 향해 붙박여 있었고, 다시는 지상으로 내려올 것 같지 않았다.

「이, 코넬 씨기 온다는 연락이 왔더라. 고넬 씨가 오면 아무래도 사북을 갔다 와야 할 것 같다. 그런데 너 안색이 안 좋아 보이는데? 요즘 나 대신 사진전 준비하느라 과로해서 그런 모양이다.」

내가 현관 유리문을 통해 밖을 내다보고 있을 때 형이 다가와 말했다.

「코넬 씨가 온다고? 빅뉴스네. 그런데, 안색이 안 좋은 건 내가 아니라 형이라고. 형, 사실은 조 박사를 만나고 왔어. 견딜 만한 거야? 잘 견딜 수 있지 형?」

「병원에? 병원에 갔을지도 모른다고 생각은 했다만. 아까 그 시 말이야. 내 사진과 참 잘 어울리지?」

나는 대답하지 않았다. 그 시가 형의 사진들과 어울리는 것은 사실이었지만, 그 시 역시 형이 무엇인가를 준비하기 위해 넣은 것이라는 생각이 들어서였다. 형이 무엇을 준비하고 있는지 확신할 수는 없었다. 그렇지만 아무 뜻도 없이, 그저 시가 좋다는 이유만으로 사진전 리플릿에 넣었을 리는 없었다.

「형, 몸을 생각해. 사북에 간다는 건 무리라니까. 난 못 데려다 줘.」

　형을 향해 단호한 목소리를 낸 것은 참으로 오래만이었다. 형은 내가 언성을 높이고 나서는 것에 크게 놀라지 않았다. 버릇처럼 천장을 향해 시선을 던질 뿐이었는데 그 눈길에는 사뭇 간절한 열망이 담겨 있었다. 나는 그 열망이 삶에 대한 의지이기를 바랐지만, 형 입장에서는 '사북에 가고 싶다'는 의지라고 생각하니 울컥, 눈물이 솟았다.

8

　인사동에 자리한 화랑 '살롱 인 살롱'에서 이색적인 사진전이 열리고 있다. 위크리 포토 신문의 국제 사진전에서 특선으로 입상한 이후 처음으로 작품을 선보이는 신예 작가 최병후 씨의 사진전 '시간의 집'이 그것이다.

　사진작가 최병후 씨의 첫 사진전은 요즘 보기 드문 흑백 사진만 전시하고 있는 것이 첫번째 특징이다. 두 번째 특징은 전시 작품의 절반 정도가 피사체의 중심을 화면 구석에 배치함으로써 각각의 피사체가 널찍한 마당을 거느리게 하고 있다는 점이다. 이러한 구도는 한국 사진계에서는 드물게 독특한 리얼리티와 서정성을 동시에 확보하는 역할을 하고 있다. 세 번째 특징은 최씨의 사진들이 이미 잊혀져 가는, 1980년 민주화의 봄 때 일어났던 '사북 사태' 등 현대사의 아픔을 역동적으로 되살리고 있다는 점이다.

　작가 최씨는 현란한 총천연색 시네마스코프라야 존재할 수 있는 듯한 이 시대의 한복판에 흑백 사진을 내건 이유에 대해 '흑백에도 수백 가지의 색깔이 존재한다. 흑백을 흑과 백 두 가지 색깔로 보는 것은 정신적 반맹'이라고 강조하는 사진계의 이단아, 혹은 스타일리스트로 분류된다. 그의 사진들은 모두 다큐멘터리 사진과 풍경 사진의 장점을 합쳐 놓은 묘한 울림을 주는데 탄광에서 도시락을 먹는 광부들, 연탄을 갈러 나온 할머니, 광부들이 사는 사택촌의 시멘트 층계, 저만큼 달려가는 버스를 향해 뛰어가는 사람의 모습 등 밑바닥 인생들의 여정들이 담겨 있다. 하지만 그런 모습들에서 남루함이나 곤고함이 보이지 않는 매력을 주는 것이 인상적이다.

그의 사진은 무엇보다 검은빛과 흰빛으로만 표현되면서도 작가 최병후식의 절제된 콘트라스트에 의해 피사체가 독특한 생동감을 얻고 있다. 도시락을 까먹고 있는 광부 사진에서 가장 두드러진 것은 햇빛에 반사된 젓가락으로, 이 젓가락은 광부들의 외줄 희망으로 은유되고 있다. 또한 사택촌으로 오르는 시멘트 층계 역시 까마득한 고공의 느낌이 묻어나 탄광에서 퇴근한 광부들이 달콤한 잠과 안식의 공간으로 가는 것이 얼마나 힘든 일인가를 생각하게 만든다. 이러한 그의 사진들은 인간 존재의 고통을 그리고 있으면서도 전혀 거칠지 않다. 작가 최병후식의 과감한 여백 처리 때문이다. 얼핏 보면 피사체의 중심이 무엇인가 싶을 만큼 작게 처리한 중심 이미지와 널찍한 공간의 역학이 보는 사람들에게 사유의 시간을 주기 때문이다.

작가 최씨는 이러한 작품 기법에 대해, 인간은 상처를 잊기 위해 살아가는 존재이며 상처받은 이들에게 여유 있는 공간을 줌으로써 그들의 삶을 위무하고 싶었다고 말했다. 그래서인지 그의 사진들은 절망적으로 보이지 않으면서도 고통스러운 삶의 실체를 보여 주는 두 가지 기능을 하면서 디지털 코드로 단일화되고 있는 사회에 문명이 미치지 않은 세계의 아름다움이 어떻게 존재 가능한 것인지를 깨닿게 해준다. 그의 사진전이 왜 '시간의 집'이라는 이름으로 열리는 가에 대한 답변인 셈이다.

최씨는 사진계에서는 무명에 가까운 신예 작가로 알려져 있다. 사진학과를 나오지도 않았고, 체계적인 사진 수업을 하지 않은 독학파인데, 1980년대에 나온 구형 수동 카메라로 20년 가까이 이 같은 작업을 해왔다. 그에게 유일하게 가르침을 준 '스승'은 사북 탄광촌의 사진관 주인이었으나 그 사진관 주인은 오랜 가르침을 주지 못하고 1980년 사북 사태 때 광부들의 뭇매에 맞아 절명했다. 따라서 이번 사진전은 작가 최씨가 시골 사진관 주인인 스승에게 바치는 작품전이기도 하다.

「피사체도 말을 하고, 카메라도 말을 합니다. 작가가 양쪽의 말을 알아들을 때 비로소 좋은 사진을 찍을 수 있는 것이죠. 사진은 그런 점에서 인간과 자연, 인간과 인간을 소통시키는 통로입니다.」

셔터를 누르기 전에 피사체와 교감하는 자세를 갖추는 것이 중요하다고 강조한 최씨는 그런 점에서 요즘 작가들은 테크닉에만 심취해 있는 것은 아닌가 반문하기도 했다. 무엇을 볼 것인가, 얼마나 볼 것인가에 대한 고민 없이 습관적으로 셔터를 누르고, 초점이 잘 맞은 사진 몇 장을 골라내는 셀렉션에만 신경을 곤두세우고 있다는 주장이다. 사진 찍는 사람이 시간의 향기를 느꼈을 때 셔터를 눌러야 사진에도 그 향기가 묻어난다는 것이다.

이런 점에서 작가 최씨의 이번 전시회는 화려함을 좇는 국내 사진계뿐만 아니라 액자를 키워 부를 늘려 가는 데 급급한 우리 사진 문화계에 신선한 자극을 줄 것으로 기대된다.

전시회 소식이 잘 알려지지 않아 텅 빈 화랑에서 기자를 맞은 작가 최씨는 '인간은 누구나 상처를 끌어안고 살게 되어 있다'며 사진을 통해 다만 몇 사람이나마 상처를 씻어 낼 수 있게 하는 것도 작가로서의 역할이자 희망이라고 말했다. '스승'이 뭇매 맞아 죽는 현장을 지켜본 최씨는 알고 보면 뭇매를 때린 사람들 역시 시대로부터 상처받은 사람들이었다며 검은 땅에 살았던 사람들에게 자신의 사진을 보여 주고 싶다고 말했다. 최씨는 전시회가 끝나면 검은 땅 사북과 데뷔작을 낳아 준 사릉으로 다시 사진 가방을 꾸려 떠날 계획이다.

전시회장에 가면 사진계에서는 통하지 않는 작가 정신과 고락을 함께해 온 작가의 카메라를 비롯한 갖가지 사진 장비들도 만날 수 있어 사진 감상의 멋을 더해 준다. 도심 한복판 현대화된 화랑에서 격조 높은 흑백 사진을 만나는 것은 지난 시대의 코드를 읽을 수 있는 하나의 기쁨이자 사진 예술의 진정한 발전을 확인할 수 있는 계기이기도 하다. 고요함에 젖어 정체돼 있던 사진계가 최씨의 작품을 어떻게 받아들일지 귀추가 주목된다.　　　　　　　— 송승민 기자

신문 기사에는 형의 얼굴과 작품 사진이 함께 실려 있었다. 형이 목 뒤로 팔을 돌려 손깍지를 끼고 화랑 천장을 바라보는 사진이었다. 형의 막막함을 대변하는 포즈였다. 형은 쓸쓸하거나 괴로울 때면 늘 목 뒤로 팔을 돌려 깍지를 끼고 천장이나 하늘을 바라보곤 했었다. 막막함과 쓸쓸함과 괴로움의 눈빛을 하고 있는 형의 얼굴 옆에는 광부가 도시락을 먹고 있는 사진이 실려 있었다. 젓가락에 햇빛이 반사되어 하얗게 빛나고 있는 사진이었다. 신문 기자의 눈에도 그 사진이 꽤 인상적으로 보인 모양이었다.

기사를 본 형의 반응은 뜻밖이었다. 형은 모처럼 밝은 표정이었다.

「내가 정말 이렇게 보이나. 또 다른 나를 만들어 냈구나.」

나는 형의 생각과 달랐다. 형은 형 자신을 잘 모르거나 모른 척하고 있는 것이라는 생각이 들었다.

「그 기자가 잘 보고 간 거지. 그런데 정말 사북에 갈 거야?」

신문 기사가 형을 어떤 사람으로 표현했느냐는 문제가 아니었다. 형의 몸이 문제였다. 형이 지금 아무도 모르게 중병을 짊어지고 있다는 게 문제였다.

「사북, 가봐야지. 이번에 안 가면 언제 또 가겠냐.」

형은 한숨을 쉬며 말했고, 나도 그 말에 토를 달지는 못했다. 이번에 안 가면 언제 또 가겠냐는 말은 지극히 당연했다. 형이 뇌종양을 앓고 있다는 것을 몰랐다면 나는 그 말에 동의하지 않았을 것이다. 그러나 형의 말이 옳나고 해노 가서는 안 될 일이었다. 옳다고 해서 다 실행하며 살 수는 없는 것이다. 그게 사람이었다.

「사북에 살 때는 사북에 사는 것이 가장 절망스러웠는데 지금 생각해 보면 그렇지도 않은 게, 사북이 없었으면 내가 어떻게 사진작가가 될 수 있었겠냐. 많은 것을 잃었지만 잃은 것 이상으로 얻게 해준 곳도 사북이지. 안 그러냐? 그래서 갔다 오려는 거다.」

뒤이어 나온 형의 말 역시 옳았다. 하긴 형이 틀린 말을 한 적은 거의 없었다. 형의 말은 언제나 옳았다. 형은 잘못된 행동을 한 적도 없었다. 게다가 형은 일단 가고자 하면 그 의지를 쉽사리 꺾지 않는 성격이었다. 하지만 그것은 몸뚱이가 정상적일 때의 얘기였다. 형은 감기도 걸리지 않은 사람인 것처럼 얘기하고 있지만 지금 형의 몸을 지배하는 것은 뇌종양이었다. 그런데도 형은 사북에 가겠다고 말하고 있고, 마침내 형은 사북에 가고야 말 것이라는 느낌이었다. 형은 어제도 코넬 씨가 오면 사북엘 가겠다고 말했었다. 이해할 수 없는 노릇이었다.

「형도 참, 안 하던 얘길 다 하고. 형 생각이 정 그렇다면 몸을 좀 더 추스른 후에 가는 건 어때. 사진전 하느라고 많이 피곤할 텐데…… 코넬 씨가 언제 올지 모르지만, 사진전 끝날 때까지는 여길 지켜야 지. 신문 기사도 나왔으니 화랑 분위기도 달라질 거고. 하다못해 하루에 한두 사람이 왔다 가더라도 그 사람들에 대한 예의도 있잖 아. 사진만 보고 훌쩍 나갈 수도 있지만, 작가를 만나길 원하는 사 람도 있는 거니까.」

나는 형과 내가 서로 다른 사람이라는 것에 대해 처음으로 절망을 느꼈다. 사람은 서로 다를 수밖에 없지만 어떤 일에서는 동질적이어 야 한다는 게 내 생각이었다. 당사자든 아니든, 정치적인 이해가 같 을 때 그래야 했고, 몸뚱이가 아플 때 그래야 한다는 게 내 생각이었 다. 형은 몸과 마음을 동시에 움직여야 가능한 삶을 살아온 편이었 고, 나는 몸을 움직이지 않더라도 가능한 삶을 살아왔기 때문에 서로 다를 수밖에 없지만, 그런 삶을 통해 추구하는 것은 늘 같다고 해야 할 터였다. 그것이 바로 정치적인 이해의 동질성과 같은 선상에 있었 다. 그리고 형은 지금 중환자의 몸이고, 나는 형이 중환자라는 것을 알고 있었다. 당연히, 형이 사북에 가도 좋으냐 말아야 하느냐에 대 한 이해 역시 같아야 했다. 그런데도 형은 사북에 가야 하는 명분에 대해 말하고 있는 참이었다. 그런 형을 이해 못할 일은 아니었다.

사실, 형은 아무리 좋은 피사체도 직접 만나 자신의 카메라에 담았 을 때 사진이 된다고 생각하는 사람이었다. 그래서 늘 형은 어디론 가 떠나곤 했다. 돌아오는 것은 생각하지 않았다. 돌아올 때가 되어 돌아왔을 뿐이다. 피사체가 자신을 놓아주었기 때문에 돌아오는 것 이었다. 형이 생각할 때, 해가 질 때는 해 지는 곳을 떠나면 사진을 얻을 수 없었고, 바람이 나뭇가지를 흔들 때 그곳에서 바람을 맞지

않으면 나무를 찍을 수 없었다. 산도 그랬고, 바다도 그랬다. 형을
지배하는 삶은 형의 눈이 좋은 피사체라고 판단하고 상상할 때 형이
반드시 그 자리에 있어야 한다는 점이었다. 그 명제를 형은 아주 충
실히 따랐다. 그럼으로써 형은 만족감에 빠졌고, 지금 화랑에 걸려
있는 사진들이 그 만족감의 산물이었다. 그 사진들이 화랑에 걸리기
까지 형의 어깨에는 카메라 가방에 눌린 자국이 흉처럼 굳은살로 남
아 있었다.

「나야 뭐 사진으로 말하는 사람이니까 사진만 걸려 있으면 되는
거야. 꼭 화랑을 지켜야 할 필요가 있을라고.」

「하긴, 내가 내 책을 사는 사람들을 일일이 따라다니는 건 아니니
까 형 말이 틀린 건 아니지만 전시회는 그런 게 아니잖아. 이건, 일
종의 축제 아니냐고. 서로 교감하고, 교감한 부분에 대해 얘기하
는 자리 말야. 소설가들이 저자와의 대화 같은 거 하는 자리 아니
냐 이거야. 형은 어떻게 늘 한 가지만 생각하는지 몰라. 그리고 말
야…… 상처 없는 인간은 없어. 누구도 상처를 다 잊고 살진 않지
만 형처럼 상처를 물어뜯으며 평생을 살지도 않지. 그리고 말
야…….」

「그리고 뭐?」

「그리고 말이야…….」

나는 점점 신경질적으로 변해 가는 자신을 느꼈고, 마지막에는 조
박사를 만났을 때 형의 병명을 들었다는 얘기를 하려다가 참았다.
형이 사북에 가는 것을 말리는 데는 조 박사를 만난 영향이 가장 컸
지만, 그 이유가 전부는 아니기 때문이었다.

그랬다. 나는 달랐다. 형이 눈으로 확인하지 않으면 아무것도 할
수 없어 피사체 앞을 떠나지 못하고 있을 때 나는 잠을 자기도 했고,

턱을 괴고 골똘히 이 생각 저 생각을 떠올리기도 했다. 책을 뒤적일 수도 있었고, 음악을 들을 수도 있었다. 상상 속에서 피아노 건반을 만들어 낼 수도 있었고, 형의 사진 속에서 검은빛의 저탄더미 이미지를 빌려 올 수도 있었다. 문화사진관 간판을 사북사진관으로 바꿔 달 수도 있었다. 대신 내 오른손의 중지 끝부분은 볼펜이나 만년필을 오랫동안 쥐어서 굳은살이 박여 있었다. 이제는 컴퓨터로 글을 쓰지만 컴퓨터로 글을 쓰기 전의 굳은살은 지금도 남아 있었고, 그게 곧 형과 나의 다른 점이었다. 그렇다고 해서 형이 사북에 가보고 싶어하는 의지를 꺾으려 한다는 게 무리인가. 무리수를 두고 있는 쪽은 형이었다.

「넌 내가 지나치게 사북에서의 상처에 집착한다고 생각하는 모양인데 나는 좀 다르다. 사람마다 상처가 왜 없겠냐. 그렇지만 상처의 성격은 다를 수 있고, 상처가 인생을 어떻게 지배하느냐가 다를 수 있어. 나한테는 사북이라는 데가 숨막히게 만드는 곳이었다. 아마도 계속 숨이 막혔다면 나는 영원히 가출을 했을 거야. 그래도 난 늘 돌아갔지. 돌아갔다는 건 달리 갈 곳이 없다는 뜻이기도 하고, 내 스스로 조금씩 숨통이 트이도록 내 몸뚱이를 조절해 갔다는 뜻이기도 하지. 살아 보니까 사북이라는 곳이 내 숨통을 열어 준 것은 아니다 이 얘기야. 그나마 내 몸뚱이를 조절할 수 있었던 거, 그건 순전히 희창 형이 있어서 가능했던 거야. 또, 희수가 있었기 때문에 가능했던 거라고. 그리고 사진을 배울 수 있었고, 내가 사진을 계속 찍을 수밖에 없도록 수많은 피사체가 나를 불렀던 거고. 거기서 아버지의 죽음을 만났을 때 넌 어떤 기분이었냐. 넌 그때 어려서 어땠는지 모르겠지만, 난 거의 미칠 지경이었다. 넌 방에 있는 시간이 많은 편이었지만 나는 밖으로 도는 시간이 많았잖니. 돌아다니다 보면 사북의 돌멩이조차 싫어지고, 탄더미를 싣고 가는 트럭조차 원망스럽고 그랬지. 그런 기분 이해하냐. 내 사진 걸었으니까 갤러리들과 대화하고 내 사진에 대해 설명하는 게 예의라고? 그것처럼 도식적인 얘기가 어딨어? 그 사람들에게 내 사진에 담긴 숨막힘을 내가 설명해야 한다고? 왜 그래야 하는데? 눈에 보이는 만큼 보고 가면 되는 거야. 그 사람들이 사진 앞에서 일 분이나 서 있는 줄 아냐. 천만의 말씀. 십 초나 이십 초쯤 서 있다가 구경 한번 잘했네 하면서 내가 이래 봬도 사진전 보러 다니는 문화인이다, 이런 자긍심으로 무장한 채 나가는 거 다 안다. 그 사람들에 잡혀 있는 것보다 사북 어디에든 가 있는 게 훨씬 마음 편할 것 같다. 사진 속에 담긴 내 상처가 고작해야 사람들의 눈요깃거리나 되는 거, 그것도 못 참을 일이라는 걸 넌 왜 모르냐.」
「형 마음 잘 알아. 그렇지만…… 형도 나도 이젠 나이를 먹어 가잖아. 형, 솔직히 말해 봐. 형은 이래저래 많이 지쳐 있어. 몸이 그 지경인데 사북에 가네 어쩌네 하니 내 맘이 편할 리 없지. 사북에 가고 안 가고가 중요한 게 아니라 그 몸으로 사북에 가겠다고 우기는 게 더 문제라는 거야. 형, 이번 사진전은 형한테 아주 중요해. 이성적으로 생각할 필요가 있다고. 형이 여전히 감성적으로 움직이는 거, 아슬아슬해서 보기 힘들어. 형은 그동안 형 하고 싶은 대로 살았어. 물론 그래서 더 힘들었을 테지만, 이젠 주변에 있는 사람들도 생각해 줄 나이가 됐잖아. 그래야 한다고.」
형과 내가 이렇게 좌충우돌, 많은 얘기를 나눈 적은 없었다.
형은 내가 여전히 사북행 불가라는 고집을 꺾지 않자 '네 말대로만 할 수 있다면 얼마나 좋겠니'라고 말했다. 건조한 투였고, 그래도 나는 어쩔 수 없다고 단언하는 것과 같은 소리였다. 한 번도 그런 식으로 말한 적이 없었던 형의 얘기에 나는 움찔했다.

「네 말이 다 맞긴 하지만 우리가 기억해야 할 게 있다. 잘 들어 봐라. 사람들 눈에는 내가 희창 형 죽음에만 붙들려 있는 것처럼 보이겠지? 그럴 수도 있을 거다. 하지만 말이다. 나는 사북에 가면 아버지 묘소에 가서 절도 하고 싶다. 아버지의 죽음, 가능하면 떠올리지 않고, 얘기하지 않으려고 했지만 당신의 죽음보다 처절했던 죽음이 있겠어? 그렇지만 그런 얘기 하면 사람들은 아주 쉽게 말하더라. 사람은 누구나 다 죽는다, 당신 아버지가 그렇게 돌아가신 건 안타깝지만 이제 잊어라, 뭐 이런 식으로 말이야. 한 가지 얘기해 줄 게 있는데, 잊지 못하는 일이 또 있다. 이건 남자로서 하는 얘기다만…….」

형의 목소리는 조금 전 사북에 가야 하는 까닭에 대해서 말하던 것과는 딴판이었다. 형의 목소리에는 열정이 담겨 있었지만 얼굴빛은 창백했다. 뜨거운 목소리에서는 뇌종양을 앓고 있는 사람이라는 느낌이 들지 않았고, 창백한 얼굴에서는 중환자와 다름없다는 느낌이 확연히 들었다. 나는 잠자코 형의 다음 말을 기다렸다. 무슨 말이든 형은 또 열정적인 목소리를 토해 낼 것 같았고, 얼굴빛은 더욱 창백해질 터였다.

「탄광에 견학 갔을 때였지. 광차를 타고 갱도 깊숙이까지 내려갔는데 가도 가도 끝이 없었어. 갱도 중간 중간 만나는 사람들이 쓴 안전모에서 희미하게 불빛이 흘러나왔는데 나는 그게 생명의 빛처럼 여겨지더라고. 그 아래에는 탄가루 때문에 먹칠이 된 광부들의 얼굴이 있었고. 사람들마다 어찌 그리 광대뼈가 튀어나와 있는지, 참 서럽더라. 모두들 인생의 종착역까지 온 사람들이었잖니. 종착역으로도 모자라 지하로 지하로 내려가 탄을 캐는 사람들이라니. 거기에 아버지가 끼여 있었지. 아버지란 뭐냐. 중심이지. 돈을 벌어 오고, 가족의 안위를 챙기는 가장으로서가 아니라 사람들 사이의 중심 말이다. 지탱시켜 주는 거. 그 아버지를 갱도에서 만났는데 눈시울이 뜨거워져서 혼났다.」

「형도 참. 아버지 얘길 왜 꺼내고 그래. 그랬겠지. 그 맘 알아. 하지만 이젠 편하게 쉬고 계시겠지 뭐. 그건 그렇고, 형도 좀 쉬어야 할 것 같은데. 피곤해 보여.」

「아니다. 언제 이런 얘기 하겠어. 넌 아버지가 편하게 쉬고 계실 것 같니? 모르겠다, 그러실지도. 아무튼 말이야, 그날 막장 끝쯤에 다다랐는데 누가 알려 주더라. 저게 공기구멍이라고 말야. 갱도 입구에서부터 파이프를 박아 넣은 거였는데, 거길 통해 공기가 흘러 들어오더라고. 얼마나 끔찍한 일이냐. 작은 파이프 구멍에 목숨을 의지한 채 탄을 캐는 사람들 말야. 누군가가 그 파이프에 돌멩이 하나만 던져 넣어도 공기가 들어오지 못해. 갱도 사람들이 다 죽는 거야. 정말 끔찍한 상황에서 탄을 캐는 사람들이 갱도 안에 가득했었어.」

형은 그때의 얘기를 얼마나 오랫동안 가슴에 묻어 왔던 것일까. 목이 메는 기분이었다. 형은 불과 한 달 전에 뇌종양 수술을 받은 몸으로 자신의 첫번째 사진전을 치르는 자리에서 탄광 깊숙이까지 내려갔던 날의 기억을 들려주고 있었다. 형의 얼굴은 땀 기운으로 번져 가고 있었다. 형의 둘레에는 형의 사진들이 에워싸고 있었고, 형이 애지중지하는 사진 장비들이 진열대 위에 놓여 있었다. 사진과 장비들마다 하나씩의 조명등이 배정돼 있었다. 슬픈 구도였다.

「그게 현실이었는 걸 어떡했겠어. 그러니까 사람들이 데모를 하고 난리를 쳤던 거지. 그게 사람답게 살게 해달라는 거였지 거창한

주장을 한 것도 아니었잖아. 그랬는데 난리가 났던 거고. 그게 세
상이야.」

나는 형이 왜 그때 얘기를 꺼냈는지 의아했지만 사실은 내 생각도
그때로 돌아가 있었다. 어쩌면 나는 형이 아버지의 죽음보다 희창
형의 죽음에 더 고통스러워할지도 모른다는 생각을 하고 있었다. 형
의 삶은 줄곧 사진에 있어 온 때문이었다. 게다가 형은 거의 아버지
얘기를 꺼내지 않았었다. 이따금 사북 얘기를 할 때, 형은 민희창을
떠올리거나 희수를 떠올리곤 했다. 그 나머지는 술집 골목, 땅에 닿
자마자 검게 변해 버리는 눈, 태백산 계곡에서부터 불어온 바람이 온
동네를 탄가루로 뒤덮는 얘기 따위들이었다. 그럴 때 나는 형을 이
해하면서도 한편으로는 야속해하곤 했다. 형이 아버지를 자주 떠올
리지 못한다면 그건 슬픈 일이었다. 도대체 형의 심성 어느 구석에
아버지를 애도하고 서글퍼하는 면이 들어가 있는지조차 모를 일이
었다. 그런데 형은 아버지에 대해 말하고 있었고, 아버지라는 이름
의 중심에 대해 말하고 있었다.

「그 모든 게 나에게는 상처였다. 상처 외에는 아무것도 준 것이 없
는 곳이 사북이란 얘기야. 그 사북을 난들 좋아서 가고 싶겠냐. 넌
내가 냉소적으로 아버지를 봤다고 생각할지 모르지만, 사실 나는
그렇지 않았다. 표현하기 힘들었을 뿐이지.」

「알아. 형과 아버지는 내놓고 그러지는 않았지만 서로 응원하는
편이었지. 그런 느낌 많이 받았었다고. 또 무슨 상처에 대해 말하
고 싶은 건데?」

나도 언젠가는 그런 말을 하고 싶었다. 아버지와 형이 서로의 눈
길로 주고받았던 격려의 메시지에 대해서 말이다.

아버지는 내심 형을 응원했던 사람이었다. 아버지는 형이 집을 비

왔다가 돌아와도 그다지 야단치지 않았고, 카메라를 들고 나다니는 걸 보고서도 가타부타 간섭을 하지 않았었다. 그게 아버지가 할 수 있는 최대의 지원이었다. 내가 방 청소를 안 한다, 그놈의 책에 뭐가 씌어 있는지는 몰라도 책벌레치고 건강한 사람 없더라, 저녁에 탄광으로 도시락 가지고 오너라 등등의 얘기를 듣느라 귀에 딱지가 앉을 지경이었던 것에 비하면 형은 호사를 누린 셈이었다. 그런데도 나는 형 앞에서, 혹은 어머니 앞에서 아버지 얘기를 가끔 꺼내곤 했다. 광부들의 사택촌이 새로 생겨서 아직 사북에 남아 있는 사람들은 그곳으로 이사하게 됐다는 뉴스가 나왔을 때 그 소식을 어머니에게 전한 사람도 나였고, 어느 해인가 초등학생의 사생 대회에서 냇물을 시커멓게 색질한 학생의 삭품이 최우수상을 받았다는 뉴스를 알린 사람도 나였다.

형은 오래도록 아무 말이 없었다. 형은 분명 잊지 못할 일이 있다고 얘기했고, 오늘 같은 날 아니면 언제 이야기하겠냐고 하지 않았는가.

지루했다. 형은 스스로를 기다리는 데도 익숙했고, 타인에게 말을 꺼낼 때 한참 동안 뜸을 들이는 데도 익숙한 사람이었다. 그것 역시 사진을 찍는 사람이어서 가능한 일이라고 나는 생각하곤 했었다. 우선은 손으로 만든 파인더에 사물이 들어와야 하고, 그 파인더에 들어온 사물이나 사람, 혹은 풍경이 제법 괜찮다 싶을 때 형은 카메라 파인더에 눈을 가져간 후 또 기다리곤 했다. 이번에는 피사체가 형의 마음을 움직일 수 있도록 제대로 된 구도가 잡힐 때까지였다. 그것은 내가 글 한 줄을 써놓고 다음에 써야 할 글을 위해 어떤 영상을 그리거나 사건을 만들기 위해 이야기를 조립하느라 시간을 보내는 것과 비슷했다.

형은 또 다른 상처에 대해 말을 해야 할까 말아야 할까를 저울질하고 있는 것 같았다. 어느 순간 자신도 모르게 셔터를 누를 때처럼 몸과 마음이 함께 움직이는 게 아니라 말을 해도 좋다는 의지와 하지 말아야 한다는 의지가 힘겨루기를 하고 있는 거라고 나는 짐작했다. 형의 얘기가 언제 다시 시작될지 모른다고 기다리는 사이 자꾸만 아버지의 죽음이 떠올랐다.

아버지가 막장의 더 깊은 곳으로 배치받은 것은 그날, 희창 형이 죽어 나가고 주동자 몇몇 사람이 잡혀 나가고, 그래서 채탄부 자리가 여럿 비게 된, 사태가 어느 정도 진정된 뒤의 일이었다. 아버지는 그 사태에서 자의 반 타의 반의 국외자였다. 비겁해서가 아니라 아버지가 끼어들 자리가 없었던 것이다. 하지만 아버지는 그 국외자의 자리에 설 수 있었던 것에 만족했다. 사람들이 다치고, 끌려가고, 해고되었을 때 아버지의 신상에는 아무 변화가 없었다. 여전히 광부일을 할 수 있었고, 오히려 좀 더 좋은 조건에서 일할 수 있었다. 좋은 조건이란 더 깊은 막장으로 배치되었다는 것을 뜻했다. 하지만 아버지는 은연중 만족스러워했다. 한 푼이라도 더 벌기 위해서는 더 위험한 갱도로 들어가야 했지만 시간이 지나면 위험 요소가 제거될 거라는 기대도 있었다.

「어디서 탄을 캐든 무슨 상관이냐. 땅속에 있는 건 다 마찬가지고. 대신 봉급을 더 준다더라. 그게 어디냐. 요즘 들어 사람들이 병원에 자주 가던데, 진폐증만 걸리지 않으면 이만한 데도 없다. 남들 위해 데모하다가 잡혀가고 매 맞고 그런 사람들만 불쌍하지. 세상이 어떻게 되려고 이러는지. 사람이 얼마나 간사한지 이럴 때 증명되는 거지.」

아버지가 그 말을 할 때 방에는 어머니도 있었고, 형도 있었고, 나도 있었지만 아무도 아버지에게 이러니저러니 말을 꺼내지 못했다. 아버지는 한숨을 쉬던 끝에 다시 말을 이었다.

「마누라나 자식이나 똑같구먼. 가장이 막장 밑바닥에서 일하게 됐다는데 눈만 껌벅껌벅거리다니. 인정머리들 하고는. 세상에 믿을 사람 없다는 말처럼 똑 떨어지는 말도 없다니까. 어허, 피곤하다. 잠이나 자야지, 이 인간들한테 내가 뭘 바랄 게 있겠어.」

어머니는 다음날 도시락을 네 개 쌌다. 두 개는 형과 내 몫이었고, 두 개는 아버지 몫이었다. 아버지는 자전거에 도시락 두 개를 매단 다음 늘 그랬던 것처럼 높다란 층계를 내려가기 위해 자전거의 뒷바퀴 쪽이 들리도록 한 채 핸들을 잡았다. 앞바퀴와 뒷바퀴가 번갈아 가며 층계에 덜커덕덜커덕 부딪치며 밑으로 밑으로 내려섰다. 자전거 바퀴살에서도 흰빛이 보이지 않았고, 은륜에서도 빛이 보이지 않았다. 형도 나도, 아버지도 어머니도 자전거를 좀처럼 닦지 않는 탓이었다. 그런데도 자전거는 천천히 층계 하나씩을 지나쳐 내려갔다. 위태로운 모습이었다.

「내가 좀 붙들어 줄까요?」

어머니가 성큼성큼 몇 계단씩을 건너뛰며 달려가 짐칸이 매달린 뒷바퀴 쪽을 들어 올려 주려 했지만 아버지는 손을 저었다.

「놔두라고. 도시락 하나 더 달았다고 자전거가 더 무거워졌을라고. 애들 학교나 잘 보내라고. 그래 봐야 이까짓 게 자전거밖에 더 돼?」

어머니는 다시 몇 계단을 밟아 집 앞으로 돌아왔고, 층계를 내려간 아버지는 발을 굴러 안장에 궁둥이를 얹은 다음 페달을 밟기 시작했다.

그것이 아버지를 본 마지막이었다. 그날, 사북 읍내에는 '이번엔 칠

번 갱도가 무너졌대' 소리가 탄가루와 함께 나돌아다녔다. 7번 갱도
는 아버지가 배치받은 곳이었다.

　아버지는 사흘 동안 매몰되어 있다가 들것에 실려 나왔다. 매몰된
광부들을 구출하기 위해 막장 밑바닥까지 들어갔던 사람들은 광부
들이 지상으로 통하는 공기구멍 근처에 뒤엉켜 있었다고, 거기에 끼
여 있던 아버지의 소식을 들려주었다. 아버지가 타고 갔던 자전거는
탄광 자전거 보관대에 세워져 있었고, 막장에서 발견된 아버지의 도
시락 두 개 중 한 개에는 밥이 그대로 남아 있었는데, 갱도가 무너지
면서 도시락을 짓뭉개는 바람에 밥과 탄가루가 뒤섞여 있었다. 어머
니는 도시락을 끌어안고 오랫동안 울었다.

　형은 다시 말을 이어 나갔다.

「땅에서 공기를 내려 보낸다는 파이프 얘기를 듣고 거길 지나치는
데 발길이 떨어지지 않더라. 그 파이프를 들여다보고 싶더라고.
그래서 되돌아 나올 때는 일행 뒤에 처졌다가 거길 들여다봤지.
처음엔 아무것도 아니더라. 그런데 조금 있으니까 이쪽의 빛이 파
이프를 희미하게 비추고 있는 게 보이지 뭐냐. 계속 눈을 대고 있
었지. 그랬더니 정말 실낱같이 가느다란 빛이 저 위쪽에서 내려오
는 거였어. 구불구불한 파이프를 헤치고 땅 위의 빛이 정말 실낱
처럼 살아 들어온 거였지. 파이프는 정말 희고도 검고, 검고도 흰
빛이었어. 웃기게도, 그게 바로 생명의 빛이란 생각이 들더라. 나
중에 아버지가 매몰되고, 그 공기통 바로 옆에서 돌아가셨단 애길
들었을 때의 기분이 어땠겠니. 한마디로, 죄스러워 견딜 수 없었
다. 아버지는 우리의 밥을 캐기 위해 막장행을 결심했는데, 나는
거기서 생명의 빛 어쩌고 해가며 파이프를 들여다보았다니. 죽은
사람만 불쌍하다는 말처럼 사치스러운 표현도 없는 거지.」

형은 들고 있던 신문을 탁자 위에 툭 던져 놓더니 두 팔을 머리 뒤로 돌렸다. 신문에 실린 형의 사진과 똑같은 모습이었다.

「그 생각만 하면 머리가 깨질 것 같아.」

형은 정말로 머리가 아파서 견딜 수 없는 것처럼 보였다.

「형, 지금 그때 생각을 할 때가 아니잖아. 문제는…….」

「문제? 그래 문제는 그게 아냐. 넌 기억이 안 날지도 모르겠는데, 아버지는 그때 몸도 마음도 많이 망가진 상태였어. 사북으로 이사한 후 가끔 어머니한테 하소연하곤 했지. 망치로 머리를 맞은 것처럼 얼얼하다고. 아버지는 병원을 찾아가기도 했었어. 하지만 사북에 안과가 있었던 것도 아니고…… 안경점에서 돋보기를 맞춰 쓴 게 처방의 다였지. 그런데, 요즘 들어 그런 생각이 든다. 아버지는 머리 어디가 정말 아팠었던 것은 아닌가. 아무리 생각해도 내 증세와 비슷하거든. 병원에 가기 전에 어머니에게 머리가 아파 죽겠다고 했더니 이리저리 물어보시더니 그러더라. 느이 아버지도 그랬는데, 아픈 것하며 이리저리 돌아다니는 것하며 안 좋은 것만 다 부전자전이냐고. 돋보기를 맞추라고 그러시더라. 그냥 웃고 말았지. 머리만 아프지 않아도 살 것 같은데.」

내가 화들짝 놀라고 있는 참에 형은 희미하게 웃었다. 형은 쾌활하게 웃어 보이려고 입을 잔뜩 벌린 상태였다. 그런데 내 눈엔 그렇게 보이지 않았다. 형은 멋들어지게 웃어 보이려 했지만 얼굴은 잔뜩 굳어 있었던 것이다. 그게 형이 고통을 참아 내는 방식이었다. 그게 형 스스로의 상처와 고통을 감추는 방식이었다. 그게 형이 존재하는 방식이었다.

아버지 역시 지병을 가지고 있었단 말인가. 형은 지난 일까지도 자꾸만 어둠 속에서 보려 하는 듯했다.

「형이 그쪽으로 자꾸 생각해서 그럴 거야. 형, 들어갔다가 오후 늦게 나오는 게 어떨까. 화랑은 뭐, 몇 시간 정도는 내가 지키고 있으면 되고.」

「괜찮다. 버틸 만한데, 이렇게 사진을 걸고 있으니까 몸이 아픈 것보다 자꾸만 그런 일들이 생각나서 괴롭다. 아버지가 도시락 하나마저 남기고 숨진 공간에서 나는 흰빛 검은빛을 생각했다는 거, 희창 형의 죽음을 기리는 데 더 열성이었다는 거, 희수가 떠나간 것을 못 참아 내고 나를 쥐어뜯었다는 거, 그게 제일 괴롭다. 못 견딜 노릇이야. 넌 나를 이해할 수 있겠니. 이런 삶이 도대체 어디에 소용되는 거냐고. 참, 환장하겠다니까.」

형은 자리에서 벌떡 일어나며 신문을 잡아채더니 사진이 걸려 있는 벽 쪽을 향해 휙, 던져 버렸다. 순식간의 일이었다.

「사진작가 최병후 사진전, 시간의 집이라? 시간의 집 좋아하네.」

형은 또 느닷없이 고함을 질렀고, 몇 걸음 달려가 사진 장비 진열대 하나를 걷어찼다. 카메라 본체를 올려놓은 진열대였다. 진열대는 기우뚱하더니 카메라가 둔탁한 소리와 함께 바닥에 떨어졌다. 시간의 집 좋아하네, 형의 고함 소리가 쩌렁쩌렁 울렸다. 고함 소리에서 형의 울음소리가 쏟아져 나오고 있었다. 나는 형이 점점 자신에게 지쳐 가고 있다는 것을 알았다. 형은 이런 식으로 자신의 격정을 쏟아 낸 적이 한 번도 없었던 것이다.

9

형으로부터 전화가 걸려 온 것은 새벽이었다. 형과 헤어진 지 불과 몇 시간 만이었다. 형은 화랑이 문을 닫은 후에도 소파 위에 멍하니 앉아 있었다. 형과 나 사이에는 그렇게 침묵의 시간이 흐를 뿐이었다. 형은 한숨만 내쉬고 있었고, 나는 바닥에 떨어진 카메라 본체를 들어 올려 만지작거리다가 화랑 구석구석을 서성이고 있었다. 화랑에는 형과 나, 그리고 큐레이터만 남아 있었다. 실내등 두엇만 켜놓았기 때문에 화랑 안은 그로테스크했다. 널찍한 화랑 안은 어두운 듯하면서도 밝았다. 형의 심상과 닮은꼴이었다. 형은 며칠 동안 그 어둠과 빛 속에 있었다. 단 몇 사람일지언정 사진 앞에 오랫동안 서 있다가 돌아가는 갤러리가 빛이라면, 그들을 보면서 자신의 머릿속 종양과 싸워야 하는 것은 어둠이었다. 그 밤, 형은 자신의 격정을 가라앉히려는 듯 자리에서 일어설 때까지 한마디도 하지 않았는데, 화랑을 나설 때 보니 열두 시가 넘어 있었다.

「코넬 씨가 전화를 했어, 공항이라는데.」

　형은 곧장 코넬 씨에게 화랑 위치를 알려 주었다고 말했고, 코넬 씨가 택시 기사에게 전화를 바꿔 주어 택시 기사에게도 화랑으로 오는 길을 알려 주었다고 말했다. 네가 좀 와주어야겠다고 말하지는 않았지만, 나는 내가 나가야 한다는 것을 알았다. 코넬 씨가 왔다, 나는 잠이 덜 깬 상태에서도 코넬이라는 이름을 몇 차례나 떠올렸다. 코넬이란 이름은 형에게 큰 비중을 차지하고 있는 인물 아닌가. 희창 형이 형에게 카메라를 쥐여 준 사람이면서 사진작가로서의 가능성을 열어 준 사람이라면 코넬 씨는 사진작가의 길을 열어 준 사람이었다. 그나마 한 사람은 이 세상에 없으니 사진작가로서 형을 의탁할 사람은 코넬 씨뿐이었는데, 사실 형은 그를 단 한 번 보았을 뿐이었다. 첫새벽 코넬 씨로부터 전화를 받은 형의 심사가 얼마나 복잡할 것인지는 형을 만나 보지 않고도 훤하게 알 수 있었다.

　하지만 나는 주차장에서 차를 꺼내 형에게 가면서 코넬 씨에 대해 궁금해하지 않았다. 내게는 결정할 일이 다가와 있었다. 한 가지는, 코넬 씨에게 형의 상태에 대해 말할 것인가 말 것인가였다. 나머지 한 가지는 형이 여전히 사북에 가려 할 경우 계속 말려야 할 것인지 다녀오도록 해야 할 것인지였다. 그 갈등의 한 지점에서 나는 생각했다. 형이 끝내 사북행을 포기하지 않으면 내가 두 사람과 동행하자. 그랬다. 그것도 하나의 방법이었다.

　사북은 이제 지척이었다. 서울을 떠나 새벽 고속도로를 스치듯 지나 험한 국도를 숨차게 달리자 사북은 생각했던 것보다 가까웠다. 새벽 안개 속에 복병처럼 나타나곤 했던 낙석 주의 표지판을 몇 개나 뒤로 밀어냈는지 기억이 감감했다. 내가 무리하게 과속을 감행한 것은 가능하면 오후에라도 화랑으로 돌아가기 위해서였다.

사북까지는 숨을 돌려 가며 달려도 10분 이내에 닿을 정도가 됐을 때였다.

「간단하게 아침을 해결하고 가야 하지 않을까.」

그러나 형의 대답은 엉뚱했다.

「코넬 씨는 비행기에서 뭘 먹었다고 하고. 그보다, 한 군데 들러 갈 데가 있는데…… 차를 돌려야겠다.」

차를 돌리자 형은 조금 전 지나온 낙석 표지판 옆으로 빠져나간 길을 가리켰다. 그 길은 사북과는 방향이 달랐다. 작은 촌락들이 길 안쪽에 있었다. 하지만 아주 잠깐이었다. 동네를 지나자 곧 더 작고 꼬불꼬불한 길이 나타나더니 금세 눈앞으로 높다란 산이 나타났다. 그 산은 사북의 산과는 달랐다. 푸르름이 가득했다. 형은 지금 그 산 속으로 차를 몰라고 얘기한 것이었다. 그렇다고 그 산에서 무엇을 보려고 하는지 형은 말해 주지 않았다. 길은 좁고 길고 가팔랐다. 울퉁불퉁 솟은 돌멩이들이 차체 밑바닥을 긁기 시작했고, 차는 자주 덜컹거렸다. 언제 차가 멈춰 서버릴지 알 수 없는 일이었다. 그러나 형은 차를 세우라고 말하지 않았다. 이 산의 깊은 곳에 무엇이 있단 말인가. 형은 사북에 가길 원했고, 나는 오직 사북 방향만을 좇아 새벽 길을 달려온 터였다. 형은 카메라를 만지작거렸지만 사진을 찍으려 하는 것 같지는 않았다. 산이 차창 앞으로 자꾸만 다가왔다. 작은 계곡들이 차창 옆으로 스쳐 가고 있었다.

형이 입을 연 때는 리어카도 지나가기 힘들 만큼 길이 좁아졌을 때였다.

「아무래도 여기서부턴 걸어야 할 것 같다.」

「길이 끊겼는데 뭐. 그런데 여기가 어디야?」

「어디긴, 계곡이지. 저 위에 아주 특별한 물줄기가 있어.」

형은 나를 힐끗 돌아보더니 코넬 씨를 향해 다시 한 번 말했다.

「조금만 더 가면 굉장한 물줄기가 시작됩니다. 제가 처음으로 집을 나와 사진을 찍었던 곳이에요. 태백산에서 내려와 물어물어 여길 찾아왔었죠. 저녁 무렵 들어서는 바람에 금세 밤이 됐는데, 밤새 물소리를 들었죠. 물소리를 카메라에 담을 수 있다면 좋겠다, 이렇게 생각했었는데, 나중에 생각해 보니 그건 꿈이더군요.」

형은 갑자기 신명이 난 듯했고, 코넬 씨는 산중에 발을 디딘 것이 낯선지 주위를 둘러보면서 고개를 끄덕였다.

「오면서 보니 사진 작업 하기 좋은 곳이더군요. 한데, 소리를 찍고 싶었다고요? 그런 심정 이해하지만 소리는 귀의 몫이고, 사진은 눈의 몫이지요. 최 작가는 역시 개성 있는 작가입니다. 사진작가들은 대부분 눈에만 의존하는데, 소리를 들었다는 것은 피사체를 입체적으로 받아들인다는 뜻이니 말입니다. 밤새 물소리를 들었다? 꿈꾸는 느낌이었겠군요.」

이번에는 형이 고개를 가볍게 끄덕였다.

「제가 입체적으로 뭘 본 게 아니라 노출을 맞출 수 없으니 사진은 찍을 수 없고…… 그저 물소리만 들렸던 것이지요.」

밤새 물소리를 들었다.

낯익은 소리였다. 오래전 형에게서 그 애길 들은 적이 있었다. 그제서야 나는 형이 코넬 씨와 나를 검룡소에 데려왔다는 사실을 알아차렸다. 그때 형은 태백산에 갔다가 검룡소라는 곳에도 갔었다고 말했었고, 검룡소의 물이 어디를 향해 흘러가는지에 대해 이야기해 주었다. 물이 차가운지 뜨거운지, 밤의 물소리가 어떤 느낌을 주는지도 말했었다. 형은 그때 밤새 물소리를 들으니 자신의 몸이 물과 함께 이곳저곳을 흘러다니는 느낌이었다고 했었다. 형이 아무에게도 애기하지 않고 처음으로 집을 비운 날이었다. 그날은 또 사북으로 이사한 후 처음으로 나 혼자 골방을 지킨 날이기도 했다. 형은 돌아오고서 며칠 후 검룡소의 새벽 사진 몇 장을 보여 주었다.

「한번 봐라. 검룡소라는 곳인데 아무리 추워도 물이 얼지 않는 곳이지. 여기서 출발한 물이 한강까지 간다더라. 물빛도 좋지만 물이 한곳을 향해 쉬지 않고 간다는 건 참 중요한 거지. 한곳을 향해, 줄기차게.」

형이 내민 사진에는 작은 연못이 찍혀 있었고, 연못은 앞쪽으로 난 계곡으로 물을 흘려보내고 있었다. 계곡 양옆으로는 눈이 수북이 쌓여 있었다. 연못에서 피어오른 수증기가 눈 위로 날아오르는 것도 보였다. 산속의 연못이라니, 그 물이 한강까지 쉬지 않고 흐른다니, 신기한 일이었다. 신기한 일은 형이 산속에서 밤새 물소리를 들었다는 것이기도 했다. 산속의 겨울밤을 혼자 버텨 내다니.

나는 형을 돌아다보았다. 형은 마루 밑으로 두 다리를 늘어뜨리고 앉아 아직도 검룡소 물 앞에 서 있는 느낌에 젖은 듯했다. 형이 두 다리를 슬쩍슬쩍 움직이는 데 따라 나도 두 다리를 슬쩍슬쩍 흔들었다. 형의 발은 토방을 스쳤다가 다시 움직이곤 했다.

「형, 여기가 어디라고?」

「검룡소.」

「검룡소? 검룡소가 어디에 있는 건데?」

「태백산.」

검룡소는 산속에 있는 못이라고 형은 다시 말했다.

「희창 형이 자주 가는 곳이라길래 나도 무작정 한번 가봤지. 희창 형은 힘들 때마다 검룡소에 간다더라. 희창 형이 뭐랬는지 아니? 경치가 아름다워서 가는 게 아니라는 거야. 그 형은 쉬지 않고 흐르는 물을 보고 싶어서 견딜 수 없다고 하더라. 그래서 시간이 되면 검룡소를 찾는다는 거지.」

형이 희창 형의 얘기를 들려줄 때 나는 형 역시 희창 형처럼 검룡소에 자주 갈지도 모른다고 생각했었다. 형은 사진을 배운 후부터 희창 형의 행동과 사고방식을 닮아 가고 있다는 게 내 판단이었다.

차를 세워 두고 20분쯤 걸어 올라갔을 때 검룡소가 모습을 드러냈다. 그것은 사진에서 보았을 때처럼 아주 작은 연못이었다. 연못 밖으로는 돌층계처럼 작은 계곡이 이어져 있었고, 연못에서 빠져나온 물줄기가 계곡을 따라 천천히 흘러내리고 있었다.

「형, 검룡소 맞지? 예전에 형이 사진 보여 줬던, 그 검룡소.」

형은 대답 대신 코넬 씨를 향해 말했다.

「코넬 선생님, 여기서 출발한 물이 서울의 한강까지 흘러갑니다. 겨울에도 얼지 않고 말입니다. 가끔 여길 혼자 오곤 했습니다. 처음에는 강물의 출발점이라는 게 매력으로 다가왔는데, 나중에는 여기서 아래로 아래로 흘러가는 물줄기를 보고 있으면 여러 가지를 잊을 수 있어서 자주 오곤 했죠.」

「누구나 마음의 평정을 얻는 곳이 있지요. 산일 수도 있고, 물일 수도 있고. 최 작가 사진을 보면서 사진으로 상처를 치료하려는 사람이라는 생각을 했었습니다. 이곳도 그런 공간 중의 하나겠군요.」

검룡소를 등지고 돌아설 때 코넬 씨가 한 말이었다. 코넬 씨는 어떻게 형의 사진을 통해 형이 스스로의 상처를 치료하려 한다고 생각했을까. 좀 놀라웠다. 그것은 나와 비슷한 생각이었다. 나는 형이 사진을 통해 자신의 상처와 싸운다고 여겨 왔었다. 그런데 듣고 보니 치료하는 것과 싸우는 것은 서로 다르면서도 같은 맥락이었다.

형은 산을 내려올 때 자꾸만 검룡소를 뒤돌아보았고 차에 오르더니 '이제 사북으로 가자'고 말했다. 형의 목소리에는 결연한 의지가 담겨 있었다. 내 느낌도 그랬다. 세 남자가 이제 사북에 간다. 나는 영화 제목 같은 말을 속으로 삼켰다.

세 사람이 사북엘 가지만 사북은 온전히 형의 몫이다. 코넬 씨와 나는 한낱 방관자이거나 동행자일 뿐이다. 형은 이번에 다녀가면 사북에 쉽사리 다시 오기 힘들 것이라는 것을 누구보다 잘 알고 있을 터이다. 그러므로 사북에 닿는 순간 형의 심사는 몹시 뒤엉킬 게 분명하다.

사북에 도착하자 형은 제일 먼저 문화사진관 자리 앞에 차를 세우길 원했다. 하지만 형은 차를 세우자 선뜻 내리지 않고 차창 밖으로 사진관 자리를 내다보기만 했다.

「사진이 뭔지 가르쳐 준 사람이 사진관을 했던 자립니다. 그 사람의 눈은 아주 특이했습니다. 사진관 일에는 아무 관심이 없고 사진에만 온 신경을 쏟았던 사람이죠. 주업과 부업을 바꿔 하는 사람 있잖습니까. 그런 사람이었죠.」

코넬 씨는 형 쪽으로 몸을 기울여 문화사진관 자리를 내다보았다. 슬레이트 지붕이었던 사진관 자리 건물은 번듯한 3층 건물로 변해 있었다. 건물의 모서리에는 사진관 간판 대신 자동차 대리점 간판과 보험 회사 간판, 식당 간판이 붙어 있었다. 건물 구조로 보아 사진관 암실이 있던 자리는 식당의 주방쯤이 돼 있을 것 같았다.

밖을 내다보던 형이 먼저 차에서 내렸다. 코넬 씨도 뒤이어 내렸다. 3층 건물을 올려다보는 형의 눈길에는 쓸쓸함이 배어 있었다. 형은 문화사진관을 찾아왔지만 문화사진관은 사라지고 없었다. 사진관 간판도 없었고, 암실의 흔적도 없었다. 형은 문화사진관 자리에 섰지만 아무것도 확인하지 못했다. 단지 문화사진관 건물이 사라졌다는 것 외에는 말이다.

형은 문화사진관 자리에 들어선 건물을 등지고 돌아섰다. 나와 코 넬 씨도 형을 따라 뒤돌아 섰다. 문화사진관 자리에서 내다보이는 골목에는 예전 그대로 술집 간판들이 즐비하게 걸려 있었다. 간판들이 호사스럽게 바뀌고 요란해져 있을 뿐, 한낮의 적막한 술집 골목에는 간밤의 여흥과 고함과 술 냄새가 배어 있는 듯했다. 형과 내가 사북에 살았을 때 눈앞의 술청들에서는 한낮에도 나무젓가락 두드리는 소리와 흘러간 노래들이 구성지게 울리곤 했었다.

「사진이 암실에서 만들어진다는 걸 여기서 처음 알았죠. 이곳 주인이 마음대로 찍어 보라고 카메라를 내주었거든요. 사진관 이름이 문화사진관이었습니다. 사북하고는 안 어울리는 이름이지요? 여긴 탄을 캐는 동네였으니까요. 그런데 그 건물이 아예 없어졌군요. 사진관 주인은 가끔 문을 열고 이 골목 풍경을 찍는 걸 좋아했습니다. 노래와 웃음, 그리고 몸까지 파는 여자들이었지만 사진관 주인과 술집 여자들은 오누이처럼 친하게 지냈죠. 직업은 달라도 뭔가 교감이 있는 사람들 같았는데, 지금 생각해 보면 사북에서 보내는 청춘을 안타까워하고 있다는 점에서 그랬던 것 같기도 하고요. 나 역시 그랬으니까요.」

형은 술집 골목을 향해 서 있으면서도 고개를 들어 사진관 자리 건물을 올려다보곤 했다.

「왜 사북에서 청춘을 보내면 안 되는 것이었을까요? 최 작가, 뒤집어 생각해 봅시다. 이곳이 그 청춘 남녀들의 성지였을 것이오. 성지란 가장 낮은 곳에서 인간의 본모습을 보는 것 아니겠소. 최 작가에게도 이곳은 사진의 성지 같은 곳일 거요.」

코넬 씨의 목소리는 낮고 무거웠다. 낮고 무거운 목소리가 술집 골목을 덮는 것 같았다. 그러므로 술집 골목과 사진관 자리 건물이 성지가 되어 버린 느낌이었다. 형은 미동도 않은 채 술집 골목들을 향해 눈길을 던지고 있었는데 코넬 씨가 형 옆으로 한 걸음 다가가 형의 어깨에 손을 얹었다. 코넬 씨는 형의 형 같았고, 희창 형 같았고, 목사거나 신부 같았다. 형조차도 목사거나 신부 같다는 느낌이 들었다. 왜 그런 느낌이 들었을까. 두 사람은 술집 골목과 사진관 자리에 은혜를 주기 위해 찾아온 사람들 같았다.

형이 다시 말을 이었다.

「그렇죠. 많은 젊은이들이 여기서 청춘을 보냈죠. 청춘의 성지, 맞습니다. 여긴 또 낮이든 밤이든 늘 목을 따갑게 만드는 동네기도 했지요. 겨울에는 검은 눈이 내리고, 개울에는 검은 물이 흐르고, 산에는 검은 눈이 쌓이고, 그렇게 다 검은 곳이기도 했습니다. 탄을 캐는 광부들이 웃을 때 보면 이가 얼마나 눈부시게 빛났는지 모릅니다. 광부들의 얼굴도 다 검었으니까요. 탄으로 얼룩진 얼굴을 보면 연민이 저절로 생기지요. 인생의 얼룩이란 게 어떤 건지 가르쳐 주는 빛이지요. 암실에서 사진을 인화하고 집으로 갈 때도 길이 앞을 가로막는 것처럼 캄캄했습니다. 겪어 보지 않은 사람은 모를 만큼 깊은 어둠이 앞을 막는 거였지요. 그렇게 검은 세상에서 살았습니다. 희망이 없는 세상이라고 자주 중얼거리곤 했는데, 코넬 선생님은 성지라고 말씀하시는군요. 의욉니다. 전 지금도 걸음을 내딛는 순간 절벽 아래로 떨어질지도 모르는 곳을 찾은 느낌인데요. 쓸쓸하고, 덧없고, 그래도 살아야 하는 곳이라는 생각밖에는 들지 않습니다. 성지라, 어찌 보면 사진을 배운 성지지요. 사북의 피사체들이 없었다면 사진을 배웠어도 뭘 찍어야 하는지 몰라 기념사진만 찍는 사람이 되었을지도 모르겠습니다. 그런 점에서는 성지일 수도 있죠. 맞습니다.」

형의 목소리는 한없이 쓸쓸하게 들렸다. 형은 긴 얘기를 마친 후 이마를 짚었다. 통증이 찾아온 모양이라고 나는 짐작했다. 형은 너무 오래 서 있었고, 너무 많은 얘기를 했으며, 지독하게 와보고 싶어 했던 사북에 마침내 와 있었다.

「형 여기서 이러고 있을 게 아니라…….」

나는 얼른 차에 올라 시동을 걸었다. 사북 어디를 가든 형의 기분이 크게 달라질 것은 없을 터였지만 자리를 옮겨야겠다는 생각이 들었다.

나는 차를 읍내 서쪽으로 몰았다. 그쪽으로 가면 사택촌을 만날 수 있고, 다음에는 탄광을 만날 수 있었다. 나는 형의 마음을 읽고 있었던 것이다.

차가 읍내에서 벗어났을 때 먼저 입을 연 사람은 코넬 씨였다.

「최 선생, 리빙스턴이라는 사람이 있었어요. 아프리카 사람들이 노예로 팔려 나가는 걸 막기 시작한 사람으로 유명하죠. 추장이 의자를 권해도 앉지 않았을 정도로 아프리카 사람들을 존중했고 자신의 몸을 낮춘 사람이에요. 미안해진 추장이 상아를 가져오라고 해서 그 위에라도 앉으라고 했다더군요. 상아 위에는 앉았는지 모르지만, 자기 자신을 아프리카의 손님이 아니라고 생각했던 거죠. 난 여기가 고향이니 고향 사람 대하듯 해달라, 뭐 이런 생각 말예요. 당신들과 똑같이 숨쉬고 당신들과 똑같은 밥을 먹는다, 뭐 이런 거죠. 어쨌든 리빙스턴은 죽을 때까지 아프리카를 떠나지 않았으니 몸과 마음을 다 아프리카에 바친 셈 아닙니까. 최 작가를 만나니까 당신은 사진으로 사북에 순교하고 있다는 느낌이 듭니다. 하지만 사북에서의 삶을 고통으로 기억하지 않는 게 좋아요.

시간에겐 모든 고통을 씻어 내는 힘이 있어요. 그렇지만 상처 없
는 인간 역시 없잖아요. 상처란 들여다볼수록 더 커지고 더 고통
스러운 법이니까.」

코넬 씨의 얘기는 읍내를 빠져나가 탄광 지대로 접어들 무렵 잠시
끊겼다. 왼쪽 언덕 위로 사택촌이 줄지어 서 있는 게 보였다. 사택촌
은 높다란 산자락 밑에 자리하고 있었는데, 여전히 낮은 지붕과 낮은
담을 두른 채였다.

「상처를 꼭 저만 가지고 사는 건 아닐 겁니다. 하지만…… 여기
어디에 차를 좀 세우는 게 어때.」

형이 다급하게 차를 세우자고 한 것은 코넬 씨의 얘기에 대답할
말이 군색해서였을 수도 있고, 사택촌이 나타난 때문일 수도 있었
다. 형에게 사택촌은 하나의 상징이었다. 형에게는 올라가거나 내려
올 때 발바닥에 닿는 층계조차 형언할 수 없는 무게로 다가오는 대
상이었다. 경사가 가파른 사택촌의 층계는 세상의 어떤 층계보다도
높고 많았다. 그 층계는 형이 밤늦게 암실에서 돌아올 때 허청허청
디뎠던 언덕이고, 아버지가 힘을 다해 빈 도시락이 매달린 자전거를
끌고 올라오도록 만들었던 고통의 언덕이었다. 동시에 그 층계는 내
가 골방의 창을 통해 세상에 이르는 통로로 삼았던 다리이고, 어머
니가 광부가 된 남편을 기다리며 붉은 눈시울로 내다본, 세상과 닿아
있는 끈이기도 했다. 그 층계를 향해 형은 수없이 셔터를 눌렀고, 그
층계에서 사북 읍내를 수없이 내다보곤 했었다.

「내리자.」

나는 형이 층계를 하나하나 오르고 싶어한다는 것을 알았다. 하지
만 형이 계단을 오른다는 것은 무모한 일이었다. 형은 층계를 오르
다 쓰러져 버릴 것 같았다.

「형, 무리해서 올라갈 것까진 없잖아.」

형은 대답하지 않았다.

「형, 내 말대로 해.」

나는 층계의 아래위에서 연방 셔터를 눌러 대던 형을 떠올렸다. 형은 엎드린 채 계단을 올려다보는 각도로도 찍었고, 시멘트 블록 담장 위에 올라가 가능한 한 높은 위치에서 내려다보면서 찍기도 했었다. 옆으로 비켜서서 찍기도 했으며 정면에서 찍기도 했었다. 그러므로 형이 찍은 층계의 저 뒤편에는 사택촌 지붕들과 그 뒤의 산자락이 흐릿하게 잡힌 적도 있었고, 사북 읍내가 흐릿하게 잡힌 적도 있었으며, 탄광 쪽으로 난 길이 절개지의 길처럼 싹둑 잘려 나간 모습으로 인화되어 나온 적도 있었다.

형이 층계 사진을 찍는 데 집착하는 이유는 무엇이란 말인가. 나는 그런 궁금증을 가누면서 형이 사진을 찍고 있을 때 계단을 오르거나 내려가며 계단이 몇 개나 될까 일일이 세곤 했었다. 층계는 일흔여섯 개였다. 어떤 때는 일흔두 개, 어떤 때는 일흔아홉까지 간 적도 있지만 그런 때는 내가 딴생각을 했거나 한 번에 두세 개의 층계를 올랐거나 했을 때였다. 정신을 차리고 또박또박 셌을 때는 정확하게 일흔여섯 개였다. 더 세어 보지 않아도 일흔여섯 개라는 것을 안 이후에도 나는 때때로 층계의 수를 세곤 했다. 형이 사진을 찍을 때 나는 층계의 수를 세어 보아야 하는 의무라도 진 것처럼 나도 모르게 층계를 세는 버릇이 생겼던 것이다.

일흔여섯 개의 계단을 나 역시 하나씩 밟아 오르고 싶었다. 하지만 그래서는 안 된다고 나는 자신을 타일렀다. 내가 계단을 오르면 형 역시 한 개씩 계단을 밟아 오를 터였다. 거기서 끝나지 않고 한 개의 층계를 오를 때마다 사북에서 겪었던 하나씩의 슬픔과 고통과

헤어짐을 떠올리고, 약속이나 한 듯이 뒤따라왔던 죽음들을 떠올릴
터였다. 그러면 형의 망막에는 온통 검은빛의 세계가 가득 차고 형
은 마침내 무릎을 꺾고 쓰러질지도 모른다는 두려움이 다가왔다.

「저 계단 위의 작은 집들이 광부들의 사택입니다. 방 두 개에 부엌
이 하나 있고 손바닥만 한 마루가 있죠. 지붕은 언제나 탄가루에
덮여 있어서 바람이 불면 탄가루가 날립니다. 마루에서 낮잠이라
도 자고 일어나면 러닝셔츠에 탄가루가 까맣게 묻어 있곤 했죠.
빨래를 널면 마르기도 전에 탄가루가 날아들어 까맣게 변하는 곳
입니다. 어머니는 하루에도 몇 번씩 청소를 했지만 나중에는 다
포기하더군요. 집 안 청소하는 것을 포기하는 것처럼 슬픈 일도
없는데……. 그때 어머니를 보면서 삶을 포기하는 느낌이 들었는
데, 서글프더군요. 날씨가 좋아도 빨래를 방 안에 널어야 하고, 낮
잠을 자고 나면 옷부터 털어야 하고. 검은 땅에 사는 사람들의 불
편함이란 게 사소한 것 같지만 사실 굉장히 슬픈 거였죠. 그리고
간간이 죽음을 날라 오는 것도 그놈의 탄가루였습니다.」

형은 두 다리를 번갈아 움직이며 계단을 툭툭 건드려 보고 있었
다. 툭툭, 형이 계단을 건드릴 때마다 사북의 삶 한 조각 한 조각이
되살아나는 듯했다. 형은 여전히 계단을 오르고 싶어하는 눈치였다.

「계단이 아주 가팔라 보이는군요. 이런 계단은 인생을 생각하게
하죠. 인생이란 묵묵히 한곳을 향해 올라가는 것이라고 말들 하지
요. 알고 보면 내려갈 때도 있고 옆으로 빠질 때도 있지만 사람들
은 그걸 인정하기 싫어합니다. 언제 올라도 그 계단을 올라가야
한다는 것을 아니까 말이죠. 사진으로 치면 렌즈를 바꿔 끼워 가
며 사진을 찍는 것과 같은 것이지만 사실 렌즈를 바꿔 끼운다고
해서 달라지는 것은 없잖습니까. 한순간 달라 보이게 만드는 장치

일 뿐이죠. 아, 여길 오니까 최 작가에게 꼭 보여 주고 싶은 사진이
있는데……. 내가 친한 사람들에게 꼭 보여 주는 사진인데 가방에
있는지 모르겠소. 잠깐만 기다려 봐요.」

형과는 달리 두 다리를 교대로 움직여 땅을 스적스적 쳐내던 코넬
씨가 차 안에서 가방을 꺼내더니 사진을 한 장 꺼내 들었다.

「이게 뭐 같소, 최 작가.」

형은 코넬 씨가 사진을 꺼내 보여 주자 계단을 툭툭 치던 것을 멈
추고 눈길을 돌렸다. 그러고는 물끄러미 사택촌을 올려다보았다.

「글쎄요.」

형은 정신이 집중되지 않는 모양이었다. 코넬 씨의 사진에는 관심
이 없는지도 몰랐다. 형은 잠깐 사진을 들여다보다가는 다시 계단을
툭툭 치고, 그러다가 다시 사택촌을 올려다보기를 반복한 끝에 ‘글
쎄요’라고 싱거운 대답을 던진 거였다.

「코넬 선생님, 죄송합니다. 오랜만에 사북에 오니 감회가 새로워
서 사진이 눈에 들어오지 않습니다.」

「미안해할 것 없습니다. 그럴 수 있습니다. 여긴 최 작가의 청춘이
묻어 있는 곳 아닙니까. 당신의 흔적이 다 살아나는 건 당연한 거
죠. 이해합니다.」

형과 코넬 씨는 마주 보며 거의 동시에 고개를 끄덕였다.

「사진관에서 암실 작업을 하고 밤늦게 저 계단을 올라가다 보면
아무리 조심해도 쿵쿵 소리가 나더군요. 어머니는 제 발소리를 듣
고도 주무시는 척하셨죠. 어떤 때는 연탄을 갈러 나온 어머니와
마주친 적도 있었는데, 어머니는 내 옷에서 여자 애가 쓰는 로션
냄새가 난다고 걱정하시더군요. 그 아이는 내게 사진을 가르쳐 준
형의 여동생이었는데 꽤 친하게 지냈습니다. 그런데 코넬 선생님,

이 사진, 타조 아닙니까? 타조 같은데, 타조 사진에 뭔가 숨은 뜻이 있는 모양이군요. 무슨 말씀을 하시려는 거죠?」

「아, 그래서 선뜻 대답을 못했던 겁니까? 어머니가 최 작가에게서 나는 로션 냄새를 걱정하셨다? 로맨틱한 얘기군요. 그 얘긴 좀 있다 듣기로 하고⋯⋯ 그래요, 타조 사진이에요. 그렇지만 정확한 대답은 아닙니다. 이건 타조 모습으로 위장한 사람이거든요.」

「사람 사진이라고요?」

형이 의외라는 듯이 되묻는 바람에 나는 코넬 씨가 들고 있는 사진을 자세히 들여다보았다. 그랬다. 그것은 형이 놀랄 수도 있을 만큼 좀 이상한 사진이었다. 사진 속에는 타조로 위장한 사람이 벌판에 서 있는 모습이 담겨 있었는데 긴 목과 부리는 타조의 그것과 아주 흡사했지만 타조의 몸뚱어리는 작은 텐트를 뒤집어씌운 듯 어설픈 모습이었다. 사람의 허벅지와 두 다리가 밖으로 그대로 드러나 있었던 것이다. 형이 이게 무슨 사진인 것 같냐는 말에 당혹스러워하다가 타조 아니냐고 건성으로 대답한 건 당연한 일이었다.

「타조로 위장한 사람 사진요? 그렇군요. 어쩐지 좀 이상하다 했는데⋯⋯ 제가 눈이 좀 아파서 말이죠.」

「하하, 미안합니다. 그냥 설명하는 게 나았을 텐데. 신경 쓰지 마세요. 눈이 아프지 않아도 사람들은 선뜻 대답하지 못합니다. 이건 농담인데, 질문이란 언제나 질문하는 사람이 유리하게 돼 있거든요. 질문을 던지는 쪽이 어떤 대답을 원하는지 알 수 없으니까 말예요. 이 사진은 칼 아킬리라는 사람이 찍은 겁니다. 칼 아킬리는 아프리카 문명사에서 전설적인 사람이죠. 사진가이기도 하고, 박제사이기도 하고, 발명가로 부르기도 하는데, 그냥 얼치기로 사진을 찍고 발명을 하고 그런 게 아니라 모든 분야에 전문가로 활동

했던 사람입니다. 그런데 최 작가, 이런 사진이 왜 나왔을까 생각
해 봅시다. 믿기지 않겠지만, 동물들이 놀라서 도망가지 않게 하려
고 분장을 했던 거예요. 망원 렌즈가 신통치 않았을 때니까.」
코넬 씨는 사진을 형의 눈앞으로 조금 더 가까이 가져가 보여 주
었다.
「그럴 수도 있겠군요. 단순한 발상이지만 그럴듯합니다. 그래도
너무 어설프잖습니까. 이 정도로 변장해서 동물들의 눈을 속일 수
있었을까요. 그보다 코넬 선생님, 사북에 오셔서 왜 타조 사진을
보여 주는지 잘 이해되지 않습니다.」
형의 말은 옳았다. 나 역시 코넬 씨가 왜 타조 사진을 꺼내 들었는
지 이해할 수 없었다. 사북은 타조와는 무관한 동네였다. 칼 아킬리
라는 사람 또한 사북과는 아무 관계도 없는 사람이었다. 그런데도
코넬 씨는 아주 진지한 어투로 타조 얘길 하고 있고, 칼 아킬리 얘기
를 하고 있었다. 칼 아킬리, 아주 낯선 이름이었다.
「그런가요? 미안합니다. 내가 난데없이 외국 사람 얘기를 꺼냈으
니 이해되지 않는 건 당연한 일이지요. 난 최 작가가 혹시 칼 아킬
리를 알고 있지 않을까 생각했던 것인데…… 내가 타조 사진을 꺼
낸 건 가까이 다가가지 않으면 볼 수 없는 세계가 있다는 얘기를
하고 싶어서였습니다. 사북 역시 그렇잖습니까. 사북에서 사북의
자연, 사북의 사람들과 호흡을 함께하지 않으면 사북 사진을 제대
로 찍을 수 없는 것이죠. 여긴 참 스산한 고장이군요. 최 작가가 사
릉에서 찍은 사진을 봤을 때 그런 생각을 했던 게 기억납니다. 황
폐한 곳에서 자란 사람이구나. 황폐한 곳에서 자라 보지 않은 사
람은 황폐한 사진도 못 찍지만 그 반대편에 있는 따뜻한 사진 역
시 못 찍는 법이거든요. 사실은 그때 생각이 나서 타조 사진을 꺼

낸 겁니다. 최 작가의 피사체들은 어둡고 그늘져 있지만 사진에서 보면 따뜻함이 살아나더란 말입니다. 그게 최 작가 사진의 생명입니다. 여길 오니 그때의 내 생각이 맞았다는 걸 알겠어요. 가파른 층계를 올라 잠자리를 찾아가고, 거기서 또 척박한 동네를 내려다보곤 했을 때 어떤 느낌이었을지 짐작이 된다는 말이지요. 이런 곳에선 슬프고 안타까운 일이 많이 일어났겠죠. 탄광 지대니까 사람들 건강이 좋을 수 없었을 것이고, 거친 일을 하는 사람들은 싸움도 곧잘 하니까 싸움 구경도 많이 했을 겁니다. 다치고, 죽고, 그렇게 극단적인 세상의 모든 일이 사북에서는 더 많이 일어났을 것입니다. 최 작가가 사진을 잘 찍는 게 아니라 사북이란 곳이 최 작가에게 사진작가의 눈을 수었다, 뭐 이런 생각이 듭니다. 내가 이렇게 얘기해서 섭섭한가요? 섭섭해하지 마시오. 열정만으로 안 되는 세계가 있다는 얘깁니다. 열정은 심리적인 것이지만 구체성이 뒷받침되지 않은 열정은 한순간 불다 사라지는 바람 같은 것이니까요. 타조 사진만 해도 그래요. 아프리카라는 대상이 없었다면 이 사진이 무슨 의미를 담을 수 있겠습니까. 이 사진은 오직 아프리카의 오지에서 찍은 것이기 때문에 지금 우리들한테 사진으로서의 가치를 인정받는 겁니다. 사진은 때로 작품이기도 하지만 기록이기도 하거든요. 둘 다 겸비할 수 있다면 더욱 좋은 일이지만…….」

코넬 씨는 마치 사북에서 오랫동안 살아 본 사람 같았다. 확신할 수는 없지만 코넬 씨의 눈에는 사북이 아프리카와 다름없이 받아들여지는 모양이었다. 그렇다면 사북은 또한 아프리카일 수도 있는 노릇이었다. 내가 아프리카에 대해 잘 모르듯이 코넬 씨 또한 사북에 대해 잘 모르면서도 형과 나의 심중을 잘 헤아리고 있는 것만 보아도 그랬다.

　코넬 씨는 형과 비슷한 모습으로 사택촌으로 이어지는 일흔여섯 개의 계단을 올려다보고 있었다. 그 눈길은 머나먼 시간 사택촌에서 살았던 사람들의 모습을 그려 내기 위해 애쓰는 것처럼 보였다. 그런 코넬 씨의 눈길은 형의 눈길과 닮아 있었고, 형의 눈길은 코넬 씨의 눈길과 닮아 있었다. 코넬 씨의 눈빛은 형의 눈빛과 같았고, 형의 눈빛은 코넬 씨의 눈빛과 같았다. 그러므로 두 사람의 눈빛은 하나의 눈빛이었다.

「섭섭하긴요. 말씀을 듣고 보니 참 귀한 사진이군요. 저도 문화사진관 전경 사진이라도 하나 찍어 둘걸, 하는 생각을 했었습니다. 사진관 사진이든 간판 사진이든 말이죠. 기억만으로 그때의 모습을 설명한다는 것은 뭔가 미진해서……. 아무래도 전, 좀 더 공부를 해야 할 모양입니다.」

형은 다시 계단을 툭툭 차기 시작했다.

「무슨 말씀을. 이 타조 사진, 내가 찍은 것도 아닌데요 뭘. 사실, 이 사진도 귀하지만 칼 아킬리가 참 귀한 사람이지요. 정말 대단한 사람이에요. 그가 발명가로 불린다고 했잖습니까. 뭘 발명했냐면 말이죠, 바로 움직이는 피사체를 찍을 수 있는 카메라를 발명한 사람이에요. 어떻게 그걸 발명할 생각을 했을까요? 놀랍게도 어떻게 하면 움직이는 동물을 찍을 수 있을까 고민하다가 그런 발명을 했다는 거예요. 웬만한 사람이었으면 사람의 다양한 모습을 찍기 위해 움직이는 피사체를 찍을 수 있는 카메라를 만들려고 고민했을 텐데, 그는 아프리카 동물들의 움직임을 찍기 위해 고민했던 거예요. 그게 칼 아킬리의 휴머니즘이었소. 아무튼 정신이란 사람만을 향해 있는 게 아니라 생명을 가진 모든 것에 뻗어 있어야 한다, 이런 생각을 실천한 사람이지요. 그뿐인 줄 압니까. 그에겐 일화

가 참 많아요. 천팔백구십육년인가, 어느 날 칼 아킬리는 상처 입
은 표범이 달려드는 바람에 죽을 뻔한 적이 있어요. 상처 입은 표
범이 얼마나 절박한 심정으로 달려들었겠어요. 칼 아킬리는 죽기
일보 직전까지 갔죠. 칼 아킬리로서는 자기가 그렇게 사랑했던 동
물의 이빨에 자신의 목숨을 내놓아야 하는 상황이 됐던 것이죠.
그때 그가 어떻게 했는지 아시오? 방법은 딱 하나, 표범과 싸우는
것이었소. 표범과 싸운다? 말도 안 되는 소리지요. 하지만 그는 정
말로 표범과 싸웠소. 그것도 맨손으로 말이오. 싸움이 어떻게 됐
느냐, 거짓말 같겠지만 아킬리가 이겼습니다. 표범의 목구멍에 손
을 집어넣어 표범의 숨통을 끊었던 겁니다. 놀라운 지혜 아니오?
그 뒤에도 그를 노리는 맹수는 많았지만 늘 무사했소. 한번은 코
끼리란 놈에게 큰 상처를 입은 적도 있었소. 할 수 없이 여행을 멈
추고 요양을 해야 했는데, 이때 그는 아프리카 전시관을 만들 궁리
를 했죠. 뉴욕에 아프리카 자연사 박물관이 있는데 그게 바로 아
킬리의 작품예요. 코끼리에게 감사해야 할지 아킬리의 열정에 감
사해야 할지…… 아무튼 그는 아프리카와 모든 것을 함께한 사람
이라고 평가되고 있어요. 그 후로 그를 닮은 사람을 본 적이 없소.
내가 왜 이런 얘기를 하겠소. 오늘 보니 최 작가, 당신은 사북을 닮
았어요. 다른 점이 있다면, 당신은 사북이 상처를 주었다고 생각한
다는 것이오. 반면에 칼 아킬리는 아프리카를 사랑했죠. 물론 힘
든 일이오. 나도 아킬리를 닮기 위해 애써 보지만 잘 되지 않소. 그
게 사람 아니겠소. 자, 이 층계는 너무 높고 가팔라요. 여기서는 이
렇게 보기만 하고 다른 델 좀 보여 주시오.」

코넬 씨는 팔을 뻗어 형의 어깨를 툭툭, 두어 번 쳤다.

「제가 저 계단을 오르고 싶었던 건 저 위에서 사북 읍내를 내려다

보고 싶어서였습니다. 거기서 읍내를 내려다보면 내가 어디에 있는지를 알 수 있었죠. 저는 집이 어둡고 답답해서 싫었습니다. 밖에 나와 있어야 숨을 쉬는 기분이었죠. 저 계단을 오르고 싶었는데 오늘은 아무래도 안 되겠군요. 코넬 선생님, 제가 탄광을 구경시켜 드리겠습니다. 탄광은 사북의 심장 같은 곳이에요. 탄광이 문을 닫으면 사북 전체에 피가 돌지 않는 시절이 있었거든요. 탄광은 사북의 젖줄이었고, 우리나라 전체의 구들장을 덥히는 불길이었죠.」

형은 망설임 없이 차를 향해 다가가 문을 열었다. 차 문을 여는 형의 몸이 휘청하는 듯했다. 형은 손을 뻗어 몸을 지탱한 다음 허리를 숙여 차에 올랐다.

형이 탄광 광장에 가자고 할 거라는 것은 이미 예상했던 터였다. 탄광에 가지 않는다면 사북에 가지 않는 것과 같을 터이므로. 형이 사북에 다녀와야겠다고 했던 말은 탄광에 가봐야겠다고 말한 것과 다름없었다. 그리고 형에겐 탄광에 가자고 할 권리가 있었다. 의무도 있었다. 탄광은 형에게나 나에게나 사북에서 살았던 시절의 상징소였다. 기쁨이든 슬픔이든, 사북에서 살았다는 것은 그랬다. 사북은 탄광을 떼어 놓고 말할 수 없는 곳이었다.

그러나 가봐야 할 권리가 있고 의무가 있다고 해서 모든 사람이 그 권리를 행사하고 의무를 이행하는 것은 아니었다. 나는 형이 그렇게 하지 않는 것도 하나의 방법이라고 생각했다. 지금 이 자리에서 형의 권리와 의무는 너무 도식적이라는 느낌이 들었다. 권리와 의무를 얘기하자면, 형은 화랑에 있거나 휴식을 취하고 있어야 마땅한 일이었다. 형은 자신의 전시회를 열고 있는 중이었고, 아무도 모르게 중병을 앓고 있는 처지였다. 권리와 의무는 사북에도 있을 수 있고, 서울에도 있을 수 있었다. 둘 중의 어느 곳에 형이 있어야 하는지는 뻔했다.

그런데 형은 탄광에 와 있었다. 형이 와 있는 탄광은 무참한 돌팔매가 날아들던 자리이고, 그럼으로써 희창 형이 죽은 곳으로 기억되는 곳이었다. 그때 형은 탄광에 있었고, 희창 형의 죽음을 목도했었다. 형은 광부들이 노조 위원장 부인을 전신주에 매달고 벌거숭이를 만드는 광기의 시간 앞에 있었고, 그들의 광기가 순식간에 사람의 목숨을 앗아 가는 현장을 보았었다. 희창 형을 죽인 것은 사람이 아니라 누구도 주체할 수 없는 광기였다. 사람이 희창 형을 죽게 한 게 아니었다. 광기가 죽게 한 거였다. 형이 탄광 광장에 간다는 것은 그때의 광기를 떠올린다는 것을 뜻했고, 그때의 광기를 만난다는 것을 뜻했다.

차가 광장을 향해 다가갈수록 나는 속도를 줄였다. 내가 선택할 수 있는 길은 단 두 가지였다. 아주 천천히 감으로써 가는 동안 형의 생각이 바뀔 여지를 만들거나 속도를 한껏 높임으로써 탄광 입구를 지나쳐 버리거나.

형이 탄광에 가지 않았으면 좋겠다는 생각의 한쪽에는 또 한 사람의 죽음이 있어서였다. 아버지였다. 아버지는 탄더미가 무너져 내렸을 때 안간힘을 다해 탄더미 속을 기었다. 아버지는 가느다란 파이프 공기구멍 앞까지 가는 데는 성공했지만 탄더미는 공기구멍조차 막아 버렸다. 아버지가 선택할 길은 없었다. 아버지는 자신에게 어떤 선택도 남아 있지 않다는 것을 알았고, 그 사실을 안 지 얼마 안 돼 숨을 거두었다. 희창 형은 광기 앞에 정신을 차릴 틈도 없이 숨져 갔지만 아버지는 절박함 속에서 몇 모금의 공기조차 제대로 삼키지 못한 채 세상과 결별했다.

탄광은 형이 사랑하는 사람들의 무덤 같은 곳이었다.

「탄광으로 간다고요? 이제 최 작가 사진의 고향으로 가는 거군요.」

「그런가요?」

「사진전 리플릿을 보고 그런 생각을 했었죠. 탄광이 이 사람 사진의 고향이구나. 사진이든 뭐든 작가에게 상처를 준 곳이 작품에서는 하이라이트로 다가온다는 거, 그건 아무도 부정할 수 없지요. 안타깝지만 그게 작가의 삶이지요.」

나는 차의 속도를 마냥 늦출 수도 없었고, 과속을 해서 탄광 입구를 지나쳐 버리는 것도 힘들게 됐다는 사실을 받아들였다. 코넬 씨와 형은 이제 탄광 안으로 차가 진입해 들어가기만을 기다리고 있었기 때문이다. 그 기다림은, 탄광에 올라섰을 때의 느낌이 어떠하든 현재로서는 그들의 희망과 다름없었다. 만일 탄광을 들르지 않고 서울로 간다면 형이나 코넬 씨나 하룻밤이 지나자마자 다시 사북에 가자고 조를 게 뻔했다.

코넬 씨와 뒷자리에 나란히 앉은 형이 차창을 내리는 소리가 들려왔다. 바깥공기가 이내 차 안을 메웠다. 강한 바람이 들어왔다. 바람의 느낌은 익숙했다. 언제나 탄가루가 묻어 있는 듯 목을 텁텁하게 만들곤 했던 사북의 그 바람이었다.

「최 작가, 아까 아킬리 얘기를 하다 말았는데 말이오. 그 뒤에 어떻게 됐는지 압니까. 한번은 아킬리가 코끼리에게 밟혀 부상을 입은 적이 있었어요. 죽을 뻔했던 거죠. 그런데 그때 아킬리가, 코끼리 발에서 겨우 빠져나온 칼 아킬리가 무슨 궁리를 했는 줄 압니까. 엉뚱하게도 아프리카 전시실을 만들 생각을 했어요. 아프리카에 사는 동물들에 대해 아프리카에 와보지 않고도 알 수 있게 하자,

그런 아이디어를 떠올렸던 거죠. 그래서 아킬리는 치료를 마치고 다시 아프리카로 날아가 팔 개월이나 헤매고 다녔어요. 멀쩡한 사람도 감당하기 어려운데 아픈 몸을 이끌고 다니며 동물군 표본을 만든 거죠. 어찌 보면 무모한 일을 계속 벌였던 것이죠. 하지만 아프리카라는 곳이 그리 만만한 곳이 아니거든요. 칼 아킬리는 아프리카에서 또 병을 얻고 말았어요. 누구나 병에 걸리듯이 아킬리도 병마 앞에서는 도리가 없었던 것이오. 더구나 이미 병약해진 상태였으니 열악한 환경을 이겨 내지 못했던 겁니다. 하지만 그 사람은 병을 두려워하지 않았소. 자신에게 병을 준 아프리카를 사랑하고 또 사랑했죠. 그게 뭐겠소. 바로, 열병이라는 겁니다. 대부분의 열병은 금세 날아올랐다가 금세 식지만 아킬리의 열병은 쉽게 가라앉지도 않았죠. 평생 열병을 앓다 갔다고 해야 할지⋯⋯.」

차는 이제 탄광으로 들어가는 입구에 다다라 있었다. 나는 오른쪽으로 핸들을 꺾었다. 이제부터는 언덕길이었다. 차의 엔진 음이 커졌고, 액셀러레이터를 깊이 밟았는데도 차의 속도는 점점 느려졌다. 탄광으로 오르는 길은 그만큼 가팔랐다. 계단이 아닐 뿐 탄광으로 오르는 길의 경사는 사택촌의 경사와 비슷했다. 희창 형의 사진 액자들이 놓여 있던 가로수들이 천천히 뒤로 밀려나기 시작했다. 길은 울퉁불퉁했고, 거뭇거뭇했다.

「이제 거의 다 와갑니다. 이 언덕을 올라가면 탄광이 나오죠. 옛날엔 전국에서 가장 큰 탄광이었어요. 그래서 사고도 가장 많았고.」

형의 들뜬 목소리가 차창 밖을 빠져나가 언덕 위에 떨어지고 있었다.

「최 작가, 내 얘긴 말이오, 사북을 상처의 땅이라고 생각하지 말라는 겁니다. 사북을 사랑하면 사북 또한 최 작가를 사랑할 것 아니겠소. 그러면 사북이 더 많은 피사체를 당신에게 보여 줄 것이오.」

코넬 씨는 마침내 형을 향해 '최 작가, 사북을 사랑하시오'라고 말했다. 최 작가, 사북을 사랑하시오. 그것은 코넬 씨의 말이긴 했지만 내가 형에게 하고 싶은 말이기도 했다.

「사북을 사랑한다? 글쎄요.」

형의 목소리에서는 특별한 감정이 느껴지지 않았다. 희창 형의 사진들이 전시되어 있던 진입로의 가로수들이 천천히 뒤로 밀려나고 있었다.

언덕에 올라서자 폐허의 광장이 눈에 들어왔다. 바람이 더 강하게 날아왔다. 탄광은 문을 닫은 지 오래였다. 그건 나도 알고 있었고, 형도 알고 있을 터였다. 사북은 이제 탄광의 도시가 아니라 폐허의 도시였다. 공룡처럼 큰 탄광 한두 곳만 문을 열고 있을 뿐 자잘한 탄광들은 폐광된 상태였다. 탄광들이 문을 닫았으므로 사람들 역시 사북을 떠난 지 오래였다. 사북은 그렇게 모든 것과 결별했고, 형과 나역시 다르지 않았다. 다른 점이 있다면 형은 지금 다시 돌아와 갱도 입구에 서 있다는 것이었다. 누구도 사북을 잊을 수 없을 거라는 점에서는 같았지만 사북을 다시 보기 위해 먼 길을 달려오느냐 마느냐의 차이는 그런 것이었다. 어쩌면 그게 삶인지도 모른다고 나는 혼자 되뇌었다.

「광부들이 작업 환경을 개선해 달라고 시위를 하던 날 내게 사진을 가르쳐 준 형이 바로 여기서 죽었습니다. 누가 누구인지 알 수 없이 혼란한 상태여서 프락치인 줄 알았던 거죠. 광부들 모두 형의 얼굴을 알았지만 당시에는 카메라를 들고 이리 뛰고 저리 뛰는 사람이 그 형인 줄 몰랐던 겁니다. 그때 마침 여기서 그 형의 사진전이 열리고 있었습니다. 자신의 사진전이 열리고 있는 마당에서 자신이 사랑했던 사람들의 발길에 차이고 주먹에 맞으며 죽어 간 것이죠. 그런데도 내가 사북을 사랑할 수 있겠습니까? 코넬 선생님이 그런 상처를 가지고 있다 해도 사북을 사랑할 수 있겠습니까?」

형의 목소리는 울분에 차 있었다.

「끔찍한 일이 있었군요. 하지만 최 작가, 그 사람의 죽음이 최 작가에게 어떤 식으로든 좋은 사진을 찍게 했을 거라는 생각은 안 해 봤습니까. 한 가지 궁금한 게 있소. 당신이 흑백 사진만을 고집하게 된 데는 나름대로 이유가 있을 거요. 흑백의 아름다움이 가장 아름답게 느껴졌던 때가 언제였소. 아니, 그게 뭐였소?」

형은 단광 광장을 가로질러 가면서 반광 사무실 쪽으로 잠깐 눈길을 던졌다가 거둬들였다. 그곳 역시 폐허의 공간이 돼 있었다. 미닫이 출입문은 한 뼘 넘게 열려 있었고, 유리창은 대부분 깨져 있었다. 형은 그 유리창 너머로 사무실 안을 잠깐 들여다보더니 막장 입구를 향해 천천히 걸음을 옮겼다.

「광부들 가족이 여기로 견학을 온 적이 있었습니다. 가족들의 일부는 광차를 타고 갱도 안으로 들어갔죠. 나도 그때 처음으로 광차를 타보았죠. 리어카처럼 작게 만들어진 놈인데, 광차를 타고 끊임없이 밑으로 내려갈 땐 정말 피가 거꾸로 솟는 것처럼 묘한 느낌이었습니다. 무섭더군요. 다시는 지상으로 되돌아 나가지 못할 것 같았거든요. 깊숙이 들어갈수록 답답해지고, 더 들어가면 숨이 막힐 것 같고. 그런데 막장 맨 끝에 다다랐을 때, 땅 위에서 막장으로 뚫어 내린 파이프 구멍을 보았습니다. 그 파이프 구멍으로 공기를 들여보내는 것이었죠. 숨이 답답하면서도 더 이상 호흡이 가빠지지 않았던 것은 그 공기구멍 때문이었습니다. 난 거기서 빛과 어둠을 보았습니다. 그 빛과 어둠은 제가 한 번도 보지 못한 종류의 것이었습니다. 뭐라고 설명할 수 없을 만큼 희면서도 어둡고, 그러면서 밝은 느낌 말입니다. 눈이 멀 것처럼 눈이 부시면서도 아무것도 보이지 않는 캄캄함이 그 파이프 구멍 안에 있었는데, 신성한 느낌이었다고밖에 달리 표현할 길이 없습니다. 흑백의 아름다움이거나 흑백의 섬뜩함이거나 둘 중의 하나였겠죠. 그때 보았던 빛과 어둠을 한 번도 잊은 적이 없었습니다. 흑백 사진을 고집하는 이유에 대해 자주 질문을 받는데, 전 흑백을 고집한 게 아니라 흑백 외의 색깔에 대해 생각해 본 적이 없는 것 같습니다. 그게 다인 줄 알고 있었던 거예요. 어느 날 문득 생각해 보니 컬러 사진에 대해 생각해 본 적이 한 번도 없더군요.」

형이 걸음을 멈춰 선 막장 입구는 어둠침침했다. 입구에는 통나무가 엑스 자로 걸쳐 있었다. 광차가 드나들던 레일은 녹슬어 있고, 기름때가 여전한 침목 사이에서는 잡풀들이 자라고 있었다. 형이 갱도 입구에 기대자 검은 흙가루가 형의 머리와 어깨 위로 떨어져 내렸다. 형은 꿈쩍도 하지 않았다.

「그랬군요. 그것 보시오. 그건 아마도 막장의 어둠과 빛이 최 작가에게 무언의 길을 제시한 걸 거요. 환경과 인간이 화학적으로 최 작가를 흑백 사진의 길로 인도했을 거란 얘기죠. 그런 세계가 있습니다. 말로는 설명할 수 없는. 그게 바로 어떤 사람의 운명이죠. 운명이란 게 뭡니까. 스스로 거역할 수 없는 거, 뭐 그런 거겠지요. 순응이든 아니든 어쩔 수 없이 그 길을 가게 되는 것 말입니다. 최 작가는 바로 그 길을 가고 있는 거고요.」

형은 여전히 갱도 입구에 등을 기대고 있었고, 코넬 씨는 갱도 입구를 바라보며 말을 주고받고 있었다. 그리고 나는 두 사람의 옆에서, 마치 단순한 관찰자인 것처럼 탄광 풍경과, 탄광 주변을 맴도는 바람과, 코넬 씨와 형을 번갈아 살피고 있었다. 그리고 그들의 얘기를 듣고 있었다.

「코넬 선생님은 저와 크게 교분을 쌓지 않았는데도 저에 대해 잘 아시는 사람 같습니다. 아프리카에서 온 분 같기도 하고, 인도에서 살다 오신 것 같기도 하고, 저 너머의 수도승 같기도 하고. 하하, 죄송합니다. 이런 식으로 말씀드려서.」

형이 웃은 것은 서울을 떠난 이후 처음이었다.

「그런가요? 그렇다면 그건 아프리카가 나를 그렇게 만들었기 때문일 겁니다. 아프리카에서 생활하다 보면 저절로 그런 사람으로 변해 가지요. 뭐든지 사랑할 수 있게 되더란 말입니다. 눈에 보이는 모든 게 따뜻하게 다가오거든요. 내가 툭하면 아프리카로 건너가는 것도 그래서지요. 거기에 발을 디디면 내 어깨의 짐을 받아주는 느낌이 들거든요. 그리고 난 최 작가가 좋아요. 특별한 이유는 없어요. 당신의 때 묻지 않은 사진이 인상 깊었고, 당신을 안 이후 당신이 카메라 마니아처럼 기술적으로 좋은 사진을 얻기 위해 기교를 부리는 데 급급하지 않는다는 것을 알고 기분이 좋았죠. 게다가 내게 당신의 상처를 다 말해 주니 우린 이미 오랜 친구와 다를 게 없소.」

「그렇게 생각해 주시니 고맙습니다.」

「내가 칼 아킬리 얘길 했었죠? 그 사람에 대해 조금 더 말하자면, 아킬리가 어떻게 됐는지 아시오? 그는 아프리카의 무품비로 산에서 죽었소. 무품비로는 아킬리 자신이 세상에서 가장 아름다운 땅이라고 말했던 산이죠. 사람들은 무품비로 산에서 그를 데려와 장례를 치렀어요. 그리고 다시 그의 유해를 무품비로 산에 묻었죠.

칼 아킬리를 위해 해줄 수 있는 일이라곤 그가 가장 사랑했던 산에 묻는 방법밖에 없다는 것을 알았던 거죠. 사람은 누구나 죽지만, 죽음 이후에도 가장 사랑했던 사람 곁이나 땅에 있을 수 있다면 그것도 행복일 테니까요. 표범에게 물려 죽을 뻔하고, 코끼리에게 밟혀 죽을 뻔한 사람이 아프리카를 헤매고, 녀석들의 원형 그대로 박제를 하고…… 그런 사람이 칼 아킬리였는데 그는 그곳을 가장 사랑했다, 참 아이러니컬하죠? 게다가, 그가 지금도 그곳에 잠들어 있다는 건 얼마나 역설적인 얘깁니까. 당연하면서도 상징적인 세계지요. 아무튼 칼 아킬리는 그런 사진작가였소. 최 작가, 나는 당신의 사진이 사북의 모든 것을 담아내길 바라오. 당신은 그럴 수 있소. 내가 보기에, 당신은 당신의 상처까지 사랑할 수 있는 눈을 가졌단 말이오. 최 작가, 당신에게 남은 일은 이제 사북을 사랑하는 것입니다. 당신이 사북의 칼 아킬리라는 생각이 들어요. 최 작가, 사북의 칼 아킬리가 돼주시오.」

코넬 씨가 형에게서 한 걸음 물러날 때 나는 무품비로라는 말을 되뇌어 보았다. 무품비로, 아주 낯선 이름이었다. 무품비로, 아주 신비한 느낌이기도 했다. 무품비로, 아주 높은 산일 거라는 느낌이기도 했고 아주 밋밋한 산일 거라는 느낌이기도 했다. 하지만 형과 내가 서 있는 곳은 아주 낮은 하늘 밑 희창 형과 아버지가 삶을 마감한 사북의 탄광 갱도 입구였다. 하늘은 흐렸고, 탄광 마당에는 아직도 다 날아가지 못한 탄가루들이 검은빛을 내고 있었다. 멀리, 언덕 아래로는 사북의 낮은 지붕들이 폐사한 조개껍데기처럼 옹기종기 모여 있었다.

「무품비로 산은 그래도 칼 아킬리를 받아 줬군요. 글쎄요, 사랑하는 것이 가능할지요. 사북이 저에게 칼 아킬리라는 이름으로 사는 것을 허락할지도 모르는 일이고. 저는 사북이 내게서 너무 많은 것을 빼앗아 갔다고 원망한 적도 많으니까 말이죠. 사랑하기엔 너무 늦었다는 생각도 듭니다. 코넬 선생님, 사북을 사랑한다고 쳤을 때, 그래서 제게 뭐가 남습니까. 제가 칼 아킬리가 될 수 없듯이 사북 역시 무품비로 산이 될 수 없는 겁니다.」

형이 막장 입구에서 등을 떼어 낼 때 나는 거대한 석판이 움직이는 느낌을 받았다. 형의 몸뚱이는 한없이 무거워 보였고, 형이 스스로의 몸뚱이를 감당하는 것을 몹시 힘들어한다는 사실을 알 수 있었다.

「그만 가야겠다.」

형은 차갑게 말했다. 나는 멍하니 형을 쳐다보았다. 형은 간절하게 원했던 사북에서 이제 돌아가자고 말하고 있었다. 이대로 돌아갈 수 있을까. 형이 걸음을 떼는 모습은 한없이 무거워 보였다. 돌아가려는가 형은.

「최 작가, 많이 힘들어 보이는데 괜찮겠어요?」

코넬 씨가 형을 부축하려 하자 형은 손을 내저었다.

「괜찮습니다. 그보다, 무품비로 산이 참 궁금해지는군요.」

「칼 아킬리가 묻혔다는 것만 빼면 아프리카의 여러 산들 중의 하나지요. 평범할 수도 있고 특별할 수도 있고.」

코넬 씨가 무품비로 산에 대해 짐짓 무덤덤하게 얘기할 때 형은 힘없이 주저앉고 말았다. 하지만 형은 이내 일어섰고 코넬 씨와 나는 형이 천천히 일어서는 것을 지켜보았다. 형이 그토록 다시 오고자 했던 사북, 사북의 광장에서 형은 더 이상 머물 수 없었다.

10

　형의 전시회는 사흘 내내 갤러리의 눈길을 받지 못했다. 화랑은 썰렁했다. 이제 나흘째였다. 나흘째는 달랐다. 모든 것이 변해 있었다. 형이 사북에서 무품비로 산을 새롭게 알게 된 것과 마찬가지로 형의 사진들 역시 새로운 시간들 앞에 놓여 있었다. 불과 하룻밤 사이에 일어난 일이었다. 내가 형과 코넬 씨를 태우고 밤길을 달려 사북에서 서울로 돌아온 것과 마찬가지로, 사람들은 하룻밤을 보내기가 지루했다는 듯이 아침부터 형의 사진들 앞으로 몰려들고 있었다. 갤러리들이 몰려들 조짐을 보인 것은 내가 형과 코넬 씨를 태우고 사북으로 떠난 직후부터였다고 큐레이터는 말했다. 내가 형과 코넬 씨를 태우고 사북을 향해 떠났을 때 사람들은 작가 최병후의 사진을 향해 다가왔던 것이다. 신문 기사를 본 사람들이 하나 둘 화랑을 찾는가 싶더니, 오후 들어서는 화랑 위치를 묻는 사람들의 전화가 쉴 새 없이 걸려 왔다는 거였다.
　「안내 데스크의 전화통이 잠시도 조용한 적이 없었어요. 최 선생님 좀 뵙게 해달라는 사람들은 또 얼마나 많았다고요.」

큐레이터는 '사북에 가신 소감은 어땠나요'라고 물었지만 대답을 기다리는 대신 또 다른 뉴스를 전했다.

「탄광 박물관이라고 있대요. 거기 직원이 와서 작품 한 점을 예약했어요. 드디어 선생님 작품이 팔린 거죠. 일호예요, 일호. 탄광과 관련된 물건들만 전시하는 곳이라 마침 최 선생님 사진 같은 의미 있는 작품을 찾고 있었다나 봐요. 작품값은 작가분이 원하는 대로 말씀해 달라고 했고요. 어떡하죠. 관장님은 얼마를 받으면 되는지 최 선생님과 의논해 보라고 하셨는데.」

큐레이터는 형을 향해 말하고 있었지만, 형은 소파 깊숙이 등을 묻은 채 눈만 껌벅거리고 있었다.

「글쎄요. 그건 강 큐와 관장님이 정하는 게 낫겠는걸요. 형에게 사진값을 매기라고 하면 모르긴 해도 사진전 끝날 때까지 묵묵부답일 겁니다. 책값을 출판사에서 매기듯이 사진값도 화랑에서 정하는 게 자연스럽기도 하고…….」

형에게 자신의 작품값을 매기라고 한다는 것은 좋은 일이 아니다. 내 생각에는 그랬다. 형은 사진 찍는 데만 몰두해 온 사람이었다. 자신의 작품이 상품처럼 팔려 나가는 것을 한 번도 겪어 보지 않은 사람이었다.

「강 큐, 탄광 박물관에서 어느 작품을 사겠다고 하던가요?」

형은 강 큐를 향해 그렇게 묻고는 눈을 감았다.

「〈즐거운 점심시간〉요. 선생님도 참, 무슨 사진이 팔렸냐고 물으시면서 눈을 감으시면 어떡해요.」

강 큐는 자리에서 일어나 박물관에서 예약했다는 사진 액자 앞으로 갔다. 그것은 신문 기사와 함께 실렸던, 광부들이 광장 귀퉁이에 앉아 도시락을 먹고 있는 사진이었다. 여전히 젓가락에 햇빛이 부딪혀 빛나고 있는 사진에서는 젓가락을 놓는 순간 다시 갱도로 들어가야 했던 광부들의 삶이 묻어났었다. 그러므로 그 사진은 '즐거운 점심시간'이란 제목을 가질 수도 있었고, 그와 반대의 제목을 가질 수도 있었다.

「내 사진이 어디에 걸리든 상관없지만 탄광 박물관에 걸린다니, 어울리지 않겠는걸요.」

「그럴까요?」

「그렇죠. 강 큐가 말한 대로 내 사진을 '즐거운 점심시간'으로만 이해할 수도 있을 테니까 말이죠. 탄광 박물관 사람들이 점심시간 이후까지의 의미를 생각해서 박물관에 걸어 두려는 것은 아닐 테니까요.」

「점심시간 이후라는 건?」

「도시락 뚜껑을 덮은 후에는 다시 갱도 안으로 들어가야 하는 게 그들의 인생이었다 이런 얘기예요.」

형이 왜 눈을 감았던 것인지는 그 얘기로 충분했다.

「선생님 말씀 들으니 그럴 만도 하겠네요. 그렇지만 너무 복잡하게 생각하지 마세요. 그렇게까지 생각하시면 작품 사는 사람한테 어디에 걸 거냐, 뭐하시는 분이냐, 이런 것까지 다 물어봐야 할 것 아니에요? 그건 그렇고요, 선생님. 참 이상해요. 멍하니 사진 앞에 서 있다가 뒷사람에게 떠밀려 간 갤러리들이 한둘이 아니거든요. 최 선생님 사진이 사람들을 멍하게 만드는 모양예요. 마취당한 것처럼 꼼짝도 안 하고 있다가 최 선생님은 어디 계시냐고 묻기도 하고요. 감기 증세가 있어서 주사 한 대 맞으러 가셨다고, 다음에 오시면 꼭 만날 수 있다고 얘기해도 오실 때까지 기다리겠다고 현관 앞에 서 있다가 간 사람도 꽤 됐어요. 저도 참 큰일이에요. 전시회를 할 때까지는 작가를 찾느라고 눈을 크게 뜨고 다니는데, 막상 전시회를 유치하고 나면 우리 화랑에 걸린 작품이 얼마나 괜찮은지에 대해서는 까맣게 잊고 산다니까요. 처음에는 안 그랬는데, 저도 이제 매너리즘의 포로가 된 모양이에요. 선생님 작품 앞에서 망연해하는 사람들 보면서 반성했어요. 그건 그렇고요, 선생님도 참, 전시회 때 사북을 가시면 어떡해요. 제가 얼마나 고생했다고요. 그리고요, 또 문제가 있는 게 신문사 잡지사 기자들이 인터뷰를 했으면 한다고 해서 여러 건 부탁을 받아 놓았거든요.」

큐레이터는 하루 동안의 정황을 순식간에 쏟아 낸 다음 가쁜 숨을 내쉬었다. 이 모는 게 사북행을 감행한 선생님 잘못이라고 타박하는 것 같았다. 그랬다. 사북에 간 것은 형의 잘못이었고, 나의 잘못이었다.

「인터뷰 약속을 잡았단 애긴가요?」

「도장 찍듯 약속한 건 아니고, 사북에서 돌아오시면 화랑에 계속 계시지 않겠냐고 했거든요. 이젠 화랑 안 비우실 거죠?」

「글쎄요. 기자 만나는 거, 한번 해보니까 고역이더군요. 웬만하면 피하고 싶은데…… 만나 봐야 똑같은 소리만 하게 될 거고. 피곤하기도 하고, 실은 사릉에도 가봐야 하거든요.」

내가 놀란 것은 형이 사릉엘 가봐야 한다고 말한 대목이었다. 사릉은 형이 공모전에 출품해 코넬 씨의 눈을 사로잡았던 사진을 찍은 동네였다. 그러므로 나는 형이 사릉엘 가고 싶어하는 것쯤이야 이해할 수 있었다. 하지만 전시회 기간 중에 사릉에 가려 한다는 것은 놀라운 일이었다. 형의 도저한 집착에 뭐라고 대꾸해야 할지 엄두가 나지 않았다.

「형, 지금 제정신이야? 사릉까지는 안 돼, 절대로.」

형은 대답하지 않았다.

「사릉은 다음에 가세요. 전시회도 끝나지 않았고, 선생님 뵙기를 원하는 갤러리들과 얘기도 나누셔야 하고, 그렇게 계시다가 가셔도 늦지 않잖아요. 최 선생님이니까 사북도 다녀오시고 하셨지, 저희 관장님 작가가 갤러리 비우는 거 굉장히 안티하게 생각하신다고요. 작품을 걸어 놓고 자리를 비우는 건 자식을 맡겨 놓고 자리를 비우는 것과 같다, 이런 소신을 갖고 계시거든요. 그러니까요, 선생님.」

큐레이터는 반쯤 애원조였지만 역시 형은 대답하지 않았다. 어색한 침묵이 흘렀다. 형은 침묵에 익숙했지만 나는 어색했다. 강 큐도 그랬을 터였다. 나는 내가 지어내는 소설 속의 인물들과 늘 대화를 하고 호흡을 함께해 온 터였다. 강 큐 역시 그럴 거였다. 그러므로 그녀와 나는 공허한 침묵이 어색할 수밖에 없었다. 하지만 형은 사람보다는 파인더로 보이는 사물이나 정경들과 대화해 온 사람이었다. 형에게 침묵은 침묵이 아닐 수도 있었다. 형은 그저 눈에 보이는 모습과 교감을 나누면 될 뿐이었다. 지금은 형 앞의 교감 대상이 자연이 아니라 사람이라는 것만 다를 뿐이었다. 나는 형이란 사람이 여전히 혼자 살고 있다고 생각했고, 혼자 생각하는 데서 벗어나지 못했다고 판단했다. 결과적으로 형은 형밖에 모르는 사람이었다. 형은 형만의 집에서, 형 자신의 생각만 하는 사람이었다.

내가 형의 이해 못할 사릉행에 대해 곱씹고 있는 사이 형은 자리에서 일어나 벽에 걸린 사진들을 들여다보고 있었다. 사실, 화랑에 사진이 걸린 후 형은 자신의 사진을 자세히 본 적이 없었다. 형은 암실에서 자신의 사진을 건져 내 올릴 때 자신이 무엇을 찍었으며, 그것이 어떤 형태로 재생되는가를 가장 또렷이 본다고 말했었다. 그다음부터 형의 사진은 형에게서 방치되는 경우도 비일비재했다. 그런데 지금 형은 스스로 한 사람의 갤러리가 되어 자신의 사진 앞에 서 있었다. 형은 사진만 보는 게 아니라 자신이 청춘을 바쳐 메고 다녔던 사진 장비들도 꼼꼼히 챙겨 보고 있었다.

그렇게 서 있는 형의 등 쪽으로 큐레이터의 목소리가 다시 날아들었다.

「선생님, 한 가지 빠뜨린 게 있는데요, 민 교수님이 전화하셨었거든요. 부탁이 있으시다고.」

「민 교수라면, 민희수 선생 말인가요?」

형은 히리를 들이 올렸고, 고개를 휙 들어 깅 큐와 내가 앉아 있는 소파 쪽을 바라보았다. 화가 난 것인지 어떤 기대로 들뜬 것인지 알 수 없었지만 눈에 잔뜩 힘이 들어가 있었다. 형이 그런 눈빛을 보이는 경우는 아주 드물었다. 형은 좀체로 분노하거나 들뜬 눈빛을 다른 사람들에게 내보이지 않는 성격이었다. 그건 자신의 눈빛을 안으로 감춰 둘 줄 안다는 것을 뜻했다. 그리고 그건, 자신의 눈빛을 안으로 감춰 두는 법을 익혀야 할 만큼 격정의 시간을 보냈다는 것을 뜻했다. 형이 희창 형의 사진을 정리하느라 희수와 밤늦게까지 암실에 있다 돌아온 날의 눈빛이 그랬다. 희수가 서울의 미술 학원에 다닐 때 서울에 갔다 온 형의 눈빛이 그랬다. 희창 형의 죽음을 겪고 오래 지나지 않아 아버지가 깊디깊은 갱도에서 차디찬 시신이 되어 나왔을 때 형의 눈빛이 또한 그랬다. 열정을 다스리거나 냉소를 다스리거나, 그럴 때 형의 눈빛은 아주 싸늘한 빛을 뿜어내곤 했다. 그 눈빛을 몇 차례 보았으므로 나는 형이 자신의 이성을 다스리기 위해 무진 애를 쓰고 있다는 것을 알았다.

「내일 민 교수님이 가르치는 미대 학생들이 사진전 견학을 오기로 했대요. 그래서요, 시간이 되시면 학생들에게 사진과 그림이 어떻게 다르고 어떻게 같은지 특강 좀 해주셨으면 한다고 말씀드려 달라던데요. 그렇게 말씀드리면 무슨 얘긴지 아실 거라고. 괜찮으시겠어요? 제가 전화해 드리기로 했거든요.」

형의 눈빛을 알아채지 못한 강 큐는 또박또박 희수의 얘기를 전했다. 뜻밖의 전갈이었다.

「사진과 그림이 어떻게 다르냐? 그거야 민 교수가 더 잘 알 텐데. 그런 거 못한다고 하세요. 그런 얘긴 민 선생이 더 잘 알 거라고 하던데요, 이렇게 전해 주면 무슨 뜻인지 알 겁니다.」

형 역시 토씨 하나 틀리지 않게 말하려고 애쓰는 게 역력했다. 강 큐 입장에서는 참으로 모를 소리였다. 희수는 그렇게 전해 주면 알 거라고 했는데 형은 그거야 민 교수가 잘 알 것이니 그런 것 못한다고 전해 달라고 어깃장을 놓으니, 전화 심부름치고는 아주 고약한 부탁을 받은 셈이었다.

「선생님, 저요, 이럴 때 어떤 기분인지 아세요? 식빵 두 조각 사이에 낀 계란 프라이 있잖아요. 양쪽 식빵에 뜨거운 기운을 덜어 줘도 여전히 뜨겁고, 그래서 어디로든 도망치고 싶지만 식빵이 앞뒤로 꽉 틀어막고 있어서 숨막힘을 견뎌야 하는 기분이란 말이에요. 죄송해요, 이렇게 말씀드려서. 하지만 큐레이터 생활하면서 이렇게 답답한 커뮤니케이션은 처음예요. 제 입장도 생각해 주셔야 하는 게요, 전 개인적으로는 민 교수님 제자이고, 직업적으로는 최 선생님 전시회를 여는 화랑의 큐레이터잖아요. 두 분, 도대체 어떤 사이신데요? 이런 말씀까지 안 드리려고 했는데, 저 학교 다닐 때 민 교수님이 최 선생님 실명을 거론하지는 않았지만 사진작가 애기를 자주 하셨었어요. 누굴까 했는데, 전시회하면서 보니 최 선생님예요. 유 관장님도 그래요. 관장님이 특강을 몇 번 하셨는데, 조각 얘기 하다가 사진 얘기 하시고, 그러다가 서양화 얘기도 하시고 그랬거든요. 그때 특강 시간을 떠올려 보니 사진작가는 민 교수님의 오빠거나 최 선생님이고, 서양화가 얘기는 민 교수님이에요. 정황으로 봤을 때 그렇다는 거지요. 그러니 질문을 다시 드려야겠네요. 민 교수님과 최 선생님, 관장님과 민 교수님, 도대체 어떤 사이셨는데요. 연적이었나요? 이해할 수가 없는 게요, 그렇다면 이런 전시회가 성사될 수 없는 것 아닌가요. 연적이라고 쳐요. 이젠 서로 화해하고 다시 만나실 수 있을 만큼 세월이 흘렀잖아요. 오늘이 전시회 나흘쌘네, 날마다 무슨 전쟁이 일어나는 것은 아닌가 싶어 한시도 긴장을 푼 적이 없었어요. 예술하시는 분들은 좀 다를 줄 알았는데. 죄송해요, 당돌하게 말씀드려서.」

강 큐가 돌발적인 질문을 던지고 나올 줄은 전혀 생각지 못했었다. 나도 놀랐고, 형도 놀랐다. 강 큐 역시 스스로에게 놀랐는지 벌겋게 달아오르는 얼굴을 두 손으로 감싸 쥐고 있었다. 놀라지 않은 사람이 없듯이 화랑 안은 갑자기 우물 속처럼 깊게 가라앉아 버렸다. 그러나 파문은 남아 있었다. 누구도 돌을 던져 넣으려 하지 않았고, 누구도 돌을 던져 넣을 수 없으리라 예상했던 우물 속으로 강 큐가 돌멩이 하나를 툭 떨어뜨렸고, 돌멩이가 우물물에 닿는 순간 파문이 일었고, 파문이 이는 소리는 우물을 거슬러 올라와 형의 머릿속을 헤집고 있었다.

「죄송할 얘기는 꺼내지 않는 것이 예의 아닌가요. 난 사진작가 자격으로 여기서 전시회를 열고 있는 겁니다. 특강을 하지 않을 권리도 내게 있고, 사생활에 대해 말하지 않을 권리도 내게 있는 겁

니다. 강효원 씨, 내가 민희수와의 관계에 대해 말하지 않아서 화
랑 운영에 지장을 주었던가요. 아니면 내 사진이 팔리고 안 팔리
고 그런 것이 민희수와 나와의 관계, 그런 것 때문인가요.」
「선생님, 그렇지 않아요. 정말 죄송해요. 전 제 입장이 곤혹스러워
서, 그 말씀을 드린다는 게 그만. 정말 뭐라 드릴 말씀이 없어요.」
강 큐의 목소리에서는 울음기가 뚝뚝 묻어났다.
「뭐라 드릴 말씀이 없다. 그건, 초상집에서나 쓰는 얘기고요. 다 쏟
아 놓고 나서 드릴 말씀이 없다? 그래요, 그런 궁금증 생길 수도
있겠죠. 좋아요. 흠, 놀랍네요. 강효원 씨가 민희수의 제자였군요.
이것 참, 난 민 선생 주위를 둘러싼 사람들과 인연을 맺지 않으면
도무지 만날 사람이 없는 팔자를 타고난 모양입니다. 사실 그래서
더 화가 나는 거예요. 그래요, 말해 주죠. 내가 왜 유 관장의 사진
전 제의를 번번이 물리쳤는지 압니까? 민희수와 인연이 닿은 사람
들 앞에 내 사진 보이기 싫어서였어요. 이번에는 왜 내가 먼저 사
진전 하겠다고 나섰냐고 묻고 싶겠지요. 두말하면 잔소리죠. 어차
피 전시회를 할 거면 당신들을 피해서 하지는 않겠다, 뭐 이런 거
였어요. 그래, 실컷 봐라. 내 정신의 방황이 깃든 사진들이 어떤 꼴
을 하고 있는지 봐라, 그래 이게 내 정신의 무게고 사진의 전부다,
하고 말이에요. 물론 어떤 시선이 쏟아지든 내가 감당해야겠지요.
그러면 됐지 뭐가 더 필요합니까. 강의실에서 내 얘기를 했다는
사람이 왜 나더러 내 사진을 설명하라고 하느냔 말입니다. 그래,
강효원 씨도 그래요. 그걸 물어봐서 전화해 달란다고 그러마 하고
전화를 끊었다 이거지요? 난 어느 자리에서도 타의에 의해 내 사
진의 의미를 설명한 적 없고, 앞으로도 그럴 생각 없어요. 그러니
미대생들이 오든 법대생들이 오든 알아서 하세요. 미안합니다, 언

성을 높여서.」

형은 강 큐가 눈물을 뚝뚝 흘리고 있는 것은 아랑곳하지 않고 소파로 가 털썩 주저앉았다. 그러고는 테이블 위의 티슈통을 들어 액자 쪽으로 집어 던졌다. 내가 말리고 말고 할 겨를도 없이 일어난 일이었다.

「선생님, 제발. 무서워요.」

「형, 형답지 않게 왜 그래? 강 큐는 그저 궁금하기도 했을 거고, 스승과 작가 사이의 일이니까 얘기를 제대로 전달해 줘야 하는 입장이라서…… 형도 그 정도 상황에 대해서는 이해할 수 있잖아. 화를 내려면 민 교수한테 내야지. 이거 좀 심한 거 아냐?」

「심한 건 민희수지. 엊그제 왔을 때만 해도 사북에서 학창 시절을 함께 보낸 친구의 전시회로 받아들이고 우정을 가장해 온 것처럼 굴길래 나도 냉정하게 예의를 차리고 나름대로 편하게 대하려고 애썼다. 그런데 이번엔 학생들을 몰고 오겠다는 거 아니냐. 수업 시간에 이러니저러니 들먹였던 작가라는 건 학생들도 와서 보면 뻔히 알 거고. 그래서 뭘 어쩌겠다는 거냐고. 카메라 들고 시골구석 헤매고 다니던 사진작가 지망생 얘길 할 때는 희망 없는 인간의 좌충우돌처럼 얘기했겠지. 그리고 이젠, 번듯한 전시회를 하고 있는 작가를 자랑 삼아 내세울 테고. 희수는 언제나 그런 식이었어. 자신의 감정과는 상관없이 이문이 남는 장사 쪽으로 몸을 던지는 사람이었다 이거다. 그런데 사진과 그림의 차이에 대해 말해 달라? 얼마나 가증스럽냐. 난 그걸 못 견디겠다는 거야.」

「형 심정 이해해. 나 같으면 이길로 화랑 밖으로 나가 전시회 끝날 때까지 나타나지 않거나 모모 대학 미대생 출입 금지라는 팻말을 걸어 놓고 현관을 잠그든지 했을 거라고. 하지만 형은 나하고 좀 다른 성격이잖아. 이보다 더한 일도 다 삭였으면서 그래.」

나는 20년 전쯤 형에게 감당할 수 없는 상처를 남겨 놓고 떠났던 희수를 떠올렸다. 그때를 생각한다면 희수가 형에게 사진과 그림의 차이와 닮은 점에 대해 특강을 해달라고 할 수는 없을 것 같았다. 형이 감당해야 할 서글픔과, 상처를 안고 보낸 시간들과, 사람들의 죽음을 지켜보아야 했던 심정을 누구보다 잘 알 터이기 때문이었다. 그러므로 형이 화를 내는 것은 지극히 정당했다.

「전화를 드리긴 드려야 하는데, 특강하실 생각 없다고 말씀드릴게요.」

강 큐가 번호판을 꾹꾹 누르기 시작했을 때 형이 입을 열었다.

「그럴 필요 없어요. 오면 오는 대로 맞죠 뭐. 까짓거 특강할 생각은 없지만 묻는 말에 대답은 할 테니까 내버려 두세요. 일반 갤러리들의 질문에도 대답해 주는 건 사실이니까 그렇게까지는 하지요. 내 사진에 대해 내가 말하는 거, 그것도 못한다고 하면 또 돌아서서 비웃을 겁니다. 그렇게 살아서 뭐가 달라지느냐고 말입니다. 그러고 나서 사릉에 가도 돼요. 어차피 내가 보고 싶은 사릉의 모습은 새벽이니까 말이죠.」

형은 자리에서 일어나더니 조금 전 자신이 집어 던졌던 티슈통을 들어 탁자에 다시 올려놓았다. 그런 모습 역시 전혀 예상 못했던 터였다. 당장 화랑 밖으로 뛰쳐나가 영영 돌아오지 않을지도 모른다고 생각했던 형이 민 교수의 일행과 일문일답은 하겠다는 쪽으로 생각을 바꾸다니.

나는 형이 마라톤을 완주하고 난 사람처럼 가쁜 숨을 내쉬며 머리를 소파 뒤쪽으로 넘기고 눈을 감는 모습을 지켜보았다. 모든 것을 체념한 듯했다.

「형이 어떤 결정을 내리든 상관없어. 그러니까 우선 좀 쉬라고. 형 생각 잘 알았으니까 아무 생각 말고 우선 눈 좀 붙여. 어제 오늘 통 못 쉬었잖아.」

나는 아무 말도 하지 말라는 뜻으로 강 큐에게 슬쩍 곁눈질을 보냈다. 강 큐는 무겁게 고개를 끄덕였다. 그런 강 큐의 모습에서는 예상 못했던 후폭풍을 맞은 사람 같은 난감함이 흘러나오고 있었는데, 그 순간 나는 형이 왜 이렇듯 격정적인 모습을 보일까 헤아려 보기 시작했다. 어쩌면 형은 사북에서 돌아오면서 그렇듯 복잡다단한 심사에 얽매였던 것은 아닐까.

생각해 보니 그랬다. 사북에서 돌아올 때부터 형은 몹시 지친 기색이었다. 잠을 자는가 싶으면 목 언저리를 만지며 눈을 뜬 다음 길게 하품을 했고, 차창을 열었다가 닫고, 닫았다가 열기를 거듭했다. 형은 무슨 말을 하고 싶지만 애써 참는 눈치였다. 마음의 평형보다는 몸의 평형을 잃은 사람 같았다. 역시 너무 먼 여행길을 잡은 것 아닌가. 나는 운전을 하면서도 형의 사북행을 끝까지 말리지 못한 것을 후회했었다.

그래서일까. 사북을 떠나 전시회가 열리고 있는 서울로 돌아오는 길은 멀고도 어두웠다. 해가 저물면서 한 번은 오른쪽으로, 한 번은 왼쪽으로 꺾어진 길을 돌 때마다 짙은 그늘 속에 드러누운 길들이 나타났다. 모퉁이를 돌 때마다 예기치 않았던 바윗덩이가 차를 덮칠 것 같은 두려움이 엄습했고, 그럴 때마다 나는 브레이크에 발을 얹곤 했다. 아무도 입을 열지 않았다. 형은 어둠 속에 웅크리고 있는 길들을 망연한 눈길로 내다보고 있었고, 코넬 씨는 담배를 피워 물었다가도 금세 비벼 끄곤 했다. 그 견고한 침묵의 정체가 무엇인지,

나는 형과 코넬 씨에게 묻고 싶으면서도 꾹 참았다. 그 침묵 속에는 형과 코넬 씨가 무언으로 나누는 대화가 들어 있는 것 같아서였다.

코넬 씨가 입을 뗀 것은 험난한 지형을 웬만큼 빠져나왔을 때였다. 아마도 소백산 자락을 넘어 제법 평탄한 길을 달릴 때였을 것이다.

「최 작가, 밥 말리라는 흑인 가수 알아요?」

「예, 압니다. 노래는 잘 모르지만 밥 말리란 이름은 자주 들어 봤죠. 레게 음악 하는 사람 아닙니까. 그런데 웬 가수 얘기를…….」

형은 더듬거리면서 코넬 씨를 바라보았는데, 코넬 씨는 형만큼이나 어눌한 목소리로 얘기를 시작했다.

「맞아요. 레게 음악 하는 친구였는데, 아프리카 사람들은 그 사람을 두고 레게 음악의 대부라고 불러요. 내가 왜 그 사람 얘기를 꺼냈냐면 밥 말리를 왜 레게 음악의 대부라고 불렀느냐는 얘기를 하고 싶어섭니다. 젊은 나이에 죽은 밥 말리라는 친구, 누구보다 아프리카 사람들을 사랑하고 아꼈어요. 밥 말리가 노래를 부르면 흑인들은 춤을 추며 눈물을 흘렸죠. 얼마나 아이러니컬합니까. 춤을 추며 우는 사람들, 그것도 한두 사람이 아니고 광장에 모인 사람들 모두가 열광적으로 춤을 추며 눈물을 흘린다고 생각해 보세요. 그건 이 세상 어디에서도 볼 수 없는 축제이자 비극의 마당이에요. 멀쩡한 사람도 열병을 앓는 듯이 온몸이 뜨거워지는 느낌에 빠진단 말입니다. 젊었을 적 그 자리에 두 번인가 갔었는데 나도 모르게 눈물을 흘리며 그의 노래를 따라 부르곤 했죠. 그 사람 노래 중에 〈세 마리 작은 새〉라는 게 있어요. 돈 워리 어바웃, 이렇게 시작되는 노랜데.」

코넬 씨는 〈세 마리 작은 새〉의 첫 구절은 돈 워리 어바웃으로 시작된다고 말하면서 흠흠, 음정을 잡더니 노래를 부르기 시작했다.

Don't worry about a thing, Cause every little thing gonna be alright.

걱정하지 마세요, 모든 일이 다 잘 풀릴 테니 말예요.

〈세 마리 작은 새〉는 모든 일이 다 잘 풀릴 테니 걱정하지 말라는 가사로 시작되고 있었다.

Don't worry about a thing.

Cause every little thing gonna be alright.

Don't worry about a thing.

Cause every little thing gonna be alright.

Rise up this morning

Smiled with rising sun.

Three little birds

Pitch by my doorstep

Singing sweet songs of melodies pure and true

Saying this is my message to you.

Don't worry about a thing.

걱정하지 마세요.

모든 일이 다 잘 풀릴 테니 말예요.

걱정하지 마세요.

모든 일이 다 잘 풀릴 테니 말예요.

아침잠에서 깨어나

떠오르는 해를 보며 웃어 보세요.

작은 새 세 마리가
문 앞의 계단에서
달콤하고 순수하고 진실된 노래를 부르면서
이것이 당신에게 전하는 나의 메시지라고 얘기해요.
아무것도 걱정하지 마세요.

코넬 씨의 목소리에 밥 말리의 혼이 깃들어 있기라도 한 것인지 나는 운전을 하면서도 온몸에 열기가 감도는 것을 느꼈다. 형 역시 그랬는지 몰랐다. 뒷좌석에 앉아 멀뚱히 차창 밖을 바라보던 형도 나중에는 돈 워리 어바웃, 돈 워리 어바웃 하면서 코넬 씨의 목소리를 흉내 내고 있었다. 형의 목소리는 그렇지 않았지만 코넬 씨의 목소리는 단순하면서도 격정적인 울림으로 차 안을 메우고 있었다. 높낮이가 격정적인 것이 아니었다. 사북에서 서울로 향하는 국도변의 밤공기를 뚫고 퍼져 나가는 코넬 씨의 목소리가 격정적이었다. 그의 노래가 밤공기 속으로 퍼져 나가 아프리카의 원시적인 자연 앞에 형과 나를 데려다 주는 듯했다. 차 안에는 아프리카 사람들이 가득 타고 있는 듯했다. 차 안이 아프리카의 널따란 광장으로 변한 느낌이었다. 차 안으로 밀려든 사람들이 허리를 뒤틀며 눈물을 쏟고 있는 듯했다. 경쾌하면서도 서글픈 음률이 차를 움직여 나가는 듯했다. 코넬 씨도 형도 눈물을 흘리고 있을지 모른다. 돈 워리 어바웃, 돈 워리 어바웃. 뭐랄까. 누군가를 향해 간절한 떨림을 보내는 느낌이기도 했다. 돈 워리 어바웃, 돈 워리 어바웃. 절박하지는 않았지만 온몸에 가벼운 떨림이 일었다. 전율스럽지는 않았지만 몸뚱이 전체에 가벼운 떨림이 덮였다. 돈 워리 어바웃, 돈 워리 어바웃, 나는 자주 핸들을 놓치곤 했다.

「어떻습니까. 묘한 울림이 있지요? 내 노래가 그렇다는 게 아니라 〈세 마리 작은 새〉가 말입니다.」

코넬 씨는 일부러 가벼운 웃음까지 섞어 말을 건넸다. 형도 나직하게 웃었다.

「가사도 좋고 음률도 좋지만 코넬 선생님의 목소리도 참 좋습니다.」

「하하, 그런가요? 내가 중요한 얘기를 아직 안 했는데, 밥 말리가 이 노래를 부르면 왜 아프리카 사람들이 눈물을 흘리며 광란의 춤을 추었겠소? 그건, 이 노래에 깊은 의미가 담겨 있기 때문이오. 흑인들의 울분을 달래 주기 위해 노래를 만든 밥 말리의 정신이 사람들의 성신을 마춰시켰던 것이죠. 생각해 보시오. 세계의 어떤 가수가 이렇게 죽어 가고, 저렇게 죽어 간 흑인들을 위해 노래를 지어 바칠 생각을 했겠소. 밥 말리가 나타나기 전까지 아무도 그런 생각을 하거나 그걸 행동으로 옮기지 않았어요. 밥 말리만이 사람들이 감동하지 않을 수 없는 일을 벌인 셈이죠. 그 젊은 영웅은 불행하게도 서른여섯의 나이에 죽었소. 뇌종양에 걸렸던 것이오.」

코넬 씨는 밥 말리가 뇌종양을 앓다 죽었다고 말했다. 순간 나는 형이 코넬 씨에게 자신이 앓고 있는 병명을 말했는지 모른다고 생각했다. 그렇지 않으면 어떻게 밥 말리의 죽음과 병명이 나올 수 있단 말인가.

눈앞이 아득했다. 차가 기우뚱했다. 밥 말리의 얘기 끝에 뇌종양이란 말이 나오리라고는 짐작조차 못하고 있었는데, 그리고 코넬 씨는 형이 무슨 병을 앓고 있는지도 모르는데 그의 입에서 뇌종양이란 얘기가 나오다니. 형이 밥 말리의 죽음에서 자신의 죽음을 예감하기라도 하면 어떡한단 말인가.

「밥 말리가 그렇게 젊은 나이에 죽었던가요. 뇌종양으로 죽었다고요? 그것 참, 딱한 죽음이군요.」

「그래요. 하지만 밥 말리가 죽었느냐 살았느냐, 무슨 병을 앓았느냐 하는 건 중요하지 않아요. 노래 한 곡으로 아프리카 사람들의 영혼을 맑게 해주고, 위로해 주고. 그런 힘을 낳았다는 것이 중요한 거죠. 난 사북을 돌아보면서 최 작가의 사진이 사북 사람들의 영혼을 위로해 주고, 고통을 씻어 내주고 있다는 느낌을 받았소. 그러면서 한 가지 소망을 품었소. 최 작가가 사북을 사랑하고, 사북 사람들을 사랑하고, 그러면 최 작가 스스로 자신을 사랑하게 될 거라고 말이오. 사북에서 여러 가지 고통을 겪었지만 그 고통은 당신의 사진을 낳기 위한 원형질이 됐다, 이런 느낌이 들지 않습니까? 지금은 그런 느낌이 들지 않아도 결국 그렇게 되고야 말 겁니다.」

슬픔이 차 오르고 눈시울이 뜨거워지는 얘기였다. 나는 형 곁에 30년 넘게 있었지만 코넬 씨는 이틀도 함께 있지 못한 사람이었다. 그런데도 그는 30년을 뛰어넘는 눈으로 형을 보고 있었다. 코넬 씨와 형은 완전히 닮은꼴이라는 생각이 든 것은 그때였다.

「그래야겠죠. 저도 나이를 먹어 갈수록 증오하는 마음 가까운 곳에 사랑이 있다는 것을 종종 느끼곤 했습니다. 하지만 아직은 그런 생각이 신앙처럼 견고하지 않습니다. 가슴 어느 한쪽에서 사북을 밀어낼 때가 있거든요. 나의 현실이, 나의 기억이 사북을 사랑하는 것을 방해하곤 해서요. 그럴 만도 한 것이, 제가 사랑하는 사람들의 죽음은 모두 어린 시절에 일어났고 그런 일들은 모두 사북에서 생겼거든요. 어떻게 그 죽음들을 지켜보았는지 믿기지 않을 정도입니다. 끔찍해요. 코넬 선생님, 아무튼 고맙습니다. 그런데 저도 아주 슬픈 노래를 하나 압니다. 한번 들어 보시겠습니까? 스모키가 불렀는데, 〈리빙 넥스트도어 투 앨리스〉라는 노랩니다.」

형이 예기치 않게도 〈리빙 넥스트도어 투 앨리스〉라는 노래 애길 꺼내자 코넬 씨는 잠자코 고개를 끄덕이기만 했다. 스모키를 안다는 뜻인지, 〈리빙 넥스트도어 투 앨리스〉라는 노래를 안다는 것인지, 아니면 둘 다 모른다는 뜻인지 알 수 없는 일이었다.

Sally called when she got the word.

She said "I suppose you've hear"

"But Alice", Well, I rushed to the window and I looked outside.

Well, I could hardly believe my eyes

As a big limousine rolled up into Alice's drive.

Oh, I don't know why she's leaving or where she's gonna go.

I guess she's got her reasons, but I just don't wanna know,

Cause for twenty four years I've been living nextdoor to Alice.

Twenty four years just waiting for a chance

To tell her how I feel and maybe get a second glance.

Now I gotta get used to not living nextdoor to Alice.

No, I'll never get used to not living nextdoor to Alice.

We grow up together, two kids in park

Caved our initials deep in the park,

Me and Alice.

Now she walks through the door with her head held high,

Just for a moment I caought her eyes

As a big limousine pulled slow out of Alice's drive.

Then Sally called back and asked how I felt.

She said "I know how to help get over Alice".

She said, now Alice is gone but I'm still here.

You know I've been waiting twenty four years.

샐리가 소문을 듣고 전화를 했어.

"너도 앨리스 소식을 들었니"라고 묻더군.

난 창문으로 달려가 밖을 내다봤지.

난 내 눈을 믿을 수가 없었지.

앨리스네 집 앞으로 커다란 리무진이 들어오고 있었던 거야.

그녀가 왜 떠나려는지 어디로 가려는지 모르겠더군.

그녀 나름대로 사연이 있었겠지만 굳이 알고 싶지는 않았지.

난 24년 동안 앨리스와 이웃하고 살았으니까.

그녀에 대한 나의 감정을 고백하고

단 한 번이라도 더 그녀를 바라볼 수 있는 기회를 기다려 왔었지.

난 이제 앨리스가 이웃에 살지 않는 것에 대해 익숙해져야 해.

아냐, 난 이웃에 앨리스가 살지 않는다는 것에 대해 결코 익숙해
질 수 없을 거야.

우린 함께 자랐지.

어린 시절 우린 공원에서 우리 이름을 깊이 새겼어.

나와 앨리스의 이름을.

이제 앨리스는 자신만만하게 문을 나서고 있어.

커다란 리무진이 천천히 앨리스네 집을 나설 때

아주 잠깐 동안 그녀와 눈이 마주쳤지.

그리고 나서 샐리가 다시 전화해 기분이 어떠냐고 묻더군.

그녀는 "앨리스를 잊을 수 있도록 도와줄 수 있다"고 하더군.

앨리스는 가버렸지만 난 여전히 여기 있잖아라고.

나도 24년간 기다려 왔다고.

이따금 끊겼다 다시 이어지는 스모키의 〈리빙 넥스트도어 투 앨리스〉가 형의 입에서 흘러나왔다. 형은 지금 즐거운가, 아니면 몹시 서글프고 우울한가. 나는 형의 노래를 중간에서 끊고 싶었지만 그러지 못했다. 형은 오랫동안 그 노래를 혼자 불러 왔을 터였다. 앨리스는 희수라는 이름과 다름없었을 것이고, 형은 혼자 노래를 부르면서 가사마다에 눈물과 한숨을 섞었을 것이다. 그 노래를 코넬 씨와 내가 있는 데서 부른다는 것은 어쩌면 사랑의 고통을 토로하는 것일 수도 있다고 나는 생각했다. 이제는 잊을 수 있을지도 모른다는 형의 고백처럼 들려왔던 것이다.

형은 노래를 마친 후 뭐라고 한마디 하고 싶은 눈길로 코넬 씨를 바라보았지만, 코넬 씨는 짐짓 눈을 감은 채 피곤을 달래는 표정을 짓고 있었다. 그러자 형도 슬그머니 눈을 감았다. 나는 형이 사북의 기억을 조금씩 지워 가기 위해 사북에 다녀와야겠다고 고집했기를 희망하고 있었지만, 오히려 상처를 확인하고 돌아가는 것 외에 아무 소득이 없는 사북행이었다고 판단했다. 실망스럽지만 그 외의 어떤 가변성도 없어 보였다. 나는 액셀러레이터를 깊숙이 밟았다. 헤드라이트 빛을 받은 밤의 국도가 사북과 함께 빠른 속도로 밀려나고 있었다. 그 속도감과 함께 밥 말리의 노래와 스모키의 노래가 밤의 차창으로 흘러드는 듯했다.

돈 워리 어바웃 어 싱…… 샐리가 소문을 듣고 전화를 했어…… 난 창문으로 달려가 밖을 내다봤지…… 난 내 눈을 믿을 수가 없었지.

형이 희수의 특강 부탁에 대해 유별난 반응을 보이고 나서 침묵을
지킨 지 10분이나 됐을까. 갤러리들이 서너 명씩 들어오는가 싶더니
잠깐 사이 화랑 안은 장터처럼 붐비기 시작했다. 사진전 리플릿을
사들고 온 사람들이 사인을 부탁한다며 소파 옆으로 다가와 볼펜을
내밀기도 했다. 형이 마지못해 갤러리의 이름을 묻고, 리플릿에 사
인을 해주고 나면 또 다른 사람들이 쭈뼛거리며 다가와 사진에 대한
설명을 좀 부탁드려도 되겠냐며 형의 팔을 잡아 일으키기도 했다.
형은 갑자기 유명한 운동선수가 되어 버린 것 같았다. 형은 천천히
몸을 일으켜 잠시 사진 앞으로 다가가 갤러리들에게 몇 마디를 던져
주고 돌아오곤 했다. 그 시간은 짧았다. 형은 사진에 대한 얘기를 해
달라는 사람들에게 단지 '그저 보이는 대로 보고 느끼시면 되는 겁니
다. 저도 이 사진 찍을 때의 느낌을 정확하게 기억하지 못합니다' 하
고는 돌아설 뿐이었다. 그게 다가 아니었다. 어떤 갤러리들은 화랑
현관에서 형과 기념 사진을 찍길 원했고, 형은 그 청 역시 물리치지
못해 입을 꾹 다문 모습으로 카메라 앞에 서 있다가 들어오곤 했다.
굉장한 인내력이었다.

「갤러리는 반가우면서도 귀찮군요. 이거 참, 내가 탤런트도 아니
고…… 어쩌죠.」

형은 갤러리들에게 불려 나갔다가 금세 소파로 돌아와 앉으며 큐
레이터에게 하소연하듯 말하곤 했다. 내가 보기에도 그랬다. 형은
혼자 사진 찍는 것을 좋아하고, 그런 시간을 가장 편하게 받아들이
는 사람이었다. 심지어는 동생인 내가 사진 얘기를 꺼내도 자꾸만
화제를 돌리곤 하는 사람이었다. 그런 형이 사람들 앞으로 자꾸만
끌려 나가야 하는 것은 고통에 가까운 일이었다.

코넬 씨가 화랑 문을 열고 들어선 것은 그렇게 시간이 흘러 점심

시간이 다 되어 갈 무렵이었다.

「어제는 참 잊지 못할 여행을 했지 뭡니까. 역시 좋은 작가는 혼자 태어나는 게 아니라는 생각을 했죠. 최 선생은 사북에 대해 아주 고마워해야 합니다. 최 선생 사진의 고향은 사북이고, 사북에서 겪은 아픔이란 걸 알아야 한단 얘기지요. 여행시켜 준 기념으로 내가 맛있는 점심을 사고 싶은데, 어때요. 사실, 내가 시간이 별로 없어서 말이죠. 최 작가, 좀 더 있고 싶긴 한데 돌아가 봐야겠어요.」

뜬금없는 소리였다. 코넬 씨는 바로 어제 새벽 도착했고, 일주일이나 열흘쯤 지내다 갈 것이라고 했었다. 그 속에는 사릉에 가보는 일정도 포함돼 있을 거였다.

「가시다뇨. 인제 가신단 말씀이죠? 일주일 이상 계실 거라고 하시고는.」

코넬 씨는 의아해하는 형의 눈길에 뭐라고 대답하는 대신 벽 쪽으로 걸어가 형의 사진들을 다시 감상하기 시작했다. 사진을 한 점 보고, 진열대 위의 사진 장비들을 살펴보는 눈길에는 진지함이 가득해 보였다. 하지만 그런 코넬 씨의 안색은 어두웠다. 코넬 씨에게도 어제의 사북행은 무리한 나들이였던가. 호텔에서 나올 때 면도를 하지 않았는지 턱 주변이 거뭇거뭇했다.

「오늘 밤에 인도를 거쳐 가는 비행기가 있다고 하더군요. 그 편으로 가야겠어요. 그건 그렇고 최 작가, 전시회 끝나면 내게 작품 한 점만 보내 주실 수 있겠소. 저기 저 작품 말이오.」

코넬 씨는 팔을 뻗어 형의 사진 한 점을 가리켰다. 높다란 위치에서 원경으로 사북 거리를 찍은 사진이었다. 사진 속의 거리에는 안개가 많이 내려 있었고, 시장 바구니를 든 여자 몇이 휘적휘적 걷는 듯한 모습이 담겨 있었다. 사북 읍내의 간판들은 또렷이 보이지 않았다. 반찬거리 같은 것을 사러 나가는 이른 아침 풍경 같았다.

「코넬 선생님이 제 사진을 간직해 주신다면 저야 영광이지요. 그렇게 하겠습니다만, 이렇게 빨리 가신다니. 급한 일이라도 생기신 모양이죠?」

「예, 뭐 좀 그럴 만한 일이 생겨서 말이죠. 내가 저 사진을 달라는 건 여기 걸린 사진 중에서 그래도 덜 어둡기 때문이에요. 최 작가 사진은 어둠으로 말을 하잖아요. 그런데 저 사진은 아니거든요. 최 작가의 사진을 잘 아니까 나는 최 작가의 에센스가 덜한 사진을 가져도 괜찮단 얘기지요. 최 작가 사진을 잘 몰랐던 사람들에게 더 좋은 사진을 남겨 두겠다는 뜻입니다. 그래야 당신의 사진이 더 빛을 발할 거 아닙니까. 그리고 이건, 사진값입니다. 받아 주시오.」

코넬 씨는 더듬더듬 말을 이어 나가다 탁자 위에 가방을 올려놓더니 지퍼를 열었다. 가방 속에서 끌려 나온 것은 카메라였다. 형은 한 걸음 뒤로 물러나며 사진값이라뇨, 괜찮습니다, 손사래를 쳤지만 코넬 씨는 뭐라고 하는지 못 알아들은 것처럼 형의 어깨에 카메라 끈을 슬쩍 걸쳐 주었다. 이상한 일이었다. 일정을 단 이틀로 줄이고 황급히 떠나려는 것도 그랬고, 사진을 보내 달라며 카메라를 선물하는 것도 그랬다. 그렇지만 코넬 씨가 일정을 다시 번복할 가능성은 없어 보였다. 형이 마다한다고 해서 카메라를 다시 가방 속에 넣을 가능성도 없어 보였다. 나는 코넬 씨가 형에게 건네준 카메라를 자세히 들여다보았다. 그것은 형이 쓰고 있는 니콘 에프엠투였다. 바로 장비 진열대에 놓여 있는, 엊그제 형이 진열대에서 집어 올려 던져 버린 그 카메라였던 것이다.

11

　며칠 더 있다 가도 되지 않느냐고 간청하는 형을 놓아두고 코넬
씨는 화랑을 떠나 공항으로 향했다. 나흘째 전시회가 끝날 무렵이었
다. 형은 코넬 씨가 올라탄 택시를 향해 손을 흔들면서 물끄러미 건
너편 고궁을 바라보고 있었다. 형은 앙상한 가지만 남긴 고목 같았
다. 비가 형의 몸뚱이를 몇십 년간 후려치고 지나간 것 같았고, 바람
과 눈보라가 형의 몸을 흔들고 지나간 것 같았다. 그러면서도 영영
쓰러지지 않는 고목, 형의 눈가엔 물기가 잔뜩 고여 있었다. 누구의
위로도 필요하지 않다고 외치는 사람의 눈물 같았다. 나는 할 수 없
이 형 곁으로 다가가 말을 건넸다.

　「코넬 선생님이 급한 연락이라도 받은 모양이야. 형도 좀 쉬어야
　지. 오늘은 정말 굉장한 하루였어. 이제 사흘 남았네.」

　형의 전시회가 열린 지 나흘이 지났고, 이제 남은 기간은 사흘이었
다. 그 나흘은 아주 지루했던 것처럼 여겨졌고, 앞으로 남은 사흘은
아주 짧을 것 같은 느낌이 들었다.

「바쁘지 않으면 내 방에 가서 차 한잔 하고 가는 게 어때.」

형은 지나치는 투로 말했지만 나는 형의 짧은 제의에서 평소와 다른 점을 두 가지나 발견했다. 형은 무슨 말인가를 해야 할 때 맥주나 한잔 하는 게 어떠냐고 말하는 버릇이 있었다. '내 방'이라고 말하는 경우도 거의 없었다. 그것은 네 방을 내가 빌려 쓰고 있다는 자조의 다른 표현이었다. 형의 방 옆에는 내 작업실이 있고, 내 작업실 옆은 형의 방이자 작업실인데도 그랬다. 그런 표현이 틀린 것은 아니지만, 그렇다고 맞는 표현도 아니었다. 나는 한 번도 형에게 작업실로 빌려 줬다는 생각을 해본 적이 없었다. 그 공간은 엄연히 형의 고유한 세계였다. 그러므로 형의 소유였다. 오피스텔을 팔아 버리기 전에는 형 외의 사람들에게는 불가침 지역이었다. 형이 구부리고 잠을 자든 네 활개를 펼치고 잠을 자든, 팬티만 입고 자든 벌거벗고 잠을 자든, 형이 사진을 생각하든 희수 외의 여자를 생각하든, 만화책을 보든 연애 소설을 보든, 오직 형이 생각하고 행동하는 데 아무 지장이 없는 공간이었다. 형은 왜 자신의 방을 가리켜 새삼스레 '내 방'이라고 말하는 것일까.

「형이 내 방이라고 얘기하니까 좀 이상하네.」

차에서 내려 엘리베이터 앞으로 가면서 나는 형의 옆모습을 슬쩍 훔쳐보았다.

「그랬나? 하긴, 생각해 보니 내 방이라고 말한 적이 없는 것 같기도 하다. 내가 좀 융통성이 없잖아. 그래선지 늘 빌려 쓰고 있다는 생각이 떠나지 않더라. 방을 빌려 쓴다기보다 작업실을 빌려 쓴다는 생각이 지배적이었지. 그런데 이젠 작업할 일은 점점 줄어들 거고, 잠자고, 옛일 생각하고 그럴 시간이 더 많을 거라고 생각하니까 작업실 개념을 덜어 내야 할 것 같아. 뭐, 그런 잠재의식 때문에 '내 방'이란 말이 나온 모양이지. 내리자.」

형은 엘리베이터에서 내려 작업실 현관을 열자마자 오디오 스위치를 누른 다음 시디를 틀었고, 코넬 씨가 준 카메라를 턴테이블 위에 올려놓았다. 스피커에서 음악이 흘러나오기 시작했다. 단번에 알아들을 수는 없었지만 그것은 돈 워리 어바웃 어 싱, 밥 말리의 목소리임이 분명했다. 작업실로 오기 전 형은 시디 한 장을 사야겠다며 택시를 타고 잠시 나갔다 왔었는데 밥 말리의 재킷을 산 모양이었다.

「코넬 씨 얘기를 듣고 내가 아는 노래 중에 흑인 노래가 있던가 생각해 봤는데, 아무리 생각해도 마리안 앤더슨 한 사람밖에 없더라. 마리안 앤더슨의 목소리는 낮고 느리지만 약간 처절한 울림 같은 게 있잖니. 밥 말리는 생각보다 밝은걸. 코넬 씨도 참, 불쑥 카메라를 주고 가다니. 내 사진을 특선으로 뽑은 후 만났을 때 물었었거든. 카메라는 뭘 쓰냐고. 그때 자기도 니콘 에프엠투를 쓴다고 해서 묘한 인연이다 했는데…… 카메라 한 대가 더 있으니 부자가 된 기분이긴 하다.」

형은 온통 코넬 씨의 기억에만 매달려 있는 듯했다. 밥 말리 얘기가 그랬고, 니콘 에프엠투가 그랬다.

「형, 첫 전시회에 사람들 밀려드는 거 보니까 기분이 어땠어? 좀 있다가 두 번째 전시회 해야 하는 거 아냐? 나머지 필름들도 정리하고 그러려면 우선 몸을 좀 챙겨야 할 것 같은데.」

나는 형이 사릉에 가겠다는 얘기를 할까 봐 조마조마한 터였는데, 형은 사릉 얘기 대신 마리안 앤더슨 얘기를 꺼냈다.

「두 번째 전시회를 준비하는 일은 없을 거다. 내가 마리안 앤더슨을 왜 기억하는지 아냐. 그 사람, 신비한 목소리를 가졌지. 노래가 끝나면 열광하는 박수가 터져 나올 때도 있지만 객석 가득 침묵이 감돌 때도 많았다더라. 사람들의 넋을 빼놓았기 때문이지. 마침내 명성이 쌓이고 돈이 쌓였다더라. 그런데 정작 마리안 앤더슨은 아무것도 누릴 수 없었지. 하루하루, 고통의 연속이었어. 그게 뭐겠냐? 고독이었어. 기립 박수와 환호의 무대에서 내려왔을 때의 고독, 모든 사람이 떠나고 났을 때 혼자 감당해야 하는 고독이 마리안 앤더슨을 견딜 수 없게 만들었지. 결국 자살을 결심했지. 자살을 결행하진 않았지만, 성공하든 실패하든 그런 세계가 있는 거야. 내가 이 방에 돌아와 사진 앞에 섰던 사람들의 눈빛을 생각할 때 뭘 생각하겠냐. 돈, 사랑, 명예, 그런 거 아니다. 그건 나 혼자의 외로움 같은 거지. 그건 그렇고, 내가 코넬 씨 카메라를 왜 여기에 두냐면, 기억하기 좋으라고 그러는 거다. 가능하면 여러 번 보아서 내 머릿속에 자리 잡게 하려고. 그것도 요즘 연습하는 것 중의 하난데, 보아 두고 가야 할 게 많아서 걱정이다.」

「마리안 앤더슨이 고독을 이기지 못해 자살하려고 했다? 참 상징적이네. 그럴 수도 있겠지. 열광하는 무대 뒤의 고독, 끔찍할 것도 같아. 그런데, 보아 두고 갈 게 많다니. 가긴 어딜 간다는 거고, 보아 둘 건 뭐가 그리 많다는 거야. 형은 강하게 살면서 왜 자신에게는 강하지 못한지 몰라. 마리안 앤더슨 얘기도 그렇고, 보아 두고 갈 게 많다는 얘기도 그렇고. 밥 말리 노래도 그래. 그냥 즐기면 되잖아. 밥 말리가 뇌종양으로 죽었다, 마리안 앤더슨이 무대 뒤의 고독을 이기지 못해 자살을 꿈꾸기도 했다, 형이 지금 그런 걸 생각하고 있는 거 알아. 그걸 형과 자꾸 연관시키는 것도.」

나는 형의 머릿속에서 자라고 있는 종양을 떠올렸고, 형 역시 자신의 머릿속에서 자라고 있는 종양을 생각하고 있다는 것을 알았다. 못 견딜 노릇이었다. 형을 위해 할 수 있는 게 아무 일도 없는 것처

럼 가장한다는 것, 기껏해야 형에게 소리를 지르는 일 정도라는 것이
분통 터졌다. 형은 지금 코넬 씨가 던지고 간 죽음의 그림자에 휩싸
여 있는 것인가.

「나, 원래 생각이 많은 사람이잖니. 하기야 생각이 많든 적든 이제
달라질 게 없으니 그게 서글픈 일이지. 표정 관리 하느라고 애쓰
지 마라. 내 머릿속의 뇌종양은 자꾸 재발하는 악성이고, 난 결국
뇌사에 빠질 거라는 거 안다. 커피를 할까 녹차를 할까.」

「커피. 내가 탈게. 형도 커피?」

「그래, 커피.」

뇌종양 얘기를 먼저 꺼낸 형과 나는 두 살 터울, 형은 서른아홉 살
이고 나는 서른일곱 살이었다. 나는 문득 형과 내가 희극적인 나이
를 지나고 있다고 생각했다. 아주 잠시지만, 형은 자신의 머릿속에
자라고 있는 종양에 대해 얘기하다 말고 커피를 마실 것인지 녹차를
마실 것인지를 말했다. 나는 암세포와 커피 사이의 간격을 어림해
보았다.

「그 몸으로 커피를 마셔도 되는지 어떤지는 모르지만 나는 형이 좋
은 가정은 받아들이지 않고 최악의 상황은 적극적으로 받아들이는
게 불만이야. 사람은 누구나 죽어. 그래도 사람들은 죽지 않을 수
있는 방법에 대해 골몰하고 온갖 수단을 다 동원한다고. 형과는 다
르다는 얘기야. 왜 그러는지 알아? 그게 유리하기 때문이지. 그렇
게 해서 실제로 낫는 사람도 많고. 조 박사도 그렇게 극단적으로
말하진 않던데, 오직 형만 극단적이라고. 내가 두 번째 사진전 얘길
한 건 사진전이 목표가 아니라 그럴 수 있을 만큼 시간이 있다는
얘길 하고 싶은 거였어. 안 그래? 커피 좀 싱겁게 탔어.」

형은 빙긋이 웃더니 커피 잔을 들어 슬쩍 입술부터 축였다. 마음

놓고 커피를 마시던 형의 모습이 아니었다.

「너나 나나 희망대로 살 수 없다는 건 아는 나이 아니냐. 난 사진 찍고, 필름 보고, 그러며 살았잖아. 파인더를 통해 밖의 대상과 교감하는 게 내 직업이었다는 얘기지. 하물며 내 몸뚱이가 어떤 상태인지를 모르겠냐. 미칠 일이지만 대강 안다. 내 앞날 말이다. 처음엔 머리 오른쪽에 엄청난 통증이 오더구나. 나중엔 눈 주위로 통증이 오는데 폭포 물줄기를 맞는 것 같더라고. 조짐이 안 좋다고 생각했지. 그런 증상이 자주 생기더니 자꾸 토하고. 불길한 예감이 들기는 했지만 두통약을 먹고 일부러 사진을 찍으려고 집중하곤 했다. 그랬지만 사실, 병원에 갈 때 머릿속에서 뭔가 자라고 있다는 확신이 들 정도였어. 뇌종양까지 생각했던 건 아니지만 이건 좀 느낌이 안 좋다고 여겼던 거지. 무심코 거울을 봤는데 얼굴이 파랗더라. 아, 이건 그동안 잔병치레했던 것과는 확실히 다르다, 그래서 못 이기는 척 병원에 갔던 거야.」

형은 커피 한 모금을 삼키더니 나를 슬쩍 건너다보며 물었다. 내가 살아가는 방식에 무슨 문제가 있어 보이는가라고.

「문제가 있다기보다는…… 안타깝고 답답하지.」

「그래? 그건 관습의 눈으로 보기 때문일 거다. 자신의 직업에 맞춰서 상대방을 보거나, 아니면 친구나 형제, 부모의 눈으로 본다는 거지. 고정관념처럼 무서운 건 없어.」

형은 슬그머니 사진 얘기를 꺼냈다. 그렇지만 그동안 해온 것과는 다른 사진 얘기였다. 형은 '한 장의 사진을 찍으려면 필름을 끼우고, 찍을 대상에 맞는 렌즈를 끼우고, 노출을 맞춘다'고 말했고, '어느 사진이든 카메라를 삼각대에 올려놓고 찍었을 때 다르고, 그저 손으로 들고 찍었을 때 다르다'고 말했다. 사진을 찍는 사람의 컨디션에 따라 카메라를 움직이는 게 아니라 피사체의 욕구에 맞춰 셔터를 눌러야 한다는 얘기였다.

「그거야 형이 가끔 해온 얘기였잖아.」

그랬다. 사진이란 사진작가를 위해 존재하는 것이 아니라 피사체를 위해 존재하는 것이라고 형은 말했었다.

「그랬지. 그 애길 하려는 게 아니라, 병원 갔을 때 얘길 하려던 거였어. 병원에 갔을 때 시티 사진을 찍는데 내가 알고 있는 것보다 너무 오래 걸린다는 것을 알았지. 내 몸뚱이를 꽤 여러 갈래로 나눠 찍는다는 걸 알겠더라. 조 박사는 엠아르에이 사진도 찍자고 하더라. 혈관까지 촬영할 거라면서. 그 애길 듣고 아, 안 좋은 사진이 나오겠구나 식감했다. 내가 사진 찍는 일을 해보지 않았으면 못 느꼈을지도 모르는 일이지. 그때 사북이 그렇게 가고 싶더라. 다른 일은 못해도 좋으니 사북에는 다녀오게 해주십시오, 하고 빌었다. 그저 아무 생각 없이 사북만큼은 꼭 한 번 가봐야겠다고, 뭘 얻으려는 것도 아니고 뭘 잊으려는 것도 아니고 아무튼 다녀오게 해주십시오, 하고 말이야. 간절함이란 게 뭔지, 아주 절박해지더라고. 그런데 거길 코넬 씨와 같이 갔다 왔으니 된 거지 뭐. 코넬 씨 얘기 나왔으니까 말인데, 그 양반 얘길 듣고 느끼는 게 많았다. 아 참, 코넬 씨가 안다는 그 녀석들 말이야. 어린아이들인데도 자기 삶의 방향을 잡는 거 보고 좀 섬뜩하더라. 그 나이의 아이들도 어떤 일 앞에서는 운명을 거는구나 싶은 게 말야. 아이들이 운명을 건다? 참 기막힌 일이지. 정작 운명을 걸어야 할 사람들은 이렇게 저렇게 빠져나가기 급급한데 말야. 그 아이들, 운명을 걸다뿐이냐. 운명을 걸고, 자신의 삶을 정리하고. 그런 얘기 들으니까 감전되는 기분이더군.」

　형은 코넬 씨 얘기를 꺼냈다. 운명을 거는 아이들, 형이 그렇게 말
하자 코넬 씨가 말한 아이들이 정말로 운명을 걸었던 것처럼 생각되
었다. 맞는 말이었다. 자세히는 모르지만, 운명을 걸지 않고서야 그
렇게 행동할 수 없는 일이었다.
「어른이 될수록 운명을 걸 수 없게 되는 거겠지.」
　나 역시 코넬 씨가 말한 아이들을 떠올렸다. 코넬 씨가 갑자기 돌
아가야 하는 까닭 속에 그 아이들이 있었고, 코넬 씨가 화랑을 떠난
후 형과 내 머릿속에도 그 아이들이 있었다.

　코넬 씨가 형에게 카메라를 건네면서 한 말은 아주 색다른 것이었
다. 코넬 씨는 ‘사진은 빛을 만들어 내기도 하지만 빛을 소멸시키기
도 한다’고 말했다. 그러면서 코넬 씨는 사진의 처음도 시간이 지배
하고, 사진의 끝도 시간이 지배한다고 덧붙였다.
「나는 최 작가가 빛을 소중하게 여기는 사람이란 걸 압니다. 이 카
메라를 최 작가에게 선물하는 건 빛을 다루려고 하지 말고 아껴
달라는 의미예요. 이 카메라, 한물간 기종으로 평가받기도 하지만
나에게는 각별한 거예요. 화질에는 상관없이 내가 원하는 사진에
가장 가깝게 빛을 받아들여 준 카메라거든요. 한 번도 내 속을 썩
인 적이 없죠.」
「이걸 잊지 않고 주실 줄은 몰랐습니다. 잘 쓰겠습니다.」
「하하, 그렇게 얘기하니 기대하고 있었던 모양이군요. 아, 약속은
지켜야죠. 그 약속을 잊지 않은 것도 순전히 최 작가 사진 때문이
죠. 그만큼 인상적이었다는 얘기예요. 최 작가 사진이 왜 눈길을
잡았느냐 하면 말이죠. 시간이 보이더군요. 세월의 아픔 같은 걸
재생해 내는 특별한 눈을 가진 사람이다, 이런 느낌이었죠. 내가

198

시간만 되면 아프리카로 건너가는 것도 그 때문이에요. 내가 사는 곳은 칼레콜인데 케냐 공항에서 이틀 정도 걸리는 곳입니다. 거길 가면 문명 이전의 시간에 들어선 느낌이 들죠. 거기 사는 사람들 은 사람을 사랑할 줄 알고, 시간과 더불어 살 줄 압니다. 시간의 흐름, 자연의 흐름을 거역하지 않는다는 뜻이죠.」

「며칠 더 계시면서 거기 얘기도 좀 들려주시고 사릉에도 가보고 하면 좋을 텐데. 이렇게 급히 가셔야 할 일이라는 게, 제가 알면 안 되는 일입니까.」

형은 늘 사람을 그리워해 온 편이었다. 형은 혼자인 때가 많았고, 그래서 혼자 살아가는 데 익숙하지만 그만큼 사람이 그리울 거였다. 나는 형이 코넬 씨를 향해 보내는 산설한 눈길을 이해할 수 있었다. 형은 형을 잘 이해하는 사람도 결국 형 곁을 떠난다는 것을 두려워 하고 있는 게 틀림없었다.

「최 작가, 섭섭하겠지만 이해해 주시오. 내가 왜 급히 떠나야 하냐 면 말이오.」

코넬 씨의 얼굴은 여전히 어두웠고, 무엇인가 말을 아끼고 있는 듯한 느낌이었다.

「저는 사진이 빛을 만들어 낸다고만 생각해 왔는데, 코넬 선생님 얘길 듣고 보니 사진을 다시 배워야 할 것 같은 느낌이 들어서 보 내 드리고 싶습니다. 정말 급한 일이 있으시다면 가셔야죠. 하지 만 빛에 대한 선생님 말씀 새겨 두겠습니다. 그렇군요. 사진에 드 러나는 빛을 뺀 나머지 빛은 소멸되는 것이군요. 피사체 바깥에 있는 빛도 그렇고요. 아닌가요. 사진에 드러난 것은 단지 피사체 일 뿐 피사체로 드러나는 순간 그 너머의 빛들은 설자리를 잃는다 는 뜻 아닙니까. 제가 세월의 아픔을 재생해 내는 특별한 눈을 가졌다는 말씀은 듣기 과분한 얘깁니다. 그런데, 이번에 가시면 언제 다시 만날 수 있을지 모르겠군요. 사릉에 모시고 가고 싶었는데 말이죠. 거긴 제게 아주 특별한 곳 아닙니까. 제가 길을 잃을 뻔했던 곳이었지만 저는 거기서 사진을 찍어 나올 수 있었고, 그 사진이 선생님 눈에 띄어 오늘 여기에 있게 됐으니 말입니다.」

형이 코넬 씨를 바라보는 눈길에는 서글픔이 가득 차 있었다. 사북의 가파른 층계 위에서 사북 읍내를 멀뚱히 내려다볼 때와 많이 닮아 있었다. 그랬다. 형에게 있어 희창 형과 코넬 씨는 믿고 의지해온 후원자였다. 두 사람의 후원자 중에 한 사람은 이 세상에 없고, 한 사람은 이제 아프리카로 돌아가려 하고 있었다.

「최 작가가 여기까지 온 것은 계속해서 사진을 찍었기 때문이고, 똑같은 눈으로 셔터를 눌렀기 때문이오. 나는 운 좋게 최 작가의 사진을 발견한 사람으로 받아들여 주면 좋고. 내가 서둘러 가야하는 건 말예요…… 여길 좀 보시오.」

코넬 씨는 가방을 열더니 둘둘 말린 신문을 꺼내 형에게 내밀었다.

「칼레콜 아이들이 죽었소.」

「칼레콜이라면, 조금 전 얘기하신, 선생님이 산다는 마을 아닙니까. 무슨 말씀을…… 아이들이 죽다니요. 어떤 아이들이 말입니까.」

형과 나는 신문을 건네받아 코넬 씨가 가리킨 기사를 읽기 시작했다. 거기에 코넬 씨가 얘기한 아이들의 죽음이 실려 있었다.

아프리카 소년 두 명의 죽음이 유럽을 울리고 있다. 브뤼셀 공항 당국은 지난 2일 아프리카에서 출발해 벨기에 브뤼셀에 도착한 비행기 착륙 장치 안에서 동사한 두 구의 시체를 발견했다고 발표했다. 브뤼셀 공항 당국은 두 소년이 밀입국하려 했던 것으로 추정, 조사에 나섰으나 이들의 주머니에서 발견된 편지를 읽고 곧 눈물을 삼켜야 했다고 전했다. 죽은 아이들의 옷에서 나온 편지 내용 때문이다.

'존경하는 유럽의 지도자와 정부 관리 여러분. 저희 둘의 험난한 여행과 고통의 목적을 말씀드리겠습니다. 아프리카 어린이들은 너무나 벅찬 고통을 겪고 있습니다. 전쟁과 가난, 전염병에 내몰려 먹을거리를 찾아 헤매고 있습니다. 간절히 호소합니다. 여러분 자녀들에 대한 사랑을 저희에게도 조금만 나눠 주십시오. 제발 도와주십시오. 아프리카 어린이들을 대신해 호소합니다. 혹시 저희들이 죽은 채 발견되거든 아프리카 어린이들의 참상을 알리고 도움을 청하려 했던 뜻을 널리 헤아려 주시기 바랍니다.'

이 편지를 전해 받은 루이 미셸 벨기에 외무 장관은 편지 사본을 유럽 각국의 외무 장관에게 보낸 것으로 알려졌다. 공항 당국의 한 조사관은, 소년들이 복받치는 감정을 가장 공손하고 정중한 프랑스어로 표현해 놓고 있었다고 밝혔다. 열네 살의 야킨 코이타와 열다섯 살의 포드 투르카나, 자신들이 살던 곳에서 이틀이나 걸려 비행기에 오른 후 숨져 간 이 두 소년의 아름다운 죽음이 아프리카 소년들의 삶을 바꿔 놓을지 유럽인들의 움직임이 세계의 주목을 받고 있다.

기사를 다 읽었을 만한데도 형은 신문에서 눈을 떼지 않았다. 형은 여러 차례 한숨을 쉬었고, 그럴 때마다 양옆으로 펼쳐진 신문이 가볍게 펄럭였다.

「끔찍한 일이군요.」

형은 여전히 신문을 든 채, 여전히 신문에서 눈을 떼지 않은 채 뇌까렸다. 납덩이처럼 무거운 소리였다. 나는 알고 있었다. 형에게는 죽음과 맞닥뜨리는 것이 가장 큰 고통이란 것을. 형은 자연사 외의 죽음이 있어서는 안 된다고 생각하는 사람이었고, 자연사 외의 죽음과 맞닥뜨리는 것을 가장 괴로워하는 사람이었다. 형에게 그런 괴로움을 안긴 사람은 희창 형이었고, 아버지였다. 그런데 지금, 형 앞에 또 다른 형태의 죽음이 다가와 있었다.

「이 아이들이 코넬 선생님이 묵고 있는 곳, 칼레콜이라고 하셨던가요, 그러니까, 그곳 아이들이란 말이지요?」

내가 나선 것은 형의 침울함을 밀쳐 내기 위해서였다.

「그래요. 두 녀석의 이름도 똑같고, 비행기 타러 가는 데 이틀이 걸린다는 부분도 똑같고, 녀석들이 프랑스 식 문장을 쓰는 것도 똑같고. 내가 사진 찍으러 나갈 때 렌즈도 들어 주고 삼각대도 들어 주던 녀석들이 틀림없어요. 잘 까부는 녀석들인데, 이런 일을 벌이다니. 어이가 없습니다. 지금도 뭐가 잘못 알려진 건 아닌지 믿기지 않아요. 자고 나면 얼굴 맞댄 녀석들이고, 내 사진 모델도 해주곤 했었소. 훌륭한 모델들이자 가이드였는데. 녀석들 사는 모습이야 누구보다 내가 잘 알지만 그 아이들 가슴에 아프리카 아이들 전체를 생각하는 절박함이 숨어 있었다니, 그 아이들에게 면목이 없소. 아마도 내가 떠나기 전부터 준비했던 모양인데…… 일은 벌어졌지만 가보지 않고는 못 견딜 것 같소. 이럴 때 가서 확인해 보지 않을 수 있겠소? 최 작가, 이해하시오.」

슬픈 얘기였다. 나는 코넬 씨가 부랴부랴 돌아가는 것에 동의했다. 형도 동의했다. 형은 말했던 것이다.

「그 아이들 입장에선 숨막힐 상황이었겠죠. 그래도 강한 녀석들이었나 봅니다. 빅토르 위고가 쓴 책에 이런 말이 나오거든요. '어디를 가도 고향이라고 생각하는 사람은 이미 강한 사람'이라고 말이죠. 거기에 비하면 저는 아주 심약한 사람이죠. 위고가 또 그랬거든요. 고향을 달콤하다고 생각하는 사람은 심약한 사람이다, 이렇게요. 저는 달콤하게 여기지는 않지만 달콤해야 하는 것이 고향이라고 생각하거든요. 그 아이들 심정 이해합니다. 그래도 비행기에 오르기까지 참 갈등이 많았을 텐데. 가서야죠, 저라도 이런 일을 당하면 달려갈 겁니다.」

형은 코넬 씨에게 신문을 돌려주었다. 그렇지만 나는 형의 말에서 묘한 울림을 받았다. 어디를 가도 고향이라고 생각하는 사람은 이미 강한 사람이라는 말이었다. 그 뒤에는 또 고향을 달콤하다고 생각하는 사람은 심약한 사람이라는 말이 기다리고 있었다. 위고의 말이라고는 했지만, 그 말은 곧 형의 말과 다름없었다. 형의 말속에는 죽음의 그림자가 들어 있다고 나는 생각했다. 생각은 또 생각을 낳기 마련이었으므로, 어쩌면 그 죽음은 형 자신의 죽음인지도 모른다고 나는 또 생각했다.

「위고가 그런 말을 했군요. 역시 작가들은 남다른 데가 있지요. 그럼 최 작가는 심약한 사람 쪽입니까, 강건한 사람 쪽입니까. 내가 보기에 최 작가 역시 강건한 사람 같긴 한데……. 최 작가, 나는 강하고 심약하고 그런 것은 의미를 규정하는 사람들의 몫이라고 생각해요. 사람은 누구나 심약하고 강한 구석을 같이 가지고 있을 겁니다. 상황에 따라 심약함과 강건함이 나타날 거란 말이지요. 최 작가 말대로 그 녀석들 역시 심약하면서도 강건한 아이들이었소. 아프리카의 구석진 곳에 살면서도 누구보다 자신들의 마을을 달콤하게 여겼고, 마을 밖으로 빠져나가 아무리 낯선 곳에 이르러서도 두려워하거나 쭈뼛거리지 않았거든요. 그런 녀석들이 목숨을 걸다니, 도무지 알 수 없는 일이오. 죽음조차 두려워하지 않을 수 있다는 게 현실적으로 가능한 것인지.」

「심약한 사람도, 강건한 사람도 죽음을 두려워하지 않을 수 있을 겁니다. 단지 죽음의 형태가 다르겠죠.」

「글쎄요. 죽음이란 건 어떻게 정의할 수 있는 게 아니죠. 나도 몇 차례 어이없이 죽어간 사람들을 지켜보기는 했지만 그래도 그 아이들처럼 어이없지는 않았는데, 발걸음이 무거워요. 아, 그리고 최 작가, 내가 여기 오기 전에도 생각했던 건데 한번 오시오. 거긴 시내에서도 이틀 동안 달려가야 하는 곳이라서 밤에는 완벽하게 어둠만이 존재해요. 그러다가 새벽이 되면 문명 이전의 세계가 천천히 모습을 드러내죠. 신비의 땅이 정말 있구나, 하는 걸 느끼게 된다 이 말입니다. 그래서인지 미국에 있다가 그곳으로 건너가면 몸과 마음이 그렇게 편할 수 없고, 내겐 안식의 땅이란 느낌이 절로 들곤 하죠. 내가 감히 리빙스턴 같은 사람 흉내를 내보는 것도 어찌 보면 나를 위한 것이 아닐까 생각하곤 했는데. 고기 몇 마리를 잡으러 아이들과 함께 네 시간을 걸어 호수를 찾아가기도 했었소. 습기 찬 맨땅에 야전 침대를 놓고 잠을 자는데도 새벽에 눈뜨면 얼마나 개운한지 겪어 보지 않은 사람은 모릅니다. 최 작가, 우선은 이렇게 가지만 아프리카에서 한번 만납시다. 최 작가 건강도 돌볼 수 있을지 모르고, 사진도 찍을 겸해서 말이오. 거긴 내가 어제 가본 사북과 많이 닮았고, 그러면서도 많이 다른 곳이오. 떠나기 전에 이 말을 하고 싶었소. 그리고 이거, 내가 찍은 사진 몇 장 두고 갈 테니 한번 보시오.」

코넬 씨는 이제 더 이상 지체할 수 없다고 생각했는지 시계를 들여다보면서 가방을 챙기기 시작했다.

코넬 씨가 형에게 아프리카에 다녀가라고 하다니. 뜻밖의 제안이었다. 코넬 씨에게는 형이 가벼운 수술을 받은 직후라고만 얘기했기 때문에 아프리카에 다녀가라고 할 수도 있는 일이긴 했지만 형이 아프리카엘 어떻게 간단 말인가. 나는 형이 꼭 한 번 가겠다고 대답할까 봐 가슴을 졸였고, 코넬 씨가 떠난 후에도 형이 코넬 씨의 얘기를 잊지 않을까 봐 걱정이 앞섰다. 걱정거리는 또 있었다. 나는 무엇보다 신문에 난 그 아이들의 죽음이 걸렸다. 형에게는 왜 자꾸만 죽음의 인연들이 다가오는가. 그러잖아도 형은 혼자 있을 때, 병원을 오가면서, 자꾸만 죽음을 떠올리고 있을 게 뻔했다. 그런데 또 죽음의 인연이 형 앞에 다가와 있는 것이었다. 코넬 씨가 가방을 들고 나가 택시에 올라 서서히 멀어져 가고 나서도 나는 여전히 그런 느낌에 빠져 있었다. 형 앞에는 왜 자꾸 죽음의 인연이 다가드는가. 사북행만 해도 그랬다. 형은 겉으로는 사북을 찾아간 것이었지만, 형의 마음은 사북에서 생을 마감한 사람들을 만나러 간 것이나 다름없었다. 형은 죽음의 땅으로서 사북을 찾았고, 죽음의 땅에 머물러 있는 희창 형과 아버지를 만난 것이었다. 사북에서 돌아올 때 형이 불쑥 아버지 묘를 들러 가자고 한 것만 해도 그랬다. 형은 여전히 죽음의 그림자에서 벗어나지 못하고 있었던 것이다.

사북의 탄광에서 오랫동안 서성이고 있던 형은 희창 형의 사진들이 도열해 있던 진입로를 내려올 때 아버지의 묘소에 들러 가자고 말했다.

「가는 길에 아버지도 뵙고 가야지?」

아버지의 묘는 탄광 건너편 산 중턱에 있었다. 형의 말은 옳았지만 형의 생각은 옳은 것이 아닐 수도 있다고 나는 넘겨짚었다. 형은 일부분 아들의 도리를 하고 싶어하는 것이지만 일부분 아버지를 죽게 만든 사북의 원형질이 무엇인가를 더욱 현실감 있게 느끼고 싶어서 아버지의 묘를 찾는 것일 수도 있었다. 형에게 희창 형의 죽음과 아버지의 죽음은 어찌 보면 동질감일 수도 있는 것이었다. 발칙한 생각이지만, 터무니없는 상상은 아니라고 나는 내 짐작에 무게를 더 두었다.

나는 탄광 진입로를 내려가 차를 세워 놓고 산 중턱을 오르면서 형의 심사를 헤집어 보았다. 그런 생각 위로 희창 형이 숨져 가던 날의 순간이 떠올랐고, 아버지의 시신이 구조 대원들의 등에 업혀 나오던 모습이 떠올랐다.

희창 형은 처참하게 일그러진 얼굴이었다. 눈두덩 위로 피가 흐르고 있었고, 온몸에 탄가루가 범벅되어 있었다. 무엇인가를 마지막까지 보고 가려 했었는지 눈을 부릅뜨고 있었지만 동공은 이미 하얗게 굳어 있었다.

아버지는 희창 형과 같으면서도 달랐다. 아버지는 구조 대원의 등에서 내려지는 즉시 흰 시트에 덮였지만, 내려질 때 보니 두 눈이 감겨 있었다. 그게 희창 형의 시신과 다른 점이었다. 하지만 아버지의 몸뚱이 역시 온통 탄가루투성이였다. 얼굴 역시 처참하게 뭉개져 있었다. 갱도가 무너질 때 아버지의 얼굴에 엄청난 충격을 가한 것이 틀림없었다.

희창 형의 굳어 버린 몸뚱이와 아버지의 굳어 버린 몸뚱이는 읍내의 작은 병원에서 달려온 앰뷸런스에 실려 안치소로 갔다. 모든 죽음은 그런 법이었다. 앰뷸런스에서 내려져 안치소로 들어가고, 영안실에 지인들이 들이닥쳐 울음을 쏟고, 그리고 사흘째가 되면 흙 속에 묻혀 영겁의 시간으로 돌아가게 되어 있는 것이었다. 희창 형과 아버지 역시 그랬다. 그리고 형과 나는 그 시간들 속에 있었고, 그 시간을 맞고 보낸 곳이 사북이었다.

「그때는 몰랐는데 아버지도 희창 형도 죽음을 예비할 시간조차 없이 숨을 거둬 버렸어. 사북으로 이사하시는 게 아니었는데. 아버진 아무도 찾아오지 못할 곳으로 이사해야 한다고 생각하셨던 거겠지만 여긴 너무 어두운 동네였어. 나이를 먹으면서 제일 서글프게 생각된 게 그거였다. 희창 형도 아버지도 너무 어두운 곳에 살다 갔다는 거. 그러니 남은 사람들도 어두운 기억만 간직하고 사는 거지. 사북은 그런 동네야.」

형은 아버지의 묏등을 쓰다듬으며 말했다. 그곳, 아버지가 누워 있는 산 중턱에서는 사북 읍내가 더 잘 내려다보였다. 사택촌의 낮은 지붕들과 담과 읍내로 향하는 계단이 내려다보였고, 읍내의 사진관 자리와 그 앞의 술집 골목과 읍내를 가로지르는 좁은 국도가 훤히 내려다보였다. 곳곳의 산자락에 남아 있는 탄가루들이 날려서인지 읍내는 누렇고도 검은빛이었다.

형은 아버지 얘기만을 하지는 않았다. 읍내를 바라보고 있으니 희창 형이 떠오른 모양이었다.

「가끔, 희창 형이 왜 내게 카메라를 들려 주었을까 생각할 때가 있었지. 지금도 그렇지만, 자기가 죽을지도 모른다는 예감 같은 게 들진 않았을까 하고 말야. 그래도 그렇게 비참하게 갈 수는 없는 거였는데…… 아버지도 그렇고 희창 형도 그렇고. 사북처럼 사람들을 떠나보낸 곳도 없을 거다. 안 그러냐. 죽은 사람도 많았고, 막다른 골목에서도 희망을 건지지 못하고 이삿짐 보따리를 싸서 떠난 사람도 많았고. 그런 걸 덧없는 거라고 하는 건가. 자, 그만 가자. 아버지, 갑니다. 이제 언제 또 오게 될지 모르겠습니다.」

형은 아버지의 묘소에서 돌아서며 그렇게 말했다. 이제 언제 또 오게 될지 모르겠습니다. 아버지를 향해 다시는 못 올지도 모른다는 여운마저 남기는 형의 목소리에는 비장함이 서려 있었다. 형은 다시 아버지를 찾지 않으려는가. 아니, 다시는 사북을 찾지 않으려는가. 형은 나를 향해 이제 그만 가자고 했지만 선뜻 걸음을 떼지 못하고 사북 읍내를 오래도록 내려다보고 있었다.

  형은 코넬 씨 얘기를 듣고 아버지거나 희창 형이거나, 어쩌면 자신에게도 그와 비슷하게 덧없는 죽음이 다가와 있다고 생각하는 것은 아닐까. 코넬 씨와의 사북행, 그리고 코넬 씨가 들려준 아프리카 아이들의 죽음이 자꾸만 형에게 죽음을 떠올리게 한다고 나는 생각했다. 형은 자신 곁에 죽음이 다가와 있다고 생각할지도 모를 일이었다.
  한동안 말이 없던 형은 이윽고 코넬 씨가 주고 간 카메라를 잡더니 파인더에 눈을 가져갔고, 셔터 위에 손을 올렸다. 형의 그런 움직임은 한없이 느리고도 느렸다. 카메라를 맷돌처럼 무거워하는 것 같았고, 셔터 위로 가져가는 손에는 깁스라도 한 것 같았다. 파인더에 눈을 가져다 대는 동작 역시 그랬다. 미물이 안간힘을 다해 파인더까지 다가가 어렵사리 눈을 들이대는 것 같았다. 형은 사진작가 역을 연기하는 데 지친 팬터마임 배우 같았다. 형은 지금 무엇을 들여다보는가. 그러나 형은 오랫동안 카메라를 들고 있지 못했다. 셔터에 얹은 손도 얼른 떼어 냈다. 형의 모든 움직임이 아슬아슬해 보였다. 그 자리에서 카메라를 안고 뒹굴 것 같아 조마조마했다. 하지만 형은 쓰러지지 않았고 손에서 카메라를 놓지도 않았다. 그렇기는커녕, 형은 카메라에서 눈을 떼더니 익숙한 손놀림으로 필름실을 열었다.
  「사진 한 장에 몇 개의 화소가 찍히는지 아니?」
  형이 열어젖힌 필름실은 온통 검은빛이었다. 필름은 장착돼 있지 않았고, 검은빛의 셔터막이 나타났고, 그 검은빛을 비춰 내는 반사경이 나타났고, 톱니바퀴 모양의 필름 감개가 나타났으며, 필름을 고정시켜 주는 핀이 나타났고, 둥그렇게 파인 필름집이 나타났다. 그 모든 게 검고도 검은빛이었다. 그 공간이 형이 선택한 피사체를 온전하게 사진으로 만들어 주는 곳이라는 것을 나는 알았다. 그러므로 그곳은 또 하나의 형의 집이었다. 그곳에 하나의 피사체가 담길 때마다 형은 안도의 숨을 쉬고, 그곳에서 벗어난 필름이 한 장의 사진으로 인화되어 나온 후에야 형은 숙면을 취한다는 것을 나는 알고 있었다. 그러므로 그곳은 형의 정신의 집이자 육체의 집이기도 했다.

「화소? 사진 한 장에 몇 개의 점이 찍히느냐 그런 얘긴가? 빛의 점 말야? 글쎄, 소설 한 편 쓰는 데 몇 단어나 동원되는지 아느냐는 질문과 같은 얘기네.」

나는 사실 장편 소설 한 편을 쓰는 데 몇 개의 단어가 동원되는지 계산해 본 적이 없었다. 소설에 몇 개의 단어가 동원되느냐가 중요하다고 생각하지 않기 때문이었다. 그런데도 형이 그런 질문을 던진 것을 보면 사진은 소설과 다른 모양이었다. 그렇다면 소설과 사진은 좀 다른 메커니즘으로 움직일 수도 있겠다고 나는 생각했다.

「그럴 수도 있겠지. 여기에 들어가는 필름 한 장에 피사체가 찍히려면 팔백만 개쯤의 화소가 필요해. 빛의 입자 팔백만 개가 모여서 사진 한 장을 만들어 내는 거지. 이를테면 사진의 세포 같은 거야. 세포란 건 생명과 같은 거고. 사진 찍으면서 그런 것에는 무관심했는데, 병원에서 수술 받고 나올 때 조 박사가 그런 얘기를 해 주더라고. 내 머릿속에 뇌 세포가 몇 개나 있는지 아느냐고. 천만 개쯤 되지 않을까요, 했더니 피식 웃더라. 그때 조 박사가 얘기해 줬는데, 흠, 내 머릿속에는 백오십억 개쯤의 뇌 세포가 있다는 거야. 뇌신경에 영양을 공급하는 세포는 백오십억 개의 열 배 가까이 된다더라. 그야말로 천문학적이지. 그중에서 하루에 십만 개 정도의 뇌신경 세포는 죽어 버리고. 십 년에 십억 개쯤이 없어진 다는데. 사진도 그렇지. 시간이 지날수록 변색이 되고, 원래의 피사체는 제 모습에서 조금씩 멀어진다고 할까. 사진에서 생동감이 사라져 버리지. 내 머릿속의 뇌신경 역시 그와 다르지 않아. 소멸해 가는 것이지. 소멸해 간다…… 쓸쓸하고 허무한 일이지. 나 자신이 소멸해 간다는 것을 어떻게 받아들일 수 있겠냐. 누구나 다 소멸하잖니. 누구나 다 소멸하지만 나 자신이 소멸해 간다는 것을 받아들이기는 참 힘들구나…….」

형은 마치 자가 치료를 하는 사람처럼 자신의 증세를 면밀하게 관찰해 온 게 분명했다. 관찰하는 데 그치지 않고 자신의 병세가 어떻게 진행되고 있으며 어떤 결과를 맞는지까지 알아 두고 있는 게 분명했다.

형은 필름실을 닫고 카메라를 다시 제자리에 올려놓더니 필름 파일 보관함 옆에 세워 둔 노트 한 권을 꺼내 내게 건넸다.

「첫번째 수술을 받기 전날 기분이 하도 그래서 몇 자 적었었지. 일기라고 할 수도 있고, 독백이라고 할 수도 있고…… 그런데 묘한 것이, 글을 쓰니까 좀 안정이 되더라. 글을 쓰는 것, 고통스러울 거라고 생각했는데 의외로 진정 작용이 있던걸. 수술 받고 나와서 보니 좀 그렇긴 하더라만. 한번 볼래?」

나는 엉겁결에 형이 내민 노트를 받아 들었다. 형이 일기를 썼다는 게 중요한 건 아니었다. 수술 받기 전날 일기를 썼다는 게 중요했다.

하룻밤을 자고 나면 수술대에 눕는다. 다시 눈을 뜰 수 있을까. 짐작대로라면 나는 죽지 않고 깨어날 수 있을지 모르지만 시력을 잃을 가능성은 많다. 내 머릿속에 틀어박힌 종양, 이놈은 오른쪽 눈을 유난히 자극한다. 통증의 출발점은 머리 뒤쪽인 것 같은데 동통이 이렇게 심할 수 있다니. 불길하다. 눈은 잃고 싶지 않은데…… 살면서 눈을 너무 혹사시켰던 건 아닐까. 깨어나더라도 시력을 잃지 않고 깨어났으면 좋겠다. 내게는 사진 찍는 것이 다 아닌가. 그런데 시력을 앗아 간다는 것은 너무 가혹하다. 눈을 찡그리고 파인더를 들여다보다가 셔터를 누르는 것, 그 시간들이 없다면 내가 없는 것과 같다. 차라리 시력을 내놓느니 목숨을 내놓겠다고 말한다면 살아 있는 사람으로서의 사치라고 할까. 하지만 난 그럴 수 있을 것 같다. 나는 눈을 택하겠다.

짧은 글이었다. 그러나 그것은 형의 소망이 무엇인지를 알려 주는 아주 긴 글이기도 했다.

「형답기도 하고, 형답지 않기도 하고. 형, 수술 끝났지만 눈에 아무 이상 없잖아.」

나는 형에게 노트를 돌려주며 너스레를 떨었지만, 형이 일기를 쓰던 날 밤을 생각하자 가슴이 미어졌다. 형은 자신이 뇌종양에 걸려 있는 것을 알고 있었고, 다음날 수술대에 올라야 한다는 것을 알고 있었다. 형은 혼자였고, 어쩌면 시력을 잃을지도 모른다는 불안감을 안고 수술 전날의 밤을 보냈을 터였다.

「나답다고? 나다운 게 뭔지 모르겠다. 차 한잔 하자고 한 건, 조 박사가 내일 사진을 다시 찍어 보자고 그러더라. 아무래도 그래야 할 것 같다. 혹시 또 수술을 하게 되는 건 아닌지…….」

그 말을 하려고 형은 나를 방으로 데려온 것인가. 형은 앉은뱅이 책상 밑으로 다리를 밀어 넣고 벽에 등을 기대더니 슬그머니 눈을 감았다.

「정기적인 검사 아닌가?」

「그럴 수도 있고 아닐 수도 있고…… 넌 글 쓰는 사람이니까 들어 두면 참고가 될지 모르겠다. 수술하기 전에 출혈 검사 같은 걸 하고 신경 차단제를 먹여. 그걸 먹고 나면 굉장한 갈증이 찾아오지. 목 안이 타 들어가는 것 같고 혓바닥이 사막으로 변하는 것 같고. 통증을 못 느끼게 하는 마약이 몸에 들어오는 것도 느낄 수 있지. 그러면 온몸이 뜨거워지고 서서히 정신을 잃어 가는 게 느껴지더라고. 조영제라고 하던가, 혈관을 비춰 보기 위해 투여하는 건데, 그걸 맞으면 눈앞에서 불꽃이 튀고, 나중에는 아 이 순간을 지나 눈을 뜨면 아무것도 못 볼지 모른다는 두려움이 오는데, 끔찍해. 그런 고통을 다 겪어야 정신을 잃을 수 있다는 거 참 비참하지 않냐. 내 몸과 정신이 그런 고통에 누더기처럼 변해 가는 느낌이 들고, 그러면서도 다시 눈뜨게 해달라고 빌어야 하는 게 인간이야. 순간순간 죽음이 옆구리까지 다가와 있는 느낌이 들고. 그런데 신기한 건 말이다, 묘하게도 그런 순간에 내가 본 죽음들이 떠오르더라는 거야. 아버지도 그렇고, 희창 형도 그렇고…… 그들도 이렇게 홧홧한 뜨거움 속에 숨을 거뒀을지 모른다는 느낌이 들더라니까. 그런데도 정신을 잃기 직전까지 가장 고통스러웠던 건 카메라를 쥐지 못하게 될지도 모른다는 거였어. 다시 돌아오게 된다면 눈만은 지킬 수 있게 해달라고 빌었지. 내가 뭘 빌고 바라고 그러는 데 익숙하지 않거든. 그런데 빌게 되더라고. 왜냐하면, 절박하니까. 내 의지를 읽고 옮기고, 그렇게 해준 것이 눈이니까. 그런데 또 검사를 받아야 한다는 거야. 솔직히 점점 자신이 없어져. 이게 내 인생인가, 아직 젊은데. 나 아직 젊지 않냐, 그렇지?」

형은 고개를 꺾어 물끄러미 천장을 올려다보며 나 아직 젊지 않냐, 그렇지 않냐고 울음 섞인 목소리를 토해 냈다. 그랬다. 그것은 형의 가슴속 깊숙이 피멍처럼 맺혀 있는 말이었다. 목이 메었다.

「젊지. 형은 서른아홉, 나는 서른일곱. 젊고말고.」

「젊다, 젊다고? 그렇지, 젊지? 그런데도 이 방을 어떻게 정리해야 할까 그런 생각만 자꾸 든다. 사실은 그 애길 하고 싶어서 오자고 그랬던 건데…… 어떻게 정리해야 할 것 같니? 이 방의 카메라와 렌즈, 필름 들 말이다. 아니다. 그건 결국 내가 정리해야 할 일이고. 늦었어. 이제 가봐라.」

앉은뱅이책상 밑에 두 다리를 쭉 뻗고 벽에 등을 기대어 있던 형은 그 자세 그대로 스르르 미끄러져 내렸다. 형의 몸뚱이가 방바닥에 길게 눕혀졌을 때 나는 형의 눈가로 눈물이 흘러나온 것을 보았다. 눈물을 흘려 낼 힘은 남아 있는가. 그것이 형의 모든 힘인 것처럼 보였다. 형의 사진전은 나흘째 흘러갔는데 나는 마치 형의 인생 전체를 흘려보낸 느낌이었다.

12

신경 차단제가 들어갔을 때, 형은 타는 듯한 갈증을 이기지 못해 고통스러운 표정을 지었다. 그러나 잠시 후 고통을 잠재울 마취제가 형의 혈관들 속으로 들어갔다. 형은 온몸이 뜨거워지는 것을 느끼다가 서서히 정신을 잃어 갔고, 아무것도 느낄 수 없는 몸뚱이가 되어 버렸다. 인턴과 레지던트들이 조 박사를 중심으로 형의 몸뚱이를 사이에 두고 도열했다. 형의 몸뚱이는 하나의 전시물처럼 보였다. 형의 몸뚱이는 막대기 같았고, 마침내는 하나의 시신 같았다.

이제 시작해야 될 것 같습니다. 잘될 겁니다.

조 박사의 눈빛을 받고 나는 수술실 밖으로 나왔다. 거기까지가 수술실에서 형을 지켜보도록 한 조 박사의 배려였다. 수술실과 수술실 밖은 서로 다른 세계이다. 수술실은 시간이 정지된 공간 같았다. 모든 움직임은 소리 없이 진행됐고, 민첩하면서도 기계적인 움직임에서는 현실감이 느껴지지 않았다. 하지만 병실 복도로 나오니 살아 있는 소리들이 들렸다. 사람들은 두런거리며 지나갔고, 뚜벅뚜벅 구두 소리를 냈다. 맞은편 수술실에서 환자가 실려 나오기도 했고, 수술대 위의 형을 의사와 간호사들이 둘러쌌던 것처럼 환자 보호자들이 수술실에서 빠져나온 환자 주위를 에워쌌다가 입원실로 향하곤 했다.

형이 수술을 받는 동안 나는 형의 사진들을 생각했다. 형이 뇌종양과 싸우는 중인 줄 알았다면 사진전 여는 것을 어떻게든 말리지 않았을까. 그 반대의 생각이 들기도 했다. 어쩌면 좀 더 사진전을 서둘렀을지도 모른다는 생각도 들었다. 그랬다면 사진전을 마치기도 전에 형이 다시 수술대에 눕는 일은 생기지 않았을 거라는 판단이었다. 또 한 번의 수술이 불가피했다면, 아마도 형은 전시를 마치고 좀 더 홀가분한 상태에서 수술대에 누울 수도 있었을 터였다.

형이 수술실로 들어간 후 세 시간이 지났을 때 조 박사는 수술실 밖으로 잠시 나와 한 시간 정도는 더 걸릴 것 같다고 얘기해 주었다.

「잘되고 있습니다. 기다려 봅시다.」

조 박사는 다시 수술실 안으로 사라져 버렸다. 조 박사가 사라졌을 때 나는 형의 말들을 떠올렸다. 가장 절박한 형의 말은 시력을 잃고 싶지 않다는 것이었다. 형은 시력을 잃고 싶지 않다고 했습니다라고 조 박사에게 얘기해 줄걸 그랬다는 생각이 들었고, 어떤 얘기를 하든 형의 수술에 영향을 주지는 않을 거라는 생각이 들었다. 형은 조 박사에게도 그 얘기를 했을 수 있다.

두 번째로 떠오른 형의 말은 나는 원래 생각이 많은 사람이다, 그런데 생각이 많든 적든 이제 달라질 게 없으니 그게 서글픈 일이라는 것이었다. 정말 달라질 게 없는 삶 속으로 들어간 것인가, 형은. 형은 마취제를 맞고 정신을 잃어 가면서 이미 달라질 게 없다고, 다시 돌아오지 못한다는 인사까지 했을지도 모른다는 느낌이 들었다.

형은 서른아홉 해를 살아오면서 살아온 날들과 살아갈 날들에 대해 특별히 애면글면한 사람이 아니었다. 형은 언제나 자신이 발 딛고 선 순간에 충실했고, 그것으로 충분하다고 생각하며 살아온 사람이었다. 형은 다른 사람들 역시 그렇다고 믿고 있었고, 자신 역시 다른 사람들과 다를 게 없다고 여기는 사람이었다.

형이 수술실에서 나오려면 아직도 많은 시간이 흘러야 하므로 나는 또 다른 형의 말을 떠올리려 애썼다. 또 다른 말을 떠올리지 않으면 나는 형의 말에 깊이 빠져 들어가게 되고, 깊이 빠져 들어가면 서글픔이 차 올라 싫었다. 그 서글픔의 끝은 이 땅에서 형이 숨을 거두는 것과 닿아 있었다. 그것은 견딜 수 없는 노릇이었다.

세 번째로 떠올린 형의 말은 검은 땅에 사는 사람들의 불편함이란 게 사소한 것 같지만 아주 슬픈 거였다, 그것은 간간이 죽음을 날라 오는 탄가루였다는 말이었다. 바로 엊그제, 형은 코넬 씨에게 그렇게 말했었다. 그때는 아, 그랬었지 듣고 넘겼는데 수술실 앞에서 그 말을 떠올리자 명치께가 뜨끔했다. 검은 눈이 내리는 땅 사북의 탄가루를 형은 죽음을 날라 오는 개체로 보았던 것인가. 그럴 수도 있었다. 형은 희창 형과 아버지의 죽음 말고도 진폐증을 앓는 사람들을 무수히 보았었다. 그들은 결국 진폐증 때문에 죽었고, 진폐증이 간접 원인이 되어 죽었다. 그러므로 무수히라는 말을 쓴다고 해서 흠이 될 것은 없었다. 탄광 일자리를 놓칠까 봐 쉬쉬하며 몸져누울 때까지 한사코 병원에 가지 않고 버틴 사람까지 포함하면 사북과 진폐는 밀접한 관계였다. 진폐는 탄가루가 가슴속에 쌓여서 생기는 병이었다. 형의 말 그대로 사북, 그곳에서는 탄가루가 죽음을 날라 오는 것이었고, 사람들은 그 탄가루 속을 걸어 탄광을 향해 출근하고 탄가루 속을 내려와 고단한 몸을 눕히곤 했던 것이다.

216

형을 생각하면, 아니 형의 말을 생각하면 도무지 이해되지 않는 것이 있다. 형이 웃으면서 밝은 애기를 하는 것을 본 적이 없는 것 같다. 형은 대부분 시무룩한 표정으로 파인더와 암실과 인화지 따위에 대해, 사진 찍으러 갔던 곳의 풍경에 대해 애기했고, 어쩌다 웃으며 애기할 때도 있었지만 그 웃음 속에서 흘러나온 애기들은 어두운 내용들이었다. 하지만 형은 그 어둠 속에 빠져 허우적거리지는 않았다. 형은 늘 그곳들에서 돌아 나와 암실로 들어갔고, 암실에서 나올 때는 몇 장이 됐든 검은빛과 흰빛으로 인화된 사진들을 들고 나왔었다. 형에게는 그런 모습이 가장 어울리는 편이었다. 그렇게 암실에서 나올 때의 얼굴이 가장 편해 보였던 것이다. 그럴 때 형의 얼굴은 평화로워 보였다. 밝은 빛 속으로 나왔기 때문에 평화로워 보이는 것이 아니라 어둠 속에서 사진을 건져 나왔기 때문에 평화로워 보이는 사람이 형이었다. 그런 점에서 형은 여느 사람들과 달랐다.

형의 말을 떠올릴 때마다 어둠이 묻어 나오고, 죽음이 묻어 나오는 것은 아무리 생각해도 기분 좋은 일이 아니었다. 나는 수술실 문을 바라보면서 벽에 비스듬히 기대어 있었다. 수술실 문은 하나의 방호벽 같았다. 그곳은 닫힌 세계였다. 수술실 문은 저지벽 같았다. 그곳은 내가 관여할 수 없는 세계였다. 그곳에 형이 있다고 생각하자 주저앉고 싶었다. 형을 지켜보는 것에도 지쳐 가는 나 자신이 느껴졌다. 형 또한 나를 그런 심정으로 지켜보고 있었는지 묻고 싶었다. 그렇지만 묻지 않아도 알 수 있는 일이었다. 형이 나를 지켜보았다면, 그것은 파인더를 통해서였을 것이다. 망원 렌즈를 썼든 표준 렌즈를 썼든 광각 렌즈를 썼든, 형이 나의 본모습에 대해 궁금해졌을 때는 파인더를 통해 보았을 게 분명했다.

이윽고 수술실 문이 열렸을 때 제일 처음 보인 것은 초록빛 수술복을 입은 간호사의 모습이었다. 간호사는 육중한 철문을 아주 가볍게 활짝 열었고, 역시 수술복을 입은 의사 한 사람이 침대 한쪽 끝을 잡고 수술실 밖으로 나서더니 간호부 직원에게 침대를 넘겼다. 의사는 수술실 밖으로 나서자마자 머리에 두른 수술 두건을 벗어 내며 이마로 쏟아져 내리는 머리칼을 쓸어 넘겼다. 그다음에는 팔등으로 이마의 땀을 훔쳐 냈다. 수술실 안에 있었던 시간 내내 진땀을 흘렸다는 뜻이었다.

형의 침대가 내 앞을 지나칠 때까지 나는 형을 보지 못했다. 형의 몸뚱이는 침대에 눕혀져 있는데도 차마 형이 어떤 모습을 하고 있는지 볼 엄두가 나지 않았다. 길고 긴 시간 동안 죽은 듯이 의사들의 수술 칼에 의지하고 있었을 형의 몸뚱이가 어떤 모습을 하고 있든 형을 보는 순간 울컥 울음이 쏟아질 것 같아서였고, 그다음에는 내 몸뚱이조차 가누기 힘들 것 같아서였다.

「오래 기다렸습니다. 마취에서 깨는 데 좀 오래 걸렸죠. 병실로 갈
겁니다.」

조 박사는 형의 침대가 저 앞쪽으로 실려 가고 나서야 느린 걸음으로 수술실을 빠져나왔다. 그 역시 이마에 땀이 맺혀 있었지만 아주 지쳐 보이지는 않았다. 그보다 희망적인 것은 형이 병실로 갈 거라는 말이었다. 형은 죽지 않았다라고 나는 되뇌었다. 형은 죽지도 않았으며, 조 박사가 다른 말에 앞서 병실로 갈 거라고 말한 것은 최선을 다했다고 얘기하는 것과는 달랐다. 최선을 다했다는 말은 현실에서나 드라마에서나 나머지는 운명에 맡겨야 한다는 말과 같았다. 얼마간 안도해도 좋은 것 아닐까. 그제서야 나는 조 박사에게 인사를 차렸다.

「완전히 떼어 내긴 했는데, 좀 지켜봐야 하니까 그런 줄 아시고.」

조 박사는 내가 어떤 얘기를 듣고 싶어하는지 알고 있었다. 하지만 그는 형이 수술을 받는 동안 내가 형의 어떤 말들을 떠올리고 있었는지에 대해서는 미처 신경을 못 쓰고 있었는지 한 가지에 대해서는 말해 주지 않았다. 형이 수술실에 있는 동안 내가 제일 먼저 생각했던 형의 말은 시력을 잃고 싶지 않다는 것이었다. 그것이 형의 유일한 희망이자 간절한 욕망이었다. 형에게는 그 희망과 욕망을 누릴 자격이 있었다.

조 박사는 아무 말 없이 내 앞을 지나쳐 걸어갔고, 나는 형의 운명 앞에 또 하나의 위험한 계곡이 기다리고 있을지도 모른다고 생각했다. 그렇다면 형과 내가 택할 수 있는 길이란 그 계곡 앞에 서는 것이었다. 선택의 여지란 뻔했다. 길이 나타나면 그 길을 가거나 돌아서는 것 외에 땅으로 꺼지거나 하늘로 솟거나 하는 방법은 없는 법이었다.

나는 조 박사와 대여섯 걸음쯤 떨어져서 형의 침대 뒤를 따랐다. 한 걸음 한 걸음, 아주 조심스럽게 걸음을 뗄 때마다 쿵쿵 가슴이 울렸다. 그 걸음마다에서 형이 걸어온 시간들이 묻어나는 듯했다. 구두 뒤축에 황토가 묻어 나오는 것 같았고, 탄가루가 묻어 나오는 것 같았으며, 카메라 끈이 매달려 나오는 것 같았다. 그리고 병실 문 앞에 이르러 걸음을 멈췄을 때 나는 형이 수술을 받는 동안 사진전이 끝났음을 알았고, 형이 깃털처럼 가볍게, 화랑 바닥에 머리를 짓찧으며 쓰러지던 순간을 떠올렸다.

형이 쓰러지기 전, 화랑에는 활기가 넘쳤다. 사진전이 닷새째를 맞은 날이었다. 이제 흘러간 시간은 나흘, 남은 시간은 사흘이었다. 흘러간 나흘도 중요했지만 이제 막 맞아들인 하루를 포함한 사흘은 더욱 중요한 시간이었다.

　점심 무렵이 되었을 때 신문 기자 두 사람이 찾아왔고, 형은 그들과 마주 앉아 인터뷰에 응했다. 최 선생이 생각하는 흑백 사진의 의미는 어떤 것입니까. 형은 동어 반복의 인터뷰를 치러야 하는 것을 참느라 애쓰고 있었다. 최 선생이 가장 아끼는 작품은 무엇입니까. 형은 그렇고 그런 질문을 소화해 내느라 짜증스러워하고 있었다. 서로 다른 회사에서 나온 두 명의 기자는 교대로 한 가지씩 질문을 던졌고, 형의 얼굴을 향해 두 사람의 사진 기자가 플래시를 터뜨릴 때마다 형은 눈을 감았다 뜨곤 했다. 그런 사이사이 갤러리들은 형의 사진들 앞에 오래 서 있다가 돌아가곤 했다. 형은 가끔 기자의 질문에 대답하는 것을 멈추고 갤러리가 들고 온 리플릿의 뒷면에 사인을 해주기도 했다.

　10여 명의 갤러리가 한꺼번에 화랑 안으로 들어선 것은 그렇게 적당히 따뜻하고, 적당히 수선스러운 분위기가 화랑 안에 감돌고 있을 때였다. 그들은 인터뷰에 응하고 있는 형에게 다가가 '저희들은 민희수 교수님 제자들인데요'라고 말했다. '그래요?'라고 형은 대답했다. 마뜩찮아도 예의를 갖추려고 애쓰는 기색이 역력했다. '민 교수님이 시간을 내주실 거라고 해서 찾아뵙는데요'라고 그들 중의 한 명이 말했고 형은 다시 '그래요?'라고 반문한 다음 학생들과 기자들을 번갈아 바라보았다. '내가 지금 인터뷰 중인데 좀 있으면 끝날 것 같네요. 내가 뭘 어떻게 해야 하는지 모르겠지만 좀 기다려 줄래요?'라고 다시 말했다. 형의 표정은 크게 변하지 않았지만 학생들을 반기는 기색이 아닌 것만은 분명했다. 내가 보기에도 그랬다. 그들이 찾아오는 것은 그들의 자유였지만 형이 그들을 위해 시간을 내는 것은 형의 자유였다. 강 큐로부터 희수가 특강 요청을 해왔다는 얘기를 들었을 때부터 형은 난감해하고 있었던 것이다.

이번에는 형이 두 사람의 기자를 향해 질문을 던졌다.

「약속을 했던 건 아닌데, 대학 선생으로 있는 친구의 제자들이 단체로 몰려와서 길게 얘기하긴 그럴 것 같고…… 뭐, 궁금한 게 더 없으십니까.」

형으로서는, 더 물을 게 있어도 한두 가지 질문만 던지고 인터뷰를 끝내 달라는 뜻이었다. '개인적인 질문인데, 결혼을 안 하셨다고 하던데 말이죠. 뭐 특별한 이유라도 있으신지'라고 한 기자가 웃으며 물었고, '지금까지 찍은 필름 롤 수가 얼마나 될까요. 어림잡아서 말입니다'라고 다른 기자가 물었다. 두 가지 모두 아주 가볍거나 무거운 실문이었다. 그리고 그것은 무겁든 가볍든, 형이 어떻게 받아들이느냐에 달려 있었다.

「하하, 두 분 다 형이상학적인 질문을 하시는군요.」

내가 볼 때는 형이하학적인 질문이었지만 형은 형이상학적이라고 말했다. 형은 웃기까지 했다. 형이 그런 모습을 보이는 것은 아주 웃기거나 어이없다는 뜻이었다.

「형이상학적이라면?」

「아, 예. 내가 한 번도 생각해 보지 않은 것이라서 말이죠. 예상치 못했던 질문을 받으면 어려워 보이고, 고차원적으로 보이지 않습니까. 질문이 참 재밌네요. 필름 롤이 얼마나 될까요. 작가 생활을 활발하게 하는 사람들은 보통 일 년에 천 롤 이상 찍을 겁니다. 해가 떠서 질 때까지 보통 다섯 롤에서 열 롤까지 찍는 사람들이 많으니까 이삼 일에 한 번씩 촬영한다 치면 십 년 동안 만 롤 정도 되겠군요. 저는 그보다 좀 적습니다. 필름값 마련하는 데 곤란했던 적도 많았고, 셔터 누르는 데 뜸을 많이 들이는 편이거든요. 사실

몇 롤을 찍었느냐보다 이게 더 실감 날 것 같군요. 얘기 나온 김에 한번 재봅시다. 효원 씨, 혹시 자 있으면 좀 주세요.」

무슨 소리인지 모를 일이었지만 형은 성큼 자리에서 일어서더니 사진 장비 진열대 위에 놓인 카메라를 들고 와 필름 장전실을 연 다음 강 큐가 가져온 자를 들이밀었다.

「자, 바로 이 부분이 피사체가 들어와 찍히는 부분이거든요. 가로 길이가 삼점칠 센티미터고, 세로가 이점사 센티미터네요. 이게 아마 황금비와 비슷한 규격일 겁니다. 자, 그러면 계산해 봅시다.」

형은 자를 놓고 볼펜으로 덧셈 뺄셈을 하기 시작했다. 아주 빠른 손놀림이었다.

「내가 찍은 필름들을 죽 늘어놓으면 십 킬로미터에서 십오 킬로미터 사이가 될 것 같군요. 나는 보통 서른여섯 컷짜리 필름을 쓰는데 그걸 하루 평균 여섯 통 찍는다 치고, 일 년 중 약 백 일 정도는 사진을 찍었고, 본격적으로 사진을 찍은 지 십오 년 됐으니 말입니다.」

형은 10킬로미터에서 15킬로미터 사이를 뜀박질해 온 사람처럼 숨을 몰아쉬었는데, 나는 형이 왜 숨을 가쁘게 쉬는지 알 수 있었다. 예기치 않은 질문을 수더분하게 받아넘기느라 골몰한 데다 필름의 길이를 재고 그 수치를 더하고 곱하는 가운데 첫번째 질문을 어떻게 넘겨야 할지 고민했을 게 틀림없었다. 형의 그런 모습을 보면서 나는 형에 뒤질세라 한 가지 계산을 해보고 있었다. 형이 얘기한 필름의 길이를 듣고 보니 인화된 사진을 늘어놓았을 때는 얼마나 될까 궁금해졌던 것이다. 형이 암실에서 사진을 인화해 들고 나오는 사진들은 대부분 5×7 사이즈라고 불리는 것이었다. 생각해 보니 그것은 필름 가로 길이의 다섯 배쯤 되는 것이었고, 그것을 늘어놓으면 형이 말한 10킬로미터에서 15킬로미터의 다섯 배, 그러니까 50킬로미터에서 75킬로미터쯤 되는 길이였다. 그리고 그 길이는 마라토너들이 죽을힘을 다해 달려 테이프를 끊은 다음 큰대 자로 누워 버리고도 남을 만한 거리였다. 그러자 형이 그 거리를 숨차게 달려온 사람처럼 보였다. 완주를 마친 형이 운동장에 쓰러질 것처럼 위태로워 보이기도 했다.

「예술하시는 분들은 수치에 어둡다고 알고 있는데, 참 대단하십니다. 그렇군요. 그 작은 필름들을 늘어놓으면 십 킬로미터도 넘는다니.」

「필름의 길이가 중요한 게 아니죠. 필름에 어떤 피사체가 담겨 있느냐가 중요한 거죠.」

「그래도, 그저 사진 한 장 간단하게 보고 가는 사람들은 그 길이가 되도록 들과 산에서 보낸 시간들을 어떻게 생각하겠습니까. 여러 가지로 의미 있는 시간이었습니다.」

형이 십수 년 동안 찍은 필름의 길이를 물어본 기자는 앞으로의 계획은 어떻게 되느냐는 질문 따위는 던지지 않고 궁둥이를 들썩였다. 이제 또 다른 한 명의 기자가 던진 질문이 남아 있었다. 형은 멈칫거리며 두 사람을 바라보더니 '아, 한 가지 질문에 대해서는 대답을 못했군요'라고 멋쩍은 미소를 지어 보였고, 머리를 긁적였다. 그냥저냥 지나가는 인터뷰는 없다는 것을 새삼 깨달았다는 듯한 표정이기도 했고, 아직도 답을 준비하지 못했는데 이 노릇을 어쩌면 좋을까 고민하는 듯한 표정이기도 했다.

「왜 결혼 안 했냐는 질문은 처음 받는데, 사실 나도 내가 왜 결혼을 안 했을까 이런 생각을 한 번도 안 해봤거든요. 적령기를 넘긴 여자 탤런트들이 그런 질문 받고 연기와 결혼했어요, 이렇게 대답하

는 것을 본 적이 있는데, 난 그런 건 아닙니다. 뭐랄까, 그게 필요
충분조건이란 생각을 해본 적이 없고, 솔직히 말하자면, 상처가 좀
있었는데 그놈의 상처가 잘 씻기질 않더군요. 그래서 아직 이러고
있을 뿐이다, 이렇게밖에 말 못하겠네요. 작은 상처든 큰 상처든,
좀 씻겨 나가야 다른 생각도 하게 되는 것 아닙니까. 가시기 전에
제 사진을 한 번 더 훑어보시면 아시겠지만 제 사진에도 그런 느
낌이 좀 남아 있을 겁니다. 개인적인 질문이라고 하셨으니까 이런
얘기까지 기사에 쓰실 건 없고, 자, 그럼…….」

나는 기자들을 배웅하고 다시 출입문 안으로 들어서던 형이 출입
문 손잡이를 잡고 몸을 가누기 위해 애쓰는 모습을 지켜보았다. 그
렇다고 형 앞으로 다급하게 달려갈 수도 없는 노릇이었다. 화랑 안
에는 갤러리들이 꽤 들어차 있었고, 그중에는 희수의 제자들 10여
명이 여전히 형을 기다리며 사진을 둘러보고 있었다.

「왜 그래. 괜찮아, 형?」

내가 천천히 다가가 부축하려 하자 형은 고개를 끄덕였다.

「피곤해서 그래. 그런데 내 계산이 맞았는지 모르겠다.」

「무슨 계산을 했는데?」

그때까지도 나는 형이 무슨 말을 하는 것인지 모르고 있었는데, 형
은 빙긋 미소까지 지으며 내 어깨를 툭 쳤다.

「사람하고는. 필름 길이 말이야. 내가 덧셈 뺄셈을 제대로 할 수
있는지 시험해 본 거거든.」

그제야 나는 형이 왜 계산기를 갖다 달라고 했는지, 기자가 물은
것은 필름을 몇 롤이나 찍었느냐였는데 형이 왜 필름 길이까지 계산
하고 나섰던 것인지를 알았다. 그것은 형의 안간힘이었고, 스스로의
생명을 확인해 보고 싶은 절박함이었던 것이다.

「그럴 필요까진 없었는데. 나도 형 얘기 듣고 계산해 봤는데 맞는 것 같던데. 난 결혼 얘길 피해 가려고 그러는 줄 알았지. 끝까지 피해 가지 상처 얘긴 뭐 하러 했어. 사진 얘기만 하자고 하면 그걸로 끝났을 텐데.」

「그렇기도 하지만, 뭐 그런다고 달라지는 것도 없으니까. 작가가 뭘 속이고 둘러대고 그럴 게 뭐 있겠어. 요 며칠 사이 그런 생각이 들더라. 속이고 감추고 할 것도 없다, 나는 이렇게 살다 간다는 얘기 정도는 해두자, 이런 생각 말이야.」

형은 그렇게 얘기한 후 내 표정은 살필 생각도 하지 않고 희수의 제자들을 향해 천천히 걸어가며 꽤 걸걸한 목소리로 외쳤다.

「아, 이거 미안합니다. 귀한 손님들이 왔는데 오랫동안 기다리게 해서 말이죠. 그래, 한번씩 둘러들 보니 어떻습니까. 민희수 교수 의 제자들이라고요?」

적당한 예의와 적당한 비아냥이 뒤섞인, 그러면서 적당히 건강한 사람의 목소리처럼 들리도록 하기 위해 애쓰는 억양이었다. 형의 모 습은 위태위태해 보였고, 민희수 교수라는 말을 할 때 형의 얼굴은 좀 일그러져 있었다.

「사진과 그림이 빛을 이용하는 작업이라는 비슷한 점이 있잖습니 까. 그래서 견학 겸 해서 왔거든요. 선생님의 빛에 대한 고견 좀 들려주셨으면 좋겠는데요. 민 교수님께서 좋은 얘기 들려주실 거 라고 하셨어요. 죄송합니다, 선생님. 허락받지 못하고 와서요.」

학생의 대표인 듯한 여학생은 그렇게 운을 뗐다.

「아닙니다. 내가 몸이 좀 안 좋기도 하고, 미대생들에게 특강을 한 다는 것도 썩 어울리는 일은 아니고…… 미대생들에게 사진 얘기 라……. 난 내 사진에 대해 뭐라고 설명해 보지도 않았고, 설명하고 싶지도 않은 사람이에요. 그냥 내보일 뿐이죠. 작품에 설명을 달면 눈을 방해하거든요.」

형은 여전히 내키지 않는 눈치였다.

「선생님, 작품에 대한 직접적인 얘기가 곤란하시면 사진에 관한 일반적인 얘기도 괜찮습니다.」

「그것도 마찬가지예요. 난 이론가도 아니고, 뭐 사진학과를 나온 사람도 아니고. 그저 보고, 셔터 누르고, 인화하고 그러면서 살아온 사람이라서.」

형의 얘기에 틀린 구석은 없었지만, 형과 학생들 사이를 감싸고 있는 분위기는 공허했다. 형의 사진들이 공허함 속에 떠 있는 것 같았다. 유 관장이 불쑥 나선 것은 그때였다.

「최 작가, 그럼 카메라 얘기도 좋고, 인화하는 얘기도 좋겠네. 이 친구들 사진에도 관심 많을 거요. 내가 민 선생 학교에 이따금 강의를 나가거든. 강의 때 최 작가 얘기도 했었고 민희창 얘기도 했었다고. 뭐 특별한 얘기라기보단, 그림과 사진 얘길 하다 보니까 나온 거였지만…….」

「민 선생 제자들에게 제 얘기를 하셨다고요? 그러셨군요.」

형은 좀 뜨악한 표정으로, 이번에는 유 관장과 학생들과 자신의 사진들을 휘 둘러보았다. 아무 감정도 실리지 않은 듯한 목소리였지만 형의 눈길에는 냉소가 담겨 있었다. 냉소 섞인 형의 눈길은 흔히 볼 수 있는 게 아니었지만 그렇다고 전혀 낯설지도 않았다. 분명 낯익은 것이었다. 언제였던가. 그랬다. 냉소와 더불어 증오마저 뒤섞인 형의 그런 눈길을 본 적이 있었다. 그랬다. 희수가 미술 학원을 다닐 때 서울에 갔다 온 형의 눈길이 그랬었다. 그때 형의 눈빛은 한없이 차가워 보였지만 그 차가움 곁에서는 무엇인가가 불타고 있는 듯했었다.

「최 작가, 꼭 최 작가 얘기를 하려 했던 게 아니라 그림에 대해 설명하다 보면 사진을 예로 들어야 할 때도 있고, 조각을 예로 들어야 할 때도 있었던 거요. 이거, 내가 괜한 얘길 한 모양이군.」

유 관장의 얘기에 틀린 구석은 없었지만 형이 터무니없이 냉랭한 분위기를 만들었다고 할 수도 없었다. 학생들은 조금 전과는 달리 형과 유 관장 사이에 감도는 긴장감을 가누느라 힘겨워하는 눈치였다.

「공적인 자리나 다름없는데 이런 말씀드려서 뭣합니다만 저는 희수나 관장님 입에서 제 얘기 나오는 거 좋아하지 않습니다. 저나 관장님, 그리고 희수나 관장님 서로 좋은 관계는 아니잖습니까. 서로 상처를 주었을 뿐이지요. 관장님과 저, 그리고 희수와 저, 그리고 희수 누구 한 사람 사랑을 이룬 것도 아니잖습니까. 서로 상처만 주고받았을 뿐이지요. 결국 서로에 대해 입을 떼면 상처만 떠올리게 될 뿐입니다. 외람된 얘기지만, 앞으로는 다른 사람들 앞에서 제 얘기 안 하셨으면 좋겠습니다.」

형이 유 관장을 향해 싸늘한 눈길을 보내며 단호한 목소리를 건네는 것을 보고서야 나는 희수가 미술 학원을 다닐 때 형을 절망에 빠뜨린 사람이 유 관장이란 것을 떠올렸다. 세 사람은 서로 상처를 준 관계일 뿐이라는 대목이 확실한 단서였다. 그 세 사람은 지금도 이렇게 얽혀 있는가. 그렇게 생각하니 형의 말에는 조금도 틀린 구석이 없었다. 그런데도 지금 세 사람은 아주 가까이에서 서로를 바라보고 있는 셈이었다. 묘한 인연이었다.

「서로 상처를 줄 뿐이라니, 그럼……?」

유 관장 역시 아주 뜨악한 표정이었다. 형이 무슨 얘기를 하고 있는지 뒤늦게 안 것 같았다. 아마도 그는 형이 희수의 고등학교 동창이며, 희수 오빠가 사진을 가르쳐 준 사람인 줄만 알고 있었던 모양이었다.

먼저 정신을 차린 사람은 형이었다. 형은 유 관장에게서 눈길을 돌리더니 학생들을 향해 가볍게 목례를 했고, 그 뒤에 '사사로운 얘기로 분위기를 어색하게 해서 미안하다'고 말했다. 유 관장이 슬그머니 학생들 뒤로 빠져나가는 모습이 보였는데, 그렇게 걸어가는 유 관장의 얼굴은 희고도 검은빛이었다. 형이 찍은 인물 사진 중의 한 사람 같았다.

「웬만하면 여러분 앞에서 사진이나 그림에 대해 얘기하지 않으려고 했는데, 이렇게들 왔으니 관장님 말씀대로 카메라 얘기라도 해야 할 것 같군요. 제가 좀 치졸하게 군 것 같아서 사과하는 의미로 말이죠. 자, 보세요. 여기 카메라가 있고 사진이 걸려 있습니다. 그게 뭐겠습니까. 그건 캔버스와도 같고 그림과도 같은 겁니다. 여러분은 사물이든 인물이든, 하여튼 무엇인가를 보고 붓을 잡을 겁니다. 그렇듯이 사진을 찍는 사람은 파인더를 들여다봅니다. 카메라는 캔버스와 같고, 셔터는 붓과 같은 것이죠. 무슨 말씀인지 아시겠죠?」

형의 목소리는 어눌하게 시작됐지만 점점 리듬을 타기 시작했다. 형이 카메라와 캔버스를 비유한 것은 참신했다. 어떤 피사체를 발견했을 때 형이 카메라를 들어 올리고, 초점을 맞춘 다음 셔터 위에 손을 얹는 모습이 보이는 듯했다.

학생들 몇 사람이 고개를 끄덕이자 형은 진열대 위에 놓인 카메라를 집어 들었다. 엊그제 형 자신이 들어 올려 팽개치기까지 했던 그 카메라를.

「자, 그러면 우리 한번 얘기해 봅시다. 사진은 그림과 어떻게 다를

까요. 저는 그림에 대해 깊이 알지 못하지만 고등학교 시절 그림 공부를 하던 민 선생과 아주 친한 사이였습니다. 그래서 어렴풋이나마 사진과 그림은 어떻게 다르고 어떻게 같을까 생각해 보기도 했었죠. 지금이라고 해서 크게 달라진 것은 없을 것 같은데, 보세요. 이게 카메랍니다. 자, 만져들 보세요. 만져 보니까 어떻습니까? 그래요. 카메라는 물감하고 달라서 차가운 물건이에요. 한여름에도 카메라를 잡으면 차가움이 느껴질 정도죠. 카메라는 금속성이고, 디자인 역시 대부분 검은빛 흰빛으로 처리하죠. 카메라 몸체나 렌즈 색깔이 요란하면 다른 색깔을 받아들이는 데 방해를 받거든요. 사진은 그런 점에서 좀 냉정한 분야죠. 분방한 상상력을 사진 스스로가 원하지 않는다고나 할까. 그렇지만 내가 알기론 그림은 그렇지 않아요. 그림은 기본적으로 따뜻함을 원하죠. 시간의 흐름에도 구속받지 않는다고 봐야 할 거고, 서양화든 동양화든 물감도 붓도 캔버스도 다양하게 선택할 수 있죠. 그런 점에서 그림과 사진은 달라요. 평면적이라는 것만 보고 닮았다고 한다면 천만의 말씀이죠. 사진은 셔터를 누르고 나면 한번 잡은 구도를 수정할 수 없고, 빛을 수정할 수도 없어요. 그림은 사진보다 훨씬 자유로운 셈이죠. 그렇지만 자유롭다는 것이 좋은 건지는 모르겠어요. 나는 좀 불편하기는 하지만 사진이 주는 그런 구속성을 좋아합니다. 다른 길을 찾을 필요가 없으니까요.」

형이 그림과 사진의 차이에 대해 설명해 가는 모습은 차분하면서도 열정적이었다. 하지만 형의 얘기에 귀를 기울이고 있던 학생들에게는 그렇게만 보이지 않은 모양이었다. 학생 중의 한 명이 불쑥 당돌한 질문을 던지고 나섰던 것이다.

「관장님과 얘기하신 거는 선생님 프라이버시겠지만요, 말씀 듣다 보니까 선생님은 그림에 대해 우호적이지 않으신 것 같네요. 다른 점만 강조하시니 말예요.」

「우호적이지 않다? 글쎄요. 솔직히 무조건적인 우호론자는 아닙니다. 정치적으로 얘기하면, 비판적 지지라고나 할까요.」

학생들 사이에 작은 웃음이 터졌고, 형도 빙긋 미소를 지었다. 그나마 다행이었지만 당돌한 질문은 또 기다리고 있었다.

「이건 선생님 작품 세계에 관한 질문인데요. 죄송합니다만, 선생님은 너무 탄광 언저리에서만 맴도는 것 아닌가요. 또 한 가지는, 선생님 스스로 어둠 속의 기억에만 사로잡혀 그쪽 사진만 탐닉하시는 건 아닌가 하는 생각도 들고요. 폭넓은 시야를 선생님 스스로 가로막고 있다는 생각이 들거든요. 민 교수님이 선생님은 사북에서 사셨다던데, 혹시 사북이란 소재에만 매달려 있으신 건 아닌가 싶기도 하고요. 선생님이 찍은 사진에 대해 주관적인 설명을 거부하시는 것은 너무 불친절하다는 생각도 들고요.」

일순 학생들 사이에 수런거림이 일었다. 방금 전까지 빙긋 미소를 지었던 형의 얼굴은 다시 굳어 버렸다.

「요즘 학생들은 참 거리낌이 없어요. 좋은 질문이고, 무슨 얘기인지도 알겠는데 이것 참, 우리 최 선생이 요 며칠 계속 무리해서 몸이 좀 안 좋아요. 너무 무거운 질문은 피하도록 하십시다. 아무래도 이 자리는 최 선생의 첫 사진전 자리고, 민 선생 제자들이고 해서 큰맘 먹고 자리를 함께한 건데……. 이러다간 논쟁 자리가 되겠단 말이에요. 허허…….」

현관 밖으로 나갔던 유 관장이 어느새 돌아와 슬며시 나섰다.

「아닙니다, 관장님. 그런 생각을 품고 돌아가게 하는 것보다는 뭐라고든 답변을 해야죠. 좀 피곤하긴 하지만, 아직은 견딜 만합니다. 민 선생 제자들이라 그런지 뭐랄까요, 소신들이 있네요. 자, 여기 보세요.」

형은 유 관장에게 난 괜찮으니 신경 쓰지 말라는 시늉을 하고는 학생들의 수런거림이 멎기를 기다려 탁자 위에 놓인 봉투에서 사진 한 장을 꺼내 들었다.

「여러분들이 뭐라고 하든 나는 내 사진에 대한 설명은 못할 것 같습니다. 오랫동안 그렇게 살아온 때문이기도 하고, 그런다고 해서 내 사진의 의미가 달라지지 않는다는 걸 알기 때문이기도 하고, 아무튼 그래요. 사람마다 살아가는 방식이 있잖습니까. 하물며, 사진이든 뭐든 예술을 한다는 사람에게 작가로서 살아가는 방식이 없겠습니까? 그렇게 이해해 주시고. 자, 이 사진은 엊그제 전시회에 찾아왔던 코넬 씨가 제게 주고 간 겁니다. 코넬 씨는 사진 평론도 하고 작가 생활도 하는 분인데, 일 년의 절반 정도는 아프리카에서 활동합니다. 내가 공모전에 응모했을 때 심사 위원 가운데한 사람이었죠.」

학생들의 시선은 일제히 형이 들어 올린 사진 앞으로 달려들었다. 형이 펼쳐 든 첫번째 사진에는 코끼리가 찍혀 있었다. 아니, 새가 찍혀 있다고 해야 옳았다. 그러나 내가 처음부터 새가 찍힌 것을 알아본 것은 아니었다. 아마 유 관장이나 학생들도 그랬을 것 같았다.

「여러분 눈에 이 사진은 뭘 찍은 것으로 보입니까? 코끼리를 찍은 것인가요, 새를 찍은 것인가요.」

형의 애기를 듣고서야 나는 얼핏 보고 말았던 사진을 좀 더 자세히 들여다보았다. 형이 들고 있는 사진에는 코끼리의 커다란 몸체가 가득 담겨 있었다. 코끼리의 기다란 코는 물에 담겨 있었는데 코끼리는 검은빛에 가까운 회색이었고, 물은 먹빛이 가득 스며든 황토색이었다. 그러므로 코끼리도 물도 검은빛에 가까웠다. 하지만 그게 다가 아니었다. 코끼리의 등줄기 중간쯤에 새 한 마리가 앉아 있는 게 보였다. 아주 작은 새였다. 코끼리의 몸뚱이와 선명하게 대비되는 흰빛의 새였다. 그래서였는지 모른다. 오랫동안 들여다보니 검은빛의 커다란 코끼리 몸뚱이를 작은 새의 흰빛이 온통 뒤덮고 있는 것처럼 보였다. 처음에는 코끼리 등에 흰 점 하나가 찍혀 있는 것처럼 보였는데 그것이 새라는 설명을 듣고 나니 새의 흰빛이 검은빛과 같은 비중을 차지하고 있는 것처럼 느껴졌고, 나중에는 흰빛이 검은빛을 뒤덮고 있는 것처럼 느껴졌으며, 결국은 흰빛과 검은빛이 완벽하게 조화를 이루고 있다는 생각마저 드는 것이었다. 묘한 느낌이었다. 환상이거나 착시 현상이 아닌데도 그런 느낌이 자꾸만 차 올랐다.

형은 사진을 들고 누군가의 대답을 기다렸지만 학생들 중 누구도 대답하지 않았다. 그러자 형은 코끼리와 새가 찍힌 사진을 내려놓고 또 다른 사진을 들어 올렸다. 그 사진에도 새가 찍혀 있었다. 그것은 코끼리와 함께 찍힌 새들과는 달랐다. 거대한 무리의 새들이었는데, 초점은 물 위를 박차고 오르는 새들에 맞춰져 있었다. 새라고 하기에는 몸체가 커 보이는 새들과 수면이 일직선을 이루어 묘한 생동감을 불러일으키는 사진이었다. 사진의 구도는 수면 때문에 안정돼 보였고, 현란한 자태로 날아오르는 새들의 날갯짓이 들려오는 듯했다. 새들이 세상을 온통 뒤덮고 있는 것처럼 보였다. 물과 하늘은 새들의 날개와 몸뚱이 사이로 드문드문 보일 뿐이었다. 새들은 검은빛과 흰빛으로 얼룩진 모습이었고, 새들의 날개 밑으로 점점이 보이는 수면 역시 검은빛과 흰빛으로 일렁이고 있었다.

「참 의아스럽더군요. 제 사진전을 보기 위해 아프리카에서 여기까지 온 코넬 씨가 왜 이 사진들을 주고 갔을까 이해할 수 없었죠. 그 사람은 아주 겸손하고, 사소한 것에도 아주 진지한 사람입니다. 그러니 자신의 작품을 내놓고 자랑하는 것하고는 거리가 멀죠. 지금도 확신할 수는 없지만, 내가 내린 결론이 뭔지 압니까? 코넬 씨는 내가 아프리카에서 찍은 사진인데 그저 한번 보라고 준 거예요. 더도 덜도 아니죠. 왠 줄 아세요? 사진은 그저 보여지는 것이고, 보는 사람의 느낌에 따라 그 사람의 내부로 들어가는 것이란 얘깁니다. 닮고, 다르고, 사진이 뭘 표현하고, 주장할 수도 있겠죠. 그렇지만 그 반대일 수도 있어요. 사진은 단지 지나기 직전의 시간을 담아내는 것일 뿐 뭘 표현하고 주장하고 그러는 도구가 아니라는 겁니다. 여기에서 난 후자에 속합니다. 나는 사진을 배운 이후 사진이란 시간을 담아내는 그릇이라는 생각을 놓아 본 적이 없어요. 사진을 찍는 동안 많은 일들이 내 인생의 시간 위로 지나갔지만 사진으로 위로받으려거나 사진으로 보상받아야겠다고 생각한 적이 없다는 말입니다. 왠지 아세요? 난 사진에 나타나는 모든 것을 시간의 향기라고 부릅니다. 시간의 향기라고 해서 다 달콤할 수는 없어서 그 속에는 아픔도 있고, 쓰라림도 있고, 비통함도 있고, 분노와 좌절, 희망과 용기 그런 게 다 들어 있습니다. 사랑, 헤어짐, 증오, 기꺼움, 쾌락, 열거하자면 한이 없는데 나는 그 모든 것을 통틀어 사진을 보는 사람들이 감당해야 할, 넓은 의미에서 시간의 향기라고 부릅니다. 왜냐하면, 향기에는 두 종류가 있습니다. 아무리 달콤한 향기도 사람에 따라서 역한 향기로 작용하기도 하니까요. 이를테면 두 사람이 한 방향을 보고 걸어가는 모습은 달콤한 향기라고 할 수 있을 것이고, 함께 걸어가다가 등을 보이며 돌아서 간다면 그건 역한 향기일 수도 있겠죠. 그런데 사진은 그 향기를 담아내지 못하고 피사체라는 이름으로 담아냅니다. 그러니 어두운 사진이 존재하고 밝은 사진이 존재할 수밖에 없는 겁니다.」

여기까지 얘기한 후 형은 사진을 손에 든 채 소파에 앉았다. 앉았다고 했지만 무너져 내렸다고 해야 할 터였다. 형이 소파에 궁둥이를 얹는 순간 커다란 돌덩이가 소파에 던져진 듯한 소리가 났고, 소파 다리가 약간 밀려나기까지 했으니 말이다. 형은 서 있기도 힘든 상태까지 와 있다고 나는 짐작했다. 형은 언제나 그랬다. 쓰러질 지경이 되어서도 쓰러지긴 할망정 하소연은 하지 않는 사람이었다. 그럴 때, 형을 바라보는 느낌은 위험한 강을 건너고 있는 사람을 보는 듯했다. 어떤 준비도 없이, 그러니까 구명조끼조차 입지 않고 천천히 깊은 강물을 향해 들어가는 사람 같았다. 그가 조금 더 깊이 들어가면 소용돌이를 만날 수도 있었다. 그런데도 형은 아랑곳하지 않고 한 걸음 한 걸음 더 깊은 곳을 향해 가곤 했다. 형은 오직 한곳만을 향해 가는 사람이었고, 그 한곳이란 형의 마음이 움직이는 곳이었다. 형이 바라보는 곳이었고, 한순간이나마 편안하게 들숨과 날숨을 쉴 수 있는 곳이라는 것을 나는 알고 있었다. 그렇게 한곳만을 보고 달려온 형이 한순간 소파에 주저앉는 모습을 보아야 하다니. 나는 형을 일으켜 병원으로 달려가야 한다고 생각했지만 형이 그것을 원치 않는다는 것을 알았으므로 움직이지 않았다. 형을 둘러싸고 있는 사람들 모두 그랬다. 그들은 모두 형이 몹시 피곤한 모양이라고 생각하는 듯했고, 소파에 앉아 사진 얘기를 한다고 해서 크게 실례될 것은 없다고 생각하는 눈치였다.

무거운 침묵을 깨고 나선 사람은 역시 형이었다. 형은 잠시 숨을 골랐다는 듯이 학생들을 죽 훑어보더니 하던 얘기 계속하죠 뭐, 하고 말했다.

「나는 코끼리 등 위에 앉은 새를 보면서 동행을 생각했습니다. 사랑하는 사이든, 길동무든 같은 길을 가는 동행 말입니다. 단지 그뿐이에요. 이 사진이 내게 동행이란 느낌을 주었으면 그것으로 다지요. 아주 큰 동물과 아주 작은 동물이 같은 자리에 있는 것, 코끼리가 한 발을 디디면 작은 새도 그만큼 걷게 되는 것, 같은 방향을 보거나 서로 다른 방향을 보더라도 나중에는 그 방향을 공유하는 것, 그것이 동행 아닙니까. 관념적인 설명 같지만 동행이란 그런 거예요. 물론 나는 코넬 씨가 그런 의미를 읽어 주기를 바랐는지 어쨌는지 전혀 모릅니다. 앞으로도 묻지 않을 거고, 코넬 씨 역시 고개를 끄덕이지도 흔들지도 않을 것 같아요. 내가 그렇게 느꼈으면 그게 다라고 대답해 줄지 모르지만요. 그게 바로 사진의 세곕니다. 수면을 박차고 오르는 새들 또한 마찬가지예요. 새들의 비상이야 사진에서는 아주 흔한 소잽니다. 하지만 사람들은 그때마다 다른 느낌을 받아요. 아프리카는 검은 땅, 가도 가도 밀림으로 뒤덮여 있는 곳으로만 알고 있는데 그곳에도 호수가 있다지 뭡니까. 투르카나 호수라고 하더군요. 검은 땅의 호수 위를 수만 수천 마리의 새가 덮고 있어요. 그 검은 땅도 이 많은 새들에게 보금자리 역할을 하고 있는 것이죠. 그럴 때 아프리카는 생명의 땅일 겁니다. 모르겠어요. 코넬 씨가 왜 이 사진들을 내게 주고 갔는지 모른다? 아닙니다. 그저 내가 보고 느끼는 대로 받아들이면 된다는 의미를 주고 간 거예요. 그런데, 이 사진들을 보면서 여러분들에게 사진 얘기를 하게 될 줄은 정말 몰랐습니다. 그것도 민 선생 제자들 앞에서 말이죠. 뭐, 이것도 인연이라면 인연입니다. 자, 다시 한번 봅시다. 여러분 눈에는 이 사진들이 어떻게 보입니까? 아니, 대답할 필요 없어요. 내 얘기는, 내 느낌이 그렇다는 것이니까 여러분들은 여러분의 느낌을 받아들여야 할 겁니다. 내가 내 사진에 대해 말하길 힘들어하고, 다른 장르와 비교하길 주저하는 건 바로 이런 겁니다. 사진이든 그림이든 소설이든, 그 무엇이든 비교되기 위해 존재하는 게 아니라 그 자체로서 누군가의 눈길을 받기 위해 존재한다는 것이죠. 사북을 찍거나 사북과 비슷한 피사체만 담으니까 소재주의 아니냐, 왜 자신의 사진에 대해 설명하길 주저하느냐. 그 질문을 코넬 씨에게 보내 볼까요? 코넬 씨는 아프리카 사진만 찍는 것을 두고 소재주의에 빠졌다고 고백할까요? 아니면 자신의 사진에 대해 일일이 설명하며 뭘 느끼라고 찍었노라고 얘기할까요? 사진이 다 말해 주는데 사진을 찍은 사람이 왜 말을 해야 하는지 난 모르겠습니다. 여러분은 여러분 그림에 대해 일일이 설명합니까? 엉뚱한 얘기지만 여러분은 헤어지는 애인에게 헤어져야 하는 이유를 다 말합니까? 우리 그만 만나, 이러면 다들 이해한다고 들었는데, 그런 거 아닙니까? 사진도 그래요. 그 사람이 느끼는 만큼 그 사람의 가슴에 담기는 것, 그게 다예요. 그 외에 중언부언 의미를 부여하고 거기에 색을 입히고 그러는 건 저널리스트들의 포장술과 다를 게 없지요.」

형에게 이렇듯 열정적인 웅변가 같은 모습이 잠재해 있었던가. 사실, 가장 놀란 것은 나였다. 나는 형이 자신의 사진에 대해서는 단 한마디도 하지 않은 채, 결과적으로는 자신의 사진에 대해 가장 분명하게 얘기하는 것을 본 적이 없었다. 입술을 굳게 다물고 형 앞에 서 있는 학생들 역시 그런 생각에 골똘해 있는 것 같았다. 형은 결국 자신이 하고 싶은 얘기를 다 해버린 것이었고, 학생들 역시 형의 진면목이 어떤 것인지를 안 셈이었다. 그때, 문득 이런 생각이 들었다. 형은 갤러리들을 향해 자신의 사진 앞에 서서 사진 밖의 의미에 대해서는 궁금해하지 말라고 경고하는 것은 아닐까. 형은, 내게 사진작가의 삶이 어떤 것인지 따위의 사생활에 대해서는 묻지 말아라 하고 경고하는 것은 아닐까. 더불어 이게 당신 사진 맞냐는 질문은 할 수 있어도 왜 이런 사진을 찍었느냐고 질문하지 말라고 경고하는 것은 아닐까. 형이라면 충분히 그럴 수 있었다.

「이런 사진도 있습니다.」

형은 또 사진 한 장을 집어 들었다. 형이 내보인 사진에는 역광으로 찍힌 사자가 담겨 있었다. 그러나 윤곽만이 분명할 뿐이었다. 사자는 온통 검은빛이었다. 사자는 언덕처럼 높다란 곳에 있었다. 사자의 등줄기를 따라, 하나의 선처럼 뿌연 빛이 흐르고 있었다. 코넬 씨는 석양을 바라보며 사자를 찍었고, 사자의 얼굴은 오른쪽을 향해 있으므로 북쪽을 보고 있는 셈이었는데 그런 모습의 사자에서는 연민이 묻어나는 듯했다. 석양과 몸을 나란히 한 채 어딘가를 응시하는 듯한 사자의 모습이었지만 사자의 눈은 확인되지 않는 사진, 등줄기의 털만 자세히 보일 뿐인 사자 사진이었다.

「우린 아프리카의 사자를 맹수로만 기억합니다. 그런데 밀림의 제왕이 석양 속의 언덕에 나타나 어딘가를 응시하며 뚜벅뚜벅 걸어갑니다. 등줄기를 따라 곤두선 털만 빛날 뿐 몸 전체는 어둡기 그지없습니다. 눈동자가 하나는 밝게 빛나고, 또 하나는 잿빛 음영에 가려져 있고 말이죠. 여러분은 이 사진에서 사자의 용맹스러움을 발견할 수 있습니까. 먹잇감을 노려보는 느낌이 듭니까. 나는 이 사진을 보는 순간 외로움을 견디고 있는 사자의 운명 같은 게 느껴지더군요. 그래요. 이 사진은 사자에 대해 품고 있는 고정관념을 버리라고 얘기하는 거예요. 사자는 주로 밤에만 활동합니다.

모든 동물이 밤의 사자를 가장 무서워합니다. 그러니 사자는 밤이 돌아오는 것이 즐거울까요. 그렇지 않을 수도 있는 거예요. 모든 사냥은 목숨을 내놓고 하는 것이라고 알고 있는데, 어쩌면 사자는 날마다 두려운 밤을 맞을지도 모른다, 이 사진을 보면서 느낀 거예요. 자신보다 강한 동물이 있을 수 있다는 것, 자신도 사냥에 실패할 수 있다는 것, 그런 위험을 무릅쓰고 사자는 밤을 맞는다, 이 사진을 볼 때마다 이런 느낌이 들었죠. 하지만 우린 사자의 그런 외로움이나 절박함을 모르죠. 지나친 상상일 수 있겠지만 이 사진 속의 사자는 내게 그런 느낌을 줘요. 이런 느낌을 코넬 씨에게 확인한다고 해서 코넬 씨가 사자의 심사를 정확하게 전달할 수는 없을 겁니다. 코넬 씨는 코넬 씨대로, 나는 나대로 느낄 뿐이지요. 그런데도 이 사진을 들고 가 아프리카 동물들만 찍는 것은 소재주의 아니냐고 물을 수 있는 건지 모르겠어요. 그래요. 단 한마디만 하지요. 나는 이제까지 사북 이상으로 나를 잡아당기는 소재를 만나지 못했습니다. 그게 내가 사북을 주된 피사체로 담은 이유이고, 사북을 닮은 피사체를 만나면 셔터를 눌렀던 이유예요. 그리고, 나는 내 사진들을 이 화랑 벽에 걸었죠. 이게 내 사진에 대한 설명의 전붑니다. 내 사진이지만 이제 내 사진은 내 곁을 떠난 거죠. 내가 내 사진에 대해 설명한다면 사진 앞에 선 사람들의 느낌을 방해하는 것밖에 안 될 거예요.」

형의 목소리는 여전히 열정적이었다. 나는 숨을 죽였다. 이제 사진작가 최병후로서 사진에 대해 할 얘기는 다 한 것 아닌가. 그러니 학생들과의 얘기를 정리하는 것이 좋겠다는 생각이었다.

「선생님, 바쁘실 텐데 이렇게 귀한 말씀 해주셔서 많은 보탬이 되었는데요, 한 가지 더 여쭙고 싶은 게 있어서요. 흑백 사진만 찍으시는 걸로 알고 있는데, 인터뷰 기사에서도 봤지만 그 부분에 대한 애길 좀 더 들려주시면 안 될까요. 흑백 사진의 매력 때문에 그러시는 건지…… 선생님이 의미 깊게 생각하는 흑백 사진의 본질 그런 걸 알고 싶거든요. 신문 기사에 나온 건 선생님 말씀의 극히 일부만 소개한 거니까요.」

형이 계속 얘기를 이어 갈 수 있을까. 형은 계속 본질적인 질문을 받고 있었고, 형은 그 질문들에 대해 아주 격정적인 목소리로 대답해 온 터였다. 누구에게도 보이지 않았던 그 격정이 어느 순간 형을 쓰러뜨릴지도 모른다는 느낌이 자꾸만 몰려들었다. 형에겐 이제 쉬는 일밖에 없다는 것은 너무나 분명한 사실 아닌가.

「흑백 사신반의 본실이라…… 글쎄요. 이런 질문 많이 받는데, 이런 질문이 나오는 배경은 참 간단해요. 흑백은 이제 남루한 세계 아니냐, 또는 아직도 흘러간 유행가를 부르는 이유가 뭐냐. 그렇지 않은가요. 그 말에 아주 중요한 단서가 있다는 거 압니다. 시대 조류를 무시하고 살아가기 힘들다는 것 말예요. 그런데 그게 다가 아녜요. 흑백 사진은 얼핏 남루한 세계로 보이죠. 흘러간 유행가 가락처럼 보이기도 해요. 그런데도 그게 다가 아닌 것은 뭐냐면 그리움을 담을 수 있는 그릇, 상처를 담을 수 있는 그릇으로 흑백보다 더 좋은 색감이 있느냐 이거예요. 난 컬러 작업을 해보지 않았지만 감히 얘기할 수 있습니다. 아까 얘기한 시간의 향기 말예요, 그걸 흑백 외의 색깔에 담아낼 수 있을 거라는 생각이 안 든다 이겁니다. 남루하다는 건 사실 궁핍한 것과는 좀 달라요. 남루했던 시절이 꼭 불행한 시절이었다고 할 수는 없잖아요. 꾀죄죄한 삶과는 다르다는 얘긴데, 그 남루함의 실체 너머에 있는 그리움, 상처를 담을 수 있는 그릇은 흑백 외에 없다 이렇게 생각돼요. 그래서 컬러 필름을 한 번도 쓰지 않았죠. 그게 답니다. 이렇게 얘기하면 컬러 작업을 하는 작가들에게 실례인지 모르지만 사진이란 게 반드시 눈부신 세계를 담는 것만은 아니다, 이렇게 얘기하고 싶어요. 어떤 예술이든 보는 사람에게 사색할 수 있는 시간을 주면 되는 겁니다. 그 이상 작가에게 뭘 바랍니까. 그런 거예요. 작가 최병후는 흑백 사진으로 사람들에게 사색할 수 있는 시간을 만들어주고 싶어한다는 거죠. 쉽게 얘기하면, 자신의 그리움과 상처를 토해 냄으로써 보는 사람에게 지그시 눈을 감도록 한단 말예요. 정적이든 동적이든, 모든 피사체는 셔터를 누르는 순간 하나의 영상으로 고정되거든요. 모든 대상이 사진기 속에 들어오는 순간 하나의 화면으로 정지됩니다. 하지만 그 피사체는 인화되는 순간 새로운 생명을 얻어 꿈틀거리게 돼 있어요. 필름 속에 정지됐던 피사체가 인화되면서 다시 생명을 얻고, 갤러리의 눈에 닿는 순간 거듭 태어나 피사체의 말을 들려주는 것, 그럴 때 사진의 역할이 끝나는 거예요. 그 속에 작가의 그리움, 상처, 그런 게 다 들어 있는 거고요. 더 이상 뭘 바랍니까. 다른 예술도 그런지는 모르겠어요. 하지만 사진은 그렇고, 나는 사진을 찍는 사람이에요. 그래서 필름을 들고 암실로 들어갈 땐 뭐라고 표현할 수 없는 느낌일 경우가 많죠. 시간의 문턱을 넘는 느낌, 그런 게 어떤 건지 여러분은 상상도 할 수 없을 겁니다.」

형이 그리움과 상처를 담아내는 그릇, 흑백에 대해 얘기할 때 나는 가슴이 저렸다. 저릴 뿐만 아니라 서글펐으며, 더러운 기분이었다. 그 말을 한 사람이 형이 아니라 나와는 아무 인연이 없는 사람이었으면 몇 대목을 훔쳐 내 글에 써먹어도 좋으련만, 더럽게도 그 말들은 다 형의 입에서 나온 것이었고, 그 말들은 형의 상상이나 사유에서 나온 것이 아니라 형의 삶에서 나온 것이었다. 형이 아직도 희창 형과 아버지의 죽음, 그 죽음을 낳은 사북, 그리고 자신 곁을 떠난 희수를 그리워하고, 그 상처를 붙안고 살아가고 있으며, 셔터를 누를 때마다 그 시간들을 떠올린다는 것이 믿어지지 않았다. 형은 그만큼 지독한 사람이고, 그래서 더욱 인간적인 사람이었지만 나는 형과 나의 위치가 바뀌었으면 좋았을 거라고 단정했다. 내가 형이라면, 형이 내 동생이라면 이런 순간 팔을 낚아채고 나가 취하도록 술을 마시게 하든가, 병원 응급실에 눕히고 링거 주사를 맞게 할 수 있을 것 같았다. 그런데 나는 속수무책이었다. 나는 이제껏 형이 원하지 않는 말이나 행동을 해서는 안 된다고 여기고 있었고, 늘 그래 왔었다. 내게 있어 가장 나다운 것은 오직 형을 지켜보는 일이었다. 내가 원해서가 아니라 형이 그걸 원한다는 것을 나는 알고 있었다.

「선생님 말씀 듣다 보니 좀 멍한데요. 교과서에 없는 사진학 강의를 듣는 기분이기도 하고요. 그런데 저희들은 그림을 공부하는 처지라서 그런지 그 순간을 어떻게 포착할 수 있는지 도무지 이해가 안 돼요. 마음속으로는 그리움과 상처를 생각하면서 몸으로는 피사체를 찾고, 셔터를 누르고…… 일인이역을 해야 하는 거잖아요. 배우라면 몰라도, 어떻게 그런 작업이 가능할까요?」

「그게 어떻게 가능한지는 나도 모르는 일이죠. 몸과 마음이 함께 움직이는 순간이 있을 뿐이고, 내 몸뚱이가 거기에 순응하도록 길들여진 거겠죠. 기계적으로 설명할 수 있는 거라면 사진이나 그림, 문학, 음악 이런 것들은 진작에 똥통에 빠져 있을 겁니다. 예술이란 게 존재하지 않았을 거라는 얘깁니다.」

이것이 형의 마지막 대답이다. 이건 내가 가슴을 쥐어뜯는 심정으로, 그것도 속으로 외친 말이었다. 무엇보다 그것으로 충분하다는 생각이었다. 형이 사진이며 그림이며 문학, 음악, 이런 것들이 똥통에 빠졌을 거라는 표현을 했다는 것은 더 이상 할 말이 없다는 것과 같았다. 형은 좀체로 거친 표현을 안 하는 사람 아닌가.

이것이 형의 마지막 말이다. 나는 또 결연히 다짐했다. 또 다른 질문이 나온다면 나는 형을 둘러싼 학생들에게 형은 병원 예약 시간 때문에 가봐야 한다고 말할 작정이었다. 그렇게라도 하지 않으면 끝도 없이 질문이 이어지고, 형은 질문의 몇십 배나 되는 시간 동안 사진에 대해 얘기하다가 결국 쓰러질 것 같았다. 그건 형의 의지가 아닐 수도 있었다. 형의 내부 어느 구석에서 형이 사진에 대해 다 쏟아 내도록 강요하는 것일 터였다. 형이 생각할 때 형에게 무슨 희망이 있는가. 형은 어젯밤 다시 검사를 받아 봐야겠다고 말했었고, 앉은뱅이책상에 등을 기대고 있다가 자신도 모르게 스르르 미끄러져 눈을 감았었다. 그런 형에게 무슨 희망이 있단 말인가. 하지만 형은 한 시간 넘게 열정과 격정의 목소리를 토해 내고 있는 것이다. 그건 형 스스로 내게 무슨 희망이 있어 말을 아낄 것이냐고 부르짖는 함성과 같았다. 형은 자신을 소진시키려고 작정한 게 분명했다. 다 쏟아 내어 몸과 마음을 가볍게 하려고 하는 것으로 보였다. 그게 아니라면, 눈을 반쯤 감은 채 형 스스로 또 입을 뗄 리가 없는 노릇이었다.

「구체적으로 얘기하면 나도 모르는 사이에 셔터가 눌러지죠. 사진을 오래 하다 보면 그렇게 돼요. 사진을 찍다 보면 셔터막이 닫히는 소리도 사랑하게 되거든요. 셔터가 언제 내 손길을 원하는지 알게 된다는 뜻이에요. 어떻게 그럴 수 있냐, 셔터에 손을 얹고 있다 보면 바로 이거다 하는 느낌이 들 때가 있어요. 그때 나도 모르게 검지가 움직이게 됩니다. 그럴 때는 머릿속에서 일사불란하게 명령이 오죠. 셔터 속도는 얼마로 해라, 칠십오 밀리 망원 렌즈를 끼워라, 삼각대를 받치고 오백 밀리 망원 렌즈를 끼워라, 아니면 표준 렌즈로 들여다봐라, 이런 식으로 말이에요. 그러면 렌즈를 끼우고, 노출을 잡고, 파인더로 피사체를 바라보다가 자세를 바로잡죠. 서거나 무릎을 꿇거나 아예 배를 깔고 엎드리거나. 그리고 마침내 검지에 힘을 주면 그때 셔터가 몇 분의 일 초로 눌리는지 느낌이 와요. 오백 분의 일 초로 움직일 때, 혹은 육십 분의 일 초로 움직일 때, 그 나름의 소리가 있거든요. 셔터 소리를 들으면 아, 그림이 돼서 나오겠다 안 나오겠다 그런 확신이 서지요. 카메라와 내가 함께 숨을 쉬는 듯한 느낌, 그 느낌이 얼마나 정확한지 암실 작업을 해보면 금방 압니다. 여러분은 학생이라서 아직 모를 수도 있겠지만, 기성세대들이 쓰는 말로 교합이란 게 있거든요. 남녀간의 섹스를 가리키는 말이잖아요. 성 전문가들 얘길 들으면 남녀가 교합을 할 때 동시에 정점을 맞는 일이 참 드물다고 하는데, 사진을 하다 보면 나도 모르게 셔터를 누르는 순간이 바로 그 정점이란 걸 알게 된다 이 말입니다. 학생들에게 이런 얘길 해서 좀 그렇지만, 사실이에요. 그 순간 황홀경이 어떤 건지 알게 됩니다. 그게 어떻게 가능할까 의심하지 마세요. 어느 자리에 서든 바로 그 시간, 그 자리가 아니면 어떤 피사체도 조금 전 모습으로 존재하지 않거든요. 사람 눈이란 간사해서 이것도 찍고 싶고, 저것도 찍고 싶고 그렇지요. 인생처럼 늘 선택을 강요합니다. 그중에서 하나를 먼저 선택하고 나면 조금 전 피사체는 조금 다른 모습으로 다가오게 되죠. 그게 사진입니다. 빛이 달라져 있고, 바람이 달라져 있으니 그럴 수밖에 없어요. 사진 한 장이 세상에 나오기까지 이런 과정을 거치게 됩니다. 그러니까 피사체가 원하는 시간, 내가 느끼고 카메라가 내 느낌을 담을 수 있는 조건을 갖춘 순간 셔터를 누르지 않으면 안 되는 겁니다. 이게 답니다. 볼품없는 사진 몇 점 걸어 놓고 너무 거창하게 얘기한 것 같지만 이 사진들이 볼품없는 것은 모두 내 책임입니다. 내 눈의 감각이 둔탁한 때문이고, 내가 피사체의 본질에 다가가지 못했기 때문이고, 피사체가 원하는 순간에 셔터를 못 눌렀기 때문예요. 그게 바로 내 사진인데, 분명한 것은 누구 앞에서든 내가 내 사진에 대해 설명하고 왜 이렇게 찍었을까 하는 것에 대해서는 설명하지 않겠다는 것입니다. 이게 다니까요. 이게 다이므로 어떤 플러스 알파도, 마이너스도 사양하겠다 이겹니다.」

형의 얘기가 끝나자 비로소 박수 소리가 터져 나왔다. 학생들뿐만 아니라 갤러리들도 일제히 박수를 쳤고, 유 관장과 큐레이터도 박수를 쳤다. 박수는 오래 계속됐다. 형이 쓰러진 것은 그때였다. 형이 목례를 하는가 싶었는데 고개를 숙이는 순간 형의 허리가 툭 꺾여 버렸다. 허리가 꺾인 다음, 형은 내가 황급히 다가가 부축할 사이도 없이 화랑 바닥으로 구르고 말았다.

형의 몸뚱이가 실린 침대가 엘리베이터에서 빠져나와 병실로 들어서는 것을 보고 나서야 나는 조 박사와 별다른 얘기를 나누지 못했다는 것을 알았다. 나는 수술실 문을 열고 나와 아주 천천히 마스크를 벗던 조 박사의 모습을 떠올렸고, 내 앞을 총총걸음으로 지나가던 모습을 떠올렸다.

마스크를 벗은 조 박사의 입술은 바짝 말라 있었고 눈에는 힘이 전혀 없어 보였다. 형의 수술이 얼마나 위험한 것이었던가를 알게 해주는 것이었다. 내가 상정해 놓고 있는 위험의 의미는 여러 가지였다. 가장 앞머리에 오는 것은 형의 목숨이었고, 다음에 오는 것은 형의 시력이었다. 형은 그 둘을 똑같은 무게로 받아들이고 있었지만 나는 달랐다. 목숨과 시력은 달랐다. 시력을 목숨과 맞바꿀 수는 없는 일이었다. 어쩌면, 시력을 잃고도 형이 사진을 찍을 수 있는 기상천외한 카메라가 나오거나 기상천외한 의술이 나오지 말란 법이 있는가.

나는 형을 병실에 남겨 둔 채 조 박사의 방을 향해 걸음을 옮기면서 우선은 형의 생명에 지장이 없었으면 좋겠다는 희망을 품었고, 욕심 같지만 형의 시력도 온전하게 남아 있었으면 좋겠다는 희망을 품었다. 두 가지 소망 모두 간절했다. 그러면서 나는, 이 희망은 나를 위한 것이 아니라고, 그러므로 욕심으로 받아들이지 말아 달라고 빌었다.

「최선을 다했지만…….」

내가 문을 열고 들어서자 조 박사는 차트를 뒤적이던 손길을 거두고 말했다. 내가 무슨 얘기를 듣길 원하는지 알고 있는 것 같았고, 내가 찾아오기를 기다리기라도 한 것 같았다.

「말씀하시죠, 선생님.」

「최선을 다했지만, 이런 수술에는 한계가 있어요.」

「한계라뇨? 그럼?」

「반맹은 어쩔 수 없을 것 같습니다. 오른쪽 두정엽 쪽으로 종양이 번져 있었어요. 먼젓번 수술했던 자리 밑에 종양이 또 생겼는데, 거둬 내긴 했지만 심하면 사람의 얼굴을 알아보지 못할 수도 있다는 얘깁니다. 워낙 시신경과 가까이 있어서. 거기까지 가지 않기를 바라지만 미각을 잃을 수도 있고, 입체감을 잃을 수도 있어요. 시력을 잃는다는 건 누구에게나 엄청난 고통이지만 최 작가는 사진작가 아닙니까. 그래서 나 역시 시력만은 잃게 하고 싶지 않았

어요. 그래서 애를 많이 썼는데…… 의술이란 게 애써서 되는 일
이 있고 안 되는 일이 있고 그래요. 어느 한 부분이라도 기능을 잃
지 않게 할 수 있는 능력이 있다면 얼마나 좋을까, 수술하는 동안
에도 그런 생각이 듭디다. 시력 대신 다리를 잃게 하거나 사시사
철 배가 아프게 하거나 할 수 있다면 최 작가에게 기꺼이 그쪽 고
통을 택하라고 하고 싶어서 말예요. 아무튼, 기다려 봅시다. 희망
적인 얘길 못해서 미안합니다.」

조 박사는 내 어깨를 툭 건드리더니 목에 걸었던 청진기를 벗어
책상 위에 올려놓았다.

「이게 아주 무거워서 견딜 수 없을 때가 있어요. 이걸로 환자들의
목숨을 구할 때도 있지만, 어떤 의료 기기도 도움이 안 되는 환자
를 만나면 무력감에 빠져 어디로든 숨고 싶어진단 말예요. 하지만
어디로 도망갈 수도 없고. 오늘이 바로 그런 날이죠.」

조 박사는 손등으로 눈가를 비비더니 아주 나직한 소리로 오늘이
바로 그런 날이라고 말했다. 그 말에는 많은 의미가 축약돼 있었다.
그것은 불가항력일 수도 있었고, 역부족일 수도 있었고, 운명을 받
아들여야 한다는 것일 수도 있었다. 나는 조 박사의 방에서 돌아서
야 한다고 생각했다. 수술은 끝났고, 형은 병실에 누워 있었다. 형
자신도, 나도, 조 박사도 형의 시력을 잃게 하고 싶지 않아 모든 노
력을 다했지만 노력한다고 다 이루어지는 것은 아니라는 현실만이
다가와 있었다.

「애써 주셔서 감사합니다. 그렇게 애써 주셨으니, 별일 없이 훌훌
털고 일어날 겁니다. 형은 정말 의지력이 강한 사람이거든요. 걱
정 마시고 선생님도 좀 쉬세요.」

조 박사에게 목례를 건넨 후 걸음을 돌려 나오면서 나는 형, 하고

불러 보았다. 하지만 형은 대답하지 않았다. 환영을 보았던 것인가. 분명 조 박사의 방문을 여는 순간 나는 형의 얼굴을 보았는데 형의 모습은 사라지고 없으니 말이다.

형, 나는 형이 시력을 잃어버린 탓에 내가 누구인지 알아보지 못하고 휙 돌아서서 엉뚱한 곳으로 간 것인지도 모른다고 생각했다. 그런 형의 뒷모습이 보이는 듯해서 나는 자꾸만 형의 이름을 불러 보았지만 형은 끝내 대답하지 않았다.

13

형은 언제나 자신의 뜻에 따라 결정해 왔다. 어떤 결정을 하든 주저한 적이 없었다. 그러므로 형은 행복했는지도 모른다. 그 행복을 가누느라 정신이 피곤했는지 모르지만, 그것 역시 자신의 결정에 따르는 곤고함이므로 형이 감당하기에 벅차지 않았을 것이었다. 하지만 형은 마침내 자의적으로 어떤 결정을 내리지 못할 지경에 다다랐다. 슬픈 일이다.

슬픈 일 중의 하나는 형에게 12회의 방사선 치료를 받으라는 조 박사의 진단이었다. 형은 그것을 따라야 했다. 물론 따르지 않을 수도 있었다. 하지만 형이 그 진단을 따르지 않는다면 형은 형이 각오하고 있는 것보다 훨씬 심각한 고통을 감수해야 할 터였다.

슬픈 일 중의 또 다른 하나는 형의 사진전이 이미 끝나 버렸고, 형은 사진전이 끝나는 자리에 얼굴조차 내밀 수 없었다는 점이었다. 여전히 많은 갤러리들이 사진전의 마지막 날 형의 사진들 앞에 물끄러미 서 있다가 돌아갔을 뿐이었다. 형이 화랑에 나타날 수 없었으므로 화랑 문이 닫히고 나서도 뒤풀이는 마련되지 않았다. 오직 사진만 찍어 온 형, 형의 사진전이 끝났다는 얘기를 나는 강 큐로부터 전해 들었고 그녀의 한숨 소리와 함께 '사진전은 잘 끝났지만 마음은 너무 무겁네요. 이런 전시회는 처음이에요'라는 소리를 들었다.

나는 또, 이제 형이 결정할 수 있는 일은 아무것도 없다라는 사실에 절망했다. 형은 불쌍한 운명의 복판에 있었다. 운명의 복판, 그곳은 바로 병실이었고 형의 운명을 지배하는 것은 형의 머릿속에서 자라고 있던 종양이었다. 하지만 형이 마취에서 깨어나 당장은 큰 후유증을 보이지 않은 채 병실을 물려주고 거리로 나설 수 있게 됐다는 것은 다행스러운 일이었다. 병실의 블라인드 사이로 스며드는 햇빛을 보는 것과 거리에서 온전한 햇살을 보는 것은 분명 다른 것 아닌가. 그 빛의 차이를 누구보다 잘 아는 사람이 형이므로 나는 서둘러 퇴원 절차를 밟게 해준 조 박사에게 감사했다.

병실을 비워 주고 나왔을 뿐 형은 온전한 형이 아니었다.

형은 카메라를 손에 잡지 않았다. 형은 오피스텔의 한쪽을 막아 암실로 만든 방에도 들어가지 않았다. 형은 내게 몇 가지를 부탁해 왔다.

「방을 좀 정리해야겠어. 바둑판을 좀 치워 줘.」

나는 바둑판을 치웠다. 그래 봐야 형의 방에서 내 방으로 옮기는 게 다였다.

「액자도 치워 버리자. 항상 보던 거라서 그런지 좀 지겹다.」

나는 형의 사진 액자들을 벽에서 끌어 내렸다. 형의 말에는 모순이 있었다. 형이 자신의 사진을 보는 것은 자존의 의미를 되새기는 것이었다. 그 역시 형이 원해서였고, 그래야 하룻밤 잠을 편하게 이룰 수 있다고 형 자신이 말했었다.

「저거, 스크랩북도 어디 안 보이는 데다 넣어 버려. 신문 기사가 내 사진의 가치를 변화시키는 것도 아니고. 저거 보고 있으면 내가 말의 노예가 됐던 것 같은 느낌이 들어. 구역질 난다고.」

나는 형의 사진전에 관한 신문 기사를 모은 스크랩북을 치웠다. 내가 할 수 있는 일이면 형이 원하는 대로 해줄 작정이었다. 형에겐 그럴 권리가 있었고, 나는 형의 얘기를 받아 줄 만한 위치에 있었던 것이다. 형은 환자이고, 나는 보호자나 다름없는 것 아닌가. 그러면서도 나는 생각했다. 자신의 눈에 무엇인가가 어렴풋이나마 보일 때 그것들을 좀 더 지켜볼 수는 없는 것인가. 형의 눈에 또렷이 보이지 않음으로써 이제 더 이상 형에게 필요치 않을 수도 있지만 어렴풋이나마 볼 수 있다는 것은 전혀 볼 수 없는 상태가 됐을 때보다는 나은 형편이라는 것을 간과하지 말았으면 하는 바람이었다. 하지만 그것은 모든 것을 멀쩡한 눈으로 볼 수 있는 내 입장에 불과했다. 형의 입장은 달랐다. 형은 시간이 지나면 어차피 보지 못할 대상들이라고 생각했을 터였다.

나는 도리없이 형이 마취에서 깨어나던 때를 떠올렸다.

형은 아주 천천히 마취에서 깨어났다. 형이 깨어나는 모습은 껍질을 깨고 나오는 애벌레의 몸짓 같았다. 형의 몸짓은 아주 느렸다. 느린 동시에 아주 처절해 보였다. 느리고 처절함. 단 두 가지 단어가 형의 모든 움직임을 표현할 수 있는 수단이었다. 그렇듯 맹렬하게 살아온 형의 모습을 단 두 단어로 담아낼 수 있다니.

느리고 처절한 형의 모습이 내게는 세상 밖으로 나오기 위해 모든 안간힘을 동원하는 것으로 보였다. 세상 밖으로 나온 후 곧장 숨을 거둘지언정 세상 밖에 무엇이 있는지, 세상 밖에 누가 기다리고 있는지 확인하고 가야겠다는 의지 같은 게 형의 몸뚱이 전체에 묻어 있는 것처럼 보였다. 그러므로 형이 눈꺼풀을 밀어 올리기까지는 아주 많은 시간이 흘렀다. 수술실 밖에서 형의 수술이 끝나기를 기다리며 서성인 시간보다 더 긴 시간이 병실을 에워싸고 있는 것 같았다. 그 길고 긴 시간, 형이 마취에서 깨어나 눈꺼풀을 밀어 올릴 때까지 병실을 무겁게 짓누른 시간은 불과 1,2분이었다.

「형, 나 누군지 알겠어?」

형의 동공이 다 열렸을 때 나는 형의 손을 불쑥 잡으며 외치듯이 말했다. 형은 나를 알아보았다.

「그래, 병주구나.」

눈을 뜨기는 했지만 형이 내 이름을 부르기까지 역시 1,2분이 흘렀다. 순간 나는 안도했다. 내 이름을 부르기까지 10분이 흘렀다고 해도 나는 안도했을 터였다. 시간이 중요한 게 아니었다. 형이 나를 알아보았다는 사실이 중요했다.

「병주 맞지?」

형이 또 입을 열기까지는 1,2분도 필요하지 않았다. 불과 4,5초밖에 되지 않았을 것이다. 순간 나는 절망했다. 병주 맞지? 형은 내 얼굴을 알아본 것이 아니라 목소리로써 나를 알아보았던 것이다. 병주 맞지? 형이 내 얼굴을 알아보았다면 병주 맞냐고 묻지 않았을 것 아닌가. 목소리로써 동생이라는 것을 알았지만 얼굴을 확인할 수 없으니 그렇게 물었을 게 분명했다. 조 박사의 얘기대로 형은 반맹이 돼버린 것인가.

「그럼, 내가 병주지 누구겠어.」

「그래, 알아.」

형은 아주 느리게, 아주 처절하게 눈꺼풀을 밀어 올렸지만 언제 그랬냐는 듯이 스르르 눈꺼풀을 닫아 버렸다. 순식간에 가까웠다. 어느 순간 형의 눈동자가 사라져 버리자 살집이라곤 거의 없는, 검푸른 눈꺼풀이 내 눈앞에 놓여 있었다. 그 눈꺼풀 바로 아래에 형의 눈동자가 있다는 느낌도 들지 않았다. 형의 눈동자는 눈꺼풀 저 까마득한 아래, 내 손도 마음도 닿을 수 없을 만큼 깊은 우물 속으로 가라앉은 느낌이었다. 형은 이제 눈꺼풀을 밀어 올려 무엇인가를 보려 하지 않을 것 같았고, 형의 눈꺼풀은 어떤 힘으로도 열리지 않을 것 같았다. 형은 죽음 속으로 천천히 걸어 들어가는 것 같았고, 마침내 형은 죽은 듯했다.

형은 카메라 장비를 눈앞에서 치워 달라고 하지는 않았다. 그나마 다행이라고 여겨야 하는가. 그렇지 않을 수도 있었다. 언젠가는 그 얘기까지 할지 모른다고, 그것은 형이 마지막으로 치우기 위해 남겨 놓은 것인지 모른다고 나는 상상했다. 끔찍했다.
「오늘이 두 번째였어.」
「맞아, 두 번째.」
형은 퇴원하기 전 첫번째 방사선 치료를 받았다고 말했었다. 형이 숫자를 세기 시작했다는 것은 긍정적일 수도 있었고, 부정적일 수도 있는 일이었지만 아예 숫자를 헤아리지 않는 것보다는 나을 터였다. 아무것도 하지 않는 것은 모든 걸 체념했다는 뜻일 터이므로.
「사릉에 갔다 오는 것은 무리겠지.」
형은 앉아 있기 힘든지 벽에 등을 기대더니 스르르 미끄러져 내리듯 했다. 앉은 것도 아니고 누운 것도 아닌 자세였다.
「그걸 말이라고 해? 아직은 무리고말고. 시력이 좀 회복되고, 기운도 좀 더 차려야지. 사릉이 어느 날 갑자기 사라지는 건 아니니까 가더라도 한참 있다 가야 해.」

「그래야 하나? 이젠 뭘 선택하고 결정할 권리도 없어져 버렸구나. 그냥 숨만 붙어 있는 꼴이야.」

형은 더 이상 사릉에 가야겠다고 고집하지 않았지만, 대신 모든 걸 체념해야 하는 신세를 비관하듯 말했다. 쓸쓸하고 처연함이 가득 찬 목소리였다. 그래서 형은 아주 낯선 사람으로 보였다. 형의 목소리는 늘 작고 기운이 없었지만 그 밑바탕엔 함부로 하지 못할 의지가 배어 있었다. 아주 미미한 손놀림 하나로 커다란 의미망을 인화해 내는 검지의 힘이 형의 목소리에는 담겨 있곤 했었는데 이제는 그게 아니었다.

「뭘 선택하고 결정하고 그러는 거, 알고 보면 별거 아냐. 그래 봐야 뭐겠어. 감기도 걸리고, 꿈도 꾸고, 그러면서 나이 먹고 그러는 거잖아. 그렇다고 잘못된 것도 없고 잘된 것도 없고. 별 볼일 없이 무명 사진작가로 사는구나 했는데 사진전 한 번으로 일약 유명 작가 되고, 그랬는데 수술 받아야 하고, 뭐 그런 거라는 얘기지. 그러니까 형, 제발 복잡하게 생각하지 마. 단순하게 사는 것도 좋은 일이라니까.」

「너도 나이 먹어 간다고 구구절절 옳은 얘기만 하는구나. 그런가? 하지만 이건 감기치고는 굉장한 감기지. 그러니까 자꾸 집착하게 되는 거고. 부질없는 생각일수록 사람을 놓아주지 않는다는 걸 넌 모르는 모양인데…….」

형은 두 손으로 방바닥을 짚더니 몸을 곧추세웠다. 그렇게 자세를 바로잡는 품새로 보아서는 부질없는 생각에 붙들려 있는 사람이 아니었다. 아주 중요한 게 생각났고, 그러므로 자세를 바로 하고 얘기해야겠다는 의지가 드러나 보였다. 불안했다. 반쯤 누운 자세로 있

다가 슬그머니 잠들었으면 했지만 형은 그럴 수는 없다고 자꾸만 자
신의 몸뚱이를 학대하고 있었다.

「한 가지만 물어보자. 이제 내 마음대로 어딜 가고 그럴 수는 없다
는 걸 인정한다고 치자. 그렇기는 하지만 나한테 한 가지 권리는
있겠지?」

한 가지 권리뿐인가. 형이 무슨 권리를 생각해 냈는지 알 수 없는
일이었지만 나는 형에게서 어떤 권리도 상실되었다고 생각한 적이
없었다. 형이 방사선 치료를 다 받고, 형의 머릿속에 자리 잡았던 종
양의 다른 뿌리가 자라지만 않는다면 5년 정도는 더 살 수 있다고
조 박사는 암시했었다. 조 박사가 암시한 5년은 최대한이라는 뜻이
었지만 현재로선 그렇다는 뜻이었다. 5년 안에 의술이 어떻게 발전
될지는 알 수 없다고 조 박사는 덧붙였었다. 그 5년이 1년으로 줄어
든다고 해도 마찬가지였다. 1년이든 5년이든, 살아 있는 자에게는
한순간에 지날 만큼 짧은 시간이 아니었다. 1년이든 5년이든 아무것
도 할 수 없을 것처럼 짧게 생각되는 기간이지만 아주 짧은 시간에
도 아주 많은 일을 할 수 있는 게 삶이었다. 그리고 그 기간 동안의
모든 권리는 형의 몫이었다. 누구도 형의 삶을 간섭할 수 없는 거였
다. 의식이 멀쩡한 한 모든 것은 산 자의 권리였다.

「무슨 얘길 하고 싶어서 그래? 한 가지 권리뿐이겠어. 아무도 형
을 구속하지 않아. 내가 왜 이러는데. 지금은 무리하지 말란 얘길
하고 있을 뿐이야. 도대체 형이 생각하는 한 가지 권리라는 게 뭔
데?」

형을 생각하면서 나는 또 집착을 떠올렸다. 집착이란 버리지 못함
으로써 생기는 것이었다. 나는 형이 무엇을 버리지 못하는가를 알
고 있었고, 그러므로 나는 형이 주장하고 싶어하는 권리가 죽음에

254

대해 기억할 권리이거나 사랑에 대해 기억할 권리일 거라고 짐작했다. 그 죽음과 사랑에 누가 자리하고 있는지는 뻔했다. 너무나 뻔했으므로 나는 화가 났고, 해서 자연스레 언성이 높아지는 것을 어쩔 수 없었다.

이제 다시 말해 보라, 형이 끌어안고 살아온 그 권리의 실체들에 대해서. 그래서 형 앞에 무엇이 남아 있으며, 무엇이 다가와 있는가를. 아마도 그때, 형이 확인할 수 있는 것은 죽은 자는 영원히 말이 없고, 살아 있는 자는 형의 상처와 관계없이 하루하루 따뜻한 삶을 보내고 있다는 사실일 것이다. 그렇지 않은가.

내 생각에는 아무런 오류가 없었다. 희수가, 유 관장이, 그리고 죽은 사의 무덤들이 그걸 증명하고 있었다. 그들 앞에서 죽은 자에 대해 기억할 권리나 사랑했던 여자에 대해 기억할 권리를 외친다고 해서 형에게 달라질 것은 정말이지 아무것도 없었다. 다만, 확인할 수는 있을 터였다. 형 앞에 떨어진 절망, 형 앞에 떨어진 남루, 형 앞에 떨어진 얼마간의 시간, 형 앞에 떨어진 나머지 열 번의 방사선 치료 같은 것들을 말이다.

「유언을 남길 권리.」

형의 목소리는 짧고도 강했다. 유언을 남길 권리. 그 말은 둔탁했고, 해서 방바닥이 움푹 파이는 느낌으로 내 귀청을 파고들었다.

「유언을 남길 권리? 하긴…… 그러네. 그런데 하필이면…….」

나는 한편으론 동의했고, 한편으론 부정했다. 하필 그거였느냐고 물었지만 형의 둔탁한 목소리가 남긴 여운은 여전했다. 형의 말을 부정할 명분이 없기도 했지만 그 명분을 받아들이자니 눈앞이 캄캄했다. 형은 지금 1년이거나 5년 후에 해도 좋을 유언을 앞당겨 해야겠다고 자신의 권리를 주장하고 있는 터였다. 그 무게를 감당하는 것이 쉽지 않았다.

「그래, 나한테 그 정도 권리는 있는 거 아니냐고. 그래서 얘긴데, 부탁 좀 하자. 내가 유언장을 쓸 힘은 없고, 네가 좀 받아 적어 줬으면 좋겠어. 내가 부를 테니까 말야. 그래 줄 수 있지? 그렇다고 내가 오늘내일 죽는다 어쩐다 그런 얘긴 아니니까 그렇게 벌레 씹은 표정 좀 하지 말고. 이것도 네 말마따나 삶이고 운명이고 그런 거 아냐? 그저 스쳐 지나가는 삶 중의 하나잖니. 안 그러냐.」

「그렇기는 하지만…….」

그 순간 내가 생각했던 것은 언제나 말없이 어디론가 떠나곤 했던 형의 모습이었다. 그럴 때 나는 골방의 창문을 열고 높다란 층계를 걸어 올라오는 형을 기다리곤 했었다. 그럴 때 형은 아주 지쳐 보였었다. 카메라 가방을 내려놓고 땀을 식히기 위해 윗옷을 벗었을 때 보면 형의 어깻죽지에는 카메라 가방 끈 자국이 패어 있곤 했었다. 그건 형이 집을 떠났다가 돌아왔다는 흔적이었다. 그래도 반가웠던 것은 형이 돌아왔다는 점이었다. 아무 말 없이 떠난 형이 영영 돌아오지 않으면 어떡하나 싶은 불안감을 밀어내고 형은 반드시 돌아왔던 것이다. 그래서 형의 어깻죽지에 드러난 카메라 가방 끈 자국을 보면 형이 짊어져야 했던 카메라 가방의 무게가 크게 고통스러워 보이지 않았다.

형의 유언을 받아 적어야 한다? 난감하면서도 이건 형이 어디론가 훌쩍 떠나는 바람에 골방에서 혼자 자야 했을 때의 막막함을 가누는 것보다 훨씬 더 고통스러운 일이라고 나는 생각했다. 그렇지만 홀연히 집을 떠난 형을 기다려야 하는 것이 내 삶이었던 것처럼 형의 유언을 받아 적어야 하는 것도 내 운명의 일부 아닌가. 형은 언제나 마음먹은 대로 했고, 그걸 지켜보는 것 역시 내 운명이었으므로 내가 선택할 여지는 없었다. 게다가 형의 말마따나 형이 유언을 한다고 해서 형이 당장, 혹은 내일모레 사이에 죽는다고 지레 겁먹을 필요는 없었다.

「형이 정 그러고 싶다면 할 수 없지 뭐. 형도 참, 이제 좀 견딜 만한가 보네. 정말 죽고 싶을 정도로 힘들면 유언이고 뭐고 입을 뗄 기운조차 없다고 하던데. 그래, 해봐. 나 말고 형 유언 들어줄 사람이 누가 있겠어.」

나는 피식 웃기까지 했다. 정말 웃기는 일이라는 생각이 들었던 것이고, 형이 아무리 처연한 입장이라고 해도 나는 단지 현실로서 받아들일 뿐이라는 것을 형에게 인식시키고 싶어서였다.

아마도 형에게 유언을 받아 적어 달라는 부탁을 받고, 그걸 수용하는 사람은 나밖에 없을 것 같았다. 형 또한 그럴 터였다. 동생에게 유언을 받아 적어 달라고 부탁하는 사람은 형밖에 없을 것 같았다.

「그렇게 받아들여 주면 고마운 일이고…….」

나는 형의 얘길 받아 적을 준비까지는 하지 않았다. 형이 무슨 얘기를 하든 다 기억할 것 같아서이기도 했고, 다 기억하지 못한다고 해서 특별히 잘못될 것도 없기 때문이기도 했다.

「나는 사진 몇 점을 남기고 간다.」

형은 사진 얘기를 제일 먼저 꺼냈다. 형의 말은 완료형에 가까웠다. 자신을 이미 완료형으로 받아들이고 있다는 것은 조 박사가 암시한 5년을 믿지 않는다는 뜻이었다. 나는 화가 나려는 것을 참았다.

「나는 많은 피사체를 보여 주지 못했다. 단순한 작가였다는 것을 인정한다는 얘기지. 겉으로는 그것이 내 작가적 캐릭터인 양했지만 말이야.」

「답답해 보이기는 했지만 그게 사진작가의 자질을 재단하는 기준은 아니지. 잘 알면서.」

「아무 말 말고 그냥 들어줬으면 좋겠다. 내가 왜 이러겠냐. 내가 나를 기억할 수 없게 되는 것이 두려워서 그러는 거야. 이미 제대로 볼 수 없게 됐잖니. 다음 순서는 뭐겠어. 기억할 수 없는 몸이 되는 거야. 그전에 내가 나를 정리하고 싶어서 이러는 거니까 들어 봐.」

형의 얘기에 나는 아무 대답도 하지 못했다. 형이 꼭 이렇게 해야 한다는 당위성은 없었다. 하지만 형의 말이 모두 틀린 것도 아니었다.

「너도 알다시피 난 사북과 사릉, 그리고 사북과 사릉을 닮은 곳들만 찍었어. 나도 몰랐는데 문득문득 내 사진을 보면 그게 다더구나. 그래서 다양한 피사체를 보여 주고 싶어 애쓰기도 했었는데 내 몸이 받아 주지 않더라고. 이상한 일이지. 그럴 때는 셔터가 눌러지지 않거든. 몸이 내 마음이 가고자 하는 길을 알고 거기에 대응하는 것과 같다고나 할까, 아무튼 그랬다. 내 안의 내가 단순한 사진작가로 기억되는 것을 받아들이며 살아온 거지. 그러다 보니 여기까지 왔고, 어느덧 떠날 때가 되어 버린 거야.」

형은 팔을 뻗어 물컵을 집었고, 물을 마셨다. 불과 몇 모금이었다. 나는 형과 비슷한 자세로 앉아 얼굴을 돌려 형이 물 마시는 모습을 지켜보았다. 물을 마시는 사람은 형인데도 내 목젖이 꿈틀거리는 느낌이었다. 아주 가늘게, 몇 모금의 물이 목젖을 지나 식도 아래로 흘러 내려가는 듯했지만 나는 심한 갈증을 느꼈다.

「그렇게 얘기하니까 내일모레 죽을 사람 같네. 그만 해 형. 낯설다고. 형답지도 않고. 형은 죽음이고 뭐고 다 초연한 사람처럼 살던 사람이잖아. 이게 형의 전부였어?」

나는 물컵을 받아 탁자 위에 올려놓았다. 물컵은 돌처럼 무거웠다. 물이 가득했던 컵은 여전히 물로 가득 차 있었다.

「화내지 마라. 화내야 할 사람은 난데 네가 왜 화를 내냐. 내가 나를 정리하지 않고는 견디기 힘들어서 그런다니까 그러는구나. 오늘내일 죽을 것 같아서 그럴 수도 있지만 이것도 하나의 계기다, 이런 생각이 들 수도 있는 거니까. 그래, 이왕 얘길 꺼냈으니 말하지. 사람은 언젠가는 죽어. 그래서 얘긴데, 부탁할 게 있다고. 내가 죽으면 묘비 좀 세워 줘라. 거기에다가 시를 한 편 넣어 주고.」

「묘비에? 〈초록 말을 타고, 문득〉인가 뭐, 그거 말이지?」

「그래, 〈초록 말을 타고, 문득〉. 그래 줄 수 있겠냐?」

〈초록 말을 타고, 문득〉. 그것은 형의 사진전 리플릿에 실었던 시였나. '돌아본다 세월의 넝쿨 속에서 소용돌이치는 산 여전히 검다'로 시작되는. 〈초록 말을 타고, 문득〉, 그것은 코넬 씨에게 형 스스로 읊어 준 시였다. '얼마나 격렬히 끌어안아야 하나, 이 죽음의 민둥산을'로 끝나는. 그 시를 묘비에까지 가지고 가고 싶어하는가, 형은. 씁쓸했다.

「형이 묘비 세워 달라는 얘기를 할 줄은 몰랐는데, 의외네. 역시 명예욕이란 건 어쩔 수 없는 건가 보지.」

「흠. 명예욕 때문에 그러는 건 아니고. 그 시를 읽으면 이상하게 누군가로부터 위안받는 느낌이 들거든. 누군가가 내 삶을 들여다보고 있다는 느낌 같은 거 말이다. 나 혼자 내 삶을 감당하기 힘들 때 나를 대신해 슬픔을 풀어내 주는 느낌이라도 들면 좀 편하잖니. 그래서 가지고 가고 싶을 뿐이야. 모르겠다, 그 시를 쓴 사람이 알면 시 볼 줄 모른다고 할지도.」

「누군가가 형의 삶을 들여다보고 위로해 준다? 글쎄…….」

나는 형이 말하는 시를 떠올리지 않았다. 단 한 글자도 틀리지 않

게 외울 수 있었지만 형이 묘비를 얘기하는 순간에는 단 한 글자도
기억하고 싶지 않았다. 형이 세상에 존재하지 않게 되는 날 '초록 말
을 타고, 문득'이란 묘비명을 새기기 위해 석조물 가게에 갈지언정
적어도 지금은 아니었다. 형의 고통을 쓸어 내리는 일이라면, 형이
그것을 원한다면 시 한 편 새기는 일에 주저할 이유는 없었지만 적
어도 지금은 아니었다. '돌아본다 세월의 넝쿨 속에서 소용돌이치는
산 여전히 검다'로 시작되어 '얼마나 격렬히 끌어안아야 하나, 이 죽
음의 민둥산을'로 끝나는 그 시를 왜 떠올려야 한단 말인가.
「형, 다른 얘기 하는 게 어때. 묘비명이든 뭐든 그런 건 형이 정말
어떻게 됐을 때 그때 내가 알아서 할 테니까 나한테 맡겨 둬.」
「내 필름들은 어떻게 해야 좋을지 모르겠다. 생각해 봤는데, 만일
말이야, 내 사진을 한 점 샀다는 그 박물관 말이다, 거기서 원한다
면 난 거기다 모두 기증하고 싶은데…… 내 사진이 아무 데나 처
박혀 있는 것도 원치 않지만 지나치게 의미 부여되는 것도 싫거
든. 죽은 사람에 대해서는 괜히 후하게 굴고 그러는 거 난 싫다. 죽
었건 살았건, 현실 그대로 인정해야지. 죽은 사람의 프리미엄 같은
게 얹혀진다고 해서 뭐가 달라지겠냐. 내 말 이해하지? 난 그런 대
상은 안 됐으면 좋겠어. 그런 거 구역질 나고, 혐오스럽고, 같잖아
서 말이야.」
「뒤늦게 작품의 진면목을 알아보고 수선 떠는 경우도 있는데 뭐.
하긴, 죽은 자에게 무슨 의미가 있겠냐는 말은 맞지. 살아 있을 때
도 충분히 조명할 수 있었는데 괜히 까다롭게 구는 논객들이 오죽
많아야지. 하지만 그런 무리들이 세상을 끌고 가는 걸 어쩌겠어.
형이나 나나 혁명가도 아니고. 혼자서 혁명을 한들 뭐 하겠어. 그
거, 그냥 나 혼자 하는 퍼포먼스에 불과한 거라고. 탄광 박물

관…… 그렇겠네. 거기서는 형 필름이 필요할 수도 있겠지. 그런데 그런 것까지 다 생각돼? 내가 보기에 형은 살려는 의지보다 죽으려는 의지가 더 강한 사람 같은데. 그런 사람, 쉽게 죽지 않는다는 거 형도 잘 알 텐데. 형은 쉽게 죽지 않아. 괜히 엄살떨지 마.」
「온전하게 오래 살 수 있으면 그것도 좋은 일이지. 하지만 내 필름을 어떻게 처리해야 좋을지 묻고 싶은데 정신이 온전하지 못하면 그걸 물을 기회가 없을 것 같아서 미리 해두는 얘기야. 죽은 뒤에는 아예 물을 수도 없을 거고. 그런 줄 알면 돼. 내가 뭘 남길 수 있겠냐. 필름과 카메라, 이게 다 아니냐.」
형은 다시 물컵을 집었다. 다시 몇 모금의 물이 형의 목젖을 움직이며 느릿느릿 식노로 넘어갔다. 형은 오직 물 몇 모금에 의지하고 있는 듯했다. 형이 얘기를 길게 하지 않도록 해야 했다. 형은 물컵을 다시 내려놓았다. 아직도 컵에는 물이 많이 남아 있었다. 몇 모금을 마신 것인가. 컵 속의 물이 작은 파문을 만들었다. 컵 속의 물이 왜 자꾸만 시선을 잡아끄는지 모를 일이었다. 나도 갈증을 느꼈지만 나는 컵에 손을 가져가지 않았다.
「그렇지. 형한테 그거 외에 뭐가 있겠어. 하지만 형, 나는 형이 그렇게까지 사북의 상처에서 벗어나지 못할 줄은 몰랐어. 그게 지금도 안타깝고. 나이를 먹으면서 형이 좀 편해졌으면 했는데. 그래봐야 형 몸뚱이만 더 혹사시켰지 뭐야. 결국 여기까지 온 것도…… 난 형이 잊을 줄도 알았으면 좋겠는데. 사람들 살아가는 걸 보라고. 하룻밤 자고 나면 다 잊어버리는 사람들이 좀 많냐고. 항상 바늘로 찔린 것처럼 사는 거, 지켜보는 사람들도 힘들어. 그러니 형은 얼마나 힘들겠어.」
「그렇겠지. 바라보는 사람들에게 못할 짓이지. 그런데도 도무지

제어되지 않는 걸 어쩌겠냐. 그래, 정말 도무지라는 말 외에 들이 댈 게 없어. 그래, 사람들은 자고 나면 잘도 잊고 허허거리며 살지만 난 결국 여기까지 왔어. 딱한 노릇이지. 왜 모르겠냐. 나도 내가 답답해. 이게 내 인생이냐고 물을 때도 많은데, 자잘한 상처부터 큰 상처에 이르기까지 아무것도 날 놓아주지 않아. 후후, 사실은 내가 누구인지 나도 모르지 뭐. 그게 사람 아니냐? 후후.」

형은 손을 뻗어 내 어깨를 툭 쳤다. 하지만 형의 손에서는 힘이 느껴지지 않았다.

「형 자신도 형을 모르는 거, 그게 바로 형다운 건 맞아. 나도 형 자신은 형을 알까 그런 생각 많이 했었지. 형이 사진을 하게 된 건 그래서 한편으로는 다행이고, 한편으로는 안타까운 일이야. 왜 안타까운지 알아? 형은 상처를 가슴에 가둬 놓고 아무도 들어오지 못하게 빗장을 질러 놓고 살거든. 상처는 내보여서 흔들고 나누고 그래야 한다고 하던데.」

「그렇게 보였겠지. 그런데 빗장을 걸었다기보다, 내 인생은 내가 감당하겠다고 작정한 거지. 누군가를 붙들고 고통을 나누자고 하면 좀 가벼워질 수도 있겠지만 그런다고 씻기는 건 아니니까.」

「그게 바로 형이라는 건 나도 알아. 그래도…… 형, 사람들은 그 길을 택하지 않아. 그래서 형은 좀 특별한데, 특별해서 뭐가 남는데?」

내가 형을 위해 할 수 있는 일은 더 이상 없었다. 형은 자신의 유언을 들어 달라고 했지만 형이 계속 얘기를 하도록 내버려 두는 것은 옳은 일이 아니었다. 형은 지쳐 가고 있었다.

「카메라 장비들은 당분간 그냥 여기에 놓아둬야 할 것 같다. 카메라는 습기에 약하거든. 깊숙이 넣지도 말고, 함부로 뒹굴리지도 말고, 그냥 여기에 놔두자고. 내 카메라를 누군가에게 전할 수 있다면, 희창 형은 없고, 코넬 씨에게 전했으면 좋겠는데 그 양반은 너무 멀리 있고. 누군가 내 손때가 묻은 카메라로 진지하게 피사체를 찾고 셔터를 눌렀으면 좋겠는데 말야. 난 내게 달려드는 피사체들조차 물리친 적이 많았거든. 지금 와서 생각해 보니까 그런 피사체들에게 미안하다. 그리고…….」

「그리고 뭐?」

「희수한테 전할 말이 있는데…….」

「희수 누나한테? 말해 봐, 형.」

사실, 나는 희수 애기가 나오기를 기다리고 있었다. 형의 상처를 이루고 있는 원형질은 희수가 떠난 것이었고, 희창 형이 죽은 것이었고, 아버지가 막장에서 숨을 거눈 것이었다. 그러므로 형이 희수에 대해서 말하지 않는다는 것은 있을 수 없는 일이었다. 나는 알고 있었다. 희수는 형을 떠났지만 형은 단 한 번도 희수를 떠나보내지 않았다는 것을. 단지 내가 먼저 희수 애기를 꺼내지 않았을 뿐이었다.

「이런 애기 한 적이 있을 거다. 사람의 눈은 이백삼십 도쯤 볼 수 있다고 말야. 눈 뒤에 있는 것도 어느 정도는 볼 수 있다고. 내가 사진에 매력을 느꼈던 것 중의 하나가 그런 거였거든. 엄지와 검지로 파인더를 만들어서 평면적으로 펼쳐진 피사체를 볼 때의 느낌이 얼마나 새로웠는지, 이미 보고 있던 세상이지만 막상 그렇게 보면 새로운 세상이 되더라고. 어떤 거냐면, 세상에는 실상과 허상이 존재한다는 것을 알게 되는데, 그런 현상을 알고 나면 묘한 느낌이 들어. 맨눈으로 볼 때의 장점도 있지만 그래서 눈앞의 것을 제대로 못 보는 단점도 있다는 것을 알게 되는 거야. 파인더를 통해 보면 시야가 좁아지는 대신 허상을 걸어 낸 듯한 느낌이 들어. 파인더는 뭐든지 더 정확하게 볼 수 있는 눈을 주는 거지. 대부분 그래. 이백삼십 도의 각도는 많은 것을 보여 주는 대신 깊이 볼 수 없도록 하고, 백팔십 도의 각도는 정확하게 볼 수 있도록 해주는 거지. 사진은 후자인 셈인데……. 희수한테 전해 줘라. 희수를 볼 때는 이백삼십 도의 눈으로 볼 때나 백팔십 도로 볼 때나 똑같았다고. 막연하지만, 그렇게 전해 주면 돼.」
「그렇게만?」
「그래, 그러면 알 거다.」
그렇게 얘기하면 희수는 알 것이라고 형은 말했다. 그럴 수 있을까. 하지만 그게 다는 아닐 터였다. 나는 형이 희수를 향해 증오의 말을 퍼붓거나 연민과 사랑의 말을 퍼붓기라도 할 줄 알았는데 형은 그러지 않았다. 형은 언제나 희수에 대한 생각만큼은 직접 화법을 구사하지 못했다. 형은 아주 간절하게 원하면서도 물끄러미 바라보는 듯한 눈길로 희수를 향하고, 희수가 간 길을 좇았었다. 하지만 이제는 그러지 않아야 할 때였다. 형 말대로, 유언이라고 하지 않았는가. 형 스스로 자신의 말이 막연하다고 표현하고 있지 않은가.

희수를 볼 때는 230도로 볼 때나 180도로 볼 때나 언제나 똑같았다.

나는 형의 얘기를 혼자 읊조려 보았다. 내가 희수라면 그 말을 듣는 순간 그대로 무너져 내릴 것 같았지만 희수는 눈을 동그랗게 뜨고 무슨 말인지 모르겠다는 표정을 지을 것 같았다. 그것이 형과 나의 희수에 대한 인식 차였다.

「또 한 가지는, 코넬 씨에게 전할 말이 있는데…… 아니다. 코넬 씨에게는 내가 직접 몇 자라도 적든가…… 그래, 코넬 씨에게는 내가 알아서…….」

형은 말끝을 흐렸다. 이게 다인가. 나는 또 형의 운명을 생각했다.

「형, 좀 좋은 추억을 떠올려 봐. 형이 누군가에게 전할 얘길 남기고 내가 그 얘길 듣고, 적고. 이러면 안 되는 거야? 이래서는 안 돼. 이건 아냐.」

형은 나를 물끄러미 바라보았다. 피곤이 가득 담긴 눈이었다.

「좋은 추억? 좋은 추억이란 파인더를 들여다보고 있을 때였지. 그래, 하지만 이젠 그런 시간 다시 오기 힘들다는 것 받아들여야 한다는 생각이 자꾸 든다. 듣는 너도 그렇겠지만 나 역시 처참해. 헤어짐과 죽음, 난들 이런 시간이 기다리고 있을 줄 알았겠냐.」

형은 더 이상 말을 잇지 못했다. 그러므로 형의 유언은 끝났다. 형의 볼 위로 눈물이 주룩 흘러내렸다.

「좀 쉬어야 할 것 같다. 미안한데, 그 시 좀 한번 읽어 줄래?」

형은 눈을 감은 채, 눈물을 쏟으면서 말했다. 형의 목소리는 낮고 무거웠다.

「형.」

나는 형을 부르면서 속으로 '형, 그래, 이제 좀 쉬어'라고 말했다. 형은 대답하지 않았다. 여전히 형의 얼굴 위로는 눈물이 번지고 있었다. 나는 책상 위에 놓인 사진전 리플릿을 집어 〈초록 말을 타고, 문득〉을 읽기 시작했다. 언젠가 형의 묘비에 새겨야 할 시였다.

돌아본다
세월의 넝쿨 속에서
소용돌이치는 산
여전히 검다

산은 구겨진 땅에 욕된 얼굴들을

쏟아 내고 흐린 빛을 깨문다
폐 속에서 이끼를 뜯어내고
나는, 초록 말을 꺼내 탄다

하늘은 멀고 갈 길이 아득할수록
지상은 역한 환희로 가득 차 보인다
자주 늘어나는 목에선
우울의 가래가 튀어나온다

사람마다 지르는, 길고 축축한
비명에 뜨거워지는 철로변에서
얼마나 격렬히 끌어안아야 하나
이 죽음의 민둥산을.

14

　형은 내게 언제나 부재이면서 언제나 함께 있는 사람이었다. 언제나 부재이면서 언제나 함께 있는 사람. 형이 그런 사람이라는 것을 아는 사람은 나만이 아니었다. 어머니도 그걸 알았고, 희창 형도, 희수도, 유 관장도 다 알았다. 그들과 나는, 형은 으레 그런 사람이라는 사실을 받아들인 인식의 공유자였다. 그런 일들이 얼마나 자주 있었는지 형이 내 눈에 오랜 기간 보이면 이상한 느낌이 들 정도였다. 어딘가로 떠날 때가 됐는데 왜 떠나지 않는 것일까 하는 궁금증이 들곤 했었다. 형이 곁에 있으면 형은 곧 떠날 사람으로 여겨졌고, 형이 어딘가로 떠나 있으면 곧 돌아올 사람으로 여겨졌던 것이다.

　그런 형이 이제 어느 곳에도 갈 수 없는 몸이 됐다는 것처럼 서글픈 일은 없었다. 형의 어두운 방에서 저녁을 보내면서 나는 그 서글픔을 달래며 카메라를 여러 차례 만져 보았다. 카메라는 형이 학생들에게 말했던 것처럼 차갑고 무거웠다. 형의 운명과 닮은 느낌이었다. 어둠 속에서 파인더에 눈을 갖다 대고 보았을 때도 그랬다. 파인더를 통해 보는 방 안의 모습은 어둠 그 자체였다. 형의 눈은 어쩌면 이 어둠 속에서 어둠 외의 다른 모습을 볼지도 모른다고 나는 생각하기도 했다. 하지만 형은 이제 다시 파인더를 들여다보지 못할 것이라는 느낌도 들었다. 그렇지 않다면 형은 필름을 박물관에 기증하고 싶다는 얘기도 하지 않았을 것이고, 묘비명 얘기도 하지 않았을 것이다.

「선생님이 전화를 받지 않으시네요.」

강 큐가 형의 부재를 알려 왔을 때는 형이 두 번째 방사선 치료를 받은 지 나흘째 되는 날이었다. 나는 형이 병원에 간 줄 알고 있었다. 하지만 조 박사는 형이 방사선 치료를 받아야 할 날은 20일이나 남았다고 말했다. 이상한 일이었다. 형은 전시회가 끝난 후 집과 병원 외에 어느 곳도 간 적이 없었다. 형은 가능한 한 최소한으로 몸을 움직여 필름을 정리하거나 카메라 장비를 정돈하면서 하루하루를 보내곤 했다.

형은 사릉에 간 것인지도 모른다. 작업실에 들어서서 나는 형의 카메라부터 찾았다. 형이 어딘가를 향해 떠났다는 것을 알려 주는 것은 카메라의 존재 여부였다. 카메라는 보이지 않았다. 카메라 가방도 보이지 않았고, 삼각대도 보이지 않았다. 형은 어딘가로 떠난 게 분명했다. 나는 도저히 용서할 수 없는 기분이었다. 형이 카메라를 들고 어딘가로 떠날 수 있게 되기를 간절히 바랐지만 지금은 그때가 아니었다. 형은 아직 열 번의 방사선 치료를 받아야 하는 몸이었다. 그런 사실을 형 자신, 너무나 잘 알고 있었다.

형은 어디로 갔단 말인가. 나는 사릉을 떠올렸다. 바로 엊그제 형은 말했었다. 사릉에 가보고 싶다고. 그곳은 형이 가보고 싶어했으나 가보지 못한 곳이었다. 그러므로 형은 택시를 대절해서라도 사릉

에 갔을 수도 있었다. 나는 텅 비어 있는 형의 방을 휘휘 둘러보았
다. 천장의 형광등 덮개 안에는 점점이 날벌레들의 흔적만 남아 있
었다.

형은 어디로 간 것일까. 나는 먼저 사릉엘 가봐야 한다고 생각했
고, 그다음에는 사북에 가봐야 한다고 생각했다. 사릉은 사북보다
가까운 곳이었다.

나는 방바닥에 앉아 버렸다. 형을 찾아 사릉에 가봐야 한다는 생
각이었지만 나는 정작 사릉을 모르고 있었다. 물어물어 사릉을 간다
고 해도 문제는 남았다. 형이 버스를 타고 가다가 불쑥 내려서서 셔
터를 눌렀던 마을이 사릉의 어느 쪽인지 역시 모르고 있었다.

나는 가방에서 수첩을 꺼내 들었다. 사릉에 갈 것인지 말 것인지
결정한 것은 아니었지만 우선은 지도라도 펴볼 심산이었다. 하지만
수첩을 꺼내 들었을 때 제일 먼저 나타난 것은 형의 부음이었다. 그
랬다. 그것은 내 손으로 적어 넣은 형의 부음이었다. 신문사에 보낼
요량으로 적어 놓은 것이었는데, 형이 두 번째 수술을 받게 됐을 때
부음을 준비하는 게 어떠냐고 제의한 사람은 유 관장이었다.

「섭섭하겠지만 내 얘기 좀 들어 봐. 이건 만일의 경우에 대비하자
는 건데, 남아 있는 사람들이 준비해야 할 게 있어. 최 작가의 사진
세계를 좀 정리해 두라고. 자네에게는 형이지만 우리들에게는 사
진작가 최병후 아닌가 말이야. 사람은 떠나도 작품 세계에 대해서
는 알릴 수 있을 만큼 알려 주어야 하거든. 그건 최병후의 사진을
아끼는 사람들의 권리 같은 거야. 사진만 찍다가 가게 되는 사람
이니 남은 사람들이 그의 사진 세계를 되돌아보게 하는 것이 예의
란 얘기지. 너무 비통해하지 말게. 수술은 무사히 끝나겠지만, 사
람 일이라는 건 모르는 거니까. 완쾌되면 완쾌되는 대로 좋은 일

이고…… 갑자기 일 닥쳐서 허둥지둥하게 될까 봐 그러는 거야. 나도 가고, 사람은 언제든 가는 거야. 그런 거지 뭐.」

유 관장의 목소리는 비교적 냉정했다. 그 냉정함에는 쓸쓸함도 배어 있었지만 쓸쓸한 기운이 섭섭한 내 감정을 다스리지는 못했다. 나는 형이 죽은 후 허둥지둥 장례를 치를지언정 형의 죽음에 대비해 어떤 준비도 하기 싫었다.

「조 박사님이 잘될 거라고 하셨는데 부음을 준비할 필요까지야 있을라고요. 그렇게 말씀하시니 섭섭합니다.」

「부음까지 준비해야 하냐고? 섭섭한 심정 나도 이해해요. 나도 최 작가에 대한 예의가 아니다, 이런 생각 왜 안 했겠어. 그런데 전시회를 떠들썩하게 했고, 이미 최 작가의 사진을 보고 간 사람들이 한둘이 아니잖은가. 그 사람들의 몫이 있다 이거지. 작품을 사랑할 수 있는 권리, 그 사람이 죽었을 때 그를 돌아보든 작품을 돌아보든 돌아볼 권리도 있고, 사진계에서도 최 작가의 작품을 어떻게 받아들일 것인지 평가할 기회를 줘야 한다는 거지. 그러려면 작품 세계를 정리해 주는 게 필요해요. 무슨 소리야? 냉정하게 봐야 한다고. 최 작가는 신문 기사 몇 개 외에는 알려진 게 없는 작가 아닌가. 보나마나 신문 기자들이 자료 좀 달라고 전화할 거라고. 개인적인 정리와 화랑 매니저로서의 관리는 좀 다를 수밖에 없지. 섭섭하다? 나도 섭섭해. 최 작가가 이 지경이 되도록 몸을 험하게 굴렸다는 거 도저히 용서할 수 없는 기분이라고. 형이 이 지경이 되도록 당신은 뭘 했나. 신경을 좀 썼어야지. 최 작가 곁에 누가 있어. 최 작가 아픔을 가장 잘 아는 사람은 동생 한 사람뿐이잖은가 말이야.」

유 관장의 거듭된 설득에도 나는 대답하지 않았지만 형의 수술이 계속되는 동안 그의 간곡한 얘기가 자꾸만 맴도는 것은 어쩔 수 없는 노릇이었다. 유 관장의 얘기가 섭섭한 것은 사실이었지만 틀린 얘기는 아니었다. 그렇더라도 형의 사진 세계를 어떻게 정리한단 말인가. 막막했지만 그것이 내가 떠맡아야 할 일이라고 유 관장은 자꾸만 강조했었다. 나는 할 수 없이 형의 생각과 나의 생각, 그리고 미대생들 앞에서 토해 냈던 격정적인 목소리를 나름대로 요약했었다. 그런데 수첩 속의 그 부음이 지도에 앞서 나타났던 것이다.

그것을 나는 얼른 건너뛰었다. 그러자 이번에는 조 박사 얘기를 메모한 내용이 눈에 들어왔다. 조 박사는 형의 수술을 마친 다음 나를 자신의 방으로 불러 엠아르아이 사진을 놓고 세세하게 설명해 주었었다. 조 박사는 형이 첫번째 수술을 받기 전에 찍은 사진과 두 번째 수술을 받기 전에 찍은 필름을 동시에 보여 주었었다.

「시신경은 두 종류예요. 멎어 있는 상태를 보는 신경이 있고, 움직이는 상태를 보는 신경이 있고. 어쨌든 최 작가의 종양을 잘못 건드리면 시신경이 파괴될 수 있죠. 첫 수술 때 우린 간신히 그걸 피했어요. 그래도 후유증이 남으면 사분의 일쯤 반맹이 될 수 있을 거라는 걱정은 있었지만 그래도 종양은 잘 걷어 냈는데, 문제는 이놈의 악성 그리오마라는 게 재발하기 일쑤란 말예요. 여기 이 부위가 새로 생긴 종양인데 열어 보니 일 센티미터 정도 되더군요. 크기가 문제가 아니라 시신경 쪽으로 바짝 붙어 있는 게 문제였죠. 물론, 완전히 제거되긴 했는데 장담할 수 없는 것이 곧장 시력을 잃게 될지 얼마간 더 버텨 줄 수 있을지 그게 걱정이에요. 아마도 입체적인 걸 느끼기는 힘들지 않을까. 이를테면 바둑을 둔다든지 하는 게 힘들 거란 말이죠. 물론 사진을 찍는 것도 그럴 거고. 초점을 맞출 수 없을 테니까 말예요. 사진작가에겐 눈이 생명 아닙니까. 이거, 좋은 결과를 얘기해 줘야 하는데. 우리 직업이란 게 이래요.」

나는 조 박사의 얘기를 떠올리면서 형을 떠올렸다. 아니, 형의 눈을 떠올렸다. 형은 이미 또렷이 볼 수 있는 기능을 상실한 상태였다. 형은 머지않은 시간에 혼자 걷는 데 불편을 느낄 것이고, 맛을 느끼지 못할 것이고, 기억하지 못할 것이고, 마침내 의식을 잃어 갈 수도 있다고 조 박사는 말했었다.

그런 몸뚱이로 형은 어디로 떠나 버렸단 말인가. 나는 형의 용기에 한숨을 내쉬었고, 무모함에 한숨을 내쉬었다. 형을 이끌고 있는 운명 앞에 한숨을 내쉬었다. 운명에 몸과 마음을 다 내맡기고 있는 형을 향해 한숨을 내쉬었다.

형이 남긴 편지를 발견한 것은 여러 차례 한숨을 내쉬다가 수첩을 덮고 사진전 리플릿에 적힌 시를 멍하니 바라보고 있을 때였다. 형이 묘비명으로 가져가려 했던 리플릿 밑에 봉투가 놓여 있었다. 나는 리플릿을 밀어냈다. 그러자 봉투에 씌어 있는 글씨가 드러났다. 봉투 겉면에는 '아우 병주에게'라고 씌어 있었다. 나는 그것을 집어 들지 못했다. 형은 나를 향해 '아우 병주'라고 부른 적이 한 번도 없었고, 편지를 남긴 적도 없었다. 편지 봉투를 들고 그 안에서 편지를 꺼내기까지 나는 아주 오랜 시간을 허비했다.

아우여, 나는 이제 떠난다.

형은 편지의 첫머리를 '아우여, 나는 이제 떠난다'는 말로 시작했다. 형은 언제나 소리 소문 없이 떠나지 않았던가. 그런 짜증이 인 것은 내가 형에게 더 이상 바랄 것이 없구나 하는 느낌 때문이었다.

형은 늘 떠났지만 떠난다는 말을 하거나 글을 남긴 적이 없었으므로 형이 내 말이 닿지 않는 곳으로 떠났을지 모른다는 불길한 예감이 들었던 것이다. 그 예감은 아주 더럽고, 짜증스러웠다.

나는, 아우여, 나는 이제 떠난다 밑에 무슨 얘기가 씌어 있는지 들여다볼 엄두를 내지 못한 채 고개를 떨구었다. 형은 이미 내게 유언을 들어 달라고, 고행을 강요했었다. 그때 내가 형의 유언을 듣는 자리를 지킬 수 있었던 것은 눈앞에 형이 있었기 때문이었다. 적어도 형의 자취가 사라진 것은 아니었던 것이다. 그러나 '아우여, 나는 이제 떠난다'로 시작한 편지를 들고 있는 지금, 형은 내 눈앞에 없었다. 더럽고 짜증스러움의 근원은 그것, 형의 부재였다. 나는 유 관장에게 전화를 걸었고, 유 관장은 짧게 대답했다.

「형이 나한테 온다고 그랬던가? 안 왔는데. 연락도 없었고. 그런데 왜, 무슨 일인데?」

「형 작업실에 와봤더니, 편지만 남겨 놓고 없어졌는데 느낌이 안 좋아서 말이죠.」

「편지를?」

「예, 편지만 달랑요.」

「편지라. 뭐라고 썼는데.」

그제서야 나는 손에 들고 있던 편지를 놓아 버렸음을 알았다. 나는, '아우여, 나는 이제 떠난다'는 단 한 줄만 읽고 유 관장에게 전화를 했던 것이다.

'아우여, 나는 이제 떠난다'로 시작된 형의 편지를 집어 들면서 나는 형이 묘비에 새겨 달라고 부탁했던 시를 떠올렸다. 형은 참담함이 가득 실린 목소리로 '이 죽음의 민둥산을'이라고 읊었었다. 형은 자신이 두 발 딛고 살아왔던 곳을 죽음의 민둥산으로 내내 받아들여

왔단 말인가. 그런 것 같았다. 아니면 형은 죽음의 민둥산을 찾아 떠나기라도 했단 말인가. 그런 것 같았다. 그렇게 생각하자 형은 영영 돌아오지 않을 곳으로 떠난 것인지도 모른다는 불안감이 엄습했다. 형은 그동안 아주 익숙한 모습으로 떠났다가 아무 일도 없었던 것처럼 슬그머니 돌아오곤 했는데, 이번에도 그럴 거라는 느낌이 들지 않았다.

코넬 씨의 말을 너도 기억하겠지.

아우여, 나는 이제 떠난다는 말 다음에 형은 '코넬 씨의 말을 너도 기억하겠지'라고 썼다. 물론이었다. 코넬 씨는 형의 사진전이 열린 지 이틀째 되던 날 머나먼 아프리카의 칼레콜 마을에서 달려왔었고, 형과 사북까지 동행했던 사람 아닌가. 그 동행길의 안내를 내가 맡았으므로 코넬 씨가 했던 말들을 나는 또렷이 기억하고 있었다. 그런데 새삼스럽게 코넬 씨의 말을 기억하냐고 묻는가, 형은. 어쩌면 형보다 내가 더 분명하게 기억하고 있을 수도 있었다. 코넬 씨가 무슨 말을 했는지, 심지어는 어떤 표정을 지었는지까지도 기억하고 있었다, 나는.

형의 편지를 읽어 내려가다가 나는 멍하니 천장을 올려다보았다. 어떤 선고를 들은 기분이었다. 언제나 그랬듯이 형은 내가 전혀 생각지도 못한 말을 하고 있었다. 나는 작업실 어느 구석엔가 형이 숨어 있다가 나타나지는 않을까 작업실을 휘휘 둘러보았다. 형은 없었다. 형은 편지에 쓴 그대로 행동에 옮긴 게 분명했다. 형만이 없는 게 아니었다. 카메라도 없었다. 멀리 떠날 때 입고 갔던 점퍼도 없었고, 산을 오를 때 신던 등산화도 플래시도 없었다. 나는 또 떠올렸다. 형은 말했었다.

카메라 장비들은 그냥 여기에 놓아둬야 할 것 같다. 당분간은 말이야. 카메라는 습기에 약하거든. 깊숙이 넣지도 말고, 함부로 뒹굴리지도 말고, 그냥 여기에 놔두자고. 내 카메라를 누군가에게 전할수 있다면, 희창 형은 없고, 코넬 씨에게 전했으면 좋겠는데 그 양반은 너무 멀리 있고.

나는 카메라가 놓였던 자리를 쳐다보면서 첫 구절부터 편지를 다시 읽기 시작했다.

아우여, 나는 이제 떠난다. 코넬 씨의 말을 너도 기억하겠지. 인생은 한 길을 향해 묵묵히 걷는 것이라고. 내가 가는 길은 바로 그 길이다.

이 편지를 보는 순간 내 무모함에 놀라겠지만 결국 나는 떠나기로 결정했다. 떠날 수밖에, 다른 선택이 없다는 결론을 내린 것이지. 넌 몹시 당혹스럽겠지만, 나는 한 번도 간절하지 않은 상태에서 떠난 적이 없었다는 애길 하고 싶다. 간절하지 않은데도 낭만을 위해 길을 떠난 적은 없었다는 애기야. 이런 설명까지 해야 하나 싶지만, 내가 그저 길을 떠나고 보자는 심사로 움직였다고 생각할까 봐 노파심에서 애기해 두는 건데, 글쎄, 지금 상황에서 나에 대한 이해를 도모하는 것이 필요한 것인지도 모르겠다. 하지만 그럴 때마다 나는, 나를 설명할 수 없어서 괴로웠다. 그러면서도 이렇게 떠나는 나, 그게 나라는 말밖에 할 말이 없다.

아우여, 나는 지금 아프리카로 가는 길이다. 케냐 공항에 도착하면 코넬 씨가 애기한 작은 마을 칼레콜로 가는 버스를 탈 생각이다. 그곳에 무엇이 있을까. 모르겠다. 하지만 코넬 씨가 애기한 달팽이 모양의 지붕 밑, 흙바닥에 불과한 방, 그 흙바닥의 야전 침대가 떠오른다. 벽에는 카메라 삼각대가 기대어 있고, 새벽마다 방바닥에서부터 올라오는 습기, 그런 것에 대한 호기심은 어느덧 그리움으로 변해 버렸고, 너무 간절하다. 그런 공간이야말로 내가 아주 오래전부터 원했던 곳이라는 생각이 너무나 분명하거든. 내가 그곳으로 가는 것은 바로 그래서일 뿐이다. 내가 언제부터 그곳에 가기로 작정했는지 궁금해할 줄 안다. 코넬 씨와 사북을 돌 때였다. 사북에서 돌아와 코넬 씨의 얘기를 떠올릴 때마다 나는 칼레콜 마을이 나를 부른다는 느낌을 받았다. 처음에는 고개를 젓기도 했지만 시간이 흐를수록 그 느낌은 더욱 견고해졌다. 코넬 씨가 건네준 사진을 보노라면 단 며칠이라도 황량하다는 검은 땅에서 잠자고, 잠꼬대하고, 콧노래 부르고 싶었지. 처음에는 그 바람이 한순간의 소망에 불과할 거라고 여겼다. 잠시의 소망에 불과할 거라고. 그런데 시간이 지날수록 가지 못할 이유가 없다는 생각이 들었다. 기억하겠지? 네게 유언을 남길 때 카메라를 어떻게 해야 할까 잠시 고민하던 순간, 단 한 번이라도 파인더를 더 들여다보고 싶다는 열망이 솟구쳤지만, 그 순간 나는 말했던 것이지. 카메라는 여기 이대로 놓아두자고. 그때, 떠날 수 있겠다는 확신이 들었다. 온통, 떠나지 못할 이유가 가득 찬 세상에 살고 있는 줄 알았는데 그저 떠나면 그만이라는 생각을 하니 떠나지 못할 이유란 건 그저 하나의 선입견이었고, 장애물일 뿐이었던 것이지. 장애물이란 건 뛰어넘으라고 있는 것 아닌가. 그래서 가보자고 결심했다.

한 가지 부탁을 더 해야겠다. 내게 언제 돌아올 거냐는 질문은 던지지 말았으면 좋겠다. 이제 나는, 내가 돌아오든 돌아오지 않든 내 운명에 큰 차이가 없다는 것을 알고 있거든. 단지 그것만을 알고 있는 게 아니라 내가 보고 싶은 것을 제대로 못 본다는 것도 알고 있고, 그 이후의 내 삶이 어떻게 되리라는 것도 알고 있어. 아프리카의 칼레콜 마을에 간다고 하더라도 카메라를 잡는 순간 쓰러져 다시 일어서지 못할 수도 있다는 것 또한 안다. 그런 것, 참 두렵지. 낯선 길 떠날 때마다 늘 그렇게 두려워했는데도 아직도 두려움이 남아 있다는 게 신기할 정도야. 죽는 것, 단지 그것만이 두려운 게 아니다. 파인더를 들여다보면서 반맹의 눈으로 초점을 제대로 맞출 수 있을지, 떨리는 손으로 셔터를 누를 수 있을지, 그런 두려움 역시 죽음 못지않게 크고 강하거든. 내 몸뚱이의 어느 한 기능이 제 역할을 못하는 것을 인정하는 것처럼 슬프고 무서운 일이 또 있겠냐. 그런데, 그런데 하필이면 눈이라니. 정말 웃기는 일이지. 하필이면 눈을 빼앗아가는 위치에 종양이 떡 버티고 있었다니. 나한테 눈이 뭐냐. 눈은 내가 사진을 찍은 모든 피사체에 가 닿았던 살〔肉〕 같은 것 아니니? 내가 눈 없이 무엇을 할 수 있겠냔 말이다. 억울하다면 그것이다. 남아 있는 두려움 역시 그것이지. 내가 파인더를 통해 보이는 것에 초점을 맞출 수 있을까. 하지만 그 두려움이 내가 이곳에 계속 머문다고 해서 사라지는 것은 아니지. 그렇게 생각하면 좀 편해지곤 한다.

아우여, 시력을 다 잃은 뒤에 내 운명이 무엇을 기다리고 있는지 알고 있다고 했지만 그런 시간 이후에 대해서는 아예 생각하지 않기로 했다. 눈은 내가 사고하는 바탕이었고, 내가 가려 하는 길이었으므로 나의 모든 것과 다름없었지. 그러므로 미련을 크게 갖지 말아야 한다는 깨달음을 얻어야 하지 않을까. 그렇게 마음을 고쳐먹고 나니 눈을 다 잃은 후에는 이 세상을 향해, 그동안 잘 살았노라고 말해야 한다는 것, 그것이 내가 해야 할 말이라는 것을 알 듯하더라. 다른 말이 필요할까? 다른 말은 할 수 없을 것 같다. 잘 살았다는 것은 내가 가고 싶었던 길을 걸어왔다는 것이고, 지금 나는 아프리카로 떠날 차비를 하고 있으니 마지막까지 내가 가고 싶은 길을 가고 있는 셈이지. 그렇지. 잘 살아온 셈이지. 그게 내가 세상을 향해 남기고 싶은 말이다. 그러면 된 거야.

이런 나를 향해 독설을 퍼붓고 싶겠지. 그렇다면 그동안 떠났던 길 중에서 가장 먼 곳을 향해 가면서 묻고 싶은 게 있다. 만일 네가 죽음을 앞두었다고 가정했을 때 가만히 누워 죽음을 기다리겠는가. 아마도 너는 단 몇 줄이라도 더 쓰기 위해 고뇌하거나 네가 쓴 글들을 다시 읽거나 하지 않을까. 그렇듯이 지금 내가 사진의 현장으로 떠나는 것은 내 사진을 위해 헌신하고 싶은 욕망을 끌어안는 것이라고 이해해 줬으면 좋겠다. 그런 간절함이 어디에서 출발하는 것인지 나도 모를 때가 많지만 결국은 그 간절함에 손을 내미는 게 나라는 걸 부정할 수가 없어. 왜겠어. 내 사진이 나를 위해 헌신해 주었기 때문이지. 나는 사진과 화학적으로 뒤섞인 관계였던 거야.

아우여, 짐을 싸면서 내가 찍은 사진들을 오래오래 들여다보았다. 묘하게도 사진을 보고 있노라면 그때의 시간들이 그대로 되살아나거든. 그때 내가 서 있었던 방향과 카메라를 들어 올렸을 때의 묵직한 느낌은 둘째치고, 바람이 어느 정도였는지도 생각나고, 셔터를 눌렀을 때 셔터막이 어떤 울림으로 작동했는지도 생각나고. 그뿐인 줄 아냐. 내가 입고 있었던 옷, 멀리 내다보였던 풍경과 가까이 보였던 풍경, 내가 그날 몇 시에 일어났고 아침은 뭘 먹었는지, 비가 내렸는지 소나기가 한두 차례 지나갔는지, 밤에 꿈을 꾸었는지 뭐 그런 것까지 다 생각난다고. 나는 그것이 바로 사진이, 혹은 피사체라는 이름의 사물이거나 인간이거나 자연이 나를 위해 복무해 준 것이라고 믿고 있어. 그러므로 나 역시 사진에 복무하는 시간 내내 기꺼웠고, 그 기꺼움으로 많은 고통을 다스릴 수 있었던 거지.

　하지만 단 하나 다스리지 못한 게 있었다. 어느 누구에게도 말한 적 없지만, 그건 내 몸과 정신을 꽁꽁 묶는 상처라는 놈이었지. 상처 없이 살아갈 수 있는 사람이 어디 있겠냐고 말하고 싶을 거다. 그렇긴 하지. 그런데 상처에는 상처 스스로 힘을 키워 가는 자생력이 있다는 걸 아는 사람은 의외로 드문 것 같더라. 그것 역시 못 견딜 노릇인데, 사실은 상처와 싸우는 것보다는 상처가 다 아문 사람처럼 행동하는 것이 훨씬 괴로운 일이야. 상처가 뭐 별거냐고? 내 살갗과 다름없는 사람의 죽음, 내 살갗과 다름없는 연인의 떠나감, 그래, 내 상처를 이루고 있는 사람들의 이름까지 말해 두는 것이 좋겠다. 아버지와 희창 형, 희수와 유 관장, 사북과 사룽, 광부들의 시위와 노조 위원장 부인의 벌거벗겨진 몸뚱이, 그게 내 상처의 주인공들이었어. 식솔을 이끌고 머나먼 땅으로 이삿짐을 끌고 왔던 아버지는 막장 안에서 숨을 거뒀고, 사진 찍는 것 하나로 대학에서 쫓겨나 시골 사진관 주인으로 변신한 사진의 스승 역시 뭇매 맞아 죽었고, 그 형의 여자 동생 아이는 출세를 위해 날 떠났지. 유망한 조각가 청년을 따라가기 위해 나를 버렸던 그녀는 그 조각가마저 떠났고. 대학에 두 발을 붙이게 된 후의 일이었다. 그러나 그 조각가는 상심하지 않고 조각칼을 놓을 뿐이었어. 유능한 화랑 매니저로 변신하는 것으로 사랑의 실패를 견디기로 한 거였지. 그 모습들을 보면서 나는 이만하면 상처를 치유하는 입체적인 영상을 보는 것과 다름없다고 생각했었는데, 글쎄, 그 생각이 아직도 유효한지는 모르겠다. 다만, 나는 그 상처의 당사자들이 어떻게 항체를 만들어 가는지를 지켜보았을 뿐인데 아무리 노력해도 내 몸속 어디에서도 상처와 대적할 항체는 만들어지지 않더라. 그래서 나는 상처를 끌어안고 올 수밖에 없었다.

아우여, 아프리카로 훌쩍 떠나는 것을 두고 너무 깊은 상상을 하지 않았으면 좋겠다. 분명하게 밝히고 싶은 것은, 적어도 도피는 아니라는 것이지. 그렇다면 환상을 찾아가는 것일까. 아무래도, 그것 역시 아니야. 나는 도피할 까닭도 없거든. 게다가 더 이상 환상이 존재한다고 믿지도 않지. 이 세상에 무슨 환상이 존재할 수 있는가. 나는 아주 단순해서, 내가 사진을 배운 후 제일 기뻤던 것은, 세상에는 내가 찍고 싶은 피사체들로 가득하다는 것을 알았을 때였다. 나중에는 내 사진기에 담고 싶은 피사체들을 찾아내는 것이 점점 힘들었지만 그래도 즐겁더라. 여전히 세상에는 피사체들로 가득하다는 생각이 견고했으니까. 집약하자면 그게 내 삶이었는데 너에게 얼마나 이해가 될는지 모르겠다.

요즘에는 무엇인가가 자주 떠오른다. 무엇인가가 아니라 모든 것이 떠오른다. 내 발길이 닿았던 장소, 내가 만났던 사람들, 렌즈를 갈아 끼울 때의 손놀림, 이런 것들이 눈앞에서 다 떠올라. 그럴 때마다 주체할 수 없는 기분이 되곤 하지. 내 눈으로는 이제 그것들을 확인할 수 없겠구나 생각하는 순간 나는 어느새 두 손으로 머리통을 쥐어뜯고 있더라고. 나와 같은 삶을 살면 누구나 그럴 거다. 늘 죽음을 보았고 죽음에서 헤어나지 못했던 시간들이 언제나 기억돼 있었으니까. 그 시간들이 뭐겠냐. 검은 눈이 내리는 땅, 사북에서 사진을 배우기 시작했을 때 나는 그 땅이 죽음의 땅이라는 것을 몰랐었어. 그런데 아버지가 막장에서 죽고, 희창 형이 탄광 마당에서 죽었을 때는 전율스럽더라. 그곳은 죽음의 땅이었던 것이지. 어리숙한 내 상상의 쳇바퀴를 벗어나 나와 가장 가까운 사람이 돌발적으로 죽어 나가는 모습을 겪어 내야 한다는 사실이 믿기지 않았던 것이지. 그리고 나 역시 죽었다. 나의 사랑에 대한 순결한 정신 역시 그곳 사북에서 죽었을 때 더 이상 희망이란 없다는 생각이 들더구먼. 희수가 떠난 것에 대해서 나는 지금 연연해하지 않는다. 사람은 누구나 떠날 수 있다는 것을 내가 왜 모르겠니. 다만, 나는 영혼을 밟고 떠나는가 연민을 남기고 떠나는가는 분명히 다르다고 믿고 있어. 뭐냐면 어떻게 떠나느냐에 따라 많은 것이 달라지는 거라고. 안 그러냐? 다른 것은 몰라도 사랑만큼은 변할 수 있는 한계도 없다고, 그러므로 변하지 말아야 하는 게 사랑 아니냐고. 그렇지만 누구에게도 이 말을 하지 못했다.

아우여, 얘기가 길어졌는데, 이제 떠나면 나는 돌아오지 못할지도 모른다. 돌아오든 돌아오지 못하든 내게 무엇이 남는가 생각하면 한없이 쓸쓸하지만 그것이 현실이지. 내가 영영 돌아오지 못하면 사진과 필름들, 그리고 카메라와 렌즈들이 유품이 되겠지? 그런 상황을 생각하면 참담하지만, 그런 유품이나마 남길 수 있다는 것도 다행이라는 생각이 들곤 해. 그 모든 것들은 내게는 세상을 보는 유일한 창이었으니까. 그 창을 통해 나는 숨을 쉬고 세상과 애기하고 그래 왔거든. 죽어서도 사진을 찍을 수 있을까. 그곳엔 이곳과는 다른 이름의 카메라가 있겠지.

아, 내 사진에 대해 묻는 사람들에게 전해 줬으면 하는 말도 있다. 작가 최병후의 사진들은 왜 중심이 되어 있는 피사체가 구석에 밀려나 있느냐는 질문을 받게 되면 이렇게 대답해 줬으면 좋겠다. 중심이라고 해서 항상 크게, 그리고 중앙에 자리 잡아야 한다는 법은 없다고. 중심이 되는 피사체가 자신보다 큰 여백을 갖고 있다는 것은 얼마나 좋은 일인지. 그건 아주 작은 집에 사는 사람이 큰 마당을 갖고 있는 것과 같은 이치라 하더라고 전해 줘라. 누구나 그 작은 집에서 잠을 자고 숨을 쉴 수 있다면…… 그럴 수 있다면 아무리 큰 상처를 가진 사람도 하룻밤 정도는 숙면을 취할 수 있지 않을까 하더라고. 내가 피사체의 중심을 아주 작게 만들 때 나는 그런 생각을 했었다고 말해 줬으면 좋겠다.

아우여, 점점 지쳐 간다. 고통을 가눈다는 것은 참 힘겨운 일이야. 마취에서 깨어나 사람과 사물을 알아보던 순간은 아주 아름다운 일이었는데…… 맨눈으로 사물을 볼 때와 파인더를 통해 볼 때가 다른 것처럼 아주 신선했거든. 의식을 놓고 있다가 다시 온전한 정신으로 돌아와 깨어날 때의 느낌, 아마도 수술을 받지 않았다면 나는 그런 느낌을 경험하지 못했을 거다. 아무튼 아우여, 그래도 병마와 싸운다는 것은 형벌인 것 같다. 나는 흉기에 몸을 내맡기고 있고, 흉기는 지속적으로 머리통을 내리치는데 진통제를 삼키는 것 외에는 속수무책이란 것이 말이 되는가. 그게 바로 나라는 것 역시 숨막히게 답답하구나.

답답한 게 또 하나 있다. 사릉을 꼭 들러서 가고 싶었는데…… 그곳은 단 한 번 내게 지상에서 가장 정겨운 피사체로 다가왔던 곳이다. 하지만 이제 남겨 둘 수밖에 없다는 걸 인정해야지. 하긴 그게 오히려 좋을지도 모르겠다. 다시 간다고 해서 내 눈에 그 풍경이 똑같이 보인다는 보장도 없고…… 지금도 수건을 두른 할머니가 식어 버린 연탄을 버리고 들어가는 모습이 눈에 선하다. 내가 사릉을 다시 가보고 싶었던 건 그러니까 사람의 냄새 때문이었을 거다. 길을 잃었다가 만난 길, 그 길에서 사람다운 사람의 냄새를 맡았기 때문이었던 거지. 사람의 냄새에 대한 간절함이 그토록 가득했는 줄 나 자신도 몰랐는데…….

사람들은 내게 묻고 싶겠지. 나 역시 나를 향해 묻기도 했었다. 나는 누구냐고. 이제 가야 할 시간이고, 대답을 해야 할 것 같구나. 나는 누구인가. 언젠가 내가 얘기했었는데 기억하는지 모르겠다. 유고의 카지미르라는 사람 말이야. 그는 두 개의 집에 산다고 했어. 무너진 집에서는 추억과 기억을 통해 살고, 새로운 집에서는 분노와 희망을 가지고 산다고. 아우여, 내가 남길 말 역시 그렇다. 그동안 나는 무너진 집에서 살았다. 추억과 기억을 통해서. 그리고 늘 새로운 집을 찾아 떠났지만 다시 돌아오곤 했지. 새집에는 분노만이 놓여 있고 희망은 없었으니까. 이렇게 떠나는 것, 단지 그뿐이다. 이제, 떠난다.

　형의 편지는 그렇게 끝나 있었다. 뭔가 조금 더 얘기를 하려 했지만 아마도 시간이 넉넉지 않았던 모양이었다. 나는 형의 편지를 놓지 못한 채 벽에 머리를 기댔다. 등줄기를 타고 서늘한 바람이 퍼져 내렸다. 추억과 기억을 통해 무너진 집에서 살았던 형은 이제 새집을 찾아갔는가. 그 집에는 희망이 있을 것 같아 형은 아프리카 칼레콜 마을로 갔단 말인가. 나는 자꾸만 추억과 기억, 분노와 희망이란 말을 떠올렸고 등줄기로 쏟아져 내리는 차가운 느낌을 받아들였다. 형의 체온에 익숙해졌던 작업실이 어쩐지 조금씩 식어 가는 듯했고, 다시는 형의 체온에 데워질 것 같지 않은 작업실에 나는 혼자 앉아 있었다.

에필로그

형은 분노를 다스리며 희망의 집 칼레콜 마을을 찾아 떠났다. 나는 그 사실을 인정했다.

내가 할 일이란 형의 필름을 정리하는 일이었다. 나는 형의 필름들을 정리했다.

내가 할 일이란 세 사람에게 형이 떠났다는 것을 알리는 일이었다. 나는 희수에게 형이 떠났다는 것을 알렸다. 그녀는 말했다.

「전시회 끝나고 나면 어디로든 또 떠날 거라고 생각하고 있었죠. 이번에는 좀 멀리 갔군요.」

나는 그녀의 떨리는 목소리를 들을 거라고 기대했지만 그녀는 차분했다. 어떤 식으로든 그녀의 감정이 만져지면 나는 형이 말한 두 개의 집에 대해 말해 줄 작정이었지만 나는 그녀가 두 개의 집에 대한 얘기를 들을 자격이 없다고 판단했다.

나는 유 관장에게도 형이 떠났다는 것을 알렸다.

「그것 참, 어쩔 수 없는 사람이군. 아프리카라, 그만큼 절박했단 애기가 되나?」

나는 유 관장의 반응이 희수의 반응과 한편으론 닮고 한편으론 다르다고 생각했지만 그렇다고 해서 두 개의 집에 대해 얘기해 주지는 않았다. 유 관장 역시 두 개의 집에 대한 얘기를 들을 자격은 없었다.

세 번째로 형이 떠났다는 사실을 전달해 준 사람은 조 박사였다.

「어떻게든 말렸어야지. 아니지, 지금이라도 비행기 편을 알아봐요.」

내가 그럴 생각이 없다고 고개를 젓자 조 박사는 나지막하게 그 형에 그 동생이라고만 말한 후 혀를 끌끌 찼다. 나는 역시, 형이 말한 두 개의 집에 대해 말해 주지 않았다.

형의 부재는 이렇게 정리되었다. 내게는 더 이상 할 일이 없었다. 형과 두 살 터울인 나는 그제야 형의 부재를 실감했다. 아니, 나는 그제야 형이 말한 두 개의 집에 대해 비로소 조용히 생각해 보았다. 형은 이제 더 이상 내 곁에 없고 형이 남긴 두 개의 집만 남아 있었다. 그러자 문득, 이제 형을 기다리지 말아야 할 것 같다는 느낌이 온몸을 휘감아 들었다. 형이 사는 집은 형만의 집이어서 아무도 들어갈 수 없을 것 같았고, 형은 그 두 개의 집에 있을 때만 비로소 편히 잠들 수 있을 것 같았다. 그랬다. 그것은 형만의 집이었고, 그 집에서는 형만의 추억과 기억, 형만의 분노와 희망만이 살 것 같았다.

형은 언제나 그랬듯이 누구의 배웅도 받지 않고 떠났다. 그러므로 내 곁에 형은 없다고 나는 다시 생각했다. 형은 언제든 떠나고 싶을 때 떠났다가 돌아오곤 했지만 이번에는 돌아오지 않을 게 분명했다. 형의 말대로라면 이제까지 형이 돌아오곤 했던 것은 새집을 만나지 못했기 때문이었다. 그러나 이번에는 새집을 만나든 만나지 못하든 형은 돌아오지 않을 거라고 나는 확신했다. 해서 나는 만일 내가 형

을 만나게 된다면, 그것은 아마 형의 얘기를 소설로 쓸 때뿐일 것이
라고 생각했다.

　그렇다. 형은 그렇게 갔고, 지금도 돌아오지 않고 있지만 나는 형
을 기다리지 않고, 형이 묘비명에 새겨 달라고 했던 〈초록 말을 타
고, 문득〉을 읊곤 한다. 그다음은 두 개의 집을 떠올리는 순서가 기
다리고 있다. 형의 얘기를 묻는 사람을 만나도 마찬가지다. 나는 그
들에게 형이 〈초록 말을 타고, 문득〉이란 시와 함께 멀리 떠나 버렸
다고 말해 주는 것으로 형의 근황을 대신했다. 하지만 아직은 누구
에게도 형이 말한 두 개의 집에 대해 말해 주지 않았다. 이제 형은
없고, 돌아오지 않고 있으며, 돌아올 수 없을지도 모르지만 정작 중
요한 것은 형이 돌아오느냐 안 돌아오느냐가 아닌 것이다. 중요한
것은 형이 어떤 집에 살고 있느냐 하는 것일 뿐이다.

기억의 집

초판 1쇄 인쇄일 · 2002년 11월 11일
초판 1쇄 발행일 · 2002년 11월 15일
지은이 · 임동헌
펴낸이 · 임성규
펴낸곳 · 문이당

등록 · 1988. 11. 5. 제 1-832호
주소 · 서울시 성북구 동소문동 4가 111번지
전화 · 928-8741~3(영) 927-4991~2(편)
팩스 · 925-5406
ⓒ 임동헌, 2002

홈페이지 http://www.munidang.com
전자우편 webmaster@munidang.com

ISBN 89-7456-197-2 03810